망각의 시대에
명작 읽기

동독 문학 연구 3

박설호 지음

울력

울력에서 펴낸 지은이의 책
라 보에티의 『자발적 복종』
『작은 것이 위대하다. 독일 현대시 읽기』
『라스카사스의 혀를 빌려 고백하다』
『꿈과 저항을 위하여』 에른스트 블로흐 읽기 I
『마르크스, 뮌처, 혹은 악마의 궁둥이』 에른스트 블로흐 읽기 II

망각의 시대에 명작 읽기 (동독 문학 연구 3)

지은이 | 박설호
펴낸이 | 강동호
펴낸곳 | 도서출판 울력
1판 1쇄 | 2013년 3월 11일
등록번호 | 제10-1949호(2000. 4. 10)
주소 | 서울시 구로구 고척로4길 15-67 (오류동)
전화 | 02-2614-4054
팩스 | 02-2614-4055
E-mail | ulyuck@hanmail.net
가격 | 17,000원

ISBN | 978-89-89485-98-8 93850

차례

일러두기
출전 그리고 감사의 말씀

"나는 일찍이 하루 종일 생각해 본 적이 있었으나, 잠깐 공부한 것만 못하였다."

(荀子)

"Like a bridge over the trouble water, I will lay me down."

(Simon & Garfunkel)

1

망각의 시대에 간행된 학술서적 한 권 — 내 눈에는 마치 강보에 싸인 아기처럼 비친다. 『망각의 시대에 명작 읽기. 동독 문학 연구 3』은 2000년 이후의 연구 모음집으로서, 지금까지 세인의 관심사를 끌지 못한 명작들을 전작한 것이다. 따라서 이 책은 동독 문학의 잠정적 정리 작업이라고 여겨도 좋을 듯하다. "동독 문학 연구 3"이라는 부제가 첨부된 이유는 그 자체 명약관화하다. 이 책에는 동독 문학에 국한된 글들이 실려 있기 때문이다. 필자는 나중에 간행될 『전환기 독일 문학』에다가 "동독 문학 연구 4"

라는 부제를 달려고 한다. 왜냐하면 필자의 동독 문학 연구는 종결된 것이
아니라, 계속 진행 중이기 때문이다.

2

지금까지 동독 문학을 주 전공으로 삼은 데에는 나름대로 이유가 있다.
청년 시절에 국문학과 영문학을 선택하지 않은 것은 타인의 도움 없이 원
서를 읽을 수 있으리라는 오만한 자신감 때문이었다. 지금까지 한문 서적
과 영어 원서를 얼마나 독파했는가? 하고 자문하는 나는 부끄러움을 느
낀다. 대학 다닐 때부터 독문학에서 주로 다루는 작가, 괴테, 카프카, 헤세,
릴케, 토마스 만을 집중적으로 공부하고 싶은 생각은 추호도 없었다. 대신
에 70년대에 브레히트와 루카치 등에 대해서 관심을 기울였으나, 공부할
길이 막막했다. 왜냐하면 당시 한국의 독문학계에는 동독 문학 연구자가
거의 전무했기 때문이다. 당시의 학문적 풍토는 반공주의에서 한 발자국
도 벗어나 있지 않았다. 동독 문학을 공부한다는 것 자체가 반체제적이라
고 간주되었다. 70년대 말에 몇몇 학자들은 막스 베버의 책들을 독일에서
구입하여 귀국하다가 공항에서 그것들을 압수당하곤 하였다고 한다. 세관
원은 "막스Max"를 "마르크스Marx"로 착각하고, 엄정 중립적인 프로테스탄
트 사회학자를 머리에 뿔 달린 한 명의 공산주의자로 둔갑시켰다는 것이
다. 지금은 농담조로 이에 관해 말할 수 있지만, 당시는 반공법이라는 서
슬 퍼런 칼날이 힘없는 식자들에게 위협을 가하는 시기였다.

그렇지만 사회주의 국가인 구동독 역시 사람 사는 곳이며, 정치적 체제
가 우리와 다를 뿐, 구동독인들의 삶과 그들의 갈망, 고뇌, 그리고 해원 등
은 우리와 별반 차이가 없다는 것을 80년대에 유럽에서 깨닫게 되었다.
1981년에 나는 처음으로 베를린 프리드리히 가의 체크 포인트 찰리에서
서성거렸지만, 구동독으로 입국할 엄두가 나지 않았다. 광주에서 사람을

때려잡는 독재 국가에서 자라난 사람이 동독에 입국했다는 사실이 알려지면, 차제에 곤욕을 치를 것 같았다. 그래서 나는 몇몇 한국인들과 함께 서베를린으로 발길을 돌려야 했다. 마음속 또 다른 자아는 "그래도 한 번 시도해 보지 그랬어?" 하고 겁에 질린 나를 책망하고 있었지만, "대신에 책과 잡지를 통해서 정보를 입수하면 되지 않겠는가?"라며 자신을 다독거렸다. 물론 동베를린 방문은 통일 이후에야 가능했다. 80년대만 하더라도 동독 문학의 연구는 내외적으로 자극을 가하는 일감이었지만, 이제는 역사의 영역으로 돌아가고 말았다.

3

지금까지 동독 문학의 연구는 세 권으로 간행된 나의 저서, 『유토피아 연구와 크리스타 볼프의 문학』(개신, 2001), 『동독 문학 연구. 동독문화 정책 개관』(한신대 출판부, 1994/2004), 『떠난 꿈, 남은 글. 동독 문학 연구 2』(한마당, 1999)의 출판으로 이어졌다. 연구 결과물들은 여전히 볼품이 없다. 불현듯 순자의 말이 뇌리에 떠오른다. "나는 일찍이 하루 종일 생각해 본 적이 있었으나, 잠깐 공부한 것만 못하였다吾嘗終日而思矣 不如須臾之所学也." 순자의 글은 젊은 시절의 나를 자극하여, 사색보다도 학문 수련을 중시하라고 가르쳤다. 나의 시가 나의 딸, 나의 사리舍利라면, 이 책은 나의 아들, 어설픈 도자기의 에스키스이다. 분명히 이 책에도 하자가 드러날 것이다. 나중에 다시 내용상의 하자를 수정할 기회가 주어졌으면 좋겠다.

혹자는 사라진 나라의 문학을 공부하는 게 얼마나 도움이 되겠는가? 하고 항변했지만, 전환기 이후에도 이에 대한 관심은 내 마음속에서 사라지지 않았다. 지금도 나의 내공은 일천하며, 동독 문학의 영역에는 아직도 연구되지 않은 명작들이 많다고 믿고 있다. 비록 나라는 사라졌지만, 그곳에도 사람들은 계속 살고 있으며, 동독 문학 역시 국가의 몰락과 함께 사장될 수는 없다. 특히 사회주의 문화가 폐허로 무너져 내렸지만, 그 속에 파묻힌 명작들은 다시 발굴되어야 한다. 처음에 공부를 시작할 무렵에는 동독 문학을 공부하는 게 북한과 북한을 이해할 수 있는 좋은 방안이라고 여겼지만, 이러한 생각이 착각일 수 있다는 점을 나중에 깨닫게 되었다. 왜냐하면 북한 문학과 동독 문학은 하나의 사회주의의 틀에 의해서 재단될 수 없을 정도로 제각기 다른 역사적 배경과 독자성을 지니고 있기 때문이다. 오히려 동독의 문화는 20세기 초부터 이어져 온 독일 사회주의 문화의 전통적 맥락 속에서 추적해 나가야 하고, 북한의 문화는 조선 및 일제 식민지 역사 그리고 중국 문화혁명의 영향과의 관련성 속에서 접근해 나가는 것이 올바른 방향일 것 같았다. 그렇다고 해서 북한과 동독의 문화가 근접 불가능할 정도로 별개라고 주장하고 싶지는 않다.

4

이 책에 실린 글들은 독립된 것이며, 그 자체 존재가치를 지니고 있다. 여기에서는 출전에 관한 몇 가지 사항만을 언급하려고 한다. 첫째로 「오늘날 대학은 죽어가고 있는가? 크리스토프 하인의 바이스케른의 유고」는 미발표 글이다. 본서의 출간을 위해서 새롭게 집필하였다. 둘째로 「"금어초 사이의 푹시아 꽃". 브레히트의 후기시 『부코 비가』 연구 2」는 1989년에 『외국문학』에 발표된 「브레히트 후기시 연구」에 연이어 집필된 논문이다. 원래 시 작품 속에는 저자의 제한된 능력으로는 해명할 수 없는 부분이 있다. 그래서 변명 같지만 대화체가 채택되었다. 대화체로 집필하는 자는 모르는 내용을 "모른다"고 솔직히 고백할 수 있지 않은가? 그렇지만 대화체 논문은 학회 논문집에 실리기 어렵다. 왜냐하면 학회 논문집은 이러한 유형의 실험적 글쓰기를 처음부터 허용하지 않기 때문이다. 그래서 「금어초 사이의」는 오랫동안 서랍 속에서 잠자고 있다가, 2004년과 2005년에 계간 문예 전문지『창작 21』에 두 번에 걸쳐 연재되었다.

셋째로 이하의 논문은 한신대학교 교내 연구비를 받고 발표된 것이다. 「슈테판 헤름린의 투쟁과 "성스러운 사회주의"」는『독일 문학』통권 91호(2004)에, 「"사물 한가운데에는 슬픔이". 페터 후헬의 정치적 자연시」는『독일 언어문학』제21집(2003)에 각각 수록되었다. 「동독 문학에 나타난 교사상. 벨름, 괴를리히, 베커를 중심으로」는 2001년에 한국 독어독문학회에 발표되었고,『독일 문학』통권 81호(2001)에 수록되었다. 「구동독에서의 하인리히 폰 클라이스트」는 주제의 광범위함으로 인하여 방대하게 집필될 수밖에 없었고,『한신 논문집』제16집(1999)에 실린 바 있다.

넷째로 「하이너 뮐러의 묘비명, 몸젠의 블록」은 처음에는 독일어로 집필되어 독일 학회지에 발표되었다(Schoro Pak: Heiner Müllers Epitaph, 「Mommsens Block」, in: Sprache und Literatur, 91, 92, 2003, 175-92). 그런데 이 글은 나중에 절반 분량의 한국어로 축약되어,『독일어문학』제20집(2003)에 실렸다. 이번에 축약되지 않은 원본이 한국어로 발표되는 데 대해 기쁘게 생각한다. 「미완의 로마사」는 몸젠과 관련된 짤막한 글인데, 2002년 3월 18일자,『교수신문』에 발표된 바 있다. 하이너 뮐러 시에 관한 또 다른 연구 논문 「문학의 죽음 혹은 영웅의 자살. '이를테면 아이아스' 읽기」는『독일 언어문학』제30집(2005)에 발표된 것이다. 이 논문 역시 한신대학교의 연구비 지원으로 완성된 것이다. 「찬란한 미지의 세계를 찾아서. 프리츠 루돌프 프리스의 문학세계」는 아직 발표되지 않은 글임을 밝혀둔다.

5

지금까지 나를 도와준 분들은 한두 사람이 아니다. 일일이 이름을 거론할 수는 없지만, 깊이 감사드린다. 특히 연구에 몰두할 수 있도록 배려해

준 한신대 측에 그리고 이 책을 간행해 준 강동호 사장님에게 고마움을 전하고 싶다. 나의 "아기"는 모자라고 부족하기 이를 데 없지만, 오랜 기간 생명력을 이어나가서, 관심 있는 독자들의 사랑을 받기를 진심으로 바란다.

안산에서 박설호

1

오늘날 대학은 죽어가고 있는가?

크리스토프 하인의 『바이스케른의 유고』

1

　친애하는 H, 이 자리를 빌어서 크리스토프 하인Christoph Hein(1944-)의 신작 소설 『바이스케른의 유고Weiskerns Nachlass』(2011)를 살펴보기로 하겠습니다.[1] 67세의 작가는 황금만능주의에 의해 처참하게 무너지고 있는 독일 대학 사회의 슬픈 모습을 우스꽝스럽게 묘사하고 있습니다. 어느 인간의 삶은 여기서 하나의 값싼 비행으로 비유되고 있습니다. 주인공 뤼디거 스톨첸부르크는 비행기를 타고 바젤로 향하는 중입니다. 그렇다고 무작정 불안해할 이유는 없습니다. 값싼 좌석을 구매하여 그런지 몰라도 좌석이 약간 불편합니다. 비행기의 흔들림으로 귀가 멍멍하고, 시각적으로 혼란스러움을 느낍니다. 창밖을 바라보니, 비행기는 일순간 구름 속으로 조용히 빨려 들어갑니다. 주위의 어떤 무엇도 조만간 비행기가 추락하리라고 암시하지 않습니다. 주인공의 눈에는 비행기의 프로펠러가 순간적으로 정지하여 자신의 몸이 땅 아래로 추락할 것 같습니다. 그러나 프로펠러는 훌륭하게 작동되는 터빈에 의해서 일사불란하게 회전하고 있습니다.

---

1. Christoph Hein: Weiskerns Nachlass, Frankfurt a. M. 2011.

주인공은 라이프치히 대학교에서 14년 동안 시간 강사로 살아왔습니다. (그의 이름 자체가 상징적입니다. 독일어로 "스톨츠stolz"는 "자부심 있는"이라는 의미를 지니고, "부르크Burg"는 "성城"이라는 의미를 지닙니다. 아닌 게 아니라 주인공은 "자존심 강한 꽉 막힌 인간"임에 틀림없습니다.) "교수 자격 취득 논문Habilitation" 과정을 끝내지 않았으니, 정식으로 교수가 될 확률은 거의 희박합니다. 얼마 되지 않는 강사 수당으로 그리고 간간이 발표하는 서평의 원고료로 하루하루를 버티면서 살아갑니다. 주인공은 자신이 가르치는 학생들보다도 더 가난합니다. 학자로서의 미래는 불확실한 셈이지요. 교수가 되기에는 59세라는 나이가 악재로 작용합니다. 심신이 조금씩 쇠약해져 두뇌 역시 옛날처럼 신속하게 회전하지 않습니다. 대학에서 문화학Kulturwissenschaft을 가르치지만 몇몇 학생들만이 자신의 의무 시수를 맞추기 위하여 강의에 참석하고 있습니다. 그나마 수업에 참가하는 학생들이라도 몇몇 있어서 스톨첸부르크는 강사료를 수령할 수 있습니다. 그렇지만 그가 오로지 학점 취득에 혈안이 되어 있는 몇몇 학생에게 과연 무엇을 가르칠 수 있을까요?

2

스톨첸부르크의 강사직은 불확실하여, 운이 나쁠 경우 다음 학기에 더 이상 강의를 배정받을 수 없을지 모릅니다. 59세 생일을 맞이하는 그에게 대학의 연구소장은 어떠한 좋은 암시도 던지지 않습니다. 오랫동안의 경험으로 미루어보건대 어쩌면 그는 조만간 대학을 떠나야 할지 모릅니다. 비록 교수 자격 취득 논문을 완성하지 못했지만, 지금까지 열심히 연구와 교수에 몰두하며 살아왔습니다. 아침 일찍 기상하여 문헌을 뒤지면서 강의를 준비한 다음, 대학에서 성심껏 가르칩니다. 그의 주 전공은 빈 출신의 바로크 작가이자 예술가인 프리드리히 빌헬름 바이스케른Friedrich Wilhelm

Weiskern(1711-1768)에 관한 연구입니다. 오랜 시간을 투자하여 완성한 연구 결과물은 다름 아니라 바이스케른의 유고에 관한 연구입니다. 스톨첸부르크는 자신의 논문은 아니더라도, 최소한 바이스케른의 유고만큼은 출판되어야 한다고 믿습니다, 그렇지만 두 권으로 이루어진 방대한 원고를 책으로 간행하려는 출판사는 하나도 없습니다. 세상 사람들은 바이스케른이 누구인지 모르며, 그가 무슨 일을 하다가 사망했는지에 관해 관심도 없습니다. 그는 다음과 같이 독백합니다. "시장에서 팔리지 않는 존재야, 나와 바이스케른은."

스톨첸부르크가 처해 있는 상황은 매우 불안정합니다. 인문학은 독일에서도 젊은 학생들로부터 환영받지 못합니다. 돈벌이는 주식 시장의 몫입니다. 그러니 주인공과 같은 정신과학의 연구자들은 냉소적으로 변하고 좌절할 수밖에 없습니다. 국세청은 주인공에게 1만 1,440유로를 갚으라고 요구합니다. 지금까지 그는 국가로부터 지원금을 빌렸습니다. 그렇지만 그에게는 어떠한 여분의 돈도 남아 있지 않습니다. 앞일이 막막하여, 나중에 어떻게 살아가야 할지 전혀 알 수 없습니다. 국세청 직원이 그에게 조언하여, 부채 금액을 절반으로 탕감해 주려고 합니다. 스톨첸부르크는 이에 대해 기뻐해야 마땅하지만, 그다지 즐거워하지 않습니다. 전액이든 반액이든 그에게는 돈을 갚을 능력이 전혀 없기 때문입니다. 국세청의 재정 전문가는 차라리 이른 아침에 아시아의 증권 거래에 손을 대어 돈을 버는 게 더 나았을 것이라고 말합니다. 그는 주인공의 경제 상황을 직시하고 어안이 벙벙해집니다. 스톨첸부르크와 같이 오랫동안 공부한 학자가 어떻게 이런 쥐꼬리의 강사료로 생활하는지 도저히 납득이 가지 않습니다.

3

사생활의 측면에서도 주인공은 행복한 편이 아닙니다. 현재 그는 이혼

남으로서 혼자 살고 있습니다. 드물게 딸에게서 전화로 연락 받는 게 고작입니다. 딸은 돈이 필요한 경우에만 아빠에게 전화를 걸어 안부를 물으면서 은근히 용돈을 요구합니다. 물론 주인공에게는 부모님이 생존하고 계십니다. 그러나 그들은 몸이 아프거나 일상의 고충거리가 있을 경우에만 전화를 걸어 심리적으로 위안을 얻으려 할 뿐입니다. 그렇다고 해서 주인공이 자신의 고독을 고통스럽게 생각하는 것은 아닙니다. 독일은 남한과 달라서 선생과 학생과의 관계가 수직 구도로 이루어져 있지 않습니다. 스톨첸부르크는 몹시 날씬한 편이며, 59세의 나이에도 불구하고 얼굴에 주름이 거의 없습니다. 그래서 그는 간간이 여대생들과 데이트하면서 경우에 따라 하룻밤을 즐기기도 합니다. 왜냐하면 여대생들 가운데에는 학점을 핑계로 장난삼아 그를 유혹하려는 여학생들이 더러 있기 때문입니다. 그렇지만 그와 오랫동안 연인 관계를 지속하려는 여학생은 주위에 한 명도 없습니다.

주인공은 우연히 학생 축제에 참가합니다. 그곳에서 자신의 강의를 들었던 부잣집 출신의 대학생들을 만납니다. 한 학생은 공부를 접고 파리에서 알바하며 살아가고, 다른 학생은 퀘벡으로 유학하여 그곳의 대학에 다닙니다. 그는 3개월 전에 뉴질랜드에서 살다가, 도쿄의 대학으로 옮겼는데, 해안가에서 서핑을 즐길 기회를 놓친 것을 너무나 아쉬워합니다. 그 남학생은 부유한 부모로부터 풍족한 용돈을 받기 때문에 살아가는 데 큰 걱정이 없습니다. 세계 방방곡곡을 여행하면서 옷과 장신구를 수집하는 것을 취미로 삼고 있습니다.

4

스톨첸부르크는 최근에 두 학생의 학업을 집중적으로 도와주어야 할 처지에 놓이게 됩니다. 그의 강의를 빠짐없이 수강하는 학생 가운데에는 홀레르트라는 남학생이 있습니다. 그는 대학교를 졸업하고 아버지가 경영하는 회사를 물려받으려고 합니다. 그렇게 하기 위해서는 졸업장 취득이 필수적이라고 합니다. 만약 주인공이 그가 졸업할 수 있도록 도움을 주면, 2만 5천 유로를 지불할 용의도 있습니다. 그래서 홀레르트는 모든 껄끄러움을 무릅쓰고 감히 선생님에게 그것을 제안합니다. 최근에 스톨첸부르크가 생활비를 벌어야 하는 가난한 강사라는 사실을 알게 되었던 것입니다. 주인공은 고민에 빠집니다. 홀레르트를 가르쳐서 좋은 학점을 취득하도록 도와야 할지, 아니면 돈을 받는 조건으로 학점을 선사(?)해야 할지 선뜻 결정 내리지 못합니다. 스톨첸베르크의 도움을 필요로 하는 학생은 또 있습니다. 비교적 나이 든 여대생인데, 그미 역시 졸업하기를 애타게 갈구합니다. 스톨첸부르크가 도와주면, 그 여대생은 석사학위 논문을 완성할 수 있습니다. 왜냐하면 자신의 테마를 본격적으로 전공한 학자는 주인공밖에 없기 때문입니다. 여학생은 지금까지 돈에 관해서 한 번도 언급하지 않았습니다. 어쩌면 그미는 다른 방법으로 도움의 대가를 지불하려는 것인지도 모릅니다. 이유 모를 눈웃음으로 미루어 미인계를 쓰려는 것 같습니다.

뤼디거 스톨첸부르크는 지금까지 학자로서의 자부심을 지니면서 살아왔습니다. 그렇기에 두 학생의 제안은 심각한 고민거리로 다가옵니다. 하나는 불법이고, 다른 하나는 불륜입니다. 주인공은 지금까지 가난하게 살면서 학문에 매진하는 삶에 대해서 자부심을 느껴 왔습니다. 그렇지만 자신의 비참한 삶의 여건은 두 가지 유혹을 그냥 받아들이라고 강요하고 있습니다. 아마 주인공은 홀레르트로부터 거액을 수령할 것이며, 여학생의 석사학위 논문 집필을 도와주는 조건으로 그미의 하룻밤의 연인이 될지 모릅니다. 그가 부정과 불륜을 저지르더라도 세상은 눈 하나 깜짝하지 않을 것입니다. 게다가 그는 당장 생활비를 필요로 합니다.

주인공은 바젤로 향하는 비행기를 타고 있는데, 모든 게 정상입니다. 비행기는 유유자적하게 공항에 착륙할 겁니다. 승객 가운데 유일하게 한 사람만이 무거운 상념으로 고개를 들지 못하고 있습니다. 곁에 앉아 있는 사람들은 모두 부자들처럼 보입니다. 문화학자 뤼디거 스톨첸부르크만이 머리를 싸매면서 고통스럽게 학문에 몰두하며 다른 삶을 살아가고 있습니다. 다른 사람들은 잘 먹고 편안하게 살아가는데, 그는 하루 종일 먼지 가득한 서고에 박혀서 어려운 문헌을 독파해야 합니다. 세상은 주인공에게 힘든 노동의 대가를 지불하지 않습니다. 뤼디거 스톨첸부르크에게는 두 가지 가능성이 남아 있습니다. 불안함을 느끼는 비행 속에서 고달픈 삶을 이어가든가, 아니면 주어진 틀을 박차고 추락하여 죽음이라는 편안한 잠을 청하든가, 둘 중 하나입니다. 어쩌면 그는 내심 후자가 더 낫다고 생각합니다.

5

친애하는 H, 오늘날 모든 가치는 돈에 의해서 정해지는 것처럼 보입니다. 과거 사람들은 공부하여 출세한 다음에 권력과 금력을 차지하였지만, 오늘날의 사람들은 다른 방식으로 얼마든지 돈을 벌 수 있습니다. 예컨대 사람들은 인터넷을 통하여 세계적인 스포츠맨 혹은 인기 있는 연예인이 매달 벌어들이는 거액의 액수를 접할 수 있습니다. 그러니 젊은이들은 교수처럼 꾀죄죄하게 책 속에 파묻혀 사느니, 차라리 사업가처럼 통 크게 사는 게 더 낫다고 여기지요. 일견 지식인들이 사회적으로 존경 받는 시대는 지나간 것처럼 보입니다. 그들은 일반 사람들에게 삶의 의미와 나름대로의 바람직한 방향을 제시하지만, 지식인의 말을 경청하는 사람들은 얼마 되지 않습니다. 자본의 시대에 돈의 힘은 어마어마하게 커졌습니다. 가만히 앉아서 주식과 부동산 놀이 등을 통해서 부를 축적하는 일이 가능해졌고, 소련 붕괴 이후로 돈 많은 사람이 존경 받게 되었습니다. 끔찍한 것은 돈이 결국 학문의 영역마저 침해하여, 결국 학자들이 벼랑 끝에 내몰리는 신세로 전락했다는 사실입니다.

이는 남한의 대학에서도 마찬가지입니다. 남한의 대학들은 학문을 전수하는 곳이 아니라, 신분상승의 수단이 되는 통과의례의 장소처럼 보입니다. 대학 졸업장 내지 학벌이 그 사람의 능력을 평가하는 수단으로 작용하고 있습니다. 이 경우 학벌은 "제2의 가족"처럼 끈끈한 학맥으로 작용합니다.[2] 대학 수가 너무 많기 때문에, 일차적으로 학생 수를 줄이는 게 국가 차원에서도 바람직할지 모릅니다. 그런데 문제는 대부분의 사립대학교들이 모든 학과의 학생 수를 일률적으로 줄이려 하지 않는 데 있습니다. 당장의 수입이 줄어들기 때문입니다. 그런데 요즈음 대학 당국의 행태는 국립이든 사립이든 간에 참으로 가관입니다. 대학들은 물리, 화학, 수학 등과 같은 기초 자연과학 영역 그리고 문학, 역사, 철학 등과 같은 기초 인문과학 영역의 학생 수를 대폭 줄이려고 혈안이 된 반면에, 응용과학 영역이라든가 사회과학 영역에 대해서는 구조조정의 메스를 가하지 않으려고 합니다. 당장 돈벌이가 되지 않는다는 이유로 순수 학문을 구조조정 대상으로 여기고 있습니다. 이러한 견해는 일견 타당한 것처럼 보이지만, 그 자체 근시안적인 발상입니다. 왜냐하면 순수 과학이 무너지면 응용과학은 그야말로 학문의 껍데기만 남기 때문입니다. 따라서 사람들은 "지금 여기"의 통계자료에 기대지 말고, 앞날을 내다보면서 대학의 미래를 숙고해야 하는데, 실상은 그렇지 않습니다.

6

또 한 가지 서글픈 이야기를 하지 않을 수 없습니다. 그것은 시간강사들의 비참한 생활상입니다. 그들은 남한의 대학 시스템 속에서 어렵게 버티

---

2. 김상봉: 학벌사회. 사회적 주체성에 대한 철학적 탐구, 한길사 2004, 183쪽 이하를 참고하라.

면서 하루하루를 살아가고 있습니다. 물론 HK 연구 교수 제도로 인하여 몇몇 실력 있는 강사들은 경제적 어려움을 어느 정도 면할 수 있지만, 이러한 혜택은 거대한 종합대학 그리고 해당 대학 출신의 박사학위 소유자에게 국한되어 있습니다. 모든 큼직한 연구 프로젝트는 거대한 유명 대학에 집중되어 있습니다. 대기업이 중소기업을 잠식하는 방식이 대학에서도 그대로 반복되고 있습니다. 특히 순수 자연과학 그리고 순수 인문학 연구자들은 오랫동안 외국에서 공부하면서 학위를 취득했지만, 국내에서 전임 교수가 되지 못한 경우가 참으로 많습니다. 비정규직 노동자 문제는 고등교육 영역에서도 온존하고 있지요. 적어도 학교와 병원만큼은 돈과 무관한 곳으로 만들어야 할 텐데, 주어진 상황은 20년 전과 거의 다르지 않습니다. 사정이 이러한데도 대학들은 전임 교원의 수를 늘리는 데 지극히 인색합니다. 훌륭한 교수를 초빙하기는커녕 요즈음에는 전임 교수의 수를 줄이고, 대신에 초빙교수, 겸임교수 제도를 활용하는 등 편법으로 일관하려 합니다. 특히 유명 사립대학교의 횡포가 문제입니다. 그들은 학생들의 등록금을 받아서 부를 축적하지만, 학생들을 위한 반값 등록금의 재원 확충은커녕, 전임 교수 채용에 지극히 인색합니다.

남한 대학의 폐쇄적인 대학 구조를 고려한다면, ― 어처구니없는 주장처럼 들릴지 모르겠지만 ― 기존하는 모든 사립대학을 해체하고, 평생교육을 위한 새로운 형태의 학문 공동체를 활성화시키는 게 바람직할지 모르겠습니다. 왜냐하면 고등교육에서 필요한 것은, 비유적으로 말하자면, 몇몇 사항만 뜯어고치는 인테리어 보수 공사가 아니라, 전면적인 재건축이기 때문입니다. 언젠가 쿠자누스Cusanus는 다음과 같이 말했습니다. 중세의 폐쇄적인 대학 체제를 허물어뜨린 것은 첫째로 평민들의 배움에 대한 열망이었으며, 둘째로 새롭게 대두된 인쇄술이었습니다. 사람들은 대학과 수도원에서 양피지를 읽는 대신에 책을 통해서 지식과 정보를 습득할 수 있었던 것입니다. 이와 관련하여 학문의 새로운 르네상스를 맞이하기 위해서는 고등교육 시스템의 전체 구조에 대폭적인 변화가 선행되어야 할 것입니다.

7

친애하는 H, 그렇다면 독일의 경우는 어떨까요? 독일의 교수라고 해서 이전의 영광(?)을 계속 누리지는 않습니다. 통일된 독일에서 대학의 기능 역시 서서히 변화하고 있습니다. 그곳은 여전히 학문을 탐구하는 장소이 지만, 학생들의 취업 역시 좌시하지 않습니다. 물론 독일의 대학이 신분 상 승 기관으로 완전히 전락한 것은 아니지만, 그래도 대학 졸업자들은 졸업 하지 않은 사람에 비해서 사회 내에서 유리한 고지를 차지할 수 있습니다. 독일의 연구자들은 남한의 경우와는 달리 같은 동학의 트러스트를 형성하 여 대학이든 산업체든 막론하고 동창에게 무작정 힘을 실어주지는 않습니 다. 독일의 학자들은 강인한 계파 트러스트를 형성하지 않기 때문에, 서로 담합하여 연구비를 독식한다든가, 남한의 경우처럼 교수 채용에 있어서 같은 출신의 학위 소유자를 선호하지는 않습니다. 대학 내에서도 같은 대 학 출신사들이 타 대학 출신자들과 헤게모니 싸움을 벌이는 경우는 거의 없습니다. 그렇지만 독일 교수들이 동학이라든가 학문적 계파를 완전히 무시하는 것은 아닙니다. 인간 삶에서 팔이 안으로 굽는 것은 어쩌면 당연 할지 모릅니다. 그래도 그들은 최소한 공과 사를 구분하려고 노력합니다.

통일된 독일에서 학생들로부터 외면당하는 학문은 남한과 마찬가지로 인문과학과 자연과학의 순수 학문 분야입니다. 앞에서 언급한 작품 『바이 스케른의 유고』의 내용이 이를 말해 주고 있습니다. 그럼에도 불구하고 독 일의 대학 당국은 최소한의 예외 규정을 인정하면서 순수 학문을 보호해 줍니다. 왜냐하면 인문과학이든 자연과학이든 간에 순수 학문의 수준이 높아야, 응용 분야의 수준 역시 비례하여 향상되기 때문입니다. 왜냐하면 응용 학문은 순수 학문의 자양을 공급받고 있기 때문입니다.

8

최근에 독일에서도 사립대학이 많이 생겨났지만, 지금까지 대부분의 독일 종합대학은 국립으로 구성되어 있으므로 그나마 이러한 정책이 가능했습니다. 남한에서는 사립대학의 수가 국립대학의 수보다 월등하게 많지만, 독일에서는 사립대학의 수는 국립대학의 수에 비해 현저하게 적습니다. 사립대학의 출현으로 독일 대학의 상황이 약간 실용주의적 성향을 띠게 되었지만, 그럼에도 대학의 구조조정은 전폭적으로 추진되지는 않습니다. 국가가 대학의 비용을 대부분 떠맡기 때문입니다. 독일의 교육부는 교육 정책이 백년대계임을 잘 알고 있으며, 남한의 정부처럼 조령모개 식의 정책을 수행하지 않습니다. 또 한 가지 독일 대학의 장점은 모든 학과가 폐쇄적으로 운영되지 않는다는 사실입니다.[3] 나아가 학생 정원을 국가에서 제한하는 경우는 없으며, 교수 정원 역시 사립대학의 재정을 고려하여 막무가내로 제한하는 경우도 없습니다. 유사 학과는 협동적 태도를 취하면서 학제적 강의를 개설하며, 서로 소통하고 협력합니다. 모든 교수는 학과에 소속된 게 아니라 단과 대학에 소속되어 있기 때문에, 학과 폐쇄 내지는 정원 감축 등으로 고심할 필요는 전혀 없습니다. 독일의 학자는 다른 전공자들로부터 "왜 남의 영역에 침범하는가? 자네 밥그릇만 잘 지켜라"라는 비난을 듣지 않습니다. 그들은 "무엇을 연구하는가?" 하는 문제로 자신의 전공 범위를 결정하는 게 아니라, "연구의 이유는 무엇인가? 연구의 가치는 어디까지 영향을 끼치는가?" 하는 물음으로 자신의 전공 영역

---

3. 언젠가 박노자 교수는 남한의 교수와 학생의 관계를 도제 제도의 상하관계에 비유하고 있는데, 이는 매우 적절하다고 여겨진다. 박노자: 왼쪽으로, 더 왼쪽으로, 한겨레 출판 2006, 241쪽 이하.

을 넓혀 나갑니다.

그렇지만 독일의 대학 교원들이 심리적으로 편안하게 연구에 몰두하는 것은 아닙니다. 왜냐하면 그들은 학문 연구로 인하여 엄청난 스트레스를 받기 때문입니다. 가령 독일에서 교수가 되려면, 박사학위는 물론이며, "교수 자격 취득"이라는 힘든 과정을 거쳐야 합니다. 흔히 농담조로 말하기를 누군가가 교수 자격 취득을 위한 논문을 집필하면, 그의 남편 혹은 아내는 집을 떠난다고 말합니다. 왜냐하면 수년에 걸쳐 공부만 하고 책상에 앉아서 살아가는 사람을 좋아할 애인은 거의 없기 때문입니다. 그만큼 교수 자격 취득 과정은 힘이 듭니다. 교수 자격 취득 과정과 관련하여 한 가지 규칙이 있습니다. 그것은 다름 아니라 교수 후보자라면 누구나 박사학위를 취득한 대학에서는 즉시 교수가 될 수 없으며, 3년간 타 대학에서 근무해야 합니다. 그렇게 해야만 모든 학자는 객관적 평가를 받을 수 있다고 생각합니다.

친애하는 H, 그렇다면 우리는 실용주의의 폭풍 앞에서 대학을 구제하기 위해서 과연 어떠한 대책을 마련해야 할까요? 600년 전통의 독일 대학도 급변하는 현실로 인하여 수많은 모순과 난관에 부딪히는데, 하물며 아직 100년도 채 되지 않은 남한의 대학들은 과연 어떠한 전통을 고수해야 하며, 어떠한 개혁을 수립하고 실천해야 할까요? 어떻게 하면 우리는 대학 입시에 편중되어 있는 교육의 관심사를 고등교육 영역으로 되돌려놓을 수 있을까요? 어떻게 하면 대학생들이 돈 걱정, 취업 걱정 없이 학문에 전념할 수 있을까요? 어떻게 하면 우리는 학벌로 모든 것을 평가하는 씨족 이기주의적 관행을 철폐할 수 있을까요? 한국의 대학이 폐쇄적인 학문의 풍토와 학과 이기주의 등의 폐습을 파기하려면 어떠한 방안이 필요할까요? 아니면 기존하는 대학의 체제를 허물고 새로운 학문 공동체를 건립하는 방안은 다만 하나의 공상에 불과한 것일까요? 이에 대한 지속적인 논의와 숙고는 오로지 우리의 몫이며 계속 진척되어야 할 것입니다.

"금어초 사이의 푹시아 꽃"

브레히트의 『부코 비가』 연구

1. 들어가는 말

A: 반갑습니다. 약간 늦은 감이 있지만, 함께 브레히트의 후기 연작시 『부코 비가Bukower Elegien』를 살펴보고자 합니다.[1] 현재 독일에서는 브레히트의 극작품 연구 대신에, 기이하게도 "초기 시 연구"가 활발히 전개되고 있습니다. 이러한 현상은 통일된 독일에서 사회주의적 이상에 관한 추적 작업보다는 모든 이상을 무정부주의적으로 비판하려는 의식이 공감대를 형성하고 있기 때문인 것 같습니다. 물론 독일에서의 초기 시 연구에 대한 붐은 일시적이겠지요. 그렇지만 분단국가에 살고 있는 우리로서는 후기 시부터 먼저 분석하고, 그 다음에 망명 기간 동안에 집필되었던 작품을 거쳐, 나중에 초기 시로 연구 범위를 확장시키는 게 바람직할 것 같습니다. 역사를 비판적으로 거슬러 올라간다는 의미에서 말입니다. B씨는 어떻게 생각하는지요?

B: 동감입니다. 『부코 비가』가 처음에는 정치 시로 국한되어 이해되었습

---

1. 필자는 독일 통일 직전에 브레히트의 후기 시에 관한 논문을 발표한 적이 있다. 브레히트의 후기시 연구, 외국문학 1989년 가을호, 71-96쪽.

니다만, 모조리 그렇지는 않는 것 같습니다.[2] 정치와 무관하게 보이는 시들
이 상당히 존재하니까요. 연작시를 분석할 때, 우리는 먼저 브레히트의 구
동독에서의 삶, 말년의 심경 등을 추적해야 합니다. 그 다음에 우리는 선생
님 말씀대로 망명기의 문학을, 나중에 브레히트의 초기 문학으로 거슬러
올라가는 게 바람직할 것 같습니다.

브레히트의 후기 시는 압축, 단순성, 시적 대상으로부터의 거리감 그리
고 다양한 의미 등을 담고 있습니다. 40년대 말부터 브레히트는 독일어로
번역된 중국의 시 작품을 흥미롭게 읽었으며, 특히 일본의 하이쿠俳句와 같
은 간결한 시 형식에 관심을 가졌지요.[3] 그렇다고 해서 브레히트가 동양의
시 작품 속에 담긴 정형의 요소를 중시하지는 않았습니다. 왜냐하면 시의
리듬은 듣는 사람의 이성을 마비시킨다고 브레히트는 생각했습니다.[4] 말
년에는 시적 리듬을 무시하지 않았습니까?

A: 무릇 브레히트의 시 작품들 역시 말씀(言)의 절간(寺)이며, 그 자체 아
름다움인 것 같아요. 미학은 인지하는 행위(Αισθετικος)를 추상화시킨다는 점에
서 때로는 아름다움을 해칩니다. 아름다운 은백양나무는 멀리서 그냥 관망하
는 게 좋지요. 시 분석은 (어설프고 서투를 경우) 아름다운 나무를 상하게 하
기 마련입니다. 그렇기에 나는 브레히트의 시를 마구 재단하고, 억지로 제
반 관련성을 부여하거나, 브레히트 문학의 내적 주제를 전혀 무관한 어떤
철학적 모티프에다 작위적으로 연결시키는 일에 대해 처음부터 회의하고

2. 클라우스 슈만에 의하면, 브레히트의 『부코 비가』는 "시적 주체의 의식을 통한 그리고
사회주의적 양심을 통한, 목표에 대한 비판적 자기 질문, 도달할 수 있는 무엇과 도달된
무엇 사이의 간극에 대한 측정"이라고 한다. K. Schuhmann: Themen und Formen des
lyrischen Spätwerks, in: ders., Untersuchungen zur Lyrik Brechts, Berlin u. Weimar
1977, S. 111.
3. 예컨대 『부코 비가』 가운데 2연(혹은 2행)으로 이루어진 작품이 자주 등장하는 것은 우
연이 아니다.
4. 브레히트 시론, 시의 꽃잎을 뜯어내다, 이승진 역, 한마당 1997, 93쪽, 108-110쪽을 참
고하라.

있어요. 아까운 목재만 낭비케 하는 시 분석 작업은 처음부터 행하지 않는
게 바람직합니다.

B: 그런데 내가 행여나 그러한 우를 범하지 않을까 염려스럽군요. 스스
로 번역을 시도했으니….

A: 설마 그럴 리야 있겠습니까? 브레히트의 시 연구가 완벽하게 진척되
지 않더라도, 이는 최소한 시도로서의 존재 가치를 지니지 않을까요?

2. 연작시의 분류

B: 브레히트가 이른바 참여 문학 내지는 노동자 문학에 끼친 영향은 지
대하지만, 많은 시들 가운데 거의 빙산의 일각만이 한국에 소개되었습니
다. 일부 소개된 후기 시는 모호하고도 난해해서 일반인이 접근하기가 힘
들거든요. 이번 기회에 브레히트의 『부코 비가』 가운데 아직 소개되지 않
은 작품들만을 골라 세밀하게 분석해 봅시다.

A: 브레히트의 『부코 비가』는 표제 시인 「모토」를 포함하여 도합 24편
으로 이루어져 있습니다. 브레히트는 1953년 6월 17일 동베를린 노동자
데모라는 엄청난 사건에 휘말렸으며, 바로 그해 여름 부코에 있는 세르뮈
첼 호수Schermützelsee 가의 별장에서 연작시를 집필하였습니다. 24편 가운
데 다만 6편(「화원」, 「버릇들」, 「노 젓기, 대화」, 「연기」, 「무더운 날」, 「소련 책을
읽으며」)만이 생전에 발표되었습니다. 나머지 18편은 브레히트 사후死後인
1957년에 간행되었습니다. 엘리자베트 카우프만E. Kaufmann은 유작 시들을
모아 발표했는데, 그녀의 발언에 의하면 브레히트는 몇몇 작품의 발표를
꺼렸다고 합니다. 그렇기 때문에 유작 18편 가운데 두 편(「새로운 말투」와
「목적을 위한 생필품」)은 브레히트 문서실에 오랫동안 파묻혀 있다가 1980
년에야 비로소 세상에 알려졌습니다.[5]

---

5. 추측컨대 브레히트는 「새로운 말투」와 「목적을 위한 생필품」이 동서독에 의해서 이용

B: 그렇다면 『부코 비가』는 어떻게 분류하는 게 바람직할 것 같습니까?

A: 최근의 문헌들은 이에 관해 나름대로 합당하게 정리하고 있습니다. 가령 마리온 푸어만M. Fuhrmann은 구체적으로 여덟 개의 주제를 상정한 뒤, 연작시들을 분류하였습니다.[6]

1. 인간과 자연: 「화원」, 「어느 소련 책을 읽을 때」.
2. 정지와 운동의 원칙: 「모토」, 「바퀴 갈아 끼우기」.
3. 살아남은 옛날의 것: 「숲 속의 외팔이」, 「8년 전에」, 「버릇들」, 「무더운 날」.
4. 소외된 인민: 「해결」, 「진리를 일치시켜라」, 「새로운 말투」, 「위대한 시대, 탕진하고」.
5. 새로운 군사적 위험: 「금년 여름의 하늘」, 「목적을 위한 생필품」.
6. 정치적, 역사적 사건에 대한 반응: 「기분 나쁜 아침」, 「쇠」, 「전나무들」, 「호라티우스를 읽으며」, 「후대 그리스 시인을 읽을 때」, 「목적을 위한 생필품」, 「뮤즈들」.
7. 긍정적 새로움: 「어느 소련 책을 읽을 때」, 「노 젓기, 대화」.
8. 미학: 「소리들」, 「뮤즈들」, 「흙손」, 「화원」, 「위대한 시대, 탕진하고」, 「어느 소련 책을 읽을 때」, 「후대 그리스 시인을 읽을 때」.

B: 그러나 이러한 분류는 하자를 지니지 않을까요? 몇몇 시편들은 푸어만의 분류에서는 중복되어 있기도 하고….

당할지 모른다고 느꼈을 것이다. 「새로운 말투」는 구동독 문화 관료에 대한 직접적인 비판을 담고 있었다. 그렇기에 그것은 에슬린M. Esslin, 홀투젠H. E. Holthusen 등과 같은 반공주의적인 브레히트 연구가에게 악용될 소지가 있었다. 마찬가지로 「목적을 위한 생필품」은 구서독에 주둔한 미군의 활동을 비난하고 있다. 따라서 그것은 구동독의 당 공산주의자들에게 얼마든지 남용될 수 있었다.

6. M. Fuhrmann: Hollywood und Buckow. Politisch-ästhetische Strukturen in den Elegien Brechts, Köln 1985, S. 141.

A: 그렇습니다. 상기한 시편들 가운데에는 특정한 테마에 귀속될 수 없는 것도 있고, 더러는 여러 테마를 동시에 포함하는 것도 있습니다. 문학 작품은 한 가지 주제를 거부하지 않습니까? 따라서 우리는 — 아쉬운 면이 없지 않으나 — 크리스텔 하르팅어Chr. Hartinger가 1982년에 시도한 소재상의 분류로 만족해야 할지 모릅니다. 하르팅어의 연작시 분류는 다음과 같습니다.[7]

1. 부코에 있는 별장에서의 관찰:「화원」,「무더운 날」,「노 젓기, 대화」, 「전나무」,「소리들」.
2. 자연 묘사 및 성찰:「연기」,「금년 여름의 하늘」.
3. 부코 주위 환경에서 포착한 내용:「버릇들」,「숲 속의 외팔이」,「8년 전」, 「바퀴 갈아 끼우기」.
4. 꿈속에 등장한 내용:「기분 나쁜 아침」,「쇠」,「흙손」.
5. 독서 시에 느낀 단상:「어느 소련 책을 읽을 때」,「호라티우스를 읽으며」,「진리를 일치시켜라」,「후대 그리스 시인을 읽을 때」.
6. 직접적인 발언 및 의미 전달을 위한 시:「해결」,「위대한 시대, 탕진하고」, 「뮤즈들」,「새로운 말투」,「목적을 위한 생필품」.

분류에 관해서는 이 정도로 언급하고, 소개되지 않은 개별 작품들을 논해 보기로 하지요.[8]

---

7. Siehe Chr. Hartinger: Bertolt Brecht — das Gedicht nach Krieg und Wiederkehr. Studien zum lyrischen Werk, Berlin/DDR 1982, S. 255-257, 277f.
8. 중복을 피하기 위해서 『부코 비가』 가운데 다음의 작품들에 대한 분석은 생략한다. (1) 「모토」,「바퀴 갈아 끼우기」,「해결」,「무더운 날」,「연기」,「호라티우스를 읽을 때」, 박설호: 떠난 꿈, 남은 글, 한마당 1999, 25-53쪽을 참고하라. (2) 「진리를 일치시켜라」,「뮤즈들」, 박설호: 동독 문학 연구. 동독 문화 정책 개관, 오산 1998, 64쪽, 99쪽을 참고하라.

3. 화원Der Blumengarten

호숫가, 전나무와 은백양나무 사이 깊숙이
장벽과 덤불로 덮인 하나의 정원
매달 피는 꽃으로 현명하게 가꾸어져 있기에
3월부터 10월까지 항상 꽃이 핀다.

자주는 아니지만, 아침 일찍, 나는 여기
앉아서 바란다, 나 역시 온 시간 동안
좋거나 나쁜, 변덕스러운 날씨에도,
이런저런 편안함을 보여주기를.

(Am See, tief zwischen Tann und Silberpappel/ Beschirmt von Mauer und
Gesträuch ein Garten/ So weise angelegt mit monatlichen Blumen/ Daß
er vom März bis zum Oktober blüht.// Hier, in der Früh, nicht allzu häufig,
sitz ich/ Und wünsche mir, auch ich mög allezeit/ In den verschiedenen
Wettern, guten, schlechten/ Dies oder jenes Angenehme zeigen.)

B: 번역할 때 나를 당황하게 만든 구절은 "현명하게weise"라는 표현이었
습니다. 꽃을 가꿀 때 우리는 "정성스럽게"라는 표현을 사용하지 않습니
까? 지적 노동을 수행할 때 "현명하게" 내지는 사려 깊게 행하지 않는가
요? 어쩌면 이 표현 속에 시인의 집필 의도가 감추어져 있는지 모르겠어요.

A: 날카로운 지적이군요. 실제로 브레히트는 일찍 일어나 틈틈이 부코
별장으로 가곤 했습니다. 아마도 그곳(근처?)의 어느 정원이 시인의 눈에
띄었는지 모릅니다. 화원이 3월에서 10월까지 아름다운 꽃으로 가꾸어지
려면, 정원사의 부단한 노력이 필요하겠지요. 문제는 아름다운 정원 자체

가 아닙니다. 오히려 정원사와 화원 사이의 관계이지요. (B씨가 말한 대로) "현명하게"라는 표현은 의도적인 것 같습니다. 화원에서 꽃들은 오랜 기간 동안 만개해 있습니다. 이는 정원사의 세심한 노력 때문입니다.[9]

B: "화원"이란 시적 주제를 암시하기 위한 객관적 상관물이 아닐까요?

A: 당신의 말씀을 부정하고 싶지는 않습니다. 그러나 "화원"은 어떤 객관적 상관물이라기보다는, 화원과 정원사의 관계 속에서 이해되어야 합니다. 또한 제2연에 나타나는 "나"와의 대비를 부각시키기 위한 부수적 대상이라고 봐야 할 것입니다. 제1연을 정확히 이해하려면, 우리는 일차적으로 그것을 제2연과 대비시켜야 해요. 문제는 비교 대상이 "화원"과 "나"라는 사실에 있지요. 만약 "나"라는 인물이 시인 자신을 지칭한다고 전제할 때, 비교될 수 있는 것은 화원 속에서 가꾸어지는 "꽃들"과 "나의 예술 작품들"입니다. 제1연에서 화원이 오랜 기간 동안 꽃으로 장식되어 있는 것은 정원사의 "사려 깊은" 보살핌 때문입니다. 화원 외부는 "장벽과 관목"으로 뒤덮인 살벌한 곳으로서, 생명력 없는 나무는 시들기 십상이지요.[10]

그런데 예술 작품이 어느 특정 부류의 사람에 의해서 과연 "현명하게" 가꾸이질 수 있는 것일까요? 과연 예술 작품이 "변덕스러운 날씨"와 같은 간섭에도 항상 편안함을 드러낼 수 있을까요? 예술은 외부적 영향을 원천적으로 봉쇄할 때에만 자생적으로 꽃을 피울 수 있지 않는가요? 이는 당연하므로, 몇몇 예술론을 끌어들일 필요조차 없습니다. 문제는 바로 그 물음입니다. 제1연이 실제 상황을 다루고 있다면, 제2연은 가상적 현실, 다시 말해 시인의 희망 사항을 다루고 있습니다. 가끔 화원을 찾는 시인은 그곳에 "앉아서" 날씨와 무관하게 "이런저런 편안함을 보여주기를" 갈망하고

---

9. 브레히트의 시 「개」에서도 정원사가 등장한다. 이 시에서 정원사는 오로지 기능적 이유로써 개를 평가하고 있다. B. Brecht: GW. Bd. 10, S. 1023.
10. 클라우스 슈만에 의하면, 잘 가꾼 자연은 인간의 피조물로서 그리고 예술 작품으로서 보이는데, 인간은 거기서 예술 창조의 기쁨을 만끽한다고 한다. Siehe Klaus Schuhmann: a. a. O., S. 122f. 이러한 견해는 시의 내면에 감추어진 비판의 촉수를 간과하는 것 같다.

있습니다.

브레히트의 시는 논리적으로 뒤집어 읽을 때 설득력을 얻습니다. 브레히트의 시를 가급적 정확히 이해하려면 논리적 전도를 필요로 합니다. 가령 "A는 B이다"라는 명제는 "A가 아니라면, B일 수 없다"로 풀어쓸 때, 의미가 분명해지지요. 제2연의 3, 4행도 그렇습니다. 그게 일견 시인의 소박한 바람처럼 보일지 모르나,[11] 내적으로는 자신이 처한 여건 및 창작 생활 전반에 대한 브레히트의 거대한 불만이 내재해 있지요. 불만이란 사람들이 자신의 바람을 실현시킬 수 없을 때 나타나는 심리적 반응입니다. 브레히트 문학에 나타나는 불만 내지는 결핍 속에 이미 어떤 갈망의 상이 내재해 있어요.

「화원」과 관련하여 구체적으로 말하면 다음과 같습니다. 시인은 변화무쌍한 날씨에 민감하게 반응해야 합니다. 혹은 그는 자신에게 쏟아지는 수많은 제약과 간섭 내지는 기대감 등에 시달립니다. 바로 그러한 이유에서 브레히트는 편안한 마음으로 작품을 집필, 발표할 수 없습니다.

B: 아, "예술은 무엇보다도 어떤 불편함을 드러내야 한다"는 브레히트의 말이 떠오르는군요. 이 주제는 연작시 가운데 하나인 「뮤즈들Die Musen」에서도 재현되고 있지요. 현대 사회에서는 아우라 내지는 예술 고유의 영역이었던 본원적 아름다움이 파괴된 지 오래입니다. 브레히트는 시 「화원」에서 "예술은 찬양 내지는 바람을 표출시키기보다는, 오히려 기존의 것을 우선적으로 비판하고 파괴시켜야 한다"는 자신의 입장을 은밀히 표현했군요. 화원은 누군가의 정성에 의해서 오랜 기간 동안 아름다운 꽃을 가꿀 수 있지만, 예술 작품에 대해 그러한 정성을 쏟는다면, 그것은 커다란 간

---

11. 푸어만의 견해에 의하면, "예술이 아름다우려면, 그럴수록 계획, 지혜 등이 필요하다. 그래야만 예술은 자신의 아름다움을 (시대적 상황이 다르더라도) 드러내고 뽐낼 수 있"다고 한다. 그러나 시 「화원」에서 비판적 대상은 필자의 견해에 의하면 의도적으로 (돈 혹은 권력 등을 차지하려고) 사려 깊게 꽃을 가꾸는 자 내지는 편안함을 보여줄 수 없을 정도로 변덕스러운 시대적 분위기 등이다. Marion Fuhrmann: a. a. O., S. 80.

섭으로서 예술을 망치게 될 테니까요. 이제 그 다음 시를 살펴보도록 할까요?

4. 기분 나쁜 아침Böser Morgen

이곳에서 잘 알려진 아름다운 은백양나무는
오늘 따라 늙은 요부. 호수는
하나의 늪 구정물, 휘젓지 마시오!
금어초 사이의 푹시아 꽃 천박하고 공허한.
왜?
어젯밤 꿈속에서 나를 가리키는 손가락들을 보았다,
마치 문둥이 한 명을 손가락질하듯. 그것들은 닳아 있었고
부서져 있었다.

아무것도 모르는 자들! 하고 나는 외쳤다
죄의식에 사로잡힌 채.

(Die Silberpappel, eine ortsbekannte Schönheit/ Heut eine alte Vettel. Der See/ Eine Lache Abwaschwasser, nicht rühren!/ Die Fuchsien unter dem Löwenmaul billig und eitel./ Warum?/ Heut nacht im Traum sah ich Finger, auf mich deutend/ Wie auf einen Aussätzigen. Sie waren zerarbeitet und/ Sie waren gebrochen.// Unwissende! schrie ich/ Schuldbewußt.)

B: 이 시에서도 "은백양나무"가 등장하고 있군요.
A: 그렇습니다. 은백양나무는 자연적 아름다움 내지 예술적 아름다움을 상징하는 시어로서 나중에 「소리들」에서 다시 나타납니다.[12] 일견 시인의

개인적 꿈 내지는 사적인 느낌을 시로 표출한 것처럼 느껴집니다. 그러나
「기분 나쁜 아침」은 당시의 시대적 갈등이 시인의 사적 감정 속에 용해되
어 있지요. 일단 이 시의 보다 나은 이해를 위해서 당시의 정황 및 시인의
심경을 개관하는 것도 좋을 것 같습니다.

　1953년 6월 17일, 즉 『부코 비가』가 집필되기 2개월 전 동베를린에서
노동자 데모가 발생했을 때, 브레히트는 직접 노동자 편에서 반정부 투쟁
을 벌이지 않았습니다. 왜냐면 서방세계에서 침투한 파시스트들이 노동
자 세력에 뒤섞여 있다고 판단했기 때문입니다. [나중에 소련군 탱크가 진군
했을 때, 브레히트가 쌍수를 들고 환영한 적이 있는데, 이러한 행동 역시 같은 맥락
에서 나온 것이었습니다.] 바로 그 무렵 브레히트는 세 통의 편지를 고위층
에 보냈습니다. 당 지도부에게 노동자의 요구 조건을 수용해 달라고 요
청한 셈이었지요. 이로써 브레히트는 사태가 원만히 해결되기를 바랐습
니다. 그러나 그의 편지는 — 핵심적 구절만이 삭제된 채 —『신독일Neues
Deutschland』 신문에 간행되었지요. 본의와는 달리 어용 작가로 알려지게
된 브레히트는 신문을 읽으면서 참담함을 느꼈을 것입니다.

　B: 「기분 나쁜 아침」 역시 정치적 사건과 무관하지 않겠군요. 일단 시행
을 하나씩 살펴보도록 합시다. 이 시는 두 연으로 이루어져 있군요. 이 시
의 초고에는 제1연의 3행이 빠져 있으며, 제2연은 아예 생략되어 있지요.
"금어초"와 그리고 "아무것도 모르는 자들!" 등과 같은 시구는 나중에 첨
가된 것입니다.[13] 제1연 1행부터 4행까지에는 동사가 생략되어 있습니다.
그것은 완성된 문장이 아닙니다. 이로써 제1연의 앞부분은 시인의 순간적

---

12. 얀 크노프는 '늙은 요부처럼 보이는 은백양나무'를 창녀처럼 기능하는 예술에 대한 비
유라고 설명하고 있다. Bertolt Brechts Bukower Elegien. Mit Kommentaren von Jan
Knopf, Frankfurt a. M. 1986, S. 52ff.
13. 초고는 다음과 같이 이루어져 있다. "은백양나무, 이곳에서 잘 알려진 아름다움/ 오늘
따라 늙은 妖婦. 호수는/ 하나의 늪 구정물, 휘젓지 마시오./ 푹시아 꽃, 갑자기 천박하다.
왜?/ 어젯밤 꿈속에서 나를 가리키는 손가락들을 보았다.// 그것들은 닳아 있었고/ 그것
들은 부서져 있었다." Jan Knopf, a. a. O., S. 53.

느낌일 것입니다. 가령 자연이 변화된 게 아니라, 자연을 대하는 시인의 의식이 변화되어 있다는 점 말입니다.

제1연은 5행 "왜?"를 축으로 하여 두 부분으로 나누어집니다. 그것은 내용상으로도 확연한 차이를 보이고 있지요. 즉, 앞부분은 잠에서 깨어난 시인의, 자연에 대한 순간적 느낌인 반면, 뒷부분은 조금 전 꿈속 내용에 대한 사실 요약으로 이루어져 있으니까요. 독일어로 "Vettel"은 "마귀할멈"이라고 번역될 수도 있습니다. 브레히트가 늙은 창녀에 대한 프랑수아 비용Fr. Villon의 표현을 자주 사용했듯이, 우리도 그 단어를 "요부妖婦"라고 번안하는 게 더 나을 테지요?

A: 그렇습니다. 하이너 뮐러의 인터뷰에 의하면, 브레히트는 구동독이 건설될 무렵, 새로 탄생하는 동쪽의 사회주의 국가를 젊은 매춘부로 규정했지요. 왜냐면 구동독은 히틀러의 패배로 인해 양대 이데올로기 사이에서 어부지리로 탄생한 분단국가로서, 언제나 소련에 추파를 던져야 했으니까요. 이에 비하면 구서독은 브레히트의 눈에 파시즘으로 무장한 창백한 모친으로 비쳤습니다.[14] 이러한 시각은 이후의 구동독 작가들에게서도 자주 출현하는 것이지요.[15] 그런데 "호수는 하나의 늪 구정물, 휘젓지 마시오!"라는 구절은 무엇을 연상시키는가요?

B: 글쎄요, "구정물"이란 단순히 "더럽혀진 물"이라고 이해될 수 있지 않을까요? 그렇지 않다면, 그것은 "칠장이 히틀러의 붓을 씻어낸 물로 간주될 수 있겠는데요?"

A: 아, 그럴듯하군요. 왜냐하면 구정물은 (파시스트의 색깔인) 고동색으로 이루어져 있기 때문입니다. 나치 돌격대원(SA)들이 고동색 셔츠를 입은 것을 생각해 보세요. 만약 누군가 구정물을 휘저으면, 파시즘의 똥물이 호수

---

14. Siehe B. Brecht: Gestern nacht, in: GW. Supplement. 2. Gedichte, Frankfurt a. M. 1985, S. 403f.
15. Siehe W. Biermann: Alle Lieder, Köln 1991, S. 70f.

전체를 오염시킬 게 분명합니다. 이는 당시의 정치적 상황과 관련시킬 때 명확해지는군요.

B: 그렇다면 "금어초 사이의 푹시아 꽃 천박하고 공허한"은 어떻게 이해할 수 있을까요? 제가 궁금한 사항은 왜 브레히트가 나중에 이 대목을 초고에다 첨가했을까? 하는 물음입니다.

A: 백과사전에서 "금어초"와 "푹시아 꽃"을 찾아보아도, 두 식물 사이의 공통점은 발견되지 않아요. 두 식물은 분명히 구동독 사회의 어느 특정한 인간군을 상징하는 게 분명한데, 두 단어는 독일어로 어떻게 표기되나요?

B: 금어초는 "Löwenmaul"이며, 푹시아 꽃은 "Fuchsien"입니다. 참 그러고 보니, 두 단어 속에는 동물을 규정하는 단어가 감추어져 있네요. "Löwe"는 독일어로 사자를, "Fuchs"는 여우를 지칭하니까요.

A: 바로 그것입니다. 주지하다시피 사자는 용맹스럽고 품위 있는 동물이고, 여우는 영리하고 꾀 많지만, 때로는 변절하는 동물로 비유되지 않습니까? 사자가 권력을 지닌 인간군이라면, 여우는 지식인 계층으로 이해해도 될까요? 이를 고려한다면 "금어초 사이의 푹시아 꽃 천박하고 공허한"은 다음과 같이 설명할 수 있겠습니다. 지식인의 기능은 한편으로는 민중에게 감추어진 진리를 전해주는 일이요, 다른 한편으로는 정책 비판의 일입니다. 만일 이러한 기능이 수행되지 못할 때, 지식인들은 기회주의적 어용의 탈을 쓰게 되는 것입니다. 실제로 브레히트는 『투이 장편Tui-Roman』에서 기회주의적으로 권력의 편에서 특권을 누리는 지식인을 비아냥거린 바 있습니다.[16] 그렇기에 그들은 (스스로 거울 앞에 섰을 때, 혹은 일반 사람들의 눈에) "천박하고 공허"하게 비치는 게 아닐까요? 따라서 "금어초 사이의 푹시아 꽃"이란 표현은 권력자들의 눈치만 보는 어용 지식인으로 추론될 수

---

16. 이 시구는 윌리엄 블레이크의 「지옥의 격언」의 시구를 떠올리게 한다. "사자가 여우의 충고를 받으면 교활해진다If the lion was adviced by the fox, he would be cunning." 실린 곳: 우리 가슴에 꽃핀 세계의 명시, 정끝별 해설, 민음사 2012, 168쪽.

있겠습니다.

B: 그렇다면 꿈속에서 "손가락질"하는 사람들은 누구일까요?

A: 손가락이 부서지고 닳은 사람들은 누구일까요?

B: 그야 노동자 세력이겠지요.

A: 네, 시의 후반부는 비교적 이해하기 수월할 것입니다. 물론 노동자들의 손가락이 "부서"지고 "닳"은 것은 자구적인 해석 외에, 또 다른 의미로 이해될 수 있습니다. 손가락이 닳은 것은 사회주의 체제 내에서도 소외된 노동을 체험하는 계층이 있다는 점을 가리킵니다. 손가락이 부서진 것은 힘든 노동 때문이기도 하지만, (두 주먹을 불끈 쥐며) 하나의 세력을 규합할 수 없다는 의미를 담고 있습니다.[17] 한마디로 당시 브레히트는 구동독의 노동자 세력을 무기력하다고 판단했습니다. 그렇다면 제2연에서 "아무것도 모르는 자들"은 누구를 지칭하는 것일까요?

B: 당연히 노동자 세력이 아닐까요?

A: 어쩌면 우리는 또 다른 해석의 가능성을 도외시해서는 안 될 것 같아요. "아무것도 모르는 자들"은 구동독의 당 지도부를 가리킨다고 가정할 수 있습니다. 이러한 논리에 의하면, 권력자들은 노동자 데모의 근본적 지향점을 모른다는 말이 되겠지요. 그렇다고 시인이 "죄의식에 사로잡"혀야 한다는 것은 논리적으로 설득력이 없어요. 따라서 아무것도 모르는 자들이 노동자 세력인 것은 분명합니다. 그렇다면 노동자들은 도대체 무엇을 모르고 있을까요? 역사적 과정 속에서 반드시 진척시켜야 할 계급적 역할을 모른다는 말일까요, 아니면 동베를린 노동자 데모의 직접적인 결과를 모른다는 말일까요? 이에 관해서는 함부로 결론짓기가 어렵습니다.

---

17. 그렇다고 해서 "부서진 손"은 소련 탱크에 직접 뭉개진 것도 아니고, 스탈린의 고문에 찢겨진 것도 아니다. 에어빈 라이저에 의하면, 노동자들은 스탈린의 방식을 몰랐으나, 브레히트는 이를 알았으며, 노동자들에게 미리 이 사실을 알렸어야 옳았다고 한다. Erwin Leiser: Notizen über Brecht und die Politik, in: B. Brecht, 1956/66 Internationes, 1966, S. 24f.

B: 선생님의 말씀을 듣고 보니, 『작업일지』에서 1953년 8월 20일에 씌어진 구절이 생각나는군요. 여기서 브레히트는 "노동자들의 구호는 뒤엉켜 있으며, 무기력할 뿐 아니라, 계급의 적에 의해 침윤되어 있다"고 지적했습니다.[18] 실제로 동베를린 노동자 데모 당시에 노동자 세력은 평의회와 같은 조직조차 없었고, 아무런 계획 내지는 대안 등을 마련하지 못했다고 하더군요.

A: 브레히트의 논평을 계속 인용해 보세요.

B: "(…) 우리는 우리 앞에 가장 타락한 상태의 계급을 맞이하고 있다. 어쩼든 그것[노동자 집단: 역주]도 계급이다. 모든 것은 이러한 첫 번째 만남을 완전하게 평가하는 데 있다. 그게 접촉이었다. 그러니까 첫 번째 만남은 포옹의 방식이 아니라, 주먹을 휘두르는 방식으로 이루어졌는데, 이것 역시 어쩼든 접촉인 셈이다. 당은 그들에게 겁을 주어야 하지만, 절망할 필요는 없다. 모든 역사 발전을 고려할 때, 당은 지금까지 노동자계급의 동의를 한 번도 기대할 수 없었다. 때로는 어떤 주어진 정황에 따라서는 노동자의 저항에도 불구하고 그들의 동의 없이 관철시켜야 했던 과업들이 있었다. 그러나 이제 귀찮은 일이 거대하게 발생했는데, 나는 노동자계급에게 좋은 기회가 도래했다고 믿었다. 따라서 나는 6월 17일의 끔찍한 사건을 무조건 부정적으로 여기지는 않는다."[19] 이 대목에서 우리는 노동자계급에 대한 브레히트의 입장을 읽을 수 있습니다.

A: 그렇지만 브레히트의 『작업일지』에 기록된 언급만으로 「기분 나쁜 아침」의 제2연을 완전히 설명할 수는 없습니다. 어쩌면 노동자들의 입장에서 볼 때 브레히트는 전혀 도움이 되지 않는 먹물 내지는 "문둥이"에 불과한 반면에, 시인의 입장에서 볼 때 노동자계급은 (최소한 당시로서는) "가장 타락한 상태의 계급"이었던 것 같군요. 따라서 노동자계급은 "아무것

---

18. B. Brecht: Arbeitsjournal, Zweiter Band, Frankfurt a. M. 1974, S. 597.
19. ebenda, S. 597.

도 모르는 자들"로 이루어져 있었지만, 무지無知 때문이라기보다는 바른 정보를 입수하지 못했으므로 나중에 악용당하리라는 점을 알아차리지 못했던 것입니다.

마지막으로 한 가지만 더 지적하도록 하지요. 「기분 나쁜 아침」이 위대한 시로 인정받을 수 있는 이유는 어디에 있을까요? 나는 그것을 "자기비판 속에 용해된 비판"에서 찾고 싶습니다. 다시 말해, 마지막 행 "죄의식에 사로잡힌 채"라는 구절이 있기 때문에 브레히트의 노동자계급에 대한 비판은 정당화될 수 있습니다.[20] 「기분 나쁜 아침」에 관해서는 이 정도로 끝내고, 다음의 시를 살펴볼까요?

5. 버릇들Gewohnheiten

수프가 흘러넘치도록
접시들이 너무 세게 놓인다.
날카로운 목소리로
명령이 울린다: 식사 시작!

프로이센의 독수리
그는 어린것들의 입에다
찢은 먹이를 넣어준다

(Die Teller werden hart hingestellt/ Daß die Suppe überschwappt./ Mit schriller Stimme/ Ertönt das Kommando: Zum Essen!// Der preußischer

---

20. 결과론이지만 동베를린 노동자 데모 사건은 — 하이너 뮐러H. Müller도 말한 바와 같이 — 구동독이 민주화될 수 있는 세 번의 기회 가운데 하나였다. 이러한 기회를 상실한 까닭은 반드시 노동자계급만의 책임은 아니었다. 오히려 브레히트와 같은 지식인들은 노동자계급 속에 파고든 파시스트 세력을 너무 과대평가했기 때문이기도 하다.

Adler/ Den Jungen hackt er/ Das Futter in die Mäulchen.)

B: 브레히트는 제목에서 과거의 어떤 특정한(나쁜?) 관습이 현재까지 이어지고 있음을 문제 삼으려 했을까요? 「버릇들」은 원래 "버릇들, 아직 항상Gewohnheiten, noch immer"이라는 제목을 지니고 있었으나, 베를린-프랑크푸르트 판에는 현재의 제목으로 바뀌게 되었지요. 원래 제목은 옛날의 습관이 사라지지 않고 여전히 남아 있다는 점을 시사해 줍니다. 가령 연작시 「무더운 날Heißer Tag」에는 "옛날과 같이!"라는 표현이 나타나고 있습니다만….

A: 그럴듯하군요. "프로이센" ⇒ 히틀러의 제3제국 ⇒ 구동독으로 이어지는 국가는 한결같이 (개인의 사적인 행복을 무시하고) 전체주의적 관심사를 드러내고 있습니다. 차이가 있다면 다만 관심사의 강도일 뿐이지요. 두 연으로 이루어진 「버릇들」은 일견 수월하게 이해되는 단시입니다. 제1연은 수동형의 문장으로, 제2연은 능동형의 문장으로 씌어져 있군요. 제1연에서 명령의 주체가 생략되어 있는 것은 당연합니다. 그렇지만 우리는 제1연의 주체를 제2연을 통해서 추론해 낼 수 있을 것입니다. 미리 말하자면, 제1연에서 진행되는 일은 제2연에서 진행되는 일과 동일하지는 않으나, 무척 유사합니다. 전자가 어느 집단의 식사시간을 묘사하고 있다면, 후자는 독수리가 새끼에게 먹이를 찢어주는 모습을 묘사하고 있으니까요.

B: 이 시를 읽으니 병영의 취사실 혹은 훈련소 식당이 떠오르는군요. 그렇다면 누군가 "수프가 흘러넘치도록" 접시를 식탁 위에 놓는 걸로 미루어, 이곳의 식사는 즐기기 위해서가 아니라, 다만 영양 공급을 위한 식사라는 차원을 벗어나지 못할 것 같습니다. 그렇다면 완강하게 접시를 식탁 위에 놓으며 "식사 시작!"을 외치는 자는 군대의 취사반장일까요?

A: 그럴 수도 있지요. 비록 1953년 구동독에서 아직 군대가 정식으로 결성되지 않았다고 하나, 시의 배경이 반드시 1953년의 동베를린이라고 단

정할 수는 없을 테니까요. 따라서 우리는 이곳을 군대의 식당, 아니면 기숙사 내지 휴양소의 배식 장소라고 여기면 족할 것입니다. 그 밖에 두 연의 시점이 제각기 현재와 과거로 이해될 수 있다고 주장하는 것은 약간의 문제를 지니고 있습니다.[21] 예컨대 제1연이 실제로 브레히트가 목격했던 장면이라면, 제2연은 이 순간 시인의 뇌리에 떠오른 가상적인 상일 수도 있으니까요.

생각해 보세요. 이 두 장면은 마치 영화에서 두 개의 다른 장면이 서서히 뒤바뀌는 "연상 기법Überblendung"처럼 그렇게 교차되고 있습니다. 차이가 있다면, 제1연에서는 식사 행위가 비인간적인, 강압적인 방식으로 진행되는 반면에, 제2연에서는 어린 새끼를 자상하게 키우려는 어미 독수리의 애정이 담겨 있지요.

B: 선생님께서는 "프로이센의 독수리"가 과거 19세기의 프로이센으로 이해될 수도 있고, 현재의 두 독일, 특히 동독에 대한 상징물로 받아들일 수 있다고 말씀하시려는 것일 테죠? 어째서 브레히트는 겉보기에는 서로 다르나, 본질적으로는 같은 두 장면을 두 개의 연으로 병렬시켰을까요?

A: 그게 바로 해석상 가장 중요한 문제일 것 같군요. 어쩌면 우리는 "프로이센의 독수리"를 일단 구동독 국가로, "어린것들"을 1953년 동베를린에서 데모하던 노동자들이라고 추론할 수 있습니다. 그 외의 다른 해석의 가능성도 무시할 수 없겠지만 말입니다. 실제로 브레히트는 친구인 주어캄프Peter Suhrkamp에게 보낸 편지에서 6월 17일 노동자 데모는 노동자들의 불만에서 촉발되었는데, 이는 무엇보다도 소비재의 생산 부족에서 비롯했다고 기술한 바 있지요.[22] 따라서 「버릇들」에서는 국가가 인민들에게 식사를 강요하고 있습니다. 국가는 인민들의 식욕에 대해 전혀 개의치 않아요.

---

21. Vgl. Marion Fuhrmann: a. a. O., S. 92f.
22. 뒤이어 분석될 「새로운 말투」에서도 브레히트는 구동독 내의 생필품 내지는 소비재 부족 현상을 간접적으로 비판하고 있다.

독수리로서는 그저 열심히 주는 대로 식사하고 나중에 시키는 대로 일을 잘하라고 새끼에게 부탁할 뿐이지요. 한마디로 이 시는 파시스트들의 전체성에 대한 관심보다는, 오히려 국가의 인민에 대한 전체주의적 폭력에 관한 문제를 부각시키고 있습니다.

B: 강제로 음식을 퍼 먹이든, 자상하게 "어린것들의 입에다 찢은 먹이를 넣어"주든 간에, 국가는 궁극적으로 자신의 이기주의적 욕망을 위해서 인민을 돌보고 있다는 말씀이군요. 인민이 사라지면 국가도 사라지고 말 텐데 말입니다.

이 정도로 하고 1980년이 되어서야 공개된 브레히트의 시, 「새로운 말투」를 읽어 볼까요?

6. 새로운 말투Die neue Mundart

언젠가 그들이 여편네들과 양파에 관해 이야기 나누었을 때
다시금 상점들은 텅 비어 있었고
그들은 탄식, 저주 그리고 유머 등을 잘 이해했으며
그럼에도 이로 인한 참을 수 없는 삶은
깊은 곳에서도 생기가 넘치고 있었다.
지금
지배자가 된 그들은 새로운 말투로 말하고
위협적이고 교육적인 목소리로 발설하는
허튼소리들은 다만 그들에게 이해되고
상점들은 양파 없이 가득 차 있다.

허튼소리를 듣는 자는
식욕을 상실하고

그걸 지껄이는 자는
듣기를 상실한다.

(Als sie einst mit ihren Weibern über Zwiebeln sprachen/ Die Läden waren
wieder einmal leer/ Verstanden sie noch die Seufzer, die Fluche, die Witze/
Mit denen das unerträgliche Leben/ In der Tiefe dennoch gelebt wird/
Jetzt/ Herrschen sie und sprechen eine neue Mundart/ Nur ihnen selber
verständlich, das Kaderwelsch/ Welche mit drohender und belehrender
Stimme gesprochen wird/ Und die Läden füllt — ohne Zwiebeln.// Dem,
der Kaderwelsch hört/ Vergeht das Essen./ Dem, der es spricht/ Vergeht
das Hören.)

B: 일단 몇 가지 번역상의 문제 그리고 시의 일차적 이해를 위한 사항 등
을 지적해 보겠습니다. 원래 "Mundart"라는 독일어 단어는 "방언" 혹은
"말씨"로도 번역될 수 있으나, 시의 문맥을 고려할 때 "방언"은 해당되지
않는 것 같아요. 왜냐하면 방언이란 지역적 폐쇄성으로 인해서 나타나는
사투리이기 때문입니다.

한 가지만 더 지적하자면, "허튼소리"라는 조어造語입니다. 원래 그것
은 독일어 단어로는 "Kauderwelsch"인데, 브레히트는 이를 의도적으로
"Kader-welsch"로 사용했어요. "Kader"라는 단어는 구동독에서 "주도하
는 엘리트 세력"이라는 뜻으로 사용되었습니다. 이들은 정치적 혹은 전문
적 식견 때문에 어떤 특정 공동체에서 주어진 과업을 실현하기 위하여 일
반 사람들을 인도하는 그룹이지요. 브레히트는 이러한 조어를 사용함으로
써, 주도하는 엘리트 세력의 발언이 한마디로 허튼소리임을 드러내려고 한
것 같은데요?

A: 그렇습니다. 브레히트가 이 시를 발표하지 않으려고 했던 까닭은 아

마도 두 가지 이유 때문일 것입니다. 첫째, 그는 당 지도부와 불필요한 마찰로 갈등을 일으키고 싶지 않았습니다. 둘째, 브레히트는 내심 스탈린주의에 대해 부정적으로 생각했으나, 자신의 문학이 서구에서 스탈린주의에 대한 경박한 비판으로 매도되는 것을 원치 않았지요. 가령 브레히트는 1952년에 다음과 같이 말했습니다. "내가 여기[구동독: 역주] 머물고 있기 때문에 특정한 견해를 표방하는 게 아닙니다. 내가 특정한 견해를 표방하기 때문에 여기 머물고 있는 거지요."[23]

B: "언젠가 그들이 여편네들과 양파에 관해 이야기 나누었을 때/ 다시금 상점들은 텅 비어 있었고/ 그들은 탄식, 저주 그리고 유머 등을 잘 이해했으며/ 그럼에도 이로 인한 참을 수 없는 삶은/ 깊은 곳에서도 생기가 넘치고 있었다." 여기서 "여편네들"과 "양파"란 무슨 의미를 지니고 있을까요?

A: 이 시를 정확히 이해하려면, 우리는 다른 작품을 읽을 때와는 달리 작품 내용을 우선 전체적으로 이해해야 할 것입니다. "그들"이 누구일까요? 그들은 남자들입니다. 그것도 왕년에는 무산계급에 속했으나, 이제는 세상이 바뀌어 지배계급으로 승격해 있는 남정네들입니다.[24] 이에 반해 브레히트의 시는 지배자로 둔갑한 무산계급의 오만 방자한 태도를 비판적으로 고찰하고 있지요. 이러한 태도는 "개구리 올챙이 적 모른다"는 속담으로 요약될 수 있을 것 같아요. 과거에는 모든 사람들이 "깊은 곳," 즉 하층민들이 사는 곳에서 평등하게 농담을 주고받으며, 함께 더러운 세상을 탓하곤 했습니다. 그러나 세상이 변하게 되어 몇몇 사람들은 "위협적이고 교육적인 목소리"로 허튼소리를 지껄이고 있으니까요. 그들은 이제 더 이상 옛 친구들의 "탄식, 저주 그리고 유머" 등에 관해 전혀 관심이 없습니다.

---

23. Gerhard Seidel: Vom Kaderwelsch und vom Schmalz der Söhne McCarthys, in: Sinn und Form, Jg. 32 (1980), H. 5, S. 1087-1092.

24. 이 시는 과거와 현재를 대비시키고 있다는 점에서 金光圭의 「二代」를 연상시킨다. 가령 金光圭의 시에서는 2대에 걸쳐 변화된 생활환경과 언제나 변화 없이 되물림되는 제반 계급에 관한 문제가 예리하게 지적되고 있다. 金光圭: 아니다 그렇지 않다, 서울 1983, 65쪽.

따라서 "여편네들"은 성과 사랑에 관계되는 대화 내용입니다. "여편네들"과 "양파"가 상호 관련되는 은어隱語로 이해될지 모릅니다. 가령 "양파"란 얀 크노프가 주장한 대로 (껍질을 벗긴다는 의미에서) 성적 상징으로 받아들일 수 있으니까요.[25] 그렇지만 양파는 문맥을 고려할 때 무엇보다도 소비재 식품으로 이해될 수 있을 것입니다. 그것은 무산계급뿐 아니라, 만인에게 필요한 생필품이니까요. 실제로 양파와 마늘의 냄새는 적어도 유럽에서는 가난한 자의 냄새로 간주되었습니다.

B: 선생님 말씀에 의하면 과거와 현재의 대비가 중요하겠군요. 과거에는 비록 "상점이 텅" 빌 정도로 생필품이 부족했으나, 사람들은 생기 넘치게 대화를 나누며 살았다는 말이지요? 이에 비해 오늘날 상점에는 양파와 같은 채소, 과일 등은 전혀 발견되지 않고, 기껏해야 삶에 직접 필요 없는 물건들로 가득 차 있다는 말이겠지요? 상점에 물건이 "가득 차" 있는 것은 생산량이 많아서가 아니라, 물건이 팔리지 않기 때문이지요.

A: 그렇습니다. 상점에는 팔리지 않는 물건만 가득 차 있다는 말은 시인이 처해 있는 사회의 생산 구조가 소비자의 욕구를 충분히 수렴하지 않았다는 뜻과 직결되지요. 사회주의 경제 체제가 모든 것을 필요에 의해 생산한다고는 하지만, 구체적인 "필요성"을 미리 파악하지는 못합니다. 자본주의 체제만큼 시장이 활성화되지 않으니까요. 제2연을 읽어보세요. "허튼 소리를 듣는 자는/ 식욕을 상실하고/ 그걸 지껄이는 자는/ 듣기를 상실한다." 따라서 문제는 다음과 같은 두 가지 사항일 것입니다. 첫째 사항은 과거에 그토록 자연스럽게 환담을 나누던 사람들이 더 이상 서로 대화를 나누지 못하게 되었다는 것입니다. 그들은 이제 "교육적인 목소리로 발설"할 줄만 알았지, 옛 친구들의 조언이나 견해에 대해 진혀 귀를 기울이지 않습니다. 남의 말을 듣지 않는 인간 동물은 자신의 관심사를 확장시키지 못합니다. 새롭게 배우기를 포기한 속물로 변화되어 있으니까요.[26]

---

25. Vgl. Jan Knopf: Brechts Bukower Elegien, a. a. O., S. 67.

둘째 사항은 삶에 대한 의욕의 상실로 요약될 수 있습니다. "허튼소리"를 지껄이는 그들의 새로운 말투는 한편으로는 가난한 사람들의 말투와는 다르므로 쉽게 이해되지 않습니다. 그것은 다른 한편으로는 몹시 "위협적"인 내용을 담고 있으므로 듣는 사람의 입장에서 볼 때 거북하게 느껴집니다. 삶에 대한 의욕 상실은 — 하이너 뮐러가 예리하게 지적한 바 있지만 — 구동독에서 횡행하던 프로테스탄트의 금욕주의 내지는 유물론적으로 폐쇄된 남성 우월주의와 결코 무관하지 않습니다.

B: 그러한 정적 구도는 다음의 시 「위대한 시대, 탕진하고」에서 그대로 드러나고 있습니다.

7. 위대한 시대, 탕진하고 Große Zeit, vertan

여러 도시가 건립된다는 걸, 나는 알았다.
그래서 차타고 가보지 않았다.
그건 다만 통계에 해당한다고, 나는 생각했다.
역사가 아니라.

인민의 지혜 없이 건설된
도시들은 도대체 무엇이란 말인가?

(Ich habe gewußt, daß die Städte gebaut wurden/ Ich bin nicht hingefahren./ Das gehört in die Statistik, dachte ich/ Nicht in die Geschichte.// Was sind schon Städte, gebaut/ Ohne die Weisheit des Volkes?)

---

26. 가령 브레히트는 「너무 자주 말하지 말라」에서 다음과 같이 기술하였다. "너무 자주 말하지 말라, 그대는 옳다, 선생이여!/ 학생들로 하여금 이를 인식하게 하라!// 당신이 옳다는 걸 너무 격렬히 강요하지 말라/ 진리는 이를 견디지 못할 터이니.// 말할 때 들어라!" Brecht: Berliner u. Frankfurter Ausgabe, Bd. 15, S. 272.

B: 여기서는 넓은 의미에서 도시 계획의 문제가 제기되고 있는 것 같은데요. 어떻습니까?

A: 브레히트는 15년 동안 해외에서 망명 아닌 망명 생활을 보냈으므로, 여러 나라의 가옥에 대해 관심을 기울일 수밖에 없었습니다. 브레히트에 의하면, 주택은 편안하고, 넓으며, 아름다워야 합니다.[27] 그렇기에 그는 특히 미국 할리우드의 기능주의적 건축물을 혐오했지요. 왜냐하면 그것들은 개개인의 취향을 고려하지 않고, 자연 환경을 모조리 단순화시키기 때문입니다. 가령 1948년 6월에 스위스에서 극작가이자 소설가인 막스 프리쉬 Max Frisch를 만났을 때, 브레히트는 취리히에서 주로 일반 노동자들이 사는 아파트촌을 둘러보았습니다. 아파트촌은 생활하는 데 편리할지 모르나, 추하고, 단순하며, 비좁기 짝이 없었습니다. 브레히트는 그것을 다음과 같이 표현했지요. "프리쉬는 나를 도시 거주지를 지나 거대한 아파트 블록에 있는 3칸 내지 4칸 방의 거주 공간으로 안내한다. 건물의 앞부분은 태양을 향해 있고, 건물과 건물 사이에는 약간의 녹지 공간이 있으며, 실내는 (욕조, 전기 오븐 등) 쾌적할 것 같다. 그렇지만 모든 게 작아, 마치 감방 같아 보인다. 노동력과 상품을 재창조하기 위한 직은 공간들, 그건 약간 나은 슬럼에 불과하다."[28] 거주자의 취향과 개성을 고려하지 않는 거주 공간은 브레히트에 의하면 개개인의 삶을 황폐화시키고 단순하게 만든다는 것입니다.

B: 선생님께서 말씀하시는 도시 계획에 관한 사항은 (곰곰이 생각해 보면) 구동독의 도시 정책에 대한 비유로 받아들이는 게 바람직하지 않을까요? 가령 제목이 시사하고 있듯이 "위대한 시대"란 구동독의 재건 시기를 지칭하는 게 아닌가요?

---

27. 로마의 건축가 비트루비우스의 주장에 의하면 건물은 세 가지 사항을 충족시켜야 한다. (1) 견실성firmitas, (2) 실용성utilitas, (3) 예술성venustas.
28. B. Brecht: Arbeitsjournal, Bd. 2, a. a. O., S. 517.

A: 물론 "탕진"해버린 "위대한 시대"는 브레히트가 말년에 살던 동독 지역을 지칭하는지 모릅니다. 브레히트는 로슈토크, 베를린, 데사우, 라이프치히 등과 같은 "여러 도시가 건립된다는 걸" 미리 알고 있었습니다. 주로 대도시가 전쟁으로 인해 폐허로 변했으니까요.

B: 이 대목은 생경하게도 "완료형"의 문장으로 이루어져 있습니다. 독일어에는 (영어에서와는 달리) 완료형의 계속적 용법이 없습니다. 그런데 왜 굳이 시인이 완료형을 사용했는지 모르겠어요.

A: 그건 다음과 같이 설명할 수 있지 않을까요? 시인은 이전에 우려하던 바를 스스로 확인했다고 말입니다. 앞뒤 문맥을 고려하면 우리는 그걸 알 수 있지요.

B: 그렇겠군요. 여러 도시에 새로운 건축물이 들어서게 되었을 때, 브레히트는 틀림없이 축성식의 초대장을 받았을 것입니다. 유명인사니까요. 왜 그가 그곳으로 가지 않았을까요?

A: 가 봐야 뻔하기 때문입니다. 도시의 건물들은 해당 도시에 살고 있는 일반 사람들의 욕구, 취미, 그리고 개성 등을 충족시키지 못하고, 도식적인 틀과 동일한 건물 구조에 의해서 짜 맞추어졌기 때문이지요. 위정자의 관심사만을 반영한 모든 숫자와 **구도**를 생각해 보세요.[29] 거주지는 (노동자들이 휴식을 취한 뒤, 더욱 열심히 일하도록) 무엇보다도 실용성만을 고려해서 지어졌던 것입니다.[30] 그런 식의 도시 건립은 브레히트의 표현대로 다만 "통계Statistik"일 뿐, "역사Geschichte"가 될 수 없어요. 역사는 역동적이고 시간적인 뉘앙스를 지니고 있습니다. 그것은 어떤 **근본적 변화 과정**을 전제로 하

---

29. 「불행한 일」, "여기 너희를 위해 지은 집이 있어./ 그것은 넓고 튼튼해./ 너희가 살기에 좋으니, 들어와./ 머뭇거리며 미장이/ 벽돌공, 함석장이와/ 유리공이 안으로 들어온다." B. Brecht: GW. Bd. 10, a. a. O., S. 1004.

30. 이러한 전체주의적 도시 계획은 자본주의 사회에서도 마찬가지이다. Siehe Hans G. Helms, Jörn Janssen (hrsg.): Kapitalistischer Städtebau, Neuwied 1971, S. 17; 건축물의 현실적 기능성과 이데올로기적 기능성 사이의 차이점에 관해서는 다음의 책을 참고하라. Lars Gustafsson: Utopien, Essays, München 1970, S. 82ff.

지요. 이에 비하면 통계는 아무래도 정물적이고 공간적인 구도를 연상하게 합니다. 전자가 다양성과 충만성 그리고 구분을 전제로 하는 개념이라면, 후자는 동일성, 단순성, 그리고 기능성을 전제로 하는 개념입니다. 한마디로 브레히트는 일반 사람들이 배제된, 위로부터 수행되는 사회주의 재건에 대해서는 처음부터 부정적인 시각을 지니고 있었지요.

B: 두 번째 연, "인민의 지혜 없이 건설된/ 도시들은 도대체 무엇이란 말인가?" 역시 그러한 맥락에서 이해될 수 있겠군요?

A: 그렇습니다. 더 나은 사회를 정착시키기 위해서 가장 절실하게 필요한 정책은 인민의 요구 사항이요, 이들의 관심사를 충분히 받아들이는 것입니다. 바로 이러한 사항이 외면되었기 때문에 동베를린 노동자 데모와 같은 우발적인, 끔찍한 데모가 발생했던 것입니다. 당 지도부의 일방적인 통보로 이루어지는 정책은 민초들의 반발에 부딪히기 마련입니다.

B: 유명한 시 「해결」에서 브레히트는 다음과 같이 비아냥거렸지요. "그렇다면/ 더 간단하지 않을까, 정부가/ 인민을 해체하고 그리고/ 다른 인민을 뽑는 일이?" 정부가 인민을 해체하고 다른 인민을 뽑는다는 게 말이나 됩니까?

A: 그건 현실적으로 불가능하지요. 1956년 1월, 제4차 독일 작가 총회에서 브레히트는 짤막하게 연설하였습니다. 브레히트가 연설하는 경우는 드문 일이었지요. 여기서도 "인민의 지혜"가 언급되고 있습니다. "우리는 국가를 통계에 의해서가 아니라, 역사를 위해서 건설해야 합니다. 인민의 지혜 없이 국가란 과연 무엇이겠습니까?"[31]

B: 이 정도로 하고 1957년 브레히트 사후에 발표된 「쇠」를 살펴볼까요? 다시금 꿈을 소재로 한 작품입니다. 꿈을 소재로 한 부코 연작시는 「쇠」 외에도, 이미 언급한 「기분 나쁜 아침」, 「흙손」 등이 있지요.

---

31. B. Brecht: GW., Bd 19, Schriften zur Literatur und Kunst 2, Frankfurt a. M. 1985, S. 555.

8. 쇠Eisen

꿈속에서 오늘 밤
나는 어떤 거센 폭풍을 보았다.
그것은 축대를 건드리며
비계의 쇠 부분을
찢어 내리고 있었다.
그러나 거기 나무로 이루어진 것은
휘어져 버티고 있었다.

(Im Traum heute Nacht/ Sah ich einen großen Sturm/ Ins Baugerüst griff
er/ Den Bauschragen riß er/ Den Eisernen, abwärts./ Doch was da aus Holz
war/ Bog sich und blieb.)

B: 시인은 꿈속에서 큰 폭풍을 목격합니다. "바람"에 관한 시어는 『부코
비가』의 표제에서 이미 등장했습니다. 연작시 전체를 고려할 때 폭풍은 어
떤 의미를 지니고 있는 걸까요?

A: 이 시를 놓고 한동안 고심했습니다. 「쇠」는 다른 연작시에 비해 (난해
하지는 않으나) 상당히 모호한 면을 지녔기 때문입니다. 난해하다고 말하기
에는 시적 표현이 명징하니까요. 이러한 모호성은 우리가 시적 주제를 파
악하는 데 어려움을 안겨주고 있습니다. 2행에 등장하는 "거센 폭풍"은 일
단 이중적 의미로 파악해야 할 것 같군요. 첫째로 그것은 긍정적인 의미에
서의 동력입니다. 그것은 사회적 정체 상태를 파기시키고 변모의 어떤 역
할을 담당하지요.[32] 따라서 "폭풍"은 현재 상태Status quo의 정체성을 극복

32. 브레히트가 「모토」에서 "바람이 불면 나는/ 돛을 세울 수 있으리라./ 돛이 없으면/ 막
대기와 거적으로 하나를 만들리라."고 묘사한 것과 관계된다.

하고 사회적 변화를 촉구하는 촉매제나 다름이 없습니다. 둘째로 폭풍의 다른 의미는 어떤 부정적인 모티프에서 발견될 수 있습니다. 가령 지상의 모든 것을 다 날아가게 하는 회오리바람 내지는 태풍을 연상해 보세요. 따라서 "거센 폭풍"은 어쩌면 끔찍한 전쟁 속에서 자행되는 살육 행위입니다. 혹은 비상사태의 현실에서 강하게 몰아치는 잔악한 폭력일 수 있습니다.

B: 그러니까 폭풍을 어떻게 바라보느냐에 따라 이 시에 나타난 주제상의 다양성이 간파될 수 있겠군요?

A: 그렇습니다. 두 가지 가능성 가운데 함부로 하나를 단정할 수 없을 것 같습니다. 일단 긍정적인 면부터 먼저 살펴봅시다. 폭풍과 직면해 있는 건축물은 현재 완성된 게 아닙니다. 그렇기에 "축대"와 "비계"가 여전히 세워져 있지요. 이 경우 집은 국가 체제에 대한 비유입니다. 사회주의를 재건하려고 하는 구동독 역시 50년대 초에는 바람직한 이념을 실천하는 중입니다. 따라서 사회주의는 구동독에서 아직 완성되지 않고 있습니다. 건축물 속에는 "쇠 부분"도 있고, "나무로 이루어진 것"도 있습니다. "쇠 Eisen"란 구체적으로 "철"을 지칭하지요. 철은 독일어로 "Stahl"이라고 하는데, 스탈린Stalin을 연상시킵니다. 따라서 거대한 폭풍은 건설 현장에서의 건축물 속에서 부정적 요소를 "찢어내리"게 합니다.

B: 이와 관련하여 폭풍이란 동베를린의 노동자 데모를 암시하는 것일까요?

A: 반드시 그렇지는 않습니다. 브레히트는 노동자 시위대 속에 파시스트와 같은 반혁명 운동 세력이 뒤섞여 있다고 생각했습니다. 이를 고려한다면 "어떤 거센 폭풍"은 역사 속의 구체적 사건이라기보다는, (앞으로 도래할지 모르는) 가상적인 사건일지 모르겠어요.

B: 그 밖에 폭풍의 부정적 의미를 고려할 때 어떤 문제가 제기될 수 있을까요?

A: 지금까지 우리는 폭풍을 행위의 주체로서 고찰하며 시를 대했습니다. 이번에는 "나무"와 "쇠"의 관점에서, 즉 폭풍을 행위의 객체로 고찰하며, 시를 분석해 봅시다. 이 경우 폭풍은 여러 가지 유형의 부정적 폭력입니다. 강한 쇠는 부러져 건물 받침대로부터 일탈되지만, "나무로 이루어진 것"은 굽혀질 수 있습니다. 나무 부분은 강풍에도 버틸 수 있습니다. 브레히트는 자연과 현실에 순응하고 굴복하는 게 때로는 저항이며, 주어진 난관을 극복하는 길이라고 믿었습니다.[33]

B: 이 시를 읽을 때, 브레히트의 유명한 도덕경 담시의 구절이 떠오른 것도 우연이 아니군요. "흐르는 부드러운 물이/ 시간이 가면 단단한 돌을 이기는 법이니라/ 강한 것이 유한 것에게 진다는 것을 당신은 아시겠지요"라는 구절 말입니다.[34]

A: 여기서 브레히트의 행동관이 중요합니다. 꾀List를 이용하면서 진리를 전달하고 끝까지 살아남는 것 — 이는 브레히트의 많은 작중 인물들의 삶의 방식이기도 하지요. 충격이 가해질 때 쇠는 부러지지만, 나무는 휘어집니다. 모든 쇠들은 건축물에서 떨어져 나가지만, "나무로 이루어진 것"은 "휘어져 버"틸 수 있지요. 그렇게 유연하게 처신하는 것이야말로 거대한 폭력 앞에서 살아남는 방책입니다. 브레히트는 이를 작은 위대함으로 표현했습니다.

---

33. "사상가가 거대한 폭풍을 맞았을 때, 그는 어떤 커다란 차량에 앉아 많은 자리를 차지하고 있었다. 그가 첫번째로 한 일은 차에서 내리는 일이었다. 두 번째 일은 윗도리를 벗는 것이었다. 세 번째 일은 땅에 엎드리는 것이었다. 그리하여 그는 자신의 가장 작은 위대한 행동으로 폭풍을 극복하였다." B. Brecht: Badener Lehrstück vom Verständnis, in: ders., GW. Bd. 2, S. 602.

34. 브레히트 시집: 살아남은 자의 슬픔, 김광규 역, 한마당 1985년 93쪽. B. Brecht: GW. Bd. 9, a. a. O, S. 660~663.

9. 8년 전에Vor acht Jahren

거기 어느 시절이 있었다

그때 여기는 모든 게 달랐다.

그 푸줏간 여자는 그걸 알지.

그 우체부의 걸음걸이는 너무나 의연하다.

그 전기공은 무슨 일을 했는가?

(Da war eine Zeit/ Da war alles hier anders./ Die Metzgerfrau weiß es./ Der Postbote hat einen zu aufrechten Gang./ Und was war der Elektriker?)

B: 유작으로 발표된 이 작품은 하나의 연으로 이루어진 단시입니다. 번역된 시를 읽으면, 수월하게 이해되지만, 번역의 세부적 사항을 고려할 때 몇 가지 문제를 내포하고 있습니다. 가령 "8년 전"이란 몇 년을 기준으로 하여 8년 전일까요?

A: 그것은 얼마든지 추론 가능하지요.. 만약 연작시가 50년대 초에 씌어진 것을 염두에 둔다면, "8년 전"은 히틀러의 전쟁이 극에 달했을 무렵입니다. 이 시는 나치 집권 시대에 살았던 자들의 삶과 그 이후 현재 사회주의 체제하에서 살아가고 있는 자들의 삶을 비판적으로 비교, 조명하고 있어요.

B: "그때"와 "거기"란 40년대 중엽의 독일을 가리키는 시어로서, 지금 이곳과 비교되겠군요?

A: 어떤 시간직 비교는 가능할 것입니다. 그런데 두 장소 또한 동일한 독일 지역을 지칭하는지 명확하지 않습니다. 번역하실 때 그 외 어떤 난제에 봉착하셨나요?

B: 난제랄 것까지는 없고, 우리는 "푸줏간 여자"라는 표현을 유념해야

할 것 같습니다. 원래 "푸줏간 주인의 아내"는 독일어로 "Metzgersfrau"라고 하지요. 그런데 시인은 "Metzgersfrau"에서 "s"를 뺀 (다른 의미를 지닌) "Metzgerfrau"라는 단어를 사용하고 있어요.[35] 요즈음 독일에서는 꽤 많은 여성이 거리낌 없이 이 직업을 택하곤 합니다만, 전후에는 극히 드물었습니다.

A: 그렇다면 브레히트는 왜 이 단어를 사용했을까요?

B: 어쩌면 남편을 잃었기 때문에, 그미가 직접 푸줏간을 경영하는 게 아닐까요?

A: 정확히 맞추었군요. 소시민 계층에 속하는 남편은 파시즘 정책에 동의하였고, 어쩌면 파시즘 전쟁에서 전사했는지 모릅니다.[36] "그때 여기는 모든 게 달랐다./ 그 푸줏간 여자는 그걸 알지." 가령 푸줏간 여자는 고기 값이 변한 사실을 감지하고 있습니다. 게다가 남편 대신에 일을 해야 하므로 현재 자신의 (피곤한?) 생활 패턴을 직감적으로 느낍니다. 어쩌면 그미는 옛날 히틀러 치하의 삶이 지금의 사회주의 국가보다 더 나았다고 여길지도 모릅니다.[37]

B: 그러면 "그 우체부의 걸음걸이"가 너무도 의연한 까닭은 무엇입니까?

A: 이 시에는 세 개의 직업이 거론되고 있습니다. 푸줏간 여자, 우체부, 그리고 전기공이 바로 그 직업입니다. 푸줏간 여자가 소시민 계층에 속한다면, 우체부는 **하급 관리**에 해당되지요. 또한 전기공은 **노동자** 계층에 속합니다.

추측컨대 우체부는 과거에 "파시즘의 적극 가담자Mittäter"가 아니라, "소극적 동조자Mitläufer"였는지 모릅니다. 하급 관리로서 그는 약간의 지식을

---

35. "푸줏간 주인의 아내Metzgersfrau"는 정육점 남자의 부인을 통상 그렇게 칭한다. 이에 비하면 "푸줏간 여자Metzgerfrau"는 "정육점을 직접 경영하는 여인Metzgerin"을 가리킨다.
36. 도살업자 히틀러와 푸줏간 주인의 거래 관계에 관하여 다음의 논문을 참고하라. 김길 웅, 비가의 미적 구조와 시대 의식, 브레히트 시집 「부코 비가」를 중심으로, 독일 문학 제65집, 39권 1호(1998), 143쪽.
37. 실제로 구동독의 소시민 계층들은 그렇게 생각했다. 이는 가령 하이너 뮐러의 「헐값 노동자」에도 그대로 반영되어 있다.

습득하였으므로, 히틀러의 야만적 폭력을 내심 느꼈을 것입니다. 이제 그는 사회주의 사회에서 어떻게 행동할까요? 현재 우체부의 "걸음걸이는 너무나 의연"합니다. 이는 두 가지로 해석할 수 있습니다. 첫째로 우체부는 한편으로 과거에 비굴하게 행동한 것을 감추려고 애를 씁니다. 둘째로 그는 새로운 사회에서 마르크스의 입장을 충실히 이행하고 있습니다. 그래야 경제적으로 도움이 되니까요. 예컨대 마르크스가 (노동의 소외를 극복한) 주체적 인간으로서 당당하게 살아가는 프롤레타리아의 모습을 "인류의 의연한 걸음"으로 비유한 것을 생각해 보세요.

B: 그렇다면 전기공은 무슨 일을 했나요?

A: 그건 브레히트의 시에서는 명시적으로 드러나지 않습니다. 그러나 전기 기사 역시 지금처럼 (다른 사람들과 마찬가지로) 같은 일을 수행했을 것입니다. 결론적으로 말해, 구동독에서 살고 있는 소시민, 하급 관리, 노동자들은 파시즘의 정책과 폭력에 대항하여 제대로 싸우지 못했습니다. 반전 운동, 반정부 운동을 벌이던 몇몇 뮌헨 대학생들의 "백장미Die weiße Rose" 삐라는 모조리 경찰서에 수거되었습니다. 독일인 특유의 고발정신 때문이었지요.[38]

B: 선생님 말씀은 다음과 같이 요약할 수 있겠군요. 현재의 현실은 8년 전에 비해 많이 달라졌으며, 일반인들의 사고도 약간 변화되었습니다. 그러나 근본적으로 변하지 않은 것은 오로지 일반인들의 직업입니다. 이로써 브레히트는 파시즘 극복 및 과거 청산에 관한 문제가 구동독에서 추상적 과업에 불과하고, 일반인들의 직접적인 생계 문제로부터 벗어나 있다는 점을 지적하려고 했습니다.

---

38. 잉에 숄: 아무도 미워하지 않는 자의 죽음, 송용구 역, 평단문화사 2012.

10. 숲 속의 외팔이 Der Einarmige im Gehölz

땀 젖은 채 그는 마른 가지를 향해
몸을 수그린다. 머리를 휘저으며
그는 모기를 쫓는다. 무릎 사이에서
힘들게 땔감을 묶는다. 신음하며
몸을 바로 세우며, 비 오는지 느끼려고
손을 높이 뻗는다. 손들어
무서운 비밀경찰의 남자.

(Schweißtriefend bückt er sich/ Nach dem dürren Reisig. Die Stechmücken/
Verjagt er durch Kopfschütteln. Zwischen den Knien/ Bündelt er mühsam
das Brennholz. Ächzend/ Richtet er sich auf, streckt die Hand hoch, zu
spüren/ Ob es regnet. Die Hand hoch/ Der geflüchtete S.S. Mann.)

B: 또 한 번 느끼는 바이지만, 브레히트의 시들은 단순하기 때문에, 우
리는 시의 내적 의미를 파악하는 데 어려움을 느낍니다. 「숲 속의 외팔이」
역시 쉬우면서도 난해합니다.

A: 부분적 인식만으로써 마치 모든 것을 다 알았다고 판단하는 것은 착
각이지요. 예술에 있어서 완전한 인식이란 드문 법입니다. 어쩌면 그것은
불가능한 것인지도 몰라요. 괴테는 언젠가 "시 작품은 하나의 그림으로 그
려진 유리창"이라고 비유했습니다. 생각해 보세요. 만약 "장터에서 교회
안을 들여다보면/ 모든 게 어둡고 희미할 뿐"이지요.[39] 표면적 특성은 사물

---

39. 괴테의 초기시 「초조함 Ungeduld」의 제2연 제1행이다. 이 시에서 괴테는 교회 안에서
바깥을 바라보는 태도(예술가의 입장)와 교회 바깥에서 안을 들여다보는 태도(평범한
시민의 입장)를 비교하고 있다. Johann W. v. Goethe: Werke in zwei Bänden, 2. Bd.,
München 1981, S. 140.

의 본질을 은폐시키는 법입니다. 이와 관련하여 브레히트의 시가 그냥 이해된다고 해서, 지속적 해석 행위가 중단되어서는 안 될 것입니다.

「숲 속의 외팔이」로 돌아갑시다. 시 속에 등장하는 인물은 어떻게 외팔이가 되었을까요?

B: "비밀경찰"이라는 표현으로 미루어, 그 남자는 틀림없이 세계대전 기간 동안에 팔 하나를 잃었을 겁니다. 그 밖에 원문에서 "die Hand hoch"라는 표현은 굴복을 강요하는 구호, "두 손 들어Hände hoch"에서 비롯한 것입니다. 주인공이 외팔이라는 사실이 단수형을 사용하게 했는지도 모르지요. 그런데 "손들어"는 원래 나치 당원들이 오른팔을 뻗어 히틀러를 찬양하는 경례를 뜻하기도 합니다.

A: 예리하게 파악하셨군요. 시의 등장인물은 장애인이자 "비밀경찰"입니다. 이 사실은 그가 사고로 인해 팔을 잃은 게 아니라, 부상당했다는 가설을 뒷받침해 줍니다. 그렇다면 "숲 속의 외팔이"가 나뭇가지를 모으는 곳은 어디이며, 이때는 언제일까요? 이러한 질문은 전체 주제를 고찰할 때 무척 중요합니다.[40]

B: 정확히는 알 수 없지만, 브레히트가 부코에 있는 별장으로 가는 길에 우연히 목격한 게 아닐까요? 그리고 "모기"가 등장하는 것으로 미루어 여름 혹은 늦여름일 것 같은데요?

A: 동감입니다. 때는 (B씨의 말씀대로) 50년대 초의 여름인 것은 분명합니다. 그런데 장소는 명확하지 않군요. 그냥 동베를린 근교일 수도 있으니까요. 그런데 "외팔이"는 어떠한 목적에서 마른 가지를 모아 묶고 있습니까?

B: 글쎄요. 나뭇가지로 땔감을 마련하려는 것이겠지요. 먹고살려면 아마도 그게 필요할 테니까… 마른 가지를 "무릎 사이"에 모아놓고, 이를 한

---

40. 특히 "독일 담시die deutsche Ballade"를 연구할 때 우리는 처음부터 사건 발생의 시간과 장소를 확인해야 한다. 왜냐하면 담시는 시적·희곡적 요소 외에도 서사적 요소를 지니고 있기 때문이다. 안진태: 독일 담시론, 열린책들 2003, 제2장 이하를 참고하라.

손으로 묶는 일은 무척 힘이 들겠지요. 외팔이가 불쌍하다는 느낌을 주는 군요. "땀 젖은 채," "힘들게," 그리고 "신음하며" 등의 표현으로 독자는 처절함을 느낄 정도니까요.

A: 불쌍하다고요? 오히려 우리는 외팔이의 땔감 수집을 끈덕진 행동으로서, 일종의 악랄한 집요함으로 파악해야 할 것입니다. 만일 음식용 땔감 때문에 나뭇가지를 모으려면, 굳이 숲 속에서 일하지 않아도 될 것입니다. 자신의 집 주위에서도 얼마든지 땔감을 마련할 수 있을 테니까요. 그러면 외팔이가 겨울 난방을 준비하려고 하는가요? 하필이면 여름에 땀 흘리며, 난방용 땔감을 마련할 필요가 있을까요? 그것도 모기가 들끓는 숲 속에서 자신을 은폐시킨 채 말입니다. 비록 전쟁이 끝난 지 몇 년밖에 되지 않았지만, 독일의 울창한 숲은 세계적으로 잘 알려져 있습니다. 따라서 여름철부터 땔감 걱정을 하는 것은 납득하기 어려운 일입니다. 오히려 그는 어떤 새로운 방화 사건을 저지르려는 게 아닐까요? 어느 여름 숲 속에서 비밀리에 나뭇가지를 모으는 태도를 생각해 보세요. 그렇다면 그는 어디에 불을 지르려고 할까요? 왜 그런 일을 행하려고 할까요?

B: 그렇다면 이 시는 혹시 1953년 6월 동베를린 노동자 데모와 관련된 것일까요?

A: 그럴 수도 있습니다. 그 밖에 1933년 연방의회 의사당 방화 사건과도 관련될 수도 있지요. 한마디로 외팔이는 나치 잔당입니다. 브레히트는 우연히 숲 속에서 외팔이를 목격했는지 모릅니다. 외팔이가 손을 하늘로 치켜드는 모습을 보고, 시인은 그가 "무서운 비밀경찰"이었다는 가설을 직감적으로 추론했을 테지요. 비가 오는지 확인하려고 하늘 위로 뻗은 외팔이의 손은 "하일, 히틀러"를 외치는 나치의 그것과 동일했던 것입니다. 브레히트는 등골이 오싹해지는 것을 느꼈겠지요. 이때 히틀러 정부가 자행한 여러 방화 사건이 떠올랐는지 모릅니다. 어쩌면 마르크스, 엥겔스, 레닌 등의 책이 불타오르는 환영이 투영되었을지도 모르지요. 그게 아니라면,

브레히트는 동베를린 노동자 시위대 사이에 숨어 있던 파시스트들을 연상
했는지도 모릅니다. 왜냐하면 시인은 노동자들의 "정부는 사라져라"라는
구호가 "그들을 처형하라"라는 구호로 바뀌는 것을 목격했던 것입니다. 6
월 17일 구동독 정부는 브레히트의 말대로 "전쟁에 광분하는 파쇼적인 천
민들에 의해 공격당했"던 것입니다. 그렇기에 브레히트의 눈에는 소련 탱
크가 데모하는 노동자에게로 향한 게 아니라, 새롭게 전 세계에다 불을 지
르려는 자들에게로 향하는 것처럼 비쳤습니다.[41] 실제로 브레히트는 당시
에 파시즘의 새로운 전쟁이 발발하리라는 위기의식을 느꼈다고 합니다.

B: 그렇군요. 「숲 속의 외팔이」는 파시즘의 잔재를 비판하는 대표적 작
품으로 이해될 수 있겠습니다. 그런데 『부코 비가』는 반드시 시대 비판만
을 담고 있지 않고, 시인 스스로 의식한 긍정적인 상을 함축하고 있습니
다. 이는 브레히트의 창작관을 고려할 때 무척 드문 것인데, 과거의 시와
극작품에서 거의 출현하지 않았습니다. 이러한 특성은 브레히트의 다음과
같은 기본적 입장에서 비롯합니다. 즉, 보다 바람직한 상이 논의되고 문학
적으로 형상화될 게 아니라, 현실에서 실천되어야 한다는 것이지요.[42] 다음
에 이어지는 시 「노 젓기, 대화」에서 그러한 흔적이 엿보이고 있습니다.

11. 노 젓기, 대화Rudern, Gespräche

저녁 시간이다. 미끄러져 나가는
두 척의 접이 보트. 그 안에서는
두 명의 벌거벗은 젊은 남자, 나란히 노 저으며
대화한다. 그들은 대화하면서

---

41. Siehe M. Wekwerth: Brief an einen westdeutschen Journalisten, in: Kürbiskern, H. 2, 1968, S. 189ff.
42. 사랑이 의식되고 논의되는 것은 현재 미움만이 도사리고 있기 때문이요, 혁명이 의식
되고 논의되는 것은 현재 반동적 이데올로기가 혁명을 가로막고 있기 때문이다.

나란히 노 젓는다.

(Es ist Abend. Vorbei gleiten/ Zwei Faltboote, darinnen/ Zwei nackte junge Männer: Neben einander rudernd/ Sprechen sie. Sprechend/ Rudern sie nebeneinander.)

B: 일견 쉽게 읽히는 시입니다. 아마도 시인은 부코의 어느 호숫가에서 보트를 타는 두 남자에 관해 가벼운 터치로 묘사한 것 같군요. 그렇지만 이 시의 이면에는 어떠한 속뜻이 도사리고 있는지 이해하기 힘듭니다.

A: 이 시를 다른 시 「무더운 날」과 비교하면, 우리는 많은 것을 깨닫게 될 것입니다. 「무더운 날」을 한 번 읽어 보실까요?

B: 네. "무더운 날 나는 강가 야외 텐트 안에서/ 서판書版을 무릎에 얹고 있다. 녹색의 보트가/ 수양버들 사이로 보인다. 갑판에는/ 두툼하게 옷 입은 뚱뚱한 수녀. 그미 앞에는/ 수영복 차림의 나이 든 남자. 아마 신부神父./ 노 젓는 자리에서 한 아이가 있는 힘을 다해/ 노 젓고 있다. 옛날과 같이! 하고 나는 생각한다./ 옛날과 같이!" 이 시 역시 『부코 비가』에 실려 있는데, 호숫가의 정경에 관한 내용을 담고 있다는 점에서 우리가 분석하려는 「노 젓기, 대화」와 비슷하군요.

A: 「무더운 날」은 일견 자연 묘사처럼 보이지만, 그 배후에는 구동독의 비능률적인 삶 내지는 비효율적인 정책 추진 과정 등에 대한 비판이 담겨 있습니다. 두 어른은 가만히 앉아 있는데, 한 아이만이 노를 젓고 있는 경우를 상상해 보십시오. 이러한 비능률성 내지 비효율성은 바이마르 시대나 분단 시대나 다를 바 없다는 것입니다. 시 「무더운 날」에 관해서는 자세한 언급을 생략하기로 하겠습니다. 다만 「노 젓기, 대화」를 중심으로 언급하기로 하지요.

"저녁 시간"은 노동이 끝난 뒤의 저녁을 지칭합니다. 앞의 시에서 노동

시간을 무의미하게 보내는 신부나 수녀와는 달리, 두 남자는 즐거이 여가 시간을 보내고 있습니다. 두 척의 보트는 두 남자에 의해 아주 자연스럽게 "미끄러져 나"갑니다.[43] 접이 보트는 딱딱한 고무 혹은 나무나 금속으로 만든 분해할 수 있는 보트로서, 육지에서는 접어서 운반할 수도 있습니다. 그렇기에 그것은 무슨 일을 비유하든 간에 융통성을 상징하는 도구인 셈이지요.

두 남자는 옷을 벗고 있습니다. "나란히 노 저"을 수 있기 때문에, 그들은 제각기 자유의지로 배의 방향을 설정할 수 있습니다. 그렇지만 보트는 "나란히" 나아갑니다. 이는 그들 사이의 자연스러운 대화가 있기에 가능한 일입니다.[44]

B: 마지막 두 행을 보세요. " (…) 나란히 노 저으며/ 대화한다. 그들은 대화하면서/ 나란히 노 젓는다." 이는 특이하게도 "교차적 배열법 (Chiasmus)"으로 이루어져 있군요.

A: 바로 거기서 브레히트의 시적 의도가 감추어져 있지요. 시의 제목에서도 드러나듯이, "대화"와 "노 젓기"는 말과 행위, 다시 말해서 이론과 실천 등을 상징하고 있습니다. 대화가 정신적으로 소통하는 행위라면, 노 젓기는 육체적으로 소통하는 행위입니다. 이 두 가지는 상호 보완적으로 작용하고 있습니다. 대화는 노 젓기에 의해서 실천되고, 노 젓기는 대화에 의해서 스스로의 정당성을 입증하고 있는 셈입니다. 두 남자의 대화와 노 젓기는 정신과 육체의 아우르기, 즉 상호 연관성을 이루고 있는 행복의 상태로 요약될 수 있겠습니다.

---

43. Vgl. Alexander Hildebrand: Bert Brechts Alterslyrik, in: Merkur 20, 1966, S. 952-962, Hier S. 957f.
44. 엄밀한 의미에서 접이 보트를 탈 때 사람들은 노를 젓지 않는다. 오히려 (마치 카누를 탈 때처럼) 두 손으로 노를 "빙빙 돌린다paddeln"고 표현하는 것이 타당할 것이다. Marion Fuhrmann: a. a. O., Anmerkungen 390, S. 204. 그러나 여기에서 중요한 것은 노 젓는 모습이 아니라, 두 사람이 대화를 나누며 노를 젓는다는 사실이다.

「노 젓기, 대화」는 어떤 긍정적인 상을 담고 있는 작품으로서 브레히트의 걸작 중의 하나입니다. 대부분의 작품에서 브레히트는 사회적, 개인적, 심리적 모순 상태를 의도적으로 부각시켰습니다. 이러한 창작 방법은 독자나 관객으로 하여금 스스로 문제점을 깨닫고, 자기 인식의 바탕 하에서 그것을 수정하게 하는 것이었습니다.

정신과 육체의 아우르기에 관한 브레히트의 상은 1952년, 『부코 비가』가 쓰여지기 1년 전에 작품으로 형상화된 적이 있습니다. 그것은 「행복한 만남glückliche Begegnung」이라는 시입니다.[45]

> 6월 어느 일요일, 싱싱한 숲 속에서
> 듣는다, 산딸기 찾는 사람들은
> 전문학교 다니는 여자들과 처녀들이
> 교재에 기술된 글을 낭독하는 걸,
> 변증법과 아기 키우기에 관해.
>
> 교재로부터 눈을 치켜뜨며
> 본다, 여학생들은 마을 사람들이
> 관목 숲에서 산딸기 따는 걸.

이 시는 비록 내용은 다르지만 「노 젓기, 대화」와 유사한 점을 지니고 있습니다. (머리를 쓰며 공부하는) 여학생들은 마을 사람들이 산딸기를 채집하는lesen 것을 봅니다. (손으로 노동하는) 마을 사람들은 학생들이 교재에 기술된 글을 읽는 것lesen을 듣습니다. 서로 다른 일에 종사하는 두 그룹의 사람들은 우연히 마주칩니다. 이때 그들은 각자의 행위가 상호 보완되는 것임을 느낍니다.

---

45. B. Brecht: GW., Bd. 10, a. a. O., S. 999.

B: "글 읽기lesen"가 독일어로 "(열매) 따기lesen"와 동일한 단어라는 것도 예사롭지 않은 대목입니다.

A: 날카로운 지적이군요. 이로써 그들 각각의 행위는 하나의 일치감을 이루게 됩니다. 앞의 시에서는 두 남자의 "대화"가 "노 젓기"에 의해서 실천되고, "노 젓기"가 "대화"에 의해서 이론적 정당성을 성취합니다. 마찬가지로 여학생의 "(글) 읽기"는 시골 사람들의 "(산딸기) 따기"에 의해(혹은 그 반대 경우에 의해) 보완되고, 정당한 행위로 성취됩니다. 브레히트는 이를 아름다운 만남으로 규정하고 싶었습니다. 실제로 다른 두 부류의 사람들 (여자 + 시골 남자)의 행위(책읽기 + 딸기 따기)는 서로 어울리고 있으니까요. (변증법과 아기 키우기 등의) 실제 삶에 꼭 필요한 강령들은 향유와 인간 삶의 진솔함에서 근거하는 것들입니다.

B: 이제 다른 시를 읽어 봅시다. 80년대가 되어서야 비로소 알려진 시, 「목적을 위한 생필품」은 다음과 같습니다.

12. 목적을 위한 생필품Lebensmittel zum Zweck

여러 대의 대포에 기댄 채
매카시의 아들들은 굳기름을 나누어준다.
끝날 수 없는 기차로, 자전거로 그리고 걸어서
작센 한복판에서 비롯한 민족 대이동.

만약 수송아지가 내버려져 있다면
그 동물은 아앙 떠는 손으로 향할 수밖에 없다,
그게 푸줏간 주인의 손이라 하더라도.

(An Kanonen gelehnt/ Teilen die Söhne MacCarthys Schmalz aus./ Und

in unendbarem Zug, auf Rädern, zu Fuß/ Eine Völkerwanderung aus dem
innersten Sachsen.// Wenn das Kalb vernachlässigt ist/ Drängt es zu jeder
schmeichelnden Hand, auch/ Der Hand seines Metzgers.)

B: 이 시를 처음 읽으면, 우리는 어떤 역사적 사건을 계기로 이 시가 집
필되었다는 인상을 받게 됩니다.

A: 다른 시에 비해 창작 의도가 명확히 간파되지 않는 것 같습니다. "매
카시," "작센," "민족 대이동" 등과 같은 구체적인 시어 때문인 것 같아요.
일단 번역상의 문제에 관해서 말씀하시죠.

B: 선생님 말씀대로 일단 시의 일차적 의미를 살피기 위해 몇 가지 시어
들을 살펴봐야 할 것 같습니다. 가령 "매카시의 아들들"이란 생경한 표현
입니다. 누구를 지칭하는지 불분명하군요.

A: 주지하다시피 매카시Joseph J. McCarthy(1909-1957)는 극우 반공주의를
표방한 미국의 하원의원이었습니다. 그는 1947년 미국의 정책에 반대하
는, 이를테면 게어하르트 아이슬러G. Eisler와 같은 비판적 지식인을 체포하
라고 요구하였습니다. 미국의 정책에 반대하는 외국인들은 국적, 종교, 인
종을 불문하고, 철저한 사상 검증을 필요로 한다는 것이었지요. 그리하여
이른바 "매카시즘McCarthysm"이라는 용어가 생겨나기도 했습니다. 대대적
인 마녀 사냥이 냉전 체제에서 행해졌습니다.[46]

그렇다면 "매카시의 아들들"은 누구일까요? 50년대 초 구서독의 아데
나워 정권은 당시에 미국의 도움으로 경제를 부흥하는 대가로, 매카시의
반공주의를 전적으로 거부하지 않았습니다. 아데나워가 속했던 기민당
(CDU) 역시 보수주의적 기반을 지니고 있었으니까요. 이를 고려할 때, "매

---

46. 1947년 브레히트 역시 "반미 활동 조사위원회"에 연루되어 심문당한 적이 있다. 심문
후 그는 24시간 만에 파리로 향하는 비행기에 몸을 싣는다. 그리하여 이듬해 스위스로 거
처를 옮긴다. Siehe K. Völker: Bertolt Brecht. Eine Biographie, München 1976, S. 348f.

카시의 아들들"은 구서독에 주둔하던 미군들을 지칭하는 것으로 이해할
수 있지 않을까요?

B: "굳기름"이라는 시어도 이중적 의미를 지니고 있어요. 굳기름은 말
그대로 식용 기름을 지칭하지만, 저질 포마드를 가리키기도 합니다. 그것
은 재즈, 록 음악 등으로 알려진 미국의 소비문화를 상징하기도 해요.[47] 가
령 엘비스 프레슬리의 포마드 바른 검은 머리를 생각해 보세요. 그 밖에
"끝날 수 없는unendbar"이라는 지어낸 표현은 무척 어색합니다. "끝없는
unendlich"이라고 쓰면 무난할 텐데, 시인이 굳이 그렇게 쓴 것은 자신의 경
멸감을 은근히 내비치기 위해서인 것 같아요.

A: 그러면 "작센 한복판"은 구체적으로 어디일까요?

B: 글쎄요. 원문을 자구적으로 옮기면, "가장 내부적인 작센"이라고 할
수 있는데… 작센 지방은 현재 독일의 작센 주, 작센안할트 주, 브란덴부
르크 주, 그리고 서쪽 폴란드 지역을 포함하지 않는가요?

A: 물론 그렇지요. 하지만 작센의 가장 내부적인 공간은 (보다 좁혀 말하
자면) 니더작센과 오버 작센을 고려할 때 포츠담과 베를린 지역이 아닐까
요? 1945년부터 1989년까지 서베를린은 "붉은 바다에 떠있는 하나의 섬"으
로 존재했습니다.[48] 그럼에도 서베를린에는 미군들이 주둔해 있었는데, 50
년대 초에는 동서독 사이의 도로, 영해, 그리고 영공 등에 관한 조약이 아
직 체결되지 않았습니다. 이러한 까닭에 서베를린 사람들은 서구로부터
소비 제품, 특히 생필품들을 직접 공급받기 어려웠습니다.

우리가 브레히트의 시「목적을 위한 생필품」을 정확히 이해하려면 다음
의 사건을 숙지해야 할 것입니다. 즉, 50년대 초에 서베를린이 자의 반 타

---

47. 재즈와 록 음악이라고 해서 모조리 저질이라고 단정하면 결코 안 될 것이다. 여기서 일
컫는 대중음악이란 인민들을 무지몽매하게 만드는, 특정한 상업주의 문화를 지칭한다.
48. 베를린 장벽이 1961년 8월 13일에 건립되었으니, 그 전에는 동서 베를린 사이에 자유
왕래가 가능했다. 다시 말해, 1961년 이전에는 서독 사람들은 서베를린을 통하여 동독으
로, 동독 사람들은 서베를린을 통하여 서독으로 거주지를 얼마든지 옮길 수 있었다.

의 반으로 봉쇄되자, 미군은 비행기 편으로 베를린으로 가서 생필품 등을 투하했습니다. 실제로 당시 베를린 신문에 의하면 미군은 1952년과 1953년 사이에 약 이백만 개의 식료품 박스를 공중 투하했다고 합니다. 서베를린 사람들만이 "하늘에서 내려오는 공짜 선물"을 받은 게 아니었습니다. 동베를린과 포츠담에 사는 수많은 동독 주민들 역시 식료품 박스를 얻으려고 주말에 서베를린으로 떠났다고 합니다.

B: 아하, 그래서 사람들은 "끝날 수 없는 기차로" 혹은 "자전거로" 혹은 "걸어서" 서베를린으로 향했군요. 바로 이 행렬이 브레히트의 눈에는 "작센 한복판에서 비롯한 민족 대이동"으로 비친 것이로군요.

A: 그렇습니다. 브레히트의 눈에는 굳기름을 나누어주는 미군들의 제스처가 마치 병 주고 약 주는 처사처럼 보였습니다. 왜냐하면 그들은 제3차 세계대전의 위협을 가하면서, 원조 물품을 전해주었기 때문입니다. 그렇기에 동독인들에게 생필품을 나누어주는 그들의 태도는 수단이요, "여러 대의 대포"의 방향을 동쪽으로 향해 놓은 그들의 태도는 한마디로 목적입니다.

브레히트의 비판은 제1연에서 미군에게 향하고 있으나, 제2연에서는 굳기름을 공짜로 얻으려고 험난한 여행도 마다하지 않는 어리석은 사람들에게 향하고 있습니다. 동독 사람들은 마치 버림받은 수송아지처럼 "내버려져 있"기 때문에, 얼마든지 겉으로 "아양 떠는" 푸줏간 주인에게 향하게 된다는 것입니다.[49]

B: 주관적 느낌인지는 모르겠습니다만, 브레히트의 시 「목적을 위한 생필품」은 독일의 통일 과정을 염두에 둘 때 예언적인 작품 같아요. 인간은

49. 그 당시 집필한 또 다른 시, 「야곱의 아들들은 이집트 땅에서 식료품을 가져오려고 떠난다」와 비교하라. "아버지, 왜 당신은 말이 없나요?/ 나귀들은 이미 모였어요./ 우리는 당신의 다른 아들과 함께/ 손을 흔들려고 갑니다.// 너희, 그에게 악수하게/ 얼른 다시 집어넣게./ 이집트에서 너희 형제는/ 이집트 사람일 거야.// 아버지, 왜 당신은 웃지 않나요?/ 쓰라리고 싶지 않아요./ 밀가루는 맛있는 케이크를 주고/ 포도주는 달콤하게 맛나요./ 작은 한 통 포도주를 위해/ 작은 부대 밀가루를 위해/ 여러 명 중 전쟁 노예는/ 팔렸지요, 육체와 정신." B. Brecht: GW. Bd. 10, a. a. O., S. 1017.

부자유의 근원을 해결하고, 과거에 부자유스러웠지만, 자신의 노력을 통해서 자유를 쟁취하려고 하지 않고, 그저 부자유로부터 도피하려고 애쓸 뿐이니까요. 이러한 도피 행위가 결국에 가서 자신에게 칼날을 들이대는 난관을 맞이하게 되리라는 것을 전혀 예측하지 못하고 말입니다.

13. 후대 그리스 시인을 읽을 때Bei der Lektüre eines spätgriechischen Dichters

멸망이 확실시되던 며칠 동안
장벽 위에는 벌써 죽음의 탄식이 시작되고
트로이 사람들은 한 걸음씩 전진했다 한 걸음씩
세 겹으로 된 나무 성문 안에서 한 걸음씩.
용기를 지니고 좋은 희망을 품기 시작했다.

그러니까 트로이 사람들도…

(In den Tagen, als ihr Fall gewiß war/ Auf den Mauern begann schon
die Totenklage/ Richteten die Troer Stückchen grade, Stückchen/ In den
dreifachen Holztoren, Stückchen./ Und begannen Mut zu haben und gute
Hoffnung.// Auch die Troer also…)

B: 다시금 고대 그리스의 소재를 택했군요. 「모토」의 "바람"과 "항해" 그리고 「연기」의 "연기가 솟아 오"르는 상 등은 호메로스의 『오디세이』와 관련되이 있으니까요. 고대 그리스의 소재는 브레히트의 문학에서 어떻게 활용되고 있습니까?
A: 그것은 여러 가지 각도에서 설명할 수 있습니다. 그렇지만 여기서 시인은 전환의 시대에 처한 사람들의 태도를 비판적으로 고찰하기 위해서

트로이 사람들의 경우를 도입한 것 같습니다. 그런데 제목을 번역하는 데
어려움을 겪으셨다고요?

B: 네. 처음에 나는 "후대 그리스 시인"이라고 번역하지 않고, "후기 그
리스 시인"이라고 번안했어요. 나중에 알게 된 사실이지만, 시에서 인용된
것은 콘스탄티노스 카바피스Konstantinos Kavafis(1863-1933)의 시입니다. 여
기서 말하는 "후대 그리스"란 시간적 의미를 담은 게 아니라, "후기 자본
주의"라는 의미로 해석되어야 타당할 것입니다. 카바피스의 시, 「트로이
사람들」은 헬무트 폰 슈타이넨H. v. Steinen에 의해 번역되었습니다. 1953년
주어캄프 출판사에서 카바피스의 시집이 간행되자, 브레히트는 그것을 읽
었습니다.[50] 「트로이 사람들」의 전문을 번역해 보면 다음과 같습니다.

우리, 운명을 감내하는 자들의 노력들
우리 노력들은 트로이 사람들의 그것과 같다.
한 걸음씩 우리는 전진한다, 한 걸음씩
우리는 위를 향해 자리를 차지하며
용기와 희망을 품기 시작한다.

그래도 무엇이 솟아, 우리 걸음을 멈추게 한다.
무덤 속에서 우리를 향해 일어난 그,
아킬레스, 커다란 외침은 우리를 놀라게 한다.

우리 노력들은 트로이 사람들의 그것과 같다.
결심과 과단성으로 우리는 들이닥친 운명을
변화시키려고 대담하게 생각한다. 하여
우리는 투쟁을 위해 스스로 전진 배치한다.

50. Jan Knopf: Brechts Bukower Elegien, a. a. O., S. 95f.

그러나 결정의 거대한 순간이 다가올 때
과단성과 결심은 즉시 우리를 떠난다.
영혼은 전율하고, 마비 증세를 느낀다.
장벽 주위로 우리는 원을 그리며 걷는다.
그곳을 빠져 나와 도피하려고 애쓰면서.

그럼에도 우리의 멸망은 확실하다. 저기 장벽
위에서는 벌써 죽음의 탄식이 시작되고
우리의 나날에 대한 기억과 감정들이 눈물 흘린다.
프리아모스 우리 때문에 쓰리고, 헤카베는 운다.

B: 인용 시에서 고딕체로 표기된 것을 브레히트의 시와 비교해 보십시오. 그러면 우리는 브레히트가 카바피스의 시를 원래 텍스트로 사용했다는 점을 알게 될 것입니다. 카바피스는 몰락을 예견하는 트로이 사람들의 심적 상태를 비가 풍으로 묘사하고 있습니다. 시인에 의하면, 아무린 가망조차 보이지 않는 몰락의 상황에서 몇몇 개조 내지는 수정 작업은 기껏해야 "두 손으로 하늘 가리기"에 불과합니다. 아킬레스가 무덤 속에서 일어서서 경고하는데도, 트로이 사람들은 이를 무시하며, 용기와 희망을 버리지 못합니다. 이러한 맹목적 태도는 시인에게는 몰락의 현실과 일치하지 않을 정도로 비합리적으로 보이지요. 이는 비유적으로 말하자면 죽음을 눈앞에 둔 노인이 삶에 강한 집착을 드러내는 만용과 같습니다. 이로써 우리는 「트로이 사람들」이 죽음 충동 내지는 반이상주의적 충동에 입각한 서글픔을 담고 있는 작품임을 알 수 있습니다.[51]

---

51. 특히 "우리의 나날에 대한 기억과 감정들이 눈물 흘린다"라는 시구는 타나토스 내지는 반이상주의의 면모를 보여 주고 있다. Siehe Marion Fuhrmann: Hollywood und

A: 그렇지만 브레히트가 주제 상으로 공감하기 때문에 카바피스의 시를 원용하지는 않은 것 같아요. 브레히트의 관심사는 소재상의 도입에 국한될 뿐입니다. 죽음 충동과 반이상주의 등은 브레히트에게는 거리가 먼 감정이었습니다. 따라서 문제는 이상과 현실의 간극 자체가 아니라, 오히려 다음의 물음입니다. 즉, 하나의 이념에 대한 집착은 어느 정도까지 객관적 상황과 일치될 수 있는가? 하는 물음 말입니다. 브레히트의 시에서 문제시되고 있는 것은 트로이 사람들의 과거의 영화로움에 대한 맹목적 집착이지요. 죽음의 직전에도 그들은 희망을 포기하지 않습니다. 그들의 희망은 이 경우 어리석은 허상에 불과합니다.

중요한 것은 변화의 상황에 상응하는 입장 변화입니다. 전환의 시대는 일반 사람들에게 몰락을 가져다주지만, 그들은 사실을 사실로 받아들이려 하지 않습니다. 여기서 브레히트가 염두에 두고 있는 사람들은 이른바 파시즘이 사라졌다는 시대에 여전히 파시즘을 철저히 맹종하는 자들입니다. 그들은 사회주의 사회에서 살면서 여전히 후기 시민주의를 동경하고 있는 "미친개들"이지요.[52] 역사적으로 살아남은 미친개들은 절대로 자신이 패배했다고 믿지 않습니다. 그들의 충성심과 결속력이 크면 클수록, 그들의 저항 의식은 더욱더 강화되고 심화되니까요. 브레히트의 시에서 "한 걸음씩"이라는 표현을 세 번씩 사용한 것도 미친개들의 집요함과 끈덕짐을 암시하기 위함입니다.

B: 브레히트는 후기 시민주의와 도래한 사회주의 사이에 처한 몇몇 사람들의 본능적인 과거 귀속성을 비판하고 있군요.

A: 그렇습니다. 두 번째 연에서 알 수 있듯이, 사람들은 동서고금을 막론하고 자신에게 친숙한 진부한 견해들에 집착하는 경향을 지니고 있습니다.

Buckow, a. a. O., S. 130.
52. 루쉰魯迅의 말에 의하면, 물에 빠진 개들은 살려줘야 할 게 아니라 때려죽여야 하는데, 사람들은 그러지 못하곤 한다. 루쉰: 페어플레이는 아직 이르다, in: 투창과 비수, 유세종 전형준 역, 솔 1997, 113쪽.

"트로이 사람들도" 그랬고, 현대인들도 그러하니까요.

14. 전나무들Tannen

이른 아침 햇빛에
구리 덮은 전나무들.
그래, 나는 보았다
반세기 전에
두 세계대전 이전에
어린 눈으로.

(In der Frühe/ Sind die Tannen kupfern./ So sah ich sie/ Vor einem halben Jahrhundert/ Vor zwei Weltkriegen/ Mit jungen Augen).

B: 무척 아름다운 단시입니다. 읽을수록 더 많은 것을 느끼게 하니까요. 어쩌면 말로 설명한디는 게 불필요할지 모르겠고요.

일단 번역상의 문제를 지적해 보도록 합시다. "이른 아침"은 어쩌면 "일찍이"라고 번역되어야 원문에 충실할지 모르겠어요. 그 표현(in der Frühe)은 어쩌면 새벽 시간을 지칭하기도 하고, 한 평생의 초창기를 지칭하기도 하기 때문입니다.[53]

그렇지만 "일찍이"라는 단어 또한 흡족한 번역일 수 없습니다. 왜냐하면 그것은 오래 전 유년의 삶을 유추하게 하지 않거든요.

그 밖에 "구리 덮은 전나무들" 역시 "전나무들은 구릿빛이다"라고 번역

---

53. 사적 체험을 담은 브레히트의 몇몇 시는 때로는 시대정신에 관한 보편적 기록으로 확장될 수 있다. 가령 우리는 그의 시 「불쌍한 B. B.에 관해」를 그러한 의미로 이해할 수 있다. 정초왕: 브레히트의 시 「불쌍한 베베에 대해」, 전북대 어학연구소, 제16집, 89-109쪽을 참고하라.

하는 게 정확할 것입니다. 그러나 "kupfern"이 형용사임을 감안할 때 술어
로 표현하는 것은 시적 함축미를 격하시킵니다. 이 대목에서 나는 다음과
같은 문제로 고민했습니다. 번역시에 우리는 시의 정확한 자구적 번역을
중시할 것인가, 아니면 시의 주제와 표현을 고려한 의역을 중시할 것인가?
하는 문제 말입니다.[54] 이에 대해 명확하게 대답하기란 무척 어렵습니다.

A: "이른 아침 햇빛에/ 구리 덮은 전나무들"이란 표현은 그 자체 핍진逼
眞합니다. 이에 해당하는 상 역시 기묘하게 독자의 뇌리에 투영되는군요.
다만 두 행만으로도 우리는 놀랍게도 (시인이 순간적으로 느낀) 자연미에 대
한 감동의 흔적을 추체험할 수 있습니다. 아닌 게 아니라 브레히트는 유년
시절에 대했던 아름다운 자연의 상을 불과 2행만으로 요약했습니다. 제3
행, "그래, 나는 보았다"는 과거 유년기의 인상에 대한 재확인의 표현이며,
나아가 그사이 50년 동안의 오랜 격랑의 세월이 생략되어 있음을 암시해
줍니다. 따라서 독자의 관심은 당연히 50년 동안의 세월, 그것도 세계대전
을 두 번씩이나 체험한 기간으로 향할 수밖에 없습니다.

그러나 50년 동안의 체험은 유년의 천진난만함과 온화함 등과는 거리가
먼 것이었습니다. 왜냐하면 전나무들에 대해 유년기에 품었던 감동적 상
은 돌변하여, 일순 경악을 불러일으키기 때문입니다. 왜냐하면 구릿빛으로
뒤덮인 것처럼 보였던 전나무들은 — 어쩌면 순간적 착각일지 모르나 —
어느새 붉은 화염 속에 뒤덮인 끔찍한 사물들로 탈바꿈되어 비쳤기 때문
입니다. 이는 분명히 "구리"와 관련이 있습니다.[55]

B: 그렇군요. "붉은 빛을 띤 나무"라면 자연스러울 텐데, 하필이면 구리

---

54. 원문에 충실하면 시적으로 음미되지 않고, 의역하면 시인의 본원적(예술적, 사상적) 의
도가 약화되기 마련이다. 더욱이 시 번역이 때로는 불가능할 경우도 있다.
55. 디터 틸레는 자연(전나무)에 대한 인지 행위를 생물학적인 노쇠화의 과정으로 설
명하고 있다. 이에 반해 후고 디트베르너는 전나무에 대한 상을 역사적 · 구체적 경우
로 파악하고 있다. Dieter Thiele: Bertolt Brecht. Selbstverständnis, Tui-Kritik und
politische Ästhetik, Frankfurt a. M. 1981, S. 108; Hugo Dittberner: Die Philosophie der
Landschaft in Brechts Bukower Elegien, in: Text + Kritik, Bd. 1, München 1972, S. 65.

라니요? 게다가 "구리 두른 나무"라든가, "나무 같은 철"은 그 자체 모순적 표현이지 않습니까?

A: 아마도 브레히트가 그걸 의도적으로 사용했을 공산이 큽니다. "구리"란 제2차 세계대전을 염두에 둘 때 화약, 탱크, 화염, 그리고 불타는 건물 등을 연상시키기에 충분하니까요. 여기서 문제가 되는 것은 아름다운 자연, 변화된 자연에 대한 단순한 인지뿐 아니라, 자연을 인지하는 사람의 주관적인 느낌입니다. 다시 말해, 인간의 끔찍한 경험은 일견 아름답게 보이는 사물조차 추악하고 끔찍하게 받아들인다는 사실입니다.

이와 관련하여 브레히트는 「코이너 씨의 이야기」에서 자연에 대한 자신의 태도에 관해 다음과 같이 언급하였습니다. "(…) 나는 집에서 나와 몇 그루의 나무를 바라보고 싶다. 특히 나무들은 (어떤 날짜 및 계절과 상응하는) 다른 외부적 모습에 의해서 현실의 어떤 특이한 정도에 도달하게 될 때까지 말이다."[56] 무릇 사람들은 주어진 현실의 변화로 인해 그 현실을 달리 고찰합니다. 그런데 바로 그러한 변화는 역으로 관찰자의 주관적인 인지 방식 또한 뒤바꾸어 놓지요. 이로써 우리는 다음의 사실을 알 수 있습니다. 브레히트는 끔찍한 세계대전에 대한 체험들로 인하여 두 가지 고유한 능력을 상실하게 됨을 은근히 지적하고 있습니다. 그것은 한편으로는 변화된 사물을 객관적으로 인지하는 능력이요, 다른 한편으로는 과거에 접했던 파괴되지 않은 상에 대한 주관적 인식 능력을 가리킵니다.

B: 아, 그렇군요. 주관적인 인지 방식의 변화는 감동을 경악으로 경악을 감동으로 전환시키도록 작용하지요. 가령 말년의 시, 「어려운 시대」 역시 이와 관련하여 해석할 수 있습니다.[57] 다음에 이어지는 시 「금년 여름의 하

---

56. Siehe Bertolt Brecht: WA. Bd. 12, a. a. O., S. 381f.
57. "나는 필기대에 서서/ 창문을 통해 말오줌나무의 정원을 바라본다./ 거기서 약간 붉은 것과 약간 까만 것을 인지한다./ 이때 순간적으로 아우구스부르크의/ 내 유년기의 말오줌 나무를 떠올린다./ 몇 분 동안 나는 아주 진지하게/ 붉은 가지에 걸린 까만 열매를 다시/ 보기 위하여 안경을 가지러/ 탁자로 갈까, 하고 곰곰이 생각한다." Siehe Bertolt Brecht:

늘」을 살펴보기로 합시다. 여기서도 한가한 호숫가에 대한 서술에서 독자
는 전율과 경악의 상을 떠올리게 되지요.

15. 금년 여름의 하늘Der Himmel dieses Sommers

호수 위로 높이 폭격기 한 대가 날아간다.
노 젓는 보트에서
아이들, 여인들, 그리고 한 노인이 바라본다. 먼 곳에서
그것들은 어린 찌르레기들 같다, 먹이를 향해
주둥이를 활짝 벌리는.

(Hoch über dem See fliegt ein Bomber./ Von den Ruderbooten auf/
Schauen Kinder, Frauen, ein Greis. Von weitem/ Gleichen sie jungen Staren,
die Schnäbel aufreißend/ Der Nahrung entgegen.)

B: 「금년 여름의 하늘」은 다른 시 「무더운 날」, 「노 젓기, 대화」와 마찬
가지로 호숫가의 정경을 다루고 있습니다. 추측컨대 세 작품의 호수들은
한결같이 부코에 있는 세르뮈첼 호수를 지칭하는 것 같은데요. 평온한 호
숫가에서 느끼는 불안이 시 전편의 주류를 이루고 있습니다.
　A: 번역상의 문제는 어떤 게 있을까요?
　B: 네. 4행의 주어인 "그것들"이 문제입니다.[58] 폭격기는 한 대이지만, 폭
격기 편대가 뒤를 잇고 있을 수 있습니다. "그들"로 번역하면 내용상 커다
란 의미론적 차이가 발생하거든요. "어린 찌르레기들 같"아 보이는 대상이
사람들인가? 아니면 폭격기들인가? 하는 문제가 명확히 해결되어야 합니

WA., Bd. 10, a. a. O., S. 1029.
58. 복수형의 인칭 대명사 "sie"는 "그들" 혹은 "그것들"로 번역된다.

다만…[59]

A: 그럼 시적 자아로서의 관찰자인 "나"는 어디에 위치하고 있는 것 같습니까?

B: 그게 불명확해요. 「무더운 날」의 경우 "나"는 강가의 야외 텐트 안에 있는데, 「금년 여름의 하늘」의 경우 아무런 언급이 없거든요. 그렇기에 제 3행의 "먼 곳에서"는 — 시적 자아가 어디에 위치하고 있는가? 하는 물음에 따라 — 이를테면 "먼 곳으로부터"라든가, "멀리서 보면" 등으로 번역될 수도 있습니다. 그래도 이 문제는 시의 전체적이고도 근본적인 주제를 감안할 때 중요한 것은 아니에요. 오히려 「금년 여름의 하늘」에서의 근본 문제는 바로 4행의 "그것들"에 관한 해석 속에 있습니다. 심지어 브레히트 연구가들조차도 이에 관해 의견이 분분하니까요.[60]

A: 그렇다면 일단 "그것들" 그리고 "그들"이라는 두 가지 가능성을 개방시켜 놓고, 시의 내용을 살펴보기로 합시다. B씨의 말씀대로 브레히트는 1953년 여름에 느꼈던 시대 상황을 간결하게 묘사하고 있습니다. 새로운 전쟁에 대한 위험이 바로 그것이지요.[61] 그렇다고 시인이 전쟁에 대한 평가라든가, 전쟁의 위험에 대한 발언 등을 직접적으로 표출시키지는 않습니다. 이 시는 오히려 독자로 하여금 스스로 전율에 사로잡히도록 유도하지요.

이러한 방식은 고대의 예언자들의 예측 행동과 유사합니다. 고대 그리스의 사제들은 새 날아가는 모습을 보고, 신의 뜻 내지는 앞으로 다가올 사

---

59. 김길웅 교수는 다음과 같이 번역하였다. "호수 위 저 높이 폭격기 날고/ 노 젓는 보트에서/ 아이들과 아낙들과 노인이 올려다본다. 멀리서 보면 그들은/ 먹이를 향해/ 주둥이 벌리는 찌르레기 같다." 브레히트 시선. 악한 자의 가면, 김길웅 역, 청담사 1992, 124쪽.

60. 이 대목에서 크노프는 "sie"를 "그것들"로 이해하는 반면에, 푸어만은 "그들"로 해석하고 있다. Jan Knopf: Brechts Bukower Elegien, a. a. O., S. 103; Marion Fuhrmann: Hollywood und Buckow, a. a. O., S. 122.

61. 브레히트가 구동독에서 제3차 세계대전에 대한 경고의 연설을 자주 행했음을 생각해 보라.

건 등을 진단하였습니다. 그들은 신들이 동물(특히 새)로 변장하여, 인간 동물에게 접근한다고 믿고 있었지요. 게다가 날씨의 변화 내지는 구름의 모습들도 신의 뜻과 무관하지 않다고 생각했으니까요. 그러니까 고대 예언자들이 새와 구름의 징후를 보고 미래 내지는 신탁神託을 예언하였다면, 현대 시인 역시 자연 현상으로 주관적 입장을 간접적으로 표출하곤 합니다. 이 경우 자연 현상은 하나의 객관적 상관물이지요. 브레히트는 하늘에 날아가는 비행 물체를 보고 조만간 도래할지 모르는 전쟁의 위협을 토로했습니다.

그 밖에 폭격기 한 대를 쳐다보는 사람들은 3대에 걸친 가족(노인, 여인들, 아이들)입니다.

B: 성인 남자들이 전혀 눈에 띄지 않는군요.

A: 눈에 띄지 않는 게 아니라, 성인 남자들은 존재하지 않는지도 모르지요. 그들은 지난 세계대전에서 전사했는지도 모릅니다. 시는 불과 세 문장으로 구성되어 있습니다. 1행을 보세요. 사실에 대한 서술로 이루어진 첫 번째 문장만이 하나의 행으로 이루어져 있고, 나머지는 문장과는 관계없이 행이 끊겨 있습니다. "노 젓는 보트에서/ 아이들, 여인들, 그리고 한 노인이 바라본다. 먼 곳에서." 호수에서 한가롭게 보트 놀이를 즐기는 사람들은 폭격기를 쳐다봅니다. 굉음 때문이었겠지요. 뒤이어 "먼 곳에서"가 첨가된 것은 위치상의 대비를 꾀함인 것 같아요. 폭격기 굉음은 한가롭게 놀고 있는 사람들을 순간적으로 방해한 것입니다. 브레히트는 여인들과 노인들이 두려움에 사로잡힌 것을 드러냄으로써 자신의 전쟁에 대한 우려를 드러내려고 하였습니다. 실제로 50년대 미소 간의 심각한 냉전 상태를 염두에 둔다면, 우리는 시인의 그러한 우려감을 얼마든지 유추할 수 있을 것입니다. 마지막 4-5행의 해석은 그리 만만치 않습니다. "그것들은 어린 찌르레기들 같다, 먹이를 향해/ 주둥이를 활짝 벌리는." B씨의 말씀대로 "그것들"이 아니라, "그들"로 번역되어야 한다면, 폭격기를 구경하는 사람

들이 찌르레기들 같다고 이해될 것입니다. 그러나 이는 논리적으로 고찰할 때도 불가능할 것 같군요. 왜냐하면 시에서 움직이는 것은 폭격기이지 보트 탄 사람들이 아니기 때문입니다. 게다가 찌르레기의 주둥이가 보트 탄 사람들의 (벌어진) 입과 도대체 무슨 관련을 지니고 있겠습니까?

B: 그렇지만 시에서 폭격기 "한 대"가 문제되지 않나요?

A: 물론 그렇습니다. 그렇지만 뒤이어 많은 비행기들이 마치 "어린 찌르레기들"처럼 조만간 돌진할지 모릅니다. 인간 동물이 폭격기를 생산했지만, 결국 폭격기에게는 총알받이에 불과합니다. "입을 활짝 벌리"고 공격하는 물체는 폭격기이니까요. 결론적으로 말해, 우리는 브레히트의 시를 (핵)전쟁 발발에 대한 경고로서 이해할 수 있을 것입니다. 이제 그 다음의 시를 살펴볼까요?

16. 어느 소련 책을 읽을 때Bei der Lektüre eines sowjetischen Buches

나는 읽는다, 볼가를 정복하기란
결코 쉬운 일이 아니리라고. 그미는
딸들에게 도움을 호소하리라, 오카, 카마, 운샤, 베트루가
그리고 그미의 손녀들에게, 츄소바야, 비야트카.
그미는 모든 힘을 집결하여 칠천 개 지류의
분노하는 물줄기를 스탈린그라드 댐으로 돌진할 것이다.
이 놀라운 발명의 천재는 그리스인 오디세이의
영악한 감각으로써 땅의 모든 균열을 이용하고,
우측으로 꺾고, 좌측을 지니며, 땅 아래로 몸을
숨기게 할 것이다 ─ 그러나, 나는 읽는다, 소련 사람들은
그미를 사랑하고, 찬양하는 그들은
그미를 새로이 연구하며, 나중에는

1958년 이전에 그미를
정복할 것이다.
그리고 카스피 저지대의 검은 광야,
메마른 곳, 그미의 의붓자식들은
사람들에게 빵으로 은혜를 갚을 것이다.

(Die Wolga, lese ich, zu bezwingen/ Wird keine leichte Aufgabe sein. Sie
wird/ Ihre Töchter zu Hilfe rufen, die Oka, Kama, Unsha, Wetluga/ Und
ihre Enkelinnen, die Tschussowaja, die Wjatka./ Alle ihre Kräfte wird sie
sammeln, mit den Wassern aus 7000 Nebenflüssen/ Wird sie sich zornerfüllt
auf den Stalingrader Staudamm stürzen./ Dieses erfinderische Genie, mit
dem teuflischen Spürsinn/ Des Griechen Odysseus, wird alle Erdspalten
ausnützen/ Rechts ausbiegen, links vorbeigehen, unterm Boden/ Sich
verkriechen — aber, lese ich, die Sowjetmenschen/ Die sie lieben, die
sie besingen, haben sie/ Neuerdings studiert und werden sie/ Noch vor
dem Jahre 1958/ Bezwingen./ Und die schwarzen Gefilde der Kaspischen
Niederung/ Die dürren, die Stiefkinder/ Werden es ihnen mit Brot
vergüten.)

B: 「어느 소련 책을 읽을 때」는 생전에 발표된 것으로서 연작시 가운데
에서 가장 긴 것입니다. 러시아 인민의 상징인 볼가 강이 의인화되어 있군
요. 인용 시에서 볼가 강은 딸들과 많은 손녀들을 지니고 있는, 소련 사람
들에 의해 사랑과 찬양을 독차지하고 있는 여장부로 묘사되고 있으니까
요. 특히 "발명의 천재"는 스탈린그라드 댐을 건설한 사람을 지칭하지만,
문맥 속에서는 오히려 (우스꽝스럽게도) 볼가 강에게 영향을 끼치고 있습니
다. 제목 「어느 소련 책을 읽을 때」에서 어느 소련 책이란 구체적으로 무

엇인가요?

A: 그것은 바실리 갈락티노프W. Galaktinow의 장편소설 『강은 바다로 변한다』입니다. 이 책은 50년대 초에 독일어로 번역되었는데, 브레히트는 이 책을 읽은 뒤에 시를 쓰게 되었습니다. 갈락티노프는 스탈린그라드 수력 발전소의 지질학 과장이었는데, 구소련의 저널리스트 아나톨리 아그라노프스키와 오랫동안 인터뷰했고, 아그라노프스키는 이를 바탕으로 소설을 집필하였습니다.[62] 지질학자는 자신의 일, 학문, 그리고 삶 등에 관해 이야기했는데, 소설 속에 주도적으로 다루어지는 것은 수력 발전의 과업입니다. 따라서 이 책의 주된 내용은 1951년까지 구소련의 여러 강에서 수행된 운하 건설 작업과 댐 공사 등이었으며, 스탈린그라드 댐은 당시에는 계획 중이었습니다. 한마디로 갈락티노프의 책은 구소련의 기술 능력을 열광적으로 찬양하는 것이지요. 이와 함께 작품 속에서 은근히 우상처럼 칭송 받은 인물은 다름 아닌 스탈린이었습니다. 이 소설의 마지막 부분에는 다음과 같이 씌어져 있습니다. "지구는 봄의 옷을 입은 채 스스로를 뽐내고, (아침) 여명의 광휘 속에서 새날이 밝아 온다. 번쩍이는 태양 광선은 멀리 바다에서 어떤 신 냥을 세워 올라온 깃 같은 기대힌 입상立像과 마주친다. 여기 모든 인간들의 위대함이 푸른 조수 속에서 직접 솟아오르는 것처럼 보이고, 위대한 남자의 재능은 여기서 솟아오르는 모든 것을 찬양하였다. 다른 어떤 날보다도 더 오래 전에 이 기쁨의 날을 예견했던 그 남자 말이다."[63] 여기서 말하는 그 남자는 스탈린을 지칭합니다.

B: 그렇다면 브레히트 역시 스탈린을 찬양하기 위해서 이 시를 썼을까요?

A: 글쎄요. 그 질문에 대해 답하기란 어렵습니다. 나중에 밝혀지겠지만,

---

62. 아그라노프스키는 저자의 말을 토대로 소설 원고를 집필하였다. W. Galaktinow/A. Agranowskij: Ein Strom wird zum Meer, Berlin/DDR 1952.
63. 다음의 책에서 재인용함. Jan Knopf: Brecht Bokower Elegien, a. a. O., S. 105.

단순히 스탈린을 찬양하기 위해서 「어느 소련 책을 읽을 때」를 쓰지 않은 것은 분명합니다. 브레히트는 스탈린을 모순적인 인물로 파악했어요. 스탈린은 브레히트에 의하면 파시즘의 세력 확장에 제동을 걸 수 있는 필요악으로서의 인물이었다는 것입니다. 인용 시 역시 스탈린에 대한 맹목적 찬양을 가하지도 않고, 그렇다고 철저하게 비판하지도 않습니다. 브레히트는 스탈린그라드에 고착된 댐이 아니라, 오히려 볼가 강의 도도히 흐르는 물줄기에 관심을 기울이고 있습니다. 다시 말해, 그는 갈락티노프의 소설 속에서 의인화되고 있는 볼가 강의 수천 개 지류에 시각을 집중시키고 있지요. 이로써 브레히트는 궁극적으로 (스탈린그라드 댐에서 표기되고 있는, 개인으로서의 스탈린이 아니라) 러시아 인민의 영혼을 상징하는 물줄기로서의 볼가에 대해 어떤 의미를 부여하고 싶었던 것입니다.

B: 이제 인용 시에 관해 구체적으로 논하기로 하지요.

A: 시의 맨 처음 구절은 "나는 읽는다"로 쓰어져 있습니다. 이 구절을 정확히 이해하려면 우리는 브레히트의 독서 내용에 집중해서는 곤란합니다. 오히려 "나는 어느 책을 읽으며, 무언가 가상적 생각을 떠올린다"고 해석하면, 더 많은 것을 찾아낼 수 있을 것입니다. 이를테면 갈락티노프의 책에는 다음과 같은 구절이 있습니다. "어머니 볼가는 분노로 달아올라 그미의 새로운 역할을 성취하고, 인간의 손에 의해 건설된 터빈을 돌리게 될 것이다." 이 구절과 브레히트의 시 구절은 어떻게 다른가요?

B: 그야, 간단하지요. 갈락티노프의 책에는 볼가 강의 물줄기는 터빈으로 향하고 있습니다. 그것은 전기 에너지를 얻게 해주지요. 이에 반해 브레히트의 시에서는 처음에는 스탈린그라드 댐으로 향하지만, "땅의 모든 균열을 이용하고,/ 우측으로 꺾고, 좌측을 지나며, 땅 아래로 몸을/ 숨기"는 등 나중에는 댐으로부터 등을 돌리고 있어요.

A: 그렇습니다. 브레히트의 눈에는 당시에 갈락티노프 등이 구상하고 있었던 스탈린그라드의 댐 공사가 러시아의 거대한 볼가 강을 "제압"하려는

의도를 지닌 것으로 비쳤습니다. 그러나 볼가 강은 역사적으로 한 번도 정복되지 않았습니다.[64] 적어도 그런 식으로는 거대한 볼가 강이 정복되지 않지요. 이와 관련하여 갈락티노프의 책에는 볼가 강이 "어머니 볼가," "러시아의 젖줄" 등으로 표현되고 있지만, 브레히트의 시에는 그러한 표현이 등장하지 않습니다. 그 대신에 "손녀들," "의붓자식들" 등의 시어가 사용되고 있어요. 갈락티노프에게 볼가 강이 러시아 사람들의 영혼을 담고 있는 인고의 여성상이라면, 브레히트의 시에서 "볼가"는 완강하게 저항하며 유익한 일을 행하는 여성의 전형입니다. 볼가의 자식들("오카, 카마, 운샤, 베트루가")과 손녀들("츄소바야, 비야트카")은 누구입니까? 볼가는 스탈린그라드 댐이 건설되기 이전에 그들을 "출산"했습니다. 이에 비하면 카스피 저지대로 흘러온 물줄기는 스탈린그라드 댐과의 "부딪침"의 결과로 탄생한 "의붓자식들"인 셈이지요. 남성적인 스탈린그라드 댐과 여성적인 볼가 강은 인위적으로 부딪쳐, 본의 아니게 성性 대결을 벌인 셈입니다.

B: 재미있는 해석이로군요. 볼가가 "모든 힘을 집결하여" 스탈린그라드 댐으로 돌진하는 행동은 어쩌면 쉽사리 제압당하지 않으려고 스탈린그라드 댐의 남성적 완력을 거부하는 여성의 행위로 해석할 수 있겠군요.

A: 충분히 가능한 주장입니다. 그렇지 않았다면 왜 볼가가 "칠천 개 지류의 분노하는 물줄기"를 그 댐으로 돌진했겠습니까? 물이란 원래 높은 곳에서 낮은 곳으로 흐르고, 딱딱한 콘크리트보다는 유연하고 포근한 땅을 더 좋아합니다.

B: 말씀을 듣고 보니, 이 시에서 브레히트는 높은 곳으로부터의 개혁 대신에, 낮은 곳으로부터의 혁명을 은근히 강조한 것이 아닐까요?

A: 물론 그것도 해석의 한 방향이지요. 그 외에도 우리는 「어느 소련 책

---

64. 역사적으로 볼 때, 바르바로사, 나폴레옹, 빌헬름 2세, 그리고 히틀러 등이 제각기 러시아 땅을 정복하려고 애썼지만, 그들은 참패하였다. 이러한 결과는 러시아 내지 소련의 군사력이 막강해서가 아니라, 거대한 땅과 강 그리고 변화 불측한 기후 조건 때문이었다.

을 읽을 때」에서 더 많은 것을 찾아낼 수 있습니다. 전체적으로 볼 때, 이 시에서 대비되는 대상은 스탈린그라드 댐과 볼가 강입니다. 첫째, 스탈린그라드 댐은 남성적 정치가로, 볼가 강은 여성적 인민(여성 혹은 노동) 운동가로 상징화될 수 있습니다. 전자는 엘리트의 머리에서 나온 계획을 실제 당면한 정책에 대입합니다.[65] 이에 비하면 후자는 사회의 가장 밑바닥에서 제기된 문제를 해결하기 위하여 진행되는 자발적 운동을 상징합니다. 이로써 볼가는 가장 "메마른 곳"에서 인민들의 삶을 궁극적으로 향상시켜줍니다.

B: 가령 "빵"을 생산하는 일은 인민의 직접적 삶을 지칭하는 셈이로군요.

A: 그렇습니다. 둘째, 스탈린그라드 댐이 모든 역사적 운동으로서의 물줄기를 정지시키고 퇴행退行시키는 것이라면, 볼가 강은 모든 역사적 운동의 방향을 자연스럽게 진행進行시키는 것입니다. 전자가 철의 장막과 같은 차단과 폐쇄성을 뜻한다면, 후자는 저지대의 넓은 광야로 흘러 들어가, 그곳을 개방시키고 해방시키는 데 일익을 담당합니다.

B: 차단과 개방의 비유는 그럴듯하군요. 물론 결과론이지만, 코카시아, 아제르바이잔 같은 지역이 모스크바의 영향을 가장 적게 받지 않았습니까?

A: 그렇습니다. 남부 지역과 발트 해 3국이 고르바초프 이후에 가장 먼저 구소련으로부터 독립한 사실도 이와 무관하지 않습니다. 스탈린그라드 댐과 볼가 강 사이의 대비는 이것으로 끝나지 않아요. 셋째, 스탈린그라드 댐이 과학적 진보를 이루기 위한 전기 생산을 목표로 한다면, 볼가 강은 카스피 저지대로 향하여 농업적 풍요로움을 성취하게 합니다. 공업 발전이 국가 발전의 중추적 역할을 담당하는 데 비해, 농업 발전은 식생활을 보장

65. 그리스인 오디세이가 등장하는 것도 도구적 이성의 가능성과 한계 등을 지적하기 위함일 것이다. 그렇다고 해서 브레히트가 (마치 호르크하이머와 아도르노가 『계몽의 변증법』에서 언급한 바와 같은) 과학기술의 발전에 대한 비판을 위해서 오디세이를 끌어들인 것은 아니었다. 아도르노: 계몽의 변증법, 김유동 역, 문학과 지성사 2001 참고.

해 주는 것을 생각해 보세요. 공업은 유럽 지역에서 특히 "오디세이"와 같은 엘리트에 의해서 진척되어 왔습니다. 이에 비하면 농업은 "1958년 이전에" 소련 남쪽, 즉 카스피 해 저지대에서 하층민과 여성들의 단순 노동에 의해 진척될 것입니다. 볼가 강이 스탈린그라드 댐과 부딪친 연후에 카스피 저지대에서 탄생한 "의붓자식들"은 메마른 그곳을 곡창 지대로 변화시키고, 결국 밀을 생산하는 데 도움이 되리라는 것입니다.

B: 선생님 말씀을 요약하자면 이렇군요. 즉, 브레히트의 시는 첫째로 상부 중심의 인위적인 개혁 대신, 아래로부터의 개혁 및 발전을 옹호하고, 둘째로 특히 민중적 삶의 토대로 작용하는 농업 발전과 평등사상을 강조하며, 셋째로 남성적 강요가 아닌 여성적 포용성에서 비롯한 자생적 운동을 고취시킨다고 말입니다.

17. 흙손 Die Kelle

꿈속에서 나는 어느 건설 현장에 있었다. 나는
벽돌공이있다. 내 손에는
흙손이 쥐어져 있었다. 허나 모르타르를 향해
몸을 구부렸을 때, 총알 하나 날아와
내 손에서 떨어져 나간 흙손의
쇠 반 조각.

(Im Traum stand ich auf einem Bau. Ich war/ Ein Maurer. In der Hand/ Hielt ich eine Kelle. Aber als ich mich bückte/ Nach dem Mörtel, fiel ein Schuß/ Der riß mir von meiner Kelle/ Das halbe Eisen.)

B: 다시금 꿈의 장면이 등장합니다. 꿈속에서 브레히트는 어느 건축 현

장에서 일하고 있습니다. 건축 현장에서는 다른 도구도 많을 텐데, 시인은 왜 하필이면 흙손을 들고 있을까요?

A: 글쎄요. 흙손은 흔하게 사용되는 도구이기 때문인지도 모르지요. 어쨌든 우리가 유념해야 할 사항은 망치나 낫을 들고 있지 않다는 사실입니다. 망치나 낫은 — 국기에도 그려져 있듯이 — 국가로서의 동독을 상징하는 것이니까요. 이에 비하면 흙손은 회반죽 흙받기와 함께 많이 사용되는 연장입니다. 그것은 한마디로 인민의 소유물이지요. 맹목적으로 국가에 봉사하는 자들이 사용하는 도구는 결코 아닙니다. 그것은 — 브레히트의 「유년 찬가Kinderhymne」에서 묘사되고 있듯이 — 진정한 의미에서 사회주의의 재건을 위한 생산 도구입니다.[66]

B: 「흙손」은 번역 상 커다란 어려움을 지니지 않은 작품입니다. 한 행씩 면밀히 파악하기로 하지요. "꿈속에서 나는 어느 건설 현장에 있었다. 나는/ 벽돌공이었다." 이 구절은 생경한 표현이로군요.

A: 그렇습니다. "꿈속에서 나는 벽돌공이었다. 그는 어느 건설 현장에 있었다"라고 기술하는 게 무난할 것입니다. 통상 꿈의 내용을 기술할 경우 일단 어떤 인물인지를 밝힌 뒤에 자신이 처한 정황을 말하지 않습니까? 따라서 1, 2행은 어색하고도 생경한 표현입니다. 이로써 드러나는 현상은 무엇일까요? 시인의 그러한 어색한 표현은 벽돌공과 '나' 사이의 한계를 사라지게 만듭니다. 이는 다분히 의도적이지요. 그렇다면 왜 브레히트는 꿈과 현실의 한계를 의도적으로 불분명하게 설정하려고 했을까요. 이는 꿈의 기능과 관련됩니다만….

B: 글쎄요. 꿈이 등장하는 다른 시, 「기분 나쁜 아침」 그리고 「쇠」와 비교해 보는 게 어떻겠습니까?

---

66. B. Brecht: Kinderhymne, in: ders., WA., Bd. 10, a. a. O., S. 977f; Hans Mayer: Wir haben es schwerer, wir sind Dialektiker, in: Theater der Zeit, Drive B: Berliner Ensemble, Berlin 1998, S. 129.

A: 네. 「기분 나쁜 아침」에 나타난 꿈은 시인의 갈등과 죄의식이 복합적으로 뒤엉킨 상으로 이루어져 있습니다. 수많은 손가락들이 마치 나병환자를 대하듯 브레히트를 향하고 있지 않습니까? 그것은 당면한 갈등 구조를 무의식적으로 인지한 부정적 상입니다. 이에 비하면 「쇠」에서 등장하는 꿈은 변화를 갈구하는 시인의 갈망의 상이자 동시에 두려움의 상을 담고 있습니다. 거대한 폭풍이 모든 것을 파괴시키는 상을 생각해 보세요. 이에 반해 「흙손」에 나타난 꿈은 하나의 바람 내지 이상으로서의 상입니다. 자신이 흙손을 들고 있는 벽돌공으로 떠오른다는 것은 무엇을 의미할까요? "나"는 창의적으로 일하고 있습니다. 이러한 일은 소외와는 거리가 멀지요. 여기에는 자신의 자발적인 노동으로 사회에 기여하겠다는 의도가 함축되어 있습니다. 육체노동이냐, 정신노동이냐? 하는 물음은 그저 부차적이지요. 오히려 무언가를 새롭게 건설하고 창조한다는 사실이 더욱 중요하지요.

B: 그런데 시인이 "모르타르를 향해/ 몸을 구부렸을 때," 누군가 그에게 총을 쏩니다. 이 대목을 어떻게 이해해야 할까요?

A: 잠깐 그 전에 말해둘 게 있습니다. 인용 시에서는 명확히 언급되고 있지 않습니다만, 바로 그때, 즉 작업하려고 몸을 구부렸을 때, 총알 하나가 자신이 쥐고 있던 흙손에 명중합니다. 바로 이 순간에 시인은 잠에서 깨어난 게 분명합니다. 말하자면 총탄은 브레히트의 창조적인 작업을 방해했을 뿐 아니라, 자신의 도구인 흙손마저 두 동강 나게 만들어버렸습니다. 브레히트는 꿈속에서 총탄이 날아오는 탓에 자신이 바라는 창조적 작업을 중단해야 했고, 동시에 자신의 도구마저 잃게 되었던 것입니다. 노동자가 도구를 잃는다는 것은 작가가 펜을 잃는 것이나 마찬가지 아닌가요? 여기에는 더 이상의 설명이 필요 없을 것 같습니다.

B: 브레히트는 1953년 6월 17일 동베를린 노동자 데모 사건을 떠올리며, 자신의 한계를 절감했다는 말일까요?

A: 그것도 가능한 해석입니다. "브레히트가 이 시에서 동독의 경제 정책의 변화를 비난하려 했다"는 주장은 타당하지 않습니다. 오히려 브레히트는 은근히 "정신노동자의 한계성"을 지적하고 싶었을 것입니다.[67] 실제로 그는 예술가와 노동자 사이에 공통적으로 필요한 무엇을 찾아서, 사회주의 재건에 동참하고 싶었지만, 노동자 데모 사건으로 심하게 방해 받았습니다.

B: 마지막 5행과 6행은 시, 「쇠」와 무척 유사합니다. "(…) 내 손에서 떨어져 나간 흙손의/ 쇠 반 조각."

A: 쇠를 다루고 있다는 점에서는 유사하지만, 주제 상으로는 앞에서 다룬 작품 「쇠」와는 다릅니다. 우리는 흙손의 반 조각이 떨어져 나간 것을 다음과 같이 해석할 수도 있을 것입니다. 즉, 노동자계급은 지식인 계급과 마찬가지로 동베를린 노동자 데모 사건으로 인하여 자발적인 노동을 더 이상 수행할 수 없다고 말입니다.

18. 소리들Laute

훗날, 가을에
은백양나무에는 거대한 무리의 까마귀들이 거주할 것이다
그러나 주위에 새라곤 한 마리도 없으므로
온 여름 동안 나는 듣는다,
사람의 소리들을, 감동하며.
나는 이에 만족하고 있다.

(Später, im Herbst/ Hausen in den Silberpappeln große Schwärme von
Krähen/ Aber den ganzen Sommer durch höre ich/ Da die Gegend vogellos

---

67. Siehe Marion Fuhrmann: Hollywood und Buckow, a. a. O., S. 124f.

ist/ Nur Laute von Menschen rührend./ Ich bins zufrieden.)

B: 이제 마지막 시를 분석할 차례군요. 일단 번역할 때 대두되는 문제들을 지적해 보겠습니다. 첫째, 제목 "Laute"는 중의적 의미를 지니고 있지요. 그것은 "소리들"이라고 번역될 뿐 아니라, 지상에서 가장 오래된 현금인 "라우테"를 지칭하기도 합니다. 시의 전체적 맥락을 고려할 때 "라우테"라고 번역하기는 무리인 것 같군요. 왜냐하면 시에서는 새떼의 모습과 사람의 소리가 서로 대비되고 있기 때문입니다. 따라서 "소리들"이란 자연미가 아니라, 인공미, 즉 예술적 아름다움으로 이해될 수 있을 것 같습니다. 둘째, 인용 시는 세 개의 현재형 문장으로 이루어져 있지요. 그렇지만 시제에 있어서 제각기 달리 이해될 수 있을 같아요. 첫 번째 문장은 내용상 미래를 지칭합니다.[68]

이에 비하면 두 번째 문장은 현재의 내용으로 이루어져 있습니다. 세 번째 문장은 "나는 이에 만족한다"라고 번역될 게 아니라, "나는 이에 만족하고 있다"로 번역되어야 타당합니다. 왜냐하면 나중에는 만족할 수 없을지 모른다는 여운이야말로 이 시에서 가장 중요하기 때문입니다.

A: 날카롭게 지적하셨군요. 일단 시를 읽으면서, 세밀하게 살펴보기로 합시다. "훗날, 가을에/ 은백양나무에는 거대한 무리의 까마귀들이 거주할 것이다." 1, 2행에서 시인은 "훗날, 가을에"를 한 행으로 독립시켜 놓았지요. 여기서 시인은 미래의 의미를 강조하려 하기 때문이지요. 그것은 4행의 "온 여름 동안"과 대비되고 있습니다.

B: 은백양나무는 이미 언급한 대로 아름다움의 상징 내지는 예술로 이해될 수 있는데, "거대한 무리의 까마귀들"은 무엇을 상징할까요?

A: 브레히트는 1, 2행에서 (시각적으로 보이는 암울하고 부정적인) 미래상을

---

68. 독일어에서 미래는 주로 현재형으로 표현되는 것을 생각해 보라. 따라서 "(…) 거대한 무리의 까마귀 떼가 거주한다"라는 번역은 이상하게 들린다.

묘사하였습니다. 무릇 까마귀는 원래 색깔이 검을 뿐 아니라, 동물의 고기를 뜯어먹는 맹금의 일종입니다. 그것도 한 마리가 아니라, 거대한 무리를 이루고 있어요. 따라서 거대한 무리의 까마귀들은 은백양나무의 흰 아름다움을 약화시킬 뿐 아니라, 주위 환경을 온통 더럽힐 것입니다. 이는 다음과 같이 상징적으로 이해될 수도 있지요. 하나의 철칙을 요구하는 사회주의 국가의 문화 정책은 예술가들을 간섭하며, 그들의 자율적 창조 행위를 방해하고 차단시킬 것입니다.[69] 브레히트에 의하면, 구동독과 같은 사회주의 국가에서 예술 내지 예술적 자율성은 언젠가 약화되거나 사라지게 될 것이라고 합니다.

  B: 그렇지만 6행의 표현은 반드시 허무적 내지는 비관적으로 이해되지는 않는데요?

  A: 바로 그 아이러니가 역설적으로 브레히트 시의 아포리아입니다. 다음의 구절을 읽어 보세요. "그러나 주위에 새라곤 한 마리도 없으므로/ 온 여름 동안 나는 듣는다,/ 사람의 소리들을, 감동하며." 한마디로 인용 구절은 단순한 자연 묘사가 아니며, 현상에 대한 단순한 인지의 표현은 더더욱 아닙니다. 생각해 보세요. 여름에 새 한 마리 없다는 게 도대체 말이나 됩니까?[70] 따라서 "새"란 어떤 다른 추상적 의미를 시사해 주는 시어입니다. 그것은 ─ 사람으로 비유하자면 ─ 기존하는 모든 것을 예리하게 비판하는 지식인일 수도 있고, 더 나은 무엇을 예측하는 예언자적 예술가일 수도 있습니다. 나아가 새의 모습은 그 자체 (블로흐의 용어를 빌면) "찬란한 미래 상을 선취"하게 하는 비판적·진보적 예술 전체를 상징합니다. 그러나 이러한 새는 (한 마리의 까마귀조차도) 보이지 않을 뿐 아니라, 어떤 소리의 흔적조차 들리지 않습니다. 주위에서 들리는 것이라곤 고작 기존하는 모든

---

69. 브레히트 시선집, 악한 자의 가면, 김길웅 역, 앞의 책, 123쪽과 비교하라.
70. 바로 이러한 까닭에 "왜 여름에 새들이 없다고 기술하셨나요?"라고 질문하는 사람들에 대해 브레히트는 친절하고도 교활하게 "나는 조류학자가 아닙니다"라고 대답했다고 한다. M. Fuhrmann: Hollywood und Buckow, a. a. O., S. 118.

것을 한결같이 칭송하는 사람들의 목소리 혹은 찬양의 라우테 소리밖에 없습니다. 그래도 시인은 현재 "만족하고 있"습니다. 왜냐하면 무더운 여름은 조만간 사라지고, 뒤이어 가을이 도래하기 때문이지요.

B: 그렇다면 인용 시는 주제로 볼 때 앞에서 논의한 작품 「화원」과 일맥상통하는 것 같은데요. 「소리들」의 주제는 자연과 인공 사이의 아름다움, 그 차이와 한계점, 예술의 사망, 예술 생산의 차단된 영향력이라고 하면 어떨까요?

A: 충분히 가능한 해석입니다. 「소리들」은 어쩌면 1행부터 6행까지 읽어야 할 게 아니라, 6행부터 1행으로, 다시 말해서 역순서로 읽어 나가야 할 것입니다. 시적 자아인 "나"는 무언가에 만족하며, 진한 감동을 느끼는 게 아니라, 작위적으로 감동을 촉구하는 무엇을 접하며, 이에 어쩔 수 없이 자위할 뿐입니다. 왜 그럴까요? 현재("온 여름") 주위에는 진정한 비판적 발언("새")이 없고, 존재하는 것이라곤 고작 찬양과 칭송 그리고 낙관적 미래를 담은 아첨뿐이기 때문이지요. 문제는 찬양과 칭송 그리고 낙관적 미래를 담은 아첨만을 용인하는 ("새라곤 한 마리도 없는" "주위") 문화 관료들의 조작 및 간섭에 있습니다. 바로 이러한 까닭에 미래("훗날 가을")에 예술("은백양나무")은 문화 정치가들("까마귀")에 의해 병들거나 사멸되고 말 것입니다.

슈테판 헤름린의 투쟁과 "성스러운 사회주의"

그의 시, 「기적의 시간」을 중심으로

1. 들어가는 말

난세는 동서고금을 막론하고 작가의 은사로 작용하는 것일까? 슈테판 헤름린Stephan Hermlin(1915-1997)은 전쟁과 사회주의 투쟁의 와중에서 청년기를 보냈다. 파시즘의 폭력이 시작될 무렵에 유대인 청년은 사회주의를 하나의 시상적 대안으로 신택하였다. 1917년에 탄생한 국가 소련은 헤름린에게 바람직한 평등 국가로 투영되었다. 이에 비하면 스탈린의 끔찍한 공포는 "필요악"으로서의 작은 사건에 불과했다. 이것은 그의 의식 속에 어떤 맹점으로 작용하였다. 전쟁 기간 동안에 "집안싸움"에 대해 신경 쓸 겨를이 없었던 것이다.[1] 사적이고 개인적인 자아를 돌이켜볼 여유는 거의 주어지지 않았다. 드물게 개인의 문제에 봉착하게 될 때면, 이상적 시인으로서의 횔덜린 상이 헤름린의 눈앞에 떠올랐다. 이와 관련된 구체적인 대안은 아무 조건 없이 소련을 지지하면서, 연합 전선을 구축하는 작업이었다.

---

1. "'가족 집단'이라는 단어는 가끔 진리의 다른 맛을 지니고 있다"라는 카를 크라우스Karl Krauss의 음험한 말을 생각해 보라. Wolfgang Emmerich: Die andere deutsche Literatur, Opladen 1994, S. 214.

파시즘의 폭력은 헤름린의 해외 도피 과정에서 결코 망각될 수 없었다. 수용소에 갇힌 유대인들, 병자들, 그리고 공산주의의 지조를 견지했던 사람들은 제각기 비참하게 살해당했다.[2] 아도르노Adorno에 의하면, 아우슈비츠 이후에는 서정시가 쓰여질 수 없다고 한다. 기억은 살아남은 자들에게 끔찍한 심리적 고통을 안겨준다. 이와 관련하여 헤름린은 다음과 같이 생각하였다. 작가의 솔직한 문학적 기록은 위안이 아니라, 시대의 올바른 증언으로 살아남게 되리라고 말이다.

이 글은 헤름린의 서정시를 개관하며, 「기적의 시간Die Zeit der Wunder」의 분석을 통해서 그의 투쟁 및 "성스러운 사회주의"에 관한 꿈을 밝히려고 한다.[3] 90년대에 이르러 헤름린의 문학은 비난의 대상이 되었다. 오랫동안 중견 작가로 누려온 특권, 단선적으로 쌓아올린 사회주의 통일당(SED)에 대한 소극적 비판 등이 그러한 비난의 이유였다. 그렇지만 우리는 다음의 사항을 무시할 수 없다. 즉, 헤름린이 구동독에서 오랫동안 당국으로부터 비판당해 왔다는 사실 말이다. 그럼에도 그는 대체로 구동독의 문화 관료들과 동일한 부류의 작가로 간주되었다.[4] 헤름린에 대한 비판은 동독 초기의 문화 정책에 대한 전체적 비판으로 확장되었다. 상기한 내용을 고려하여 필자는 슈테판 헤름린의 문학 연구에 있어서 두 가지 견해를 내세우고 싶다. 그 하나는 통독 이후 잊혀진 몇몇 탁월한 작품들은 부분적으로 "구출"되어야 한다는 점이며,[5] 다른 하나는 헤름린 문학이 찬란하게 만개할 수 없는 근본적 한계를 지니고 있었다는 점이다. 이는 — 나중에 거론되겠

---

2. 헤름린의 다음과 같은 책은 자신의 직접적 · 간접적 체험에 대한 증언이다. St. Hermlin: Die erste Reihe, Berlin und Weimar 1979.
3. "성스러운 사회주의"라는 표현은 이른바 횔덜린의 "성스러운 이념"과 관련된다. 이는 나중에 빌헬름 바이틀링의 기독교 사회주의, 에른스트 블로흐의 "사랑의 공산주의"의 개념과 일맥상통하는 것이다.
4. N. Küpper: Lehrerfiguren in der erzählenden Literatur der DDR, Aachen 1996, S. 19.
5. 헤름린 문학은 남한에 거의 소개되지 않고 있다. 송두율: 사회주의와 문학, 슈테판 헤름린의 초상, 한길 문학, 8, 1991, 80-88.

지만 — 유미적 형식성에 대한 시대착오적인 집착과 관계된다.

2. 헤름린 문학의 개괄적 특성

헤름린은 서정시 외에도 단편소설을 썼으며, 훌륭한 평론과 에세이 등을 많이 남겼다. 문제는 비문학 텍스트를 논외로 하더라도, 헤름린의 작품들이 수준상의 편차를 지니고 있다는 점이다. 예컨대 몇 편의 시들은 동독 예술아카데미의 요청에 의해서 씌어진 것들이다.[6] 그럼에도 특히 40년대 말경에 씌어진 시편들과 몇몇 단편 그리고 방송극 「스카르다넬리Scardanelli」등은 문학사에 남을 것이다.

자고로 작가는 원칙적으로 다음과 같은 두 가지 목표를 추구한다. 그 하나는 기존하는 사악한 체제를 파괴하는 일이요, 다른 하나는 더 나은 사회상을 예술적으로 구체화시켜, 이를 표현하는 일이다. 헤름린은 전자보다는 후자를 더욱 강조했다. 다시 말해, 헤름린은 어떤 더 나은 사회주의적 삶에 대한 자신의 갈망과 해원 등을 작품 속에 부각시키려고 애썼다. 특히 그의 시 작품들은 이러한 노력의 결실이다. 헤름린은 서정시를 투쟁과 해방을 실현할 수 있는 "예술적 무기"로 파악하면서, 서정시 속에다 변화된 미래의 이상을 투영시켰다. 여기서 기존하는 현실이 "지금" 그리고 "여기"에 주어진 것이라면, 문학적 현실은 미래의 당위성 내지 시적 이상이 구현된 찬란한 영역으로 이해될 수 있다.[7]

---

6. 예컨대 구리를 채굴하는 노동자의 이야기를 다룬 작품인 「만스펠드 오라토리움Mansfelder Oratorium」, 시집 『비둘기의 비행Der Flug der Tauben』(1952), 1953년 노동자 데모를 다룬 중편소설, 「명령자들Kommandeure」(1954) 등은 동서독에서 신랄하게 비판당했다.
7. 가령 「시인의 죽음. 요하네스를 회고하면서」 마지막에서 두 번째 연은 다음과 같다. "그곳이든, 여기든 쓰라린 갈등의 달램은 더 이상/ 그에게 주어지지 않네. 오래, 너무 오랫동안/ 모든 날은 미래와 함께/ 그침 없는 투쟁 속에 누워 있다." 현재의 "여기"와 미래의 "그곳"은 존재와 당위로 구분되고 있다. Siehe St. Hermlin: Gesammelte Gedichte, München 1977, S. 90f.

시인 카를 크롤로Karl Krolow는 헤름린의 문학을 "하나의 신앙고백eine Konfession"이라고 규정했는데, 이는 상기한 내용을 반증해 주는 발언이다.[8] 실제로 헤름린의 작품 속에서 발견되는 것은 어떤 더 나은 세계에 관한 예견, 이념에 대한 철저한 믿음, 자신의 이상을 꿰뚫어 바라보려는 직관 등이다. 이러한 특성의 배후에는 혁명적 묵시록으로서의 기독교 세계관이 도사리고 있다. 헤름린은 시인으로서의 자신의 존재를 현실과 이상 사이에 가교를 설치하는 중개자로 이해했다. 따라서 헤름린은 횔덜린과 마찬가지로 "더 아름다운 시대의 초석을 닦은 시인"으로 문학사에 남기를 원했다.[9] 어쩌면 30년대 말부터 수년 동안 헤름린이 지사志士로서, 거룩한 순교자로서 파시즘과 투쟁하기로 맹세한 것도 시인으로서 부여받은 사명감과 결코 무관하지 않다.

문제는 헤름린의 예술 창작의 기법 내지는 방법론에 있다. 이를 고려할 때 헤름린의 문학은 그가 살았던 어지러운 시대만큼 혼란스러운 면모를 지닌다. 40년대 초에서 60년대 말 사이에 남긴 그의 작품을 차례로 읽으면, 우리는 필연적으로 다음과 같은 물음에 봉착하게 된다. 즉, 20세기 초부터 좌파 지식인들에 의해 갈구되었던 사회주의의 이상과 실험 예술, 특히 프랑스 아방가르드 예술은 어느 정도 근접 가능한가? 하는 물음이 그것이다. 헤름린은 창작 방법론적으로 거의 우직할 정도로 프랑스 아방가르드 실험 예술의 형식을 고수했다. 시 형식을 고려할 때, 슈테판 말라르메의 작품들은 헤름린에게 기본적 범례로 작용하였다. 그러나 말라르메의 전위주의적 실험 정신은 19세기 말에 해당하는 것이었고, 1940년대 독일의 시대적 정신을 시적으로 형상화하기에는 그 자체 진부하고 시대착오적인 것이었다.

---

8. Siehe Karl Krolow: Die Lyrik Stephan Hermlins, in: Thema, 8/1950, S. 28.
9. Kurt Bartsch: Die Hölderlin-Rezeption im deutschen Expressionismus, Frankfurt a. M. 1974, S. 23.

3. 헤름린의 초기 담시

헤름린의 초기 담시에는 "사느냐, 죽느냐?"하는 긴박한 한계상황 속의 사건들이 용해되어 있다. 그것은 불법 삐라로 사용될 정도로 처음부터 선동선전 시로 사용되었다. 1940년부터 헤름린은 프랑스와 스위스 등지에 머물면서 시를 썼다. 이로써 1945년에는 스위스 취리히에서 『대도시에 관한 12편의 담시Zwölfballaden von den großen Städten』, 1946년 독일에서 『공포의 거리Die Straßen der Furcht』, 이듬해에 『22편의 담시들Zweiundzwanzig Balladen』을 차례로 발간하였다. 초기 담시들은 유럽의 대도시를 소재로 하고 있다. 대도시는 젊은 시인에게 몰락할 것 같은, 혹은 몰락한 시민사회의 인간적 삶의 풍경으로 비쳤다.

그렇다면 헤름린이 자신의 작품들을 "담시"라고 명명하는 까닭은 무엇인가? 원래 담시는 "민중 담시Volksballade"로부터 독일 고전주의 시대에 "예술 담시Kunstballade"로 발전되어 왔다. 민중 담시는 16세기에 특히 프랑수아 비용François Villon에 의해 쓰어졌는데, 여기에는 자유분방함, 형식을 일탈하려는 특성 등이 내재해 있다. 그렇지만 독일 고전주의의 "예술 담시"는 모든 문학적 장르의 특성을 포괄하는 엄격성을 고수하게 된다. 담시는 전통적인 장르 개념에 의하면 운율을 지닌다는 점에서 시적이며, 스토리를 지닌다는 점에서 서사적이고, "대화"를 담는다는 점에서 극적이다.[10] 19세기 말부터 발전해 온 현대의 담시는 과거의 민중 담시의 특성을 다시 수용하여, "방랑 시인의 노래Bänkelsang"내지 "살육의 노래Moritat"등으로 발전되어 왔다.[11]

---

10. 독일 담시의 역사는 또 다른 연구를 필요로 하므로, 여기서는 더 이상 개진하지 않기로 한다.
11. Siehe W. Hinck: Volksballade — Kunstballade — Bänkelsang, in: Balladenforschung, (hrsg.) W. Müller-Seidel, Königstein/Ts. 1980, S. 61-76.

이에 비하면 헤름린의 "담시"는 서사적, 극적 파노라마를 전혀 고려하지 않는다. 대신에 헤름린의 담시는 대도시의 풍경이라는 외면의 모습을 통해서 시인의 황폐화된 내면의 양태를 동시에 포괄하고 있다. 이는 객관적 서술의 차원을 넘어서, 어떤 정치적 결단과 입장을 아울러 암시해 주기에 충분하다.[12] 그렇다고 해서 헤름린의 시가 프랑수아 비용의 작품에 나타난 저속 가요 내지 민중적 정서에 알맞은 것은 아니다. 오히려 그의 담시에서 나타나는 시각은 민중의 시각으로부터 동떨어져 있으며, 때로는 "귀족적 면모"를 풍기고 있다.

어쩌면 헤름린은 상기한 시집에서 표현주의에 입각한 게오르크 하임G. Heym의 대도시 시편들을 고답적으로 수용한 것처럼 보인다. 헤름린의 초기 시가 바로크와 표현주의적 정조를 어느 정도로 수용하고 있는가? 하는 물음은 아직도 해결되지 않고 있다. 가령 묵시록을 방불케 하는 장면, 찬가의 부르짖음 등이 헤름린의 초기 시에서 자주 등장하는데, 이는 게오르크 하임의 시와 비슷하다. 그렇지만 대도시의 몰락하는 풍경은 시인의 눈에는 황폐하게 변한 바로크 시대의 현실과 구분할 수 없는 것으로 투영되었다.[13] 헤름린의 시행은 비교적 길며, 시적 운율, 각운, 그리고 연 등의 구조 등을 채택하고 있다. 이는 어쩌면 시의 음악적 특성을 강조하려는 의도에서 비롯한 것이다.[14]

헤름린이 묘사한 대도시들에서는 개인적 · 인간적 특성이라고는 찾아볼

---

12. Siehe Hans Mayer: Stephan Hermlins "Zwölf Balladen von den Grossen Städten," in: ders., Deutsche Literatur und Weltliteratur, Berlin 1957, S. 649-654, Hier S. 653.
13. 하임의 시는 "산업화된 풍경을 보여주는 형상들"과 관계된다. 문병호: 서정시와 문명 비판, 문학과 지성사, 1995, 63쪽 이하를 참고하라.
14. 에르틀은 헤름린에 대한 휠덜린의 영향을 특히 창작 방법론적으로 설명한 바 있다. 에르틀에 의하면, 헤름린은 일상용어를 회피하고, 격정적인 표현 방법을 선호했다고 한다. 반복과 과장, 명령문, 감동적인 질문, 인간과 사물의 특징을 명확히 표현해 주는 형용사의 사용 등이 이에 대한 범례들이다. Siehe Wolfgang Ertl: Stephan Hermlin und die Tradition, Bern/Frankfurt a. M. 1977, S. 73-76.

수 없다. 그것은 제2차 세계대전으로 파괴된 공간과 거의 일치한다. 서정
적 자아는 우울한 고독의 상황 속에서 자신을 잃지 않으려고 애를 쓰는데,
언제나 반복해서 파시즘과의 투쟁을 부르짖는다. 어쩌면 도시들의 외부적
면모는 "시인의 내면에 대한 객관적 상관물"로 이해될 수 있다.[15] 헤름린의
대부분의 초기 담시 속에는 주관적 견해가 결핍되어 있다. 문제는 거기에
객관적 진리 속에 용해된 바람직한 주관적 인식마저 배제되어 있다는 것
이다. 왜냐하면 시인은 세계와 역사의 전체적 변화를 강조하기 위해서 주
관적·사적 요소를 의도적으로 배제시켰기 때문이다. 이는 일부 초기 시의
한계성으로 지적될 수 있다.

4. 전후의 시 작품, 그 특징

　전후에 발표된 헤름린의 일련의 작품들은 초기 시의 한계성을 탈피하
는 데 성공을 거둔다. 시들은 냉정하나, 비애의 정조를 드러낸다. 헤름린은
주로 파시즘의 희생자에 대한 기억과 찬란한 미래 등을 묘사하는 데 주력
하였다. 그러나 나중에는 승리에 대한 열광이 자취를 감추고, 독일 젊은이
들이 품었던 "사회 변화의 가능성"은 거의 사라지게 되었다.[16] 1945년 이
후에 젊은이들이 품었던 역사적 가능성은 순식간에 파괴되었다. 헤름린은
이에 대한 실망을 「헛된 여름 이후의 담시」와 「11월」에서 정확히 지적한
다.[17]

---

15. 창작할 때 헤름린은 아름다움의 향유와 개인적 행복 등에 대한 동경을 하나의 위험으
로 간주하곤 하였다. 서정적 자아는 이러한 감정이 시민적 개인주의에서 비롯한 것으로서,
어쩌면 퇴보를 가져다준다고 생각한 것이다. 이 점을 고려할 때, 헤름린의 담시는 아폴리
네르와 슈테판 말라르메의 문학에서 많은 것을 수용하였다.
16. 이는 독일 내에서 다른 국가의 도움이나 간섭 없이 자발적으로 통일된 사회주의 국가
를 건설하리라는 갈망을 지칭한다.
17. 「기적의 시대Die Zeit der Wunder」, 「두 번 헛되게 보낸 여름 이후의 담시Ballade nach zwei
vergeblichen Sommern」는 그 자체 전후의 문학적 상황을 말해 주는 대표적인 작품으로 손

1952년에 간행된 시집, 『비둘기의 비행Der Flug der Taube』은 당시의 문화 정책이 요구하는 바를 충족시키고 있다. 이 시집에서 헤름린은 당국에서 요구하는, 이른바 서정시의 실질적 사용 가능성과 민중적 요소를 적극적으로 도입하였다. 개인적 문제는 사회주의의 주제로 인하여 현저하게 약화되어 있다. 『비둘기의 비행』에서 시인은 소련, 10월 혁명, 세계대전 당시에 레닌그라드에서의 저항 운동, 1952년 빈의 세계 평화 축제 등을 찬양하고 있다.

그 후에 헤름린은 간간이 시를 발표했다. 가령 「새들과 실험Die Vögel und der Test」에서 헤름린은 미국의 수소폭탄 실험을 비판하였다. 작품에는 다음과 같이 기술되어 있다. "신문 보고에 의하면 수소폭탄 발사 실험 영향으로 남쪽 대양의 철새 떼들이 그들의 통상적 비행 노선을 바꾼다고 한다."

사바나 지대로부터 열대의 대양을 지나
육체의 궁핍함은 바람과 함께 그들을 충동했다.
먼 곳에서 오래 전부터 거의 귀먹고 눈먼 듯,
음식과 보금자리를 찾아서 멀리 비행했다.

천둥도, 태풍도 그들을 멈추게 하지 못했다,
어떠한 그물도. 무언가 거대한 비행을 강요할 때면
동일한 목적지로 향했다, 어느 굉음의 연기로
동일한 궤도로 날았다, 언제나 끊임없이.

비와 뇌우에도 전혀 개의치 않던 그들이었다.
어느 날 밝은 대낮 높이서 더욱 밝은 어떤
빛 하나를 보았다. 끔찍한 빛의 상은 그때부터

색이 없다.

새들의 비행 방향을 바꾸도록 요구하였다.

보다 온화한 지역을 다시 찾아야 했다.

이러한 변화로 그대의 심장이 두근거리게 될까?

(Von den Savannen übers Tropenmeer/ Trieb sie des Leibes Notdurft mit

den Winden,/ Wie taub und blind, von weit- und altersher,/ Um Nahrung

und um ein Geäst zu finden.// Nicht Donner hielt sie auf, Taifun nicht,

auch/ Kein Netz, wenn sie was rief zu großen Flügen,/ Strebend nach

gleichem Ziel, ein schreiender Rauch,/ Auf gleicher Bahn und stets in

gleichen Zügen.// Die nicht vor Wasser zagten noch Gewittern/ Sahn eines

Tags im hohen Mittagslicht/ Ein höhres Licht. Das schreckliche Gesicht//

Zwang sie von nun an ihren Flug zu ändern./ Da suchten sie nach neuen

sanfteren Ländern./ Laßt diese Änderung euer Herz erschüttern…)

「새들과 실험」은 시의 형식과 내용이라는 두 가지 측면에서 드물게 성공을 거두고 있는 작품이다.[18] 이에 비하면 주제상으로도 고도 산업시회와 핵문제, 평화 내지 생태계 문제를 아울러 포괄하고 있다는 점에서 문학사에 남을 만하다.[19]

5. 마지막 시 그리고 헤름린의 시론

1958년 헤름린은 자신의 마지막 시를 발표한다. 그것은 「시인의 죽음. 요하네스 베혀를 기억하며」라는 시이다. 여기서 시인은 베혀의 죽음뿐 아

---

18. 이에 비하면 그의 다른 소네트 「우유Milch」는 그다지 수준작으로 꼽을 수 없다. 왜냐하면 형식의 강조는 작위적이고 어색한 시어를 창출하고 있기 때문이다.
19. 이 시를 발터 휄러러의 「시조새의 꿈」과 비교하라. 송용구: 생태시와 저항의식, 다운샘, 2001, 155쪽 이하를 참고하라.

니라, 자신의 명성에 대해서 성찰하고 있다. 여기서 헤름린은 휠덜린의 송시, 표현 형식 등을 동원하여, 정치적인 영향력이 완전히 배제된 시인의 입장을 은근히 담고 있다.[20] 지금까지 그는 시 작품을 통해서 동시대인들에게 정치적 · 예술적 영향력을 행사하려고 했다. 그러나 이러한 노력은 실패로 돌아가고 말았다. 시인은 "더 이상 여기도 거기도 없으며/ 쓰라린 갈등"을 달랠 수 있을 뿐이다. 시인의 작업은 후세의 평가를 기다리는 대신에, 현 사회에서 진부하게 변하고 말았다.

헤름린의 시 작품은 동서독에서 그다지 찬사를 받지 못했다. 이로써 그의 시 작품은 부자연스러움 내지 장식 투의 묘사 등이 드러났고, 퇴영적이고, 형식주의적이라는 비난을 받았다. 헤름린의 시가 "묵시론과 신비주의를 표현주의적으로 부글부글 끓"어오르게 작용한다는 비판은 우연이 아니다.[21] 특히 동독 평론가들은 오랫동안 그의 시를 비판하였다. 헤름린이 쉬르리얼리즘 방식을 선호하며, 수동적 영웅을 묘사한다는 게 비판의 요지였다. 아닌 게 아니라 헤름린의 시는 그레고르 라셴G. Laschen의 표현에 의하면 "특정 메타포와 상을 세밀히 고르고, 보다 멋진 표현을 찾기 때문에, 자극적이고 분명한 언어를 거부"하는 경향을 지닌다.[22]

그러나 우리는 헤름린의 서정시에 대한 입장을 무조건 고답적이라고 단언할 수는 없다. 헤름린은 나름대로의 시적 견해를 오랫동안 견지하고 있었다. 예컨대 헤름린은 "수직적 시Vertikale Lyrik"와 "일직선적 시Lineare Lyrik"를 서로 구분하였다.[23] 수직적 시는 폐쇄적 자아를 중시하고, 신에 침잠하

20. Siehe St. Hermlin: Hölderlin 1944, in: ders., Äußerungen 1944-1981, Berlin u. Weimar 1983, S. 435-441; ders.: Dichter über Hölderlin, a. a. O., S. 94-99.
21. R. Weisbach: Probleme der Übergangszeit. Zur ästhetischen Position St. Hermlins, in: Position — Beiträge zur marxistischen Literaturtheorie in der DDR, 1969, auch G. Wolf, Stephan Hermlin, in: Literatur der DDR in Einzeldarstellungen (hrsg.), H. J. Geerdts, Stuttgart 1975, S. 177-195.
22. Gregor Laschen: Lyrik in der DDR, Frankfurt a. M. 1971, S. 67.
23. St. Hermlin: Ja und Nein, in: Ost und West, Berlin 1948, H. 11, S. 96.

며, 과거지향적 우수를 문학적으로 형상화시킨다. 수직적 시에 해당하는
전형적 인물은 로빈슨 크루소이며, 카로사Carossa, 뢰르케Loerke, 비헤르트
Wiechert 등의 시인들이 여기에 해당한다고 한다. 이에 비하면 일직선적 시
는 인간적 접촉을 원하는 "우리"를 중시하고, 공동체를 위한 희망에 몰두
하며, 밝고 평등한 미래를 문학적으로 형상화시킨다. 일직선적 시에 해당
하는 전형적 인물은 신드바드이며, 브레히트Brecht, 로르카Lorca, 마야콥스
키Majakowski 등이 여기에 해당한다고 한다.[24]

여기서도 나타나듯이, 헤름린의 예술적 의식은 상당히 발전되어 있었다.
그는 프랑스 전위주의자 폴 엘뤼아르, 루이 아라공 등으로부터 많은 것을
습득했던 것이다. 따라서 헤름린의 창작 방법은 처음부터 구동독의 문화
정책과 상당한 거리감을 지니고 있었다. 이와 관련하여 라이히-라니츠키
는 다음과 같이 말했다. "헤름린은 사회주의 리얼리즘의 요구 사항에 부응
하기를 원한다. 그렇지만 그는 프랑스 공산주의자들의 문학적 성과 내지
그들의 실험 정신을 높게 평가하고 있다."[25]

6. 「기적의 시간」, 제1연

지금까지 우리는 헤름린의 시 작품에 관한 거시적 특성을 개관해 보았
다. 이제 헤름린의 시, 「기적의 시간」을 미시적으로 분석해 보기로 한다.
1947년에 씌어진 비가는 6각운의 형식을 취하고 있다. 시의 제목, "기적의
시간"은 제2차 세계대전 당시 레지스탕스 활동을 하던 시기를 가리킨다.
이는 파시즘의 거짓을 척결하고, 이른바 성스러운 사회주의를 실현하려는
운동의 시간으로 요약될 수 있다. "기적"이란 전쟁과 무질서의 상황 속에

---

24. 수직적 시와 일직선적 시 등에 관해서는 다음의 문헌을 참고하라. S. Schlenstedt:
Stephan Hermlin. Leben und Werk, Berlin 1985., S. 101f.
25. M. Reich-Ranicki: Deutsche Literatur in West und Ost, München 1963, S. 403.

서 어떤 과도기적인 현실을 전제로 한다. 이러한 현실은 급박하게 변화될 수 있다. 그렇기에 기적의 시간 속의 주체는 "심장이 멈"추는 듯한 두려움, 미래에 대한 애타는 갈망을 느꼈다. 시적 자아는 현재의 시점에서 급박하게 전개되던 당시의 삶을 회고한다. 저녁이라는 시점은 혼탁하고 무질서하며 격정적인 낮을 지나친 인간이 맞이하는 안식과 평안의 시간으로 활용되고 있다.[26]

> 기적의 시간은 지나갔다. 구석 뒤편으로
> 아크등의 불빛들이 가라앉았다. 부정확하게
> 움직이다가 우리를 소스라치게 하는 시계 소리.
> 황혼 무렵 고양이는 다시 잿빛으로 비친다.
> 상인과 영웅들을 위해 저녁 시간이 울린다.
> 이 시구처럼 심장이 멈춘다. 외침이 멎고
> 장벽의 표시, 새의 비행은 젊음이 사라짐을
> 알려주고 있다. 기적의 시간은 지나갔다.

(Die Zeit der Wunder ist vorbei. Hinter den Ecken/ Versanken Bogenlampensonnen. Ungenau/ Gehen die Uhren, die mit ihrem Schlag uns schrecken,/ Und in der Dämmrung sind die Katzen wieder grau./ Die Abendstunde schlägt für Händler und für Helden./ *Wie dieser Vers stockt das Herz*, und es erstickt der Schrei./ Die Mauerzeichen und die Vogelflüge melden:/ Die Jugend ging. Die Zeit der Wunder ist vorbei.)

---

26. 헤름린은 1979년에 『저녁노을』을 발표한 바 있는데, 여기서 로베르트 발저R. Walser의 말을 표어로 사용하고 있다. "사람들은 저녁노을 속에서 고향으로 향하는 길을 바라보았다." St. Hermlin: Abendlicht, a. a. O., S. 7.

사회주의 운동을 위한 시간은 마치 아크등의 불빛들이 가라앉은 것처럼 "지나갔다."[27] 이제 상황은 완전히 변화된 채 안정되어 있다. 그렇기에 영웅에 해당하는 부류는 더 이상 용감한 전사들이 아니라, "상인"들이다. 제3행에서 시인은 시계 소리에도 소스라치게 놀란다. 이는 "생존자 신드롬 Survivor-Syndrom"으로 이해될 수 있다. 가령 강제수용소에 갇혔다 살아난 유대인들은 죽음의 공포와 육체적 고통을 견뎌냈지만, 자유로운 삶 속에서 하찮은 시계 소리에 끔찍하게 놀란다. 순식간에 도래한 자유는 생존자를 오히려 불편하게 만든다. 왜냐하면 그것은 그들의 마음속에 허망함을 낳고, 대학살로 희생된 친지에 대한 기억을 떠올리게 하기 때문이다.

고딕체(이탤릭체)로 표시된 구절, "이 시구처럼 심장이 멈춘다"는 횔덜린의 시 「귀향」의 한 행을 연상시킨다.[28] 실제로 헤름린은 1945년 지프를 타고, 스위스에서 보덴 호수를 지나 독일로 돌아왔다. 이때 호반의 도시 린다우는 마치 "손님을 맞이하는 독일의 현관"처럼 비쳤는데, 헤름린은 140여 년 전에 프랑스 보르도에서 귀향하던 프리드리히 횔덜린을 상기했다고 한다.[29] 한편, 제6행 앞부분의 시구는 루이 아라공과 관계되는지 모른다. 헤름린은 아라공의 시 「라일락과 장미」를 염두에 두면서 다음과 같이 언급하였다. "아라공의 어떤 시구는 오성을 황홀하게 했다. 그것은 사람들의 심장을 거의 멎게 했으니까."[30]

"장벽의 표시" 그리고 "새의 비행"은 40년대에 겪었던 과거 투쟁의 체험

27. 헤름린은 젊음의 열기를 "아크등의 불빛"으로 비유하곤 하였다. Siehe St. Hermlin: Die Jugend, in: Sinn und Form, 4 Jg. (1952), H. 2, S. 129.
28. "때로는 우리 침묵해야 하네, 성스러운 명칭이 결핍되어 있고/ 심장만 울리기에, 그렇지만 말은 마냥 뒤에 머물고 있는가? (Schweigen müssen wir oft; es fehlen heilige Namen,/ Herzen schlagen und doch bleibet die Rede zurück?)," Jochen Schmidt (hrsg.), Friedrich Hölderlin: Gedichte Frankfurt a. M. 1992, S. 291-295, Hier S. 295.
29. Siehe St. Hermlin: Dichter über Hölderlin, in: ders., Lektüre, a. a. O., S. 97f.
30. St. Hermlin: Aragons Gedichte deutsch, in: Sinn und Form, 21 Jg. (1969), H. 4, S. 998; auch in: ders., Lektüre, a. a. O., S. 86.

을 시사하고 있다. 장벽의 표시는 프랑스에서 저항 운동을 벌이다가 투옥된 사람들이 감옥의 벽에 남긴 글씨를 가리키며, 새의 비행은 장렬하게 전사한 동료 비행사, 이카로스의 비상飛翔으로 이해될 수 있다. 이 모든 것은 사회주의 운동을 위한 노력의 흔적이다.

7. 「기적의 시간」, 제2연

제1연이 현재의 시점에서 과거를 수동적으로 회고하는 형식으로 씌어져 있다면, 제2연은 과거의 내용을 보다 구체적으로 묘사하고 있다. 헤름린은 여기서 과거 시간의 파편을 집요하게 떠올린다,

맹세와 키스로 이루어진 좋은 시간이었다.
무기가 감추어져 있었고, 시체가 즐비했다.
제비들은 저녁 시간을 마음껏 즐기며 우짖었다.
사람들은 희망으로 배 채우고, 빵을 잊었다.
어둠 속에서 마구 뒤엉켰던 절반의 단어들,
마치 신탁神託처럼 이해되지 않았다.
그대는 듣는가, 우리가 버찌의 시간을 노래하면…
오늘도 나는 안다, 쓰라린 냄새의 푸른 안개를.

(Es war die gute Zeit der Schwüre und der Küsse./ Verborgen warn die Waffen, offen lag der Tod./ Die Schwalben schrien in einem Abend voller Süße./ Man nährte sich von Hoffnung und vergaß das Brot./ Die halben Worte, die im Dunkel sich verfingen,/ Waren so unverständlich wie Orakelspruch./ Hörst du es noch: Wenn wir die Zeit der Kirschen singen…/ Ich weiß noch heut der blauen Nebel bittren Ruch.)

여기서 시인은 기적의 시간을 회고한다.[31] 그가 머물렀던 장소에는 "무기가 감추어져 있었고, 시체가 즐비했"으므로, 썩는 냄새가 진동하고 있었다. 당시에 청년 헤름린은 더 나은 삶을 성취할 수 있으리라는 기대감에 사로잡혀 있었다. 이러한 감정은 어둠 속의 "푸른 안개" 속에 시인을 더욱 격정에 사로잡히게 했다.

40년대의 혼란스러운 투쟁의 시기는 스스로의 결단에 의해 살았다는 면에서 "좋은 시간"이었다. 더욱이 시인은 자청해서 출병하려고 택했을 뿐아니라, 전쟁 전야에 임을 만나 두려운 사랑을 나누기도 했던 것이다. 저항 운동에 참여하는 전사들은 "제비들"로 비유되어 있다. 이들은 고향을 잃어버린 철새와 같은 젊은이들로 구성되어 있었다. 헤름린 역시 바로 그러한 존재였다.[32] 전사들은 내일을 기약할 수 없기 때문에 온통 에로스를 실천하는 데 밤 시간을 할애했다.

그렇다면 헤름린은 어떠한 이유에서 제5행의 "절반의 단어들"이라는 표현을 사용했을까? 사람들은 저항적 투사들을 격려하고, 그들의 용기를 북돋운다. 이는 파시즘을 척결하고 성스러운 사회주의를 실현하기 위한 외침이 아닐 수 없다. 이러한 외침은 폭풍 전야의 저녁 시간에 전사들의 결의를 다지게 한다. 그렇지만 여기에는 한 가지 사항이 결여되어 있다. 그것은 다름 아니라 참전하는 "제비들"의 목숨이 순간적으로 사라질지 모른다는 불안감이었다. 죽음을 발설하지 않는 언어 ─ 그것은 마치 "신탁"의 알 수 없는 부호처럼 완전히 이해될 수 없었다. 아니, 최후의 죽음은 젊은이들에게 이해되지 말아야 했는지 모른다.

제7행의 구절, "우리가 버찌의 시간을 노래하면"은 인용 시구이다. 그것은 헤름린이 직접 언급한 바 있듯이 19세기 프랑스의 "아름다운 혁명 동

---

31. "맹세"와 "키스"라는 시어는 전선에 참여하려는 젊은이들의 기대감을 반증하고 있다.
32. 헤름린은 자주 "제비"를 사용했다. 가령 「삼행시Terzienen」「아우로라Aurora」에서 타향을 고향 삼아 살아가야 하는 인간군을 "제비"로 표현하였다.

요의 한 구절Quand nous chanterons le temps des cerises"로서, 시인에 의해 직접 인용된 것이다.[33] 버찌의 시간이란 "노동 이후의 시간" 내지 성취된 혁명 이후의 어떤 가상적인 축제를 가리킨다. "지상의 모든 과실수는 누구에게도 속하지 않지만, 그 열매는 만인의 것"이라는 혁명가 존 볼John Ball의 발언을 생각해 보라. 힘든 투쟁과 노력은 삶의 달콤한 버찌를 맛보려는 목표에서 비롯한 것이다.

8. 「기적의 시간」, 제3연

그러나 전투는 순식간에 끝난다. "퇴각," "철조망" 등의 시어는 레지스탕스 대원의 전투가 거의 실패로 돌아갔음을 암시해 준다. "충성의 색깔"은 이제 더 이상 효력이 없는 "상투어"로 변하고 말았다. 왜냐하면 헤름린과 함께 전투를 벌이던 젊은이들 가운데 일부는 전사했으며, 일부는 후방으로 후퇴하였고, 일부는 독일군 포로수용소에 갇혔기 때문이다.

> 아직도 안다, 퇴각하던 도로의 음험한 공허,
> 철조망 앞에 서있던 검은 밤의 순간들을.
> 충성의 색깔은 상투어의 먹구름으로 부서졌다.
> V로 시작되는 단어를 수천 번이나 반복하고
> 위협당하는 자의 요새는 눈물로 반짝였다.
> 강 밑으로 가라앉은 사랑의 보트를 나는 안다.
> 세이렌의 유혹하는 소리가 내 귓전을 맴돈다.
> 마지막 포도주로 나머지 두려움을 마실 때.

---

33. 아라공 역시 "버찌의 시간"을 거론한 바 있다. 1940년 프랑스군은 벨기에에 침투했으나, 끔찍한 패배를 맛보았다. 아라공은 이 전투를 자신의 시 「백합과 장미Les lilias et les roses」에서 다룬 바 있다. Siehe W. Ertl: Stephan Hermlin und die Tradition, a. a. O., S. 96.

(Ich weiß die tückische Leere noch der Rückzugsstraßen/ Und nachtschwarz
die Minuten vor dem Drahtverhau./ Der Treue Farben brachen durchs
Gewölk der Phrasen./ Zweitausendmal begann das Alphabet mit V./ Und
der Bedrohten Rüstung schimmerte von Tränen./ Ich weiß noch, wie im
Strom das Boot der Liebe sank./ Ich hab im Ohre noch die Lockung der
Sirenen,/ Wenn mit dem letzten Wein den Rest der Furcht man trank.)

제4행에서 "V자"란 성스러운 사회주의의 "승리Victoire"를 가리킨다. 예
컨대 헤름린은 단편, 「고독의 시대Die Zeit der Einsamkeit」에서 프랑스에서의
투옥 생활, 배반자의 죽음, 그리고 승리 등을 형상화시킨 바 있다. 제1연 7
행의 "장벽의 표시" 역시 이러한 체험과 관계된다.[34]

"강 밑으로 사라진 사랑의 보트를 나는 안다." 이 구절은 러시아의 혁명
시인 마야콥스키의 마지막 이별의 편지에서 인용된 것이다.[35] 시인은 죽음
을 맞이하기 직전에 사랑의 환희를 느끼던 어느 순간을 떠올리고 있다. 이
는 다시금 헤름린의 소설 「공동의 시대Die Zeit der Gemeinsamkeit」에서 바르
샤바 게토에서의 체험과 접목되고 있다. 작가는 어느 병 속에 담긴 보고서
를 접한다. 여기에는 가상적 화자와 프란카Franka라는 처녀의 경험이 묘사
되고 있다. 모든 장벽이 파괴되고, 거대한 화염은 주위의 모든 건물들을 집
어삼키고 있다. 최근에 알게 된 두 남녀는 죽음 직전에야 비로소 1939년 7
월 14일 파리 축제에 제각기 참가했다는 사실을 알게 된다.[36]

죽음 직전의 체험은 제7행의 "세이렌의 유혹하는 소리"와도 관계된다.

---

34. 주인공 노이베르트는 프랑스에 주둔한 독일 경찰에 체포된다. 이때 그는 철창 속의 벽
에 누군가 절망적으로 써놓은 글귀를 발견한다. "프랑스 만세. 적군단 만세Vive la France. Es
lebe die rote Armee!." St. Hermlin: Gesammelte Erzählungen, Berlin 1965, S. 66f.
35. Siehe St. Hermlin: Dichtungen, a. a. O., S. 143.
36. St. Hermlin: Gesammelte Erzählungen, a. a. O., S. 152; B. Lermen u. a.: Lyrik aus
der DDR, Paderborn 1987, S. 172.

어쩌면 헤름린은 이 대목에서 체코의 사라진 도시 리디체Lidice를 연상했는
지 모른다. 독일군은 1942년에 암살당한 나치 장교 하이드리히에 대한 보
복으로 리디체를 완전히 폭파하였다. 당시 암살 사건에 가담했던 레지스
탕스 대원들의 이야기는 체코의 여류 작가 마리 마예로바Marie Majerová의
『세이렌』에서 잘 묘사된 바 있다.[37]

9. 「기적의 시간」, 제4연

제4연에서 시인은 자신의 과거 체험을 총체적 저항으로 요약하고 있다.
제1행에서 "낡은 책"이란 복음서를 가리킨다. 그것은 내면과 내세를 추구
하는 신앙과 관계되는 게 아니라, 메시아사상 속에 담긴 혁명적 묵시록으
로 이해될 수 있다. 따라서 복음서의 기능은 여기서는 세상을 붉게 구원한
다는 의미에서 마르크스의 『자본』의 그것과 다를 바 없다.[38]

아이들은 낡은 책들의 의미를 알아차렸다.
식탁의 칼은 언어로 첨예하게 연마되었다.
살인자들의 회합 장소를 찾을 때면, 으레
그들은 저녁마다 얼굴을 수건으로 가렸다.
쓰라린 복수의 맹세를 떠올려도 괜찮다…
밤바람 속에서 거친 백조의 울음을 듣고 있다.
언어의 상처는 오늘 내면으로 피 흘리고 있다.
기적의 시간은 사라졌다. 헛되이 보낸 시절.

37. 당시 독일군은 하이드리히의 살해에 대한 보복으로 도시의 모든 남자들을 총살시켰
고, 203명의 여성들을 고문, 총살시켰다. 강제수용소로 끌려간 150명의 아이들 가운데 16
명만 귀환하였다. Siehe St. Hermlin: Äußerungen 1944-1982, a. a. O., S. 90ff.
38. 방송극 「스카르다넬리」에서 휠덜린은 자신을 이탈리아의 혁명가 "부오나로티
Buonarotti" 내지 "붉은 구원자Salvator Rosa"라고 명명하고 있다.

(Die Kinder kannten jäh den Sinn der alten Bücher./ Das Messer auf dem
Tisch wurde an Worten scharf./ Und Abende zog man sich ins Gesicht wie
Tücher./ Wenn man das Stelldichein der Mörder suchte. Darf/ Man sich der
bittren Racheschwüre noch entsinnen···/ Ich hör im Nachtwind brausen
noch den wilden Schwan./ Der Worte Wunden bluten heute nur nach
innen./ Die Zeit der Wunder schwand. Die Jahre sind vertan.)

젊은이들은 "성스러운" 사회주의를 실현하기 위하여, 저녁마다 "얼굴을
수건으로 가렸"다. "거친 백조"의 울음소리 역시 이와 무관하지 않다. 시
인의 귓전에는 복수하다가 목숨을 잃은 사람들의 외침처럼 들리고 있다.[39]
여기서 "복수"는 나치 인종주의자에 대한 저항을 뜻한다. 상기한 표현을
통하여 시인은 1940년에서 1944년 사이에 프랑스에서 전개되었던 레지스
탕스 운동을 의식한 게 분명하다. 이 운동은 헤름린에 의하면 특정 권력이
나 특정 종파의 이해와 연관된 게 아니라, 자생적으로 생겨난 것이다.[40]
　마지막 시구에서 헤름린은 레지스탕스 활동을 통하여 커다란 결실을 맺
지 못한 것을 아쉬워한다. 헤름린과 같은 저항적 지식인들이 제2차 세계
대전에서 커다란 역할을 행하지 못했다는 사실은 차제에 나타날 사회주
의 국가에 대한 독일 지식인의 영향력을 현저하게 약화시킬 게 분명하다.
헤름린에 의하면, 히틀러의 패망으로 모든 근본적 문제점들이 사라지지는
않았다. 죄악을 척결하기 위한 투쟁은 다만 하나의 시도로 끝나고 말았다.

39. "거친 백조"는 파시즘의 폭력에 저항하다 살해당한 디트리히 본회퍼D. Bonhoeffer 목사
일 수 있고, 나치에 예술적으로 저항하다가 비참하게 살해당한 공산주의 극작가 아담 쿡
호프A. Kuckhoff일 수도 있다.
40. 투쟁하는 젊은이들의 미래를 의식하면서, 헤름린은 프리드리히 헵벨의 시 「그들은 다
시 서로 만나지 못하리라」를 자주 인용하곤 하였다. "산딸기가 즙액 속에서 끓듯이/ 우리
는 언제나 함께 하리라./ 강은 바다에서 더 환하게 되듯이/ 우리는 언제나 함께 하리라."
Siehe St. Hermlin: Sie sehen einander nicht wieder, Sinn und Form, 1 Jg. (1949), H. 2,
S. 152f.

파시즘의 조종사가 죽었다고 해서, 속물 자본주의의 바이러스가 깡그리 박멸된 것은 아니다. 그럼에도 일반 사람들은 이를 감지하지 못한다. 『성서』와 『자본』에서 거론되었던 본질적 내용은 제대로 전달되지 않았고, 사람들은 피상적 과도기의 결과만 가지고 인간 삶의 목표에 도달했다고 착각하고 있다. "언어"는 여전히 상처입고 있으나, 이는 세인의 눈에 감지되지 않는다. 그렇기 때문에 언어의 상처는 시인의 눈에는 안으로 곪아터지려는 것처럼 보인다.

10. 나오는 말

지금까지 분석한 바를 정리해 보자. 「기적의 시간」은 비가 풍의 정형 리듬을 바탕으로 하여 정교하게 직조된 작품이다. 이 작품의 형식적 특성과 관련하여 횔덜린의 시 「귀향Heimkunft」이 거론될 수 있다. 「귀향」은 이미 언급했듯이 보덴 호숫가에 있는 린다우의 찬란하고 아름다운 정경을 통하여, 낙후된 시대정신으로 인해 발생한 심리적 상처를 예술적으로 승화시키고 있다.[41] 헤름린의 작품은 이와는 정반대의 각도에서 이해된다. 즉, 시의 표면적 정조가 하나의 비애로 드러나는 반면, 시인의 감추어진 어조는 지극히 저항적이다. 한마디로 「기적의 시간」은 과거 혁명적 시대를 반추하면서, 이를 아쉬워하는 비애의 시로 이해할 수는 없다.[42] 당시의 지식인들은 "성스러운 사회주의의 실현"과 "파시즘 극복"이라는 두 마리의 토끼를 잡아야 했다. 따라서 이들에게는 혁명적 초조감을 물리칠 방도가 거의 주어지지 않았던 것이다. 이 점만이 헤름린에게 하나의 비애로 작용하였을 뿐이다 .

---

41. Vgl. Jochen Schmidt (hrsg.), Friedrich Hölderlin a. a. O., S. 290-295.
42. Vgl. Helga M. Novak: dunkle Seite Hölderlins, in: Lyrik für Leser. Deutsche Gedichte der siebziger Jahre, Stuttgart 1980, S. 54f.

「기억」과 관련된 헤름린의 시편들은 과거 극복을 다룬 전후 문학의 독특한 시로서 오래 거론될 것이다.[43] 그러한 한에서 헤름린의 문학은 보브롭스키의 문학과 일맥상통한다. 다만 두 작가 사이에 차이가 있다면, 그것은 다음과 같다. 보브롭스키가 과거 삶에 대한 극복의 문제, 인종 간의 화해 등을 기독교적 이상에 입각하여 추적하고 있다면, 헤름린은 자신의 저항 운동을 새로이 탄생한 사회주의 국가의 문화 정책적 차원에서 활용하려고 했다.

전체적으로 고찰할 때, 40년대 말에 쓴 헤름린의 시들은 독자적 사회주의를 표방하는 하나의 국가를 만들려는 노력과 해방의 투쟁을 외면하려는 무사안일주의에 대한 저항을 담고 있다. 전자가 바이틀링 이후로 꿈꾸어 온 성스러운 사회주의에 대한 꿈이라면, 후자는 이상과 이에 대한 투쟁에 관한 기억이다.[44] 특히 헤름린의 일련의 「기억」 시편은 과거의 저항 운동이 실패로 돌아가고, 오늘날 과거에 희생된 사람들을 통하여 더 나은 인간적 평등 사회에 대한 꿈이 정치적으로, 예술적으로 진척되어야 한다는 것을 설파하고 있다. 그러나 헤름린은 소련 사회주의의 도움으로 이러한 꿈이 성취될 수 있다고 속단하였다. 물론 이러한 기대감은 70년대 이후에 현저하게 사라지지만 말이다. 이에 비하면 브레히트, 칸토로비츠A. Kantorowicz 등은 분단되지 않은 독자적 사회주의 국가로서의 독일을 염두에 두지 않았던가? 바로 여기에 헤름린의 결정적 한계가 도사리고 있다.

헤름린은 사회주의적 이상을 지향했지만, 시민주의 문화유산 속에서 계승해야 할 부분이 많이 있다고 굳게 믿었다. 그의 이러한 견해는 문화 정책에 적극적으로 반영되지 못했다. 가령 구동독은 루이 아라공, 엘뤼아르의 문학 세계를 용납했지만, 카를 크라우스Karl Krauss를 긍정적으로 여기지 않았다. 비록 헤름린이 크라우스의 풍자를 통한 사회 비판을 창작 방법론

---

43. 박설호, 떠난 꿈, 남은 글, 동독 문학 연구 2, 한마당 1999, 97쪽 이하.
44. Siehe A. Kantorowicz: Etwas ist ausgeblieben, Hamburg 1985, S. 50f.

적으로 높이 평가했지만 말이다. 그러나 헤름린이 표방한 사상적 이념과
예술적 방법 사이에는 거대한 간극이 도사리고 있었다. 헤름린의 시문학이
형식적 시형에서 벗어나지 못했고, 끝내 촌철살인의 "자유시" 한 편 남기
지 못했다는 사실이 이를 반증해 주기에 충분하다.

"사물 한가운데에는 슬픔이"

페터 후헬의 정치적 자연시

1

페터 후헬Peter Huchel(1903-1981)은 시, 「베로나Verona」에서 "사물 한가운데에는 슬픔이" 깃들어 있다고 노래하였다. 「베로나」만으로 후헬은 독일의 위대한 시인의 반열에 올라설 수 있다. 왜냐하면 상기한 시구는 오늘날 영혼의 탈가치화 현상을 단적으로 지적하기 때문이다. 생명으로서의 자연의 사물들이 핍박당한다는 사실은 한마디로 정령 신앙으로서의 "범지 체계Pansophie"의 몰락을 대변하고 있다.

오늘날 정령 신앙의 원시적 믿음이 파기된 것은 계몽된 이성, 과학적 사고를 고려한다면 당연한 결과일지 모른다. 문제는 사람들이 이러한 파기를 통해서 자연의 고유한 존재 가치마저 박탈한 데 있다. 자연의 사물 속에서 (양적 개념이 아니라) 피타고라스의 질적 개념으로서의 수는 끝내 상실되고 말 것이다.[1] 이를 고려힐 때 싱기한 시 구절은 생태 문제의 차원만으로 국한될 수 없는 포괄적인 문제점을 건드리고 있다. 비와 바람, 흙, 나무,

---

1. 에른스트 블로흐는 자연 속에 담겨 있는 질적 개념을 최상의 선으로 간주하였다. Siehe Ernst Bloch: Das Prinzip Hoffnung, 3 Bde. Frankfurt a. M. 1985, S. 1596ff.

그리고 바다 등과 같은 사물들은 인간을 둘러싼 주변 영역, 즉 "환경環境"
으로 매도되지 않는가?

이 글은 후헬이 쓴 정치적 자연시를 분석하려 한다. 이로써 후헬 문학에
나타난 자연 내지 인간의 고통 그리고 구원에 관한 문제점 등이 다루어질
것이다.[2] 필자는 후헬의 시들 가운데 60년대 초에서 70년대 초 사이에 집
필된 작품 세 편을 선택하였다. 「겨울 시편Winterpsalm」, 「망명Exil」, 「테오프
라스토스의 정원Der Garten des Theophrast」이 그것들이다.

후헬은 예술뿐 아니라, 종교, 정치, 그리고 철학의 차원의 보편적 테마를
시적 주제로 삼았다. 역사적 발전 과정에서 희생된 생명들, 인간주의적 덕
목에 근거한 사회주의의 이상, 자연과 세계의 구원을 추적하는 기독교 신
비주의 등이 후헬의 시에 형상화되어 있다.[3] 여기서 중요한 것은 상기한 모
든 요소들이 후헬의 시 작품 속에 뒤섞여 있다는 사실이다. 그러나 이는
무시되어 왔다. 지금까지 연구가들은 후헬 시의 이중 구조(자연 은유 + 정치
적 발언) 속의 긴장관계를 중시하지 않았다.[4]

2

후헬의 인간과 문학을 접할 때 우리는 다음과 같은 세 가지 특징을 접
하게 된다. 첫째로 그의 작품 수는 무척 적다. 그가 남긴 300편의 작품들
은 방송극, 산문, 그리고 편지 등을 합하여 불과 두 권의 전집으로 간행되

---

2. 후헬은 좀처럼 정치 시인으로 규정되지 않고 있다. 예컨대 기르쉬너-볼트는 독일 정
치시 연구에서 후헬을 배제하였다. Siehe I. Girschiner-Woldt: Theorie der modernen
politischen Lyrik, Berlin 1971.
3. 후헬은 자신의 세계관에 영향을 준 사람으로 야콥 뵈메를 거론한 바 있다. Siehe P.
Huchel, Werke Bd. 2, Frankfurt a. M 1984, S. 370.
4. Siehe Karl Ludwig Schneider: Peter Huchel, in: K. Weissenberger (hrsg.), Die
deutsche Lyrik 1945-1975. Zwischen Botschaft und Spiel, Düsseldorf 1981, S. 177-
185, Hier S. 184,

었다. 그렇지만 통상적으로 일류 시인들이 평생 약 서너 편의 걸작만을 남기다는 것을 고려한다면, 예술 창조에서 분량만이 능사는 아니다. 사실 페터 후헬에게 작품의 "탈고"란 그저 초벌구이에 불과했다. 그래, 작품 창조를 위한 그의 세밀한 정성 및 마치 파비우스Fabius와 같은 머뭇거림은 프랑스 시인 폴 발레리P. Valéry의 그것을 능가할 정도이다. 상기한 내용을 고려할 때, 후헬 작품에 대한 시기적 구분은 커다란 의미를 지닐 수 없다.

둘째로 후헬의 문학적 주제는 칸토로비츠A. Kantorowicz도 지적한 바 있듯이, 그의 인간처럼 포괄적이고도 모호하다.[5] 이는 후헬 문학의 강점이자 단점으로 작용하기도 한다. 자연은, 후헬의 경우, 때로는 세계에 대한 시적 인식 수단이며, 때로는 시인의 정치적 입장 내지 종교적 신앙 등에 대한 객관적 상관 개념으로 기능하기도 한다. 예컨대 후헬은 마르크스의 평등사상을 용인하면서도, 사회주의 통일당(SED)에 가입하지 않았다. 후헬은 기독교 신비주의의자들로부터 깊은 사상적 영향을 받았음에도, 세례 교인이 되기를 거부했다.[6] 이러한 모호한 태도는 마치 파스테르나크B. Pasternak의 닥터 지바고의 그것을 방불케 하는데, 전체주의적 체제에 예속되기를 꺼려하는 후헬의 자유주의적 자세에 기인하는 것이다.

셋째로 후헬 문학에 대한 연구 논문은 한국에서 제대로 소개되지 않고 있다.[7] 그 이유는 다음과 같다. 후헬은 탁월한 시인으로서가 아니라, 구동독의 계간지 『의미와 형식』의 편집자로서 세인의 주목을 받았을 뿐이다. 우리는 차제에 언어 탁마의 차원에서 후헬의 탁월한 시 작품을 오래 기억

---

5. 후헬의 문학과 인간적 면모에 관해서는 다음의 문헌을 참고하라. A. Kantorowicz: Deutsche Schicksale. Intellektuelle unter Hitler und Stalin, Wien 1964, S. 79-91.
6. 함부르크에서 오르겔을 제작하고 밀을 사육하는 소설가 힌스 헤니 얀H. H. Jahnn은 어느 날 친구 후헬이 가톨릭에 귀의하는 꿈을 꾸었다. 얀은 만사를 제치고 빌헬름스호르스트를 찾아와, 후헬이 교회 체제에 반대한다는 입장을 확인한 뒤 편안히 귀향했다. Siehe U. Wittstock: Von der Stalinallee zum Prenzlauer Berg. Wege der DDR-Literatur 1949-1989, München 1989, S. 23f.
7. 임승기: Peter Huchel의 시 「겨울 호수」, 성균관대 인문과학, 29, 1999, 211-29.

해야 할 것이다. 아무리 수준 높은 작품집이라 하더라도 얄팍한 분량의 것
은 쉽사리 잊혀지기 마련일까? 이를 감안한다면, 우리는 후헬의 시문학에
대한 반향이 독일에서 80년대 이후에야 비로소 나타난 이유를 어느 정도
짐작할 수 있다.

3

　후헬의 자연시의 특성은 전통적 자연시의 그것과는 다르다. 가령 오스
카 뢰르케O. Loerke, 빌헬름 레만W. Lehmann 등의 전통적 자연시에 나타난
자연의 개념은 인위성과 반대되는 것이다. 따라서 자연시란 전통적 의미
에서 사회 개혁 내지 정치 참여와는 다른 차원에서, 이른바 순수시로 수용
되곤 한다. 그러나 후헬의 자연 개념은 인간으로부터 구분되거나 동떨어
진 게 아니다. 그것은 때로는 인간 삶에 대한 간접적인 비유 내지는 객관
적 상관 개념이며, 때로는 시인이 꿈꾸는 이상에 대한 비유 내지 알레고리
로 이해될 수도 있다.
　후헬 시의 전체적 경향은 엄밀히 따진다면 세 가지로 구분할 수 있다. 첫
째로 후헬의 자연시는 찬란한 시대 내지 이미 지나간 이상으로서의 유년
을 기억해 낸다. 여기에 해당하는 작품들은 주로 후헬의 초기 작품들인데,
나중에 60년대 후반에야 비로소 시집 『별 잡는 어살Sternenreuse』(1967)에
실렸다. 유년을 소재로 한 후헬의 시는 시적 표현에 있어서 정교하고도 아
름답다.[8] 가령 「하녀」, 「당시에」, 「알트-랑거비쉬에서의 유년」, 「행복한 정
원」, 「출처Herkunft」 등이 그것들이다.[9] 후헬은 브란덴부르크의 마을 알트-

---

8. 카를 알프레트 볼켄에 의하면, 후헬의 시는 "단어의 울림Wortklang" 그리고 "은유"로
써 연주하는 오케스트라라고 한다. Siehe Karl Alfred Wolken: Zwiesprache mit der
Wirklichkeit. Die Lyrik P. Huchels, in: Über Peter Huchel, Frankfurt a. M. 1973, S. 199.
9. 마르틴 하쉬케, 빌리 하스 등은 상기한 시들을 후헬의 대표작으로 꼽고 있다. Siehe H.
Mayer (hrsg.): Über Peter Huchel, a. a. O., S. 157-163.

랑거비쉬에 있는 외할아버지 집에서 유년을 보냈는데, 시인의 기억은 여기서 시작되고 있다.[10] 그러나 이러한 시들이 단순히 유년의 순수함을 찬양한 것은 아니다. 후헬에게 유년은 그 자체 상징적 의미를 지닌다. 그것은 한마디로 "백지상태Tabula rasa"로서의 순수한 삶 자체를 뜻한다. 어떠한 인위적 이데올로기에 의해 침해당하거나 간섭받지 않은 이상적 공간이 바로 유년인 것이다. 후헬은 "보상받은 체계로서의 꿈 내지 기억"을 추적하면서, 사물의 암호 속에 담긴 신비로운 마력적 특성을 찾아내려고 한다.[11] 가령 우리는 그의 시 「부호Zeichen」를 예로 들 수 있다. 그렇기 때문에 후헬의 "유년"의 모티프는 과거 파시즘의 끔찍한 기억을 찾으려는 요하네스 보브롭스키J. Bobrowski의 시에 나타난 유년과는 약간의 차이점을 지니고 있다.[12]

둘째로 후헬의 자연시는 부분적으로 종교적 갈망의 상을 담고 있다. 물론 이러한 특성은 60년대 이후의 시 작품 속에서는 현저히 약화되어 있기는 하다. 비록 그의 종교적 갈망의 상이 정통 교리로서의 기독교의 성향이 아니라, 농촌을 중심으로 한 신비주의적 성향을 띠고 있기는 하지만 말이다. 후헬은 1962년 서독에서 간행된 시집 『국도 국도. 시들Chausseen Chausseen. Gedichte』에서 아우구스티누스의 다음과 같은 말을 모토로 설정하였다. "나의 기억, 거대한 정원 속에서 (…) 바로 거기에 하늘과 땅 그리고 바다 등이 생생하게 있다고 여겨진다."[13] 그래, 기억이란 인간의 뇌리에서 추방될 수 없는 유일한 천국이 아닌가? 아우구스티누스는 자신의 기억

10. 외할아버지는 푸른 노트에다 시를 썼고, 나폴레옹과 가리발디를 흠모했다. 그는 신을 믿지 않았으며, 대신에 심령학적 주술에 심취했다고 한다. G. Schmidt-Henkel: Ein Traum, was sonst? Zu Peter Huchels Gedicht, in: W. Hinck (hrsg.), Gedichte und Interpretationen, Bd. 6, Stuttgart 1982, S. 54.
11. Ernst Bloch: Ein Essay des Vorbewußten nach vorwärts, in: H. Mayer (hrsg.), Über Peter Huchel, a. a. O., S. 166-172, Hier S. 167f.
12. 박설호: 속죄와 자기 반성으로서의 기억, 보브롭스키의 「유년」, in: ders, 떠난 꿈, 남은 글, 동독 문학 연구 2, 한마당 1999, 149-161쪽.
13. 아우구스티누스의 말은 『신의 국가에 관하여De cive Dei』 제21장에 실려 있다.

속에 담긴 유년의 자연을 떠올림으로써, 자신의 형이상학적 천국을 건설
할 수 있었다. 마찬가지로 후헬은 브란덴부르크 지방의 마을을 기억해냄
으로써, 때 묻지 않은 이상적 삶을 설계할 수 있었다.

4

셋째로 후헬 문학에 나타난 자연은 어떤 특정한 혹은 보편적인 사회 정
치적 문제를 암시하는 객관적 상관 개념이다. 이 문제는 이 글이 다루려는
핵심 사항이다. 그 전에 구동독의 문예지 『의미와 형식』의 편집자로서 후
헬의 작업을 약술하고자 한다.

1949년부터 1962년까지 후헬은 요하네스 R. 베혀의 소개로 계간지 『의
미와 형식』의 책임 편집자로 일했다. 후헬은 1948년 동독으로 돌아온 브
레히트의 작품을 간행하였다.[14] 후헬은 『의미와 형식』에서 서평을 과감하
게 삭제하고, 주로 사상과 예술에 관한 깊이 있는 논문을 게재하였다.[15] 그
렇지만 후헬은 예외적으로 매호마다 헤르베르트 예링H. Ihering의 연극 평
론을 과감히 실었다. 이로써 『의미와 형식』의 독자들은 동서독에서 공연
되는 연극 내지 영화 작품에 관한 평을 접할 수 있었다.[16] 후헬에 의해 간행
된 『의미와 형식』(1949-1962)은 독일 문예지 출판 역사상 가장 수준 높고
도 훌륭한 정기간행물로 인정받고 있다. 잡지의 집필자는 가령 브레히트,
벤야민, 아도르노, 호르크하이머, 루카치, 마르쿠제, 블로흐, 베르너 크라
우스, 한스 마이어, 에른스트 피셔, 콘라드 파너, 발터 펠첸슈타인 등 비교

---

14. 이로써 「코카서스의 분필원」, 「연극을 위한 작은 오르가논」, 소설 「율리우스 카이사르
의 사업」 등과 같은 브레히트의 작품들은 『의미와 형식』에 처음으로 발표되었다.
15. 후헬은 다음과 같이 판단하였다. 서평 내지는 현장 비평 등은 얼마든지 당국 내지는 특
정한 문화 권력자에 의해서 조작이 가능하다. 자고로 서평 내지 시류에 편승하는 현장 비
평으로 일관하는 잡지는 오래 살아남지 못한다.
16. H. Mayer: Erinnerungen eines Mitarbeiters von "Sinn und Form," in: ders. (hrsg.),
Über Peter Huchel, Frankfurt a. M. 1973, S. 176f.

적 자유로운 사상을 지닌 자들로 구성되어 있다. 후헬은 해외 문학 작품과 이론에 대해서 소홀히 다루지 않았다. 가령 파블로 네루다P. Neruda의 작품이 동독에 소개된 것도 그의 덕택이다.

1953년에 후헬은 편집자로서 심각한 고초를 겪는다. 후헬은 당시 폴란드에 살던 마르셀 라이히-라니츠키M. Reich-Ranicki가 쓴 마르크스주의 선동 시인 에리히 바이네르트E. Weinert에 관한 글을 실었다. 라니츠키는 "바이네르트는 베혀, 브레히트, 톨러Toller 혹은 프리드리히 볼프Fr. Wolf와는 달리 표현주의의 유혹을 완전히 떨칠 수 있었다"고 지적하였던 것이다. 베혀는 자신이 공개적으로 비판당하는 데 대해 불쾌감을 드러냈다. 몇 달 후 후헬은 다시 곤경에 처한다. 한스 아이슬러H. Eisler는 오페라 『파우스투스 박사Doktor Faustus』를 발표했는데, 아부쉬A. Abusch가 작품에 대한 신랄한 비판의 글을 투고했던 것이다. 후헬은 기지를 발휘하여, 아부쉬의 글과 함께 아이슬러의 오페라를 옹호하는 브레히트의 글을 나란히 실었다.[17]

1962년에 이르러 반독단적 입장을 고수하던 후헬은 주위로부터 고립된다. 브레히트는 1956년에 이미 사망했고, 블로흐는 1961년에 본의 아니게 구동독을 떠나 있었다. 남아 있는 친구라고는 한스 마이어밖에 없었다. 이때 독단적 관료주의자인 쿠르트 하거는 "후헬이 동서독 사이의 문화 교류를 일삼고 있다"고 신랄하게 비난하며, 후헬에게서 편집자 자격을 강제로 박탈한다. 『의미와 형식』의 편집 권한은 1962년부터 소설가 보도 우제에게 이양된다. 후헬은 『의미와 형식』 마지막 호에다 자신의 시 「테오프라스토스의 정원」, 브레히트의 유고 시, 그리고 죽은 브레히트의 산문 「이성의 저항력에 관한 연설」 등을 싣는다.[18] 그 후 페터 후헬은 1971년까지 포츠

---

17. Vgl. B. Brecht: Thesen zur Faustus-Diskussion, in: ders., GW. Bd. 19, Frankfurt a. M. 1967, S. 5337. auch siehe P. Huchel: Werke Bd. II, a. a. O., S. 375.
18. 가령 브레히트의 유고 시 가운데 다음과 같은 구절이 있다. "아, 왜 내가/ 불임不姙의 인간들과 함께 식사하려고/ 그들이 마련하지 못한 식탁에/ 앉아 있었던가?/ (…) 그러나 밖에는/ 깨우치지 못한 자들이 깨우침에/ 목 태우며 서성거렸다." 박설호: 떠난 꿈, 남은

담 근교의 빌헬름스호르스트에서 어쩔 수 없이 칩거하며 살아간다.

5

상기한 내용과 관련하여, 첫 번째 시 「겨울 시편Winterpsalm」을 살펴보도
록 하자.[19]

> 하늘 아래로 서서히 내려앉는 추위
> 나는 거리를 지나 강가로 가서
> 눈 덮인 분지를 바라보았다,
> 여기서 바람은 밤마다
> 편편한 어깨로 드러눕곤 했다.
> 바람의 허약한 목소리는
> 얼어붙은 나무 위의 가지에서
> 하얀 공기의 허상과 부딪쳤다:
> "모인 사람들 모두 나를 바라보는군요.
> 그 사건을 먼지 속에서 끄집어내어
> 판사에게 보이란 말인가요? 침묵하겠어요.
> 나는 증인이 되고 싶지 않아요,"
> 그의 속삭임은 어떠한 불길에도
> 자라지 않고 꺼져버렸다.
>
> 오 영혼이여, 그대는 어디로 달려가는가.
> 밤은 그걸 모른다. 그곳에는 두려움에

글, 앞의 책, 18쪽.
19. 「겨울 시편」(1962)은 "한스 마이어를 위하여"라는 헌사를 달고 있다.

침묵하는 수많은 존재들만 있을 뿐.
증인은 나타난다. 그것은 환한 빛.

하늘 아래로 서서히 내려앉는 추위에
나는 혼자 다리 위에 서있었다.
얼어붙은 강
갈대의 목을 통하여
아직 힘없이 숨쉬고 있는가?

Da ich ging bei träger Kälte des Himmels./ Und ging hinab die Straße zum Fluß,/ Sah ich die Mulde im Schnee,/ Wo nachts der Wind/ Mit flacher Schulter gelegen./ Seine gebrechliche Stimme,/ In den erstarrten Ästen oben,/ Stieß sich am Trugbild weißer Luft:/ "Alles Verscharrte blickt mich an./ Soll ich es heben aus dem Staub/ Und zeigen dem Richter? Ich schweige./ Ich will nicht Zeuge sein."/ Sein Flüstern erlosch,/ Von keiner Flamme genährt.// Wohin du stürzt, O Seele,/ Nicht weiß es die Nacht. Denn da ist nichts/ Als vieler Wesen stumme Angst./ Der Zeuge tritt hervor. Es ist das Licht.// Ich stand auf der Brücke,/ Allein vor der trägen Kälte des Himmels./ Atmet noch schwach,/ Durch die Kehle des Schilfrohrs,/ Der vereiste Fluß?[20]

  인용 시는 무리 없이 읽히나, 시어들은 복합적 상징으로 중첩되어 있다. 우리는 시적 주제로서 60년대 구동독의 정치적 현실 그리고 『의미와 형식』을 둘러싼 시인의 체험을 지적할 수 있을 것이다. 그러나 이러한 것들은 시 해석의 필요조건일 뿐, 충분조건은 아니다. 후헬 역시 「겨울 시편」에

---

20. 이 시는 여러 지면에 발표되었다. P. Huchel: Werke Bd. 1, a. a. O., S. 154.

대해 다음과 같이 주장하였다. 즉, 시적 상징을 하나로 설명하는 일은 은
유와 은유를 교환하는 작업에 불과하다고 한다.[21]

"시편Psalm"은 구약성서를 연상시킨다. 성서의 시편은 대부분 다윗에 의
해 쓰여진 것으로서 다음과 같은 세 가지 사항으로 이루어져 있다. 첫째는
하느님에 대한 절대적 신뢰와 감사이고, 둘째는 인간의 죄에 대한 참회이
며, 셋째는 미래에 대한 소망을 가리킨다. 특히 메시아에 대한 기대감으로
서의 갈망에 해당하는 세 번째 사항은 후헬 시의 주제와 직결되는 것 같아
보인다. 한마디로 「겨울 시편」은 어떤 냉혹한, 갇혀 있는 영역 속에서 세계
의 구원 내지 변화를 갈구하는 시적인 외침으로 이해될 수 있다.[22]

6

보다 구체적으로 살펴보자. 첫 번째 연과 세 번째 연은 홀로 방랑하는
"나"의 진술로 이루어져 있다. 여기서 우리는 시적 대상에 대한 시인의 거
리감을 느낄 수 있다. 이에 비하면 두 번째 연은 시편에 나타나는 어조를
연상케 한다. 다시 말해, 제2연은 서술 내지는 냉정한 묘사가 아니라, 갈망
의 상에 대한 격앙된 표현이다.

"추위"를 느끼는 "나"의 시각은 "하늘," "눈 덮인 분지," "나무" 그리
고 "하얀 공기"로 이전된다. 이때 시적 자아는 목적 없이 영원히 방랑하는
"바람"을 만난다. 시인의 눈에는 바람이 "하얀 공기의 허상"과 부딪치는
것처럼 보인다. 하얀 공기는 가냘픈 바람에 의해 나뭇가지에 얹혀 있는 눈
덩이를 떨구게 한다. 그렇다면 하얀 공기는 무엇인가? 그것은 억울하게 맞
아 죽은 영혼, 즉 지상을 떠도는 중음신中陰神들의 "허상Trugbild"이 아닐까?

---

21. Siehe P. Huchel: Winterpsalm, in: (hrsg.) H. Domin, Doppelinterpretationen, Frankfurt a. M. 1976, S. 55.
22. Vgl. B. Lermen: Lyrik aus der DDR, München 1987, S. 131f.

바람은 어떤 인간으로 의인화된 객관적 상관 개념이다. 다시 말해, 어떤 끔찍한 죽임과 처절한 죽음을 뼈저리게 감지한 한 인간을 생각해 보라. 그렇다면 어떠한 이유에서 바람은 증인이기를 거부하는 것일까? 이는 두 가지 의미로 이해될 수 있다. 첫째로 억압의 상태 속에서 진리를 발설한다는 것은 그 자체 위험이다. 따라서 "모인 사람들"은 마치 죽은 영혼과 마찬가지로 권력의 피해자일 뿐이다. 둘째로 법은 그 자체 강자를 위해 만들어진 것이다. 「재판Gericht」이라는 시에서 적나라하게 묘사되고 있듯이, 법대로 모든 것을 처리하면, 무력한 존재들만 피해당한다.[23]

"오 영혼이여, 그대는 어디로 달려가는가." 밤은 영혼이 어디로 달려가는지 모른다. 왜냐하면 그곳에는 "두려움"에 떨고 있는 "침묵하는" 존재들만 서성거리고 있기 때문이다. 실제로 이러한 존재들은 한편으로는 지상에 살고 있는 무력하고 겁 많은 일반 대중을 지칭하지만, 다른 한편으로는 창세기의 해명되지 않은 심연 속에 추락한 영혼들일 수 있다.[24] 이때 시인의 뇌리에는 하나의 상이 스쳐 지나간다. 그것은 지금까지의 모든 비밀을 밝혀 줄 수 있는 증인으로서의 빛이다.

그러나 이러한 갈망은 현재에는 그저 순간적 망상에 해당할 뿐이다. 제 3연에서 방랑자, "나"는 더욱 고립되어 있다. 이제 바람마저 그의 곁을 떠나고 만 것이다. "얼어붙은 강/ 갈대의 목을 통하여/ 아직 힘없이 숨쉬고 있는가?" 그래, 누가 1962년 겨울을 죽음이라고 명명했는가? 강은 이제 쥐 죽은 듯 꽁꽁 얼어붙었다. 흐름과 변화의 조짐은 더 이상 발견되지 않는다. 강이 아직도 생명력을 이어갈 수 있는 것은 오로지 "갈대Schilfrohr"가 있기 때문이다.

한스 마이어는 「겨울 시편」을 "손상당한 이성에 관한 시"라고 지적하였

---

23. 가령 「재판」의 첫 연은 다음과 같이 이루어져 있다. "폭력의 비호 하에 살려고/ 태어난 건 아니지만,/ 나는 죄인의 무죄를 받아들였다." Siehe P. Huchel: Werke Bd. 1, a. a. O., S. 225f.

24. Vgl. B. Lermen: Lyrik aus der DDR, a. a. O., S. 136.

다. 마이어에 의하면, 이성은 파괴되지는 않았으나 커다란 상처에 시달리고 있다는 것이다.[25] 1961년의 구동독을 생각해 보라. 베를린 장벽의 건설로 동서독의 화해 분위기는 순식간에 냉각되었다. 그래, 사회주의의 이상은 적어도 1960년의 구동독에서는 "갈대의 목을 통하여" 힘없이 호흡하고 있었던 것이다.

7

이미 언급했듯이, 후헬은 1962년부터 빌헬름스호르스트에서 9년을 보냈다. 후헬은 어떠한 우편물도 수령할 수 없었으며, 구동독 정부로부터 감시당했다. 가령 안기부는 후헬의 집 근처에 감시 요원을 배치하였고, "나이 든 영국 귀족"이 무슨 글을 쓰는지 그리고 무슨 책을 읽는지 모조리 파악하고 있었다. 후헬이 할 수 있는 일이라곤 다만 침묵밖에 없었다.[26] 외부로 향한 망명에서 행할 수 있는 저항은 글쓰기 그리고 불의와 부정의 전파일 것이다. 그러나 내부로 고립되어 있는 자에게는 침묵 자체가 유일한 저항일 수 있다. 이는 작가로서는 견디기 어려운 극한적 형벌이 아닌가? 후헬의 시 「망명Exil」은 시인의 고립된 삶을 생생하게 감지하게 해준다.

저녁에 친구들이 가까이 온다.
언덕의 그림자들.
그들은 서서히 문턱을 넘어서
소금을 어둡게 하고,
빵을 어둡게 하며,

---

25. H. Mayer: Winterpsalm. Erinnernde Deutung, in: (hrsg.) H. Domin, Doppel-interpretationen, a. a. O., S. 57.
26. "후헬에게 가한 권력의 폭력은 결코 용서받을 수 없다." Siehe H. Mayer: Erinnerungen eines Mitarbeites von Sinn und Form, a. a. O., S. 180.

나의 침묵과 대화를 나눈다.

바깥 단풍나무 속에서
바람이 요동한다.
나의 누이, 석회 분지盆地 속의
빗물은,
갇힌 채 있고,
그녀는 구름 뒤를 바라본다.

바람과 함께 가라,
하고 그림자들은 말한다.
여름은 너의 심장에다
쇠낫을 얹고 있다.
떠나가라, 단풍나무 잎에서
가을의 상처가 쑤시기 전에.

충실하라, 하고 돌은 말한다.
밝아오는 아침은
빛과 잎이 어울리며
거주하는 곳에서 솟구치고
그리고 환영은
어떤 불꽃 속에서 사멸한다.

Am Abend nahen die Freunde,/ die Schatten der Hügel./ Sie treten langsam
über die Schwelle,/ verdunkeln das Salz,/ verdunkeln das Brot/ und führen
Gespräche mit meinem Schweigen.// Draußen im Ahorn/ regt sich der

Wind:/ Meine Schester, das Regenwasser/ in kalkiger Mulde,/ gefangen/

blickt sie den Wolken nach.// Geh mit dem Wind,/ sagen die Schatten./

Der Sommer legt dir/ die eiserne Sichel aufs Herz./ Geh fort, bevor im

Ahornblatt/ das Stigma des Herbstes brennt.// Sei getreu, sagt der Stein./

Die dämmernde Frühe/ hebt an. wo Licht und Laub/ ineinander wohnen/

und das Gesicht/ in einer Flamme vergeht.

인용 시는 주제 면에서 브레히트의 「망명 기간에 대한 단상」과 유사하
다.[27] 시인은 도저히 인간답게 살아갈 수 없는 곳에서 과도기적 상태로 머
물고 있으면서, 자신의 진로와 거처에 대해 골몰한다.[28] 하르퉁R. Hartung이
말한 대로 후헬의 시는 보편적 의미에서의 떠남 혹은 머무름이라는 양자
택일의 문제를 시사하고 있다.[29] 그럼에도 시적 주제는 결코 추상적 차원
속에 차단되지 않고, 자신의 생생한 체험으로 승화되어 있다. 어디 그뿐이
겠는가? 후헬의 "망명"은 부자유 속에서 살고 있다는 단순한 정치적 차원
을 넘어서, 삶과 죽음의 문턱 사이에서 느낄 수 있는 갈등 또한 감지하게
해준다.

8

저녁 무렵 "나"는 식탁에 앉아 있다. 그림자는 마치 친구들처럼 "문턱을
넘어" 시인에게 다가오는 것 같다.[30] 언덕의 그림자가 소금과 빵을 "어둡게

---

27. B. Brecht: Gedanken über die Dauer des Exils, in: ders., GBA. 12, Frankfurt a. M.
1993, S. 82.
28. 브레히트의 망명이 이른바 파시즘의 죄악으로부터 바깥으로 향한 탈출이었다면, 후헬
의 망명은 기존하는 어떤 유형의 사회주의의 죄악 한가운데에 처한 내적 고립, 바로 그것
이었다.
29. Siehe R. Hartung: Gezählte Tage, in: Über Peter Huchel, a. a. O., S. 122.
30. "친구들"이란 서방세계로 떠나간 자들, 아니면 유명을 달리한 자들을 가리키는 것 같

하"는 이유는 주관적 차원에서 해명될 수 있을지 모른다. 어쩌면 "나"는 무의미하게 목숨을 부지하는 데 대해 자학하는 것일까? 특이한 사항은 친구들이 시인의 "침묵과 대화를 나눈다"는 사실이다.

그렇다면 이 구절은 염화시중의 미소라는 의미로 설명할 수 있는 것일까? 그렇지는 않다. 오히려 시인이 침묵으로 대화를 나눌 수밖에 없는 까닭은 다른 데 있다. 즉, 마음대로 발설하고 자신의 생각을 진술하게 글로 표현하는 일 자체가 시인에게는 결코 유리하게 작용하지 않는다. 왜냐하면 말과 글은 시인에게 불리한 증거물로 얼마든지 남용될 수 있기 때문이다.

석회 분지 속에는 빗물이 "갇힌 채 있"다. 빗물은 시인의 누이를 연상시킨다. 물론 "누이Schwester"라는 표현은 그 자체로 모호하다. 그것은 때로는 누님으로, 때로는 여동생으로, 때로는 수녀로 이해될 수 있기 때문이다. 어쨌든 "석회 분지 속"에 고여 있는 빗물은 과거에 시인이 친했던 여성을 유추하게 한다.[31]

제3연에서 그림자는 시인에게 "바람과 함께" 어디론가 떠나라고 조언한다. 그 이유는 "여름"이 시인의 "심장에다 쇠낫을 얹고 있"기 때문이다. 시인은 다음과 같이 자문한다. 사실 현재의 거주지가 스스로 택한 게 아니라면, 무엇 때문에 암담한 고향에 그대로 머물려고 하는가? 예컨대 친구들은 소리 없이 질책한다. 그대는 스스로 오비디우스Ovidius가 되려고 하는가? 오비디우스는 흑해 근처로 귀양을 떠나, 그곳에서 『슬픔Trista』이라는 연작시를 쓰며 말년을 보냈다. 무엇 때문에 후헬이 고독을 스스로 택해야 하는가?[32] 친구는 "가을의 상처"가 덧나기 전에 후헬이 부자유가 자리하고 있는 고향을 떠나는 게 바람직하다고 권고하고 있다. 부자유가 자리하고 있

다. 구체적으로 누구를 가리키는지는 오로지 시인만이 알고 있다.
31. Siehe P. Huchel: Werke Bd. II, a. a. O., S. 356.
32. 오비디우스의 망명과 관련하여 다음의 책을 참고하라. 크리스토프 란스마이어Chr. Ransmeyr: 최후의 세계Die letzte Welt, 장희권 역, 열린책들 2000.

는 고향 — 이는 참담한 역설에 다름 아니다.

한편, 시인은 다음과 같이 생각한다. 죄악으로부터 몸을 사리고 피하는 것은 유연하지만 지조 없는 행동이다.[33] 제4연에서 후헬은 하나의 "환영das Gesicht"을 떠올린다. 빛과 잎이 서로 뒤엉킨 채 머무르고 있는 밝아오는 아침의 공간이 바로 그 환영이다. 아침의 공간은 시인이 떠올린 특정한 유토피아의 상이 아닐 수 없다. 초고에는 제4연이 다음과 같이 묘사되어 있다. "(…) 상은 상처받을 수 없다/ 흔적은 지워진다/ 빛과 잎이 어울리며/ 그리고 환영은/ 어느 불꽃 속에서 사라진다."[34] 그래, 시인의 뇌리를 스쳐 지나가는 상은 상처받지 않는다. 왜냐하면 그것은 말과 글에 비해 아무런 증거도 남기지 않기 때문이다.[35]

결론적으로 말해, 「망명」에 형상화되어 있는 시적 주제는 정치적 의미로만 이해될 수는 없다. 왜냐하면 "나"는 주어진 자신의 고향으로부터 소외되어 있기 때문이다. 고향이란 — 블로흐E. Bloch도 말한 바 있듯이 — 인간이 되돌아가게 되는 최후의 안식처가 아닌가? 후헬의 고향은 아이러니하게도 자신의 이상으로부터 소외된 장소이다. 그곳은 정치적 자유를 보장받을 수 있는 곳이 아니라, 오히려 사고의 죽음을 강요하는 내적 망명의 공간이기도 하다. 이로써 시인은 "가을의 상처Stigma des Herbstes"가 쑤셔오기 전에 어디론가 떠날 수도, 그렇다고 해서 침묵을 강요하는 공간 속에 머무를 수도 없다.

---

33. 『논어論語』의 유하혜柳下惠는 다음과 같이 말했다. "살다보면 으레 감옥에도 들락거릴 수 있는 법, 무엇 때문에 부모를 저버리고 타국에서 살아야 하는가?"
34. Siehe P. Huchel: Werke Bd. 1, a. a. O., S. 416f.
35. 이는 어째서 유대인들이 특히 회화 예술을 발전시키지 않았는가? 하는 물음과 관련된다. 화가와 조각가에게 거주 이전이란 몹시 번거로운 일과 다름없다.

9

이제 마지막 시를 살펴보자. 『의미와 형식』 마지막 호에 실린 「테오프라스토스의 정원」에는 "나의 아들에게"라는 헌사가 씌어져 있는데, 이 작품은 흔히 후헬이 마지막으로 남긴 유언의 시로 이해되곤 한다.

테오프라스토스(BC. 372-287)는 플라톤과 아리스토텔레스의 수제자로서 아리스토텔레스가 죽은 뒤 소요학파를 이끌었다.[36] 그 후 약 이천 명의 제자들이 리케이온Lykeion 학원에서 공부하며, 테오프라스토스를 은사로 삼았다. 그러나 테오프라스토스는 걸출한 제자를 배출할 수 없었다. 왜냐하면 정원이 데메트리우스 왕의 아테네 침공으로 기원전 294년에 완전히 파괴되었기 때문이다. 테오프라스토스가 쓴 200여 권 가운데에는 먼 훗날라 브뤼에르La Bruyère에 의해 새롭게 씌어진 바 있는 『인성학』과 『물리학자들의 견해』가 있다. 특히 후자의 책은 그리스 철학사 가운데 가장 오래된 것이다. 테오프라스토스는 주로 포도주, 꿀, 기름, 돌, 금속, 바람, 물, 소금, 과즙, 열매 등을 기술하였는데, 대부분의 책들은 오늘날 거의 남아 있지 않다.

디오게네스 라에르티오스Diogenes Laertios는 기원전 275년에 『유명한 철학자들의 삶과 견해』를 썼는데, 제5권 2장에서는 이른바 테오프라스토스의 정원에 관한 내용이 기록되어 있다.[37] 정원은 소요학파 사람들이 거닐던 장소였을 뿐 아니라, 성스러운 뮤즈가 머무는 곳으로 간주되었다. 테오프라스토스는 죽기 전에 "돈을 거두어 정원을 복원하여라"라는 유언을 남겼다. 제자들은 "성스러운 곳을 공동으로 소유하고, 서로 친밀한 우정을 나누어야 한다. 그게 적당하고도 정당한 일이다. (…) 그렇지만 나의 시신은

---

36. 아리스토텔레스는 자신의 제자에게 "테오프라스토스(Theo + Phrastos)," 즉 신처럼 말하는 자라는 의미를 지닌 이름을 붙여 주었다고 한다.
37. 이하의 내용은 다음의 문헌에 기술되어 있다. Siehe Alfred Kelletat: Peter Huchel, "Der Garten des Theophrast," in: Über Peter Huchel, a. a. O., S. 96-100.

정원 아래에 묻어두어라. 어떠한 화려한 화관식도 거행하지 말고, 기념비
도 마련해두지 마라."[38] 한마디로 "테오프라스토스의 정원"은 학문과 뮤즈
를 사랑하는 사람들이 거닐던 장소이자 위대한, 잊혀진 철학자가 묻힌 곳
으로 이해할 수 있다.

정오 무렵 시구詩句들의 하얀 불이
유골단지 위에서 덩실덩실 춤추고 있다면,
생각해 봐, 내 아들아, 어떻게 나무를 재배하는지
옛날에 대화 나누던 자들을 생각해 봐.
정원은 죽어 있다, 숨쉬기 더욱 힘들어지는구나.
당시의 시간을 보존하라, 여기 테오프라스토스
떡갈나무 분말로 땅에 거름 주고, 내피內皮로
상처 난 껍질을 동여매러 걸어갔던 때를.
어느 올리브 나무 부스러질 듯한 장벽을 쪼개고
뜨거운 먼지 속에는 아직 소리가 남아 있다.
그들은 나무뿌리를 뽑으라고 명령했다.
너의 빛은 가라앉는다, 무방비의 잎사귀야.

Wenn mittags das weiße Feuer/ Der Verse über den Urnen tanzt,/ Gedenke,
mein Sohn. Gedenke derer,/ Die einst Gespräche wie Bäume gepflanzt./
Tot ist der Garten, mein Atem wird schwerer,/ Bewahre die Stunde, hier
ging Theophrast,/ Mit Eichenlohe zu düngen den Boden,/ Die wunde Rinde
zu binden mit Bast./ Ein Ölbaum spaltet das mürbe Gemäuer/ Und ist noch
Stimme im heißen Staub./ Sie gaben Befehl, die Wurzel zu roden./ Es sinkt
dein Licht, schutzloses Laub.

---

38. Alfred Kelletat, ebd. S. 98.

10

인용 시를 살펴보기로 하자. 제1-2행은 조건문으로 이루어져 있다. 왜
냐하면 현재 "정원"은 안타깝게도 파괴되어 있기 때문이다. 여기서 시인은
과거 소요학파들의 찬란했던 정원을 기억해 내려고 한다. "하얀 불이/ 유
골단지 위에서 덩실덩실 춤추"는 시기는 분명히 여름의 정오이다. 생명력
으로 충만한 여름날은 마지막의 두 행에서 나타나는 삭막한 겨울의 풍경
과 대조를 이룬다. 먼 옛날 소요학파 사람들은 실제로 스승과 제자끼리 격
의 없이 어울리며, 평화와 뮤즈에 관해 대화를 나누었다. 그들은 강단 대
신, 정원에서의 산책을 수업의 과정으로 삼았던 것이다. 이때 아름다운 시
구들을 뇌리에 소환하는 게 무엇보다도 그들의 학업 행위였다. 고대 그리
스 사람들은 "정원Garten"에다 사원과 궁전을 건립하였고, 때로는 학교를
세우곤 하였다. 가령 소요학파 사람들은 정원에서 산책을 즐기며, 대화를
통한 교육을 실행하였다.[39] "뮤즈Mnemosyne"가 어원상 기억을 뜻하는 것도
이와 관련된다.[40]

시적 자아의 정체 및 그의 대화자는 제3행에서 비로소 드러난다. 즉, 시
인은 자신의 아들에게 "옛날에 대화 나누던 자"를 "생각해" 보라고 권한
다.[41] 여기서 대화의 내용은 무엇보다도 나무 가꾸는 방식 등이다. 제3행은
브레히트의 시「후세 사람들에게」를 연상시킨다. "나무에 관한 대화"는
브레히트의 경우 하나의 범죄로 간주된다. 왜냐하면 그것은 암울한 사회
내의 "끔찍한 범죄에 대한 하나의 침묵"을 의미하기 때문이다.[42]

---

39. "시구들의 하얀 불"은 젊은 소요학파 사람들에게 커다란 영향력을 행사하였다.
40. 혹자는 "유골단지Urne"라는 시어를 예로 들면서, 평화와 뮤즈 대신에 죽음의 분위기를
강조할지 모른다. 그러나 우리는 다음과 같은 사실을 알아야 한다. 원래 "Urne"는 샘물에
서 물을 긷는 통이라는 의미로 사용되었는데, 나중에 "뼈를 담는 통"으로 의미가 변하였
다. B. Lermen: Lyrik aus der DDR, a. a. O., S. 140f.
41. Vgl. P. Celan: Für Eric, in: Schneepart, Frankfurt a. M. 1971, S. 46.
42. Siehe B. Brecht: An die Nachgeborenen, in: ders., GBA. Bd. 12, a. a. O., S. 85.

그렇지만 나무에 관한 대화는 후헬의 시에서는 전혀 다른 맥락에서 이해될 수 있다. 그것은 평화와 번영을 기약해 주는 "올리브 나무"의 성장과 직결되고 있다. 따라서 나무는 후헬의 시에서는 "침묵"이 아니라, 오히려 "뜨거운 먼지 속im heißen Staub"에서도 무언가 의미심장한 내용을 전해주는 "소리Stimme"로 작용한다. 나무는 그 자체 생명으로서, 녹색의 평화를 온 누리에 전파하지 않는가?

제5행부터 제8행까지 대목에서 시인은 아들에게 유언을 들려준다. 테오프라스토스를 "생각하라gedenke"는 것, 그가 살던 때를 "보존하라bewahre"는 게 유언의 내용이다. 아닌 게 아니라 테오프라스토스는 생전에 제자들과 함께 특히 식물 재배에 심혈을 기울였다. 그는 "떡갈나무 분말Eichenlohe"로 땅을 기름지게 하고, 나무의 "내피Bast"로 상처 난 식물들을 가꾸고 돌보았다. 그러나 유감스럽게도 정원은 이제 생명력을 상실하였다. 시인은 마치 정원 아래에 자리한 테오프라스토스의 시신屍身처럼 "숨 쉬기 더욱 힘들어지는" 것을 느낀다.

상기한 내용을 고려한다면, 인용 시에서 테오프라스토스는 시인 페터 후헬을 가리키는 것일까?[43] 가령, 테오프라스토스와 마찬가지로, 후헬은 후계자 없이 잡지 『의미와 형식』 편집자 직에서 강제로 물러나 고립되어 살았다. 그래, 두 사람의 행적 사이에는 어떤 공통점이 도사린 것 같다. 물론 우리는 시 「테오프라스토스의 정원」을 오로지 후헬이 겪었던 당국과의 갈등의 문제로 국한시켜 이해할 수는 없다. 그렇지만 다음의 구절은 정치적 의미를 담은 해석에 어느 정도 설득력을 부여하고 있다. "어느 올리브 나무 부스러질 듯한 장벽을 쪼개고/ 뜨거운 먼지 속에는 아직 소리가 남

43. 뤼트케Lüdke와 허친슨Hutchinson 같은 평론가들은 테오프라스토스가 시인 페터 후헬을 지칭하는 인물이라고 주장한다. Robert Lüdke: Über neuere mitteldeutsche Lyrik im Deutschunterricht der Oberstufe, in: DU., Bd XX(1968), 5, S. 38-51. Auch Peter Hutchinson: "Der Garten des Theophrast" — Ein Epitaph für Peter Huchel?, in: Über Peter Huchel, a. a. O., S. 81-95.

아 있다."

어쩌면 후헬의 『의미와 형식』 간행은 동서독의 평화와 문화적 동질성 등을 찾기 위한 숨은 노력이 아니었던가?[44] "올리브 나무"는 얼마든지 시인으로서 그리고 편집자로서의 후헬의 숨은 과업을 상징할 수 있다. 생명을 보존하는 일은 결국 생명과는 무관한 무기질로서의 "장벽"이 허물어지게 작용한다. 폐허 속의 올리브 나무는 따뜻한 먼지에 뒤덮여 있어도 어떤 "소리Stimme"를 남긴다. 이 소리는 모든 대화와 소통을 가능하게 해주는 것으로서, 심지어 죽은 사람과의 소통마저 가능하게 하는지 모른다.[45]

누군가 사정없이 올리브 나무를 뽑으라고 명령하고 있다. "그들"은 허친슨Hutchinson이 주장하는 것처럼 익명의 사람들일 수도 있고, 테오프라스토스의 사악한 후손들일 수도 있다.[46] 그들은, 무엇보다도 "명령"을 일삼는 것으로 미루어보아, 분명히 독단론을 지니고 있는 자들이다. 그들은 어쩌면 구동독의 관료주의자들일 수도 있고, 그리스도의 가르침을 철저히 저주하는 바리새인과 사두개파 사람들일 수도 있다.[47] 어쨌든 나무뿌리가 뽑히게 되자, 잎사귀는 더 이상 올리브 나무의 보호를 받지 못하게 된다.[48] 여기서 "잎사귀"는 테오프라스토스의 정원에서 더 이상 평화와 광명을 얻을 수 없으며, "빛"이 어둠 속으로 완전히 가라앉는다면, 올리브 나무는 참혹한 겨울에 생명을 위협당할 수밖에 없다.

44. 쿠르트 하거K. Hager는 페터 후헬이 『의미와 형식』을 통해서 "이데올로기적 공존"을 꾀하고 "동서독 사이에 다리(橋)"를 놓으려 했다고, 그를 비판하였다. 후헬은 어느 인터뷰에서 서독에 건너온 자신을 "이식된 나무"에 비유한 바 있다. P. Huchel: Werke, Bd. II, a. a. O., S. 379.
45. Vgl. B. Lermen, Lyrik aus der DDR, a. a. O., S. 140f.
46. Siehe Hutchinson: a. a. O., S. 93ff.
47. 가령 「마태오의 복음서」 제3장 10절에서 세례 요한은 바리새인과 사두개인들에게 회개를 종용하는 뜻에서 다음과 같이 말한다. "이미 도끼가 나무뿌리에 놓였으니, 좋은 열매 맺지 않는 나무마다 찍혀 불에 던져지리라."
48. 라이너 쿤체의 시집 『민감한 길』에는 다음과 같은 구절이 쒸어 있다. "얼마나 많은 나무들이 마구 베어지고, 얼마나 많은 뿌리들이 뽑히는가/ 우리들 속에서" Reiner Kunze: Sensible Wege, Reinbek 1969. Titelgedicht.

11

지금까지 우리는 후헬의 정치적 자연시 3편을 살펴보았다. 「겨울 시편」은 황량한 겨울 속에 도사리고 있는 희망의 여운을 자연 묘사를 통하여 종교적으로 격상시키고 있다. "얼어붙은 강"이 살아 있는 까닭은 호흡을 가능케 하는 갈대가 존재하기 때문이다. 「망명」에서 시인은 자신의 고립된 상황을 침묵으로 견디면서, 떠남과 머무름 사이의 갈등 구조를 전해준다. "망명"이란 인간답게 살아갈 수 없는 데 대한 불만을 뜻하지 않는가? 「테오프라스토스의 정원」에서 올리브 나무의 뿌리는 사정없이 뽑혔지만, 나무의 "소리"는 여전히 뜨겁게 달아오르고 있다. 이로써 후헬은 다음과 같은 내용을 호소하려는지 모른다. 즉, 참담할 정도로 절망적인 현실 앞에서 견지해야 하는 것은 고결한 갈망이라고 말이다. 비극적 현실 앞에서 희망을 꺾지 않으려는 태도는 인간의 품위를 신적인 것으로 격상시키기에 충분하다.

삶의 고통은 인간을 쓰라리게 하지만, 그로 하여금 무언가를 갈구하게 한다. 그것은 무위의 자연으로 묘사될 수도 있고, 그 자체 정치적 해방일 수도 있으며, 나아가 종교적 유토피아의 공간일 수도 있다. 후헬 문학은 바로 이러한 공간을 함축적으로 형상화시킨다. 이때 은근히 모습을 드러내는 갈망은 한마디로 "정지된 지금nunc stans" 속에서 응축되어 있는 갈망이다. 이러한 갈망의 편린들은 어떤 순간에 본연의 양태를 드러낸다. 뜨거운 먼지 속에 남아 있는 소리를 청취하는 순간, 침묵하는 수많은 존재 앞에 구세주처럼 나타나는 빛을 바라보는 순간, 빛과 잎사귀가 서로 아우르는 순수한 유년 내지 새벽의 환영을 감지하는 순간, 시인은 갈망이 완전히 성취되는 듯한 느낌에 사로잡힌다. 후헬의 시는 바로 이러한 응축된 순간의 상을 보여 주고 있다. 응축된 순간의 상은 절망의 현실 속에서 은밀한 곳에 감추어진, 성취된 갈망에 대한 문학적 상이 아닌가? 나아가 그것은 세계의 비밀을 감지하게 해준다. 이는 가령 시 「겨울 호수」에서 상징적으로 압축되어 있다.

> 너희 물고기여, 어디 있는가?
> 희미한 빛의 지느러미로
> 누가 총 쏘아 안개와
> 얼음을 깨뜨렸느냐?
>
> 화살처럼 내리는 비(雨),
> 얼음 속으로 마구 튀기고,
> 갈대는 삐걱거리며
> 부들부들 떨며 서있다.[49]

겨울의 호수는 인간이 현재 처하고 있는 비참한 상황일 수 있지만, 이는 시인의 염세주의적 입장과 동일한 차원에서 이해될 수는 없다. 주어진 고통에 대한 시적 인지 작업은 필연적으로 구원에 대한 갈망을 불러일으킨다. 상기한 갈망의 의향을 고려할 때, 후헬의 문학은 사상적으로는 바이틀링에, 종교적으로는 야콥 뵈메와 근접해 있다.[50]

---

49. 원문은 다음과 같다. "Ihr Fische, wo seid ihr/ mit schimmernden Flossen?/ Wer hat den Nebel,/ das Eis beschossen?// Ein Regen aus Pfeilen,/ ins Eis gesplittert,/ so steht das Schilf/ und klirrt und zittert."
50. 예컨대 빌헬름 바이틀링은 예수의 삶에서 사회주의의 실현을 고찰하였다. 야콥 뵈메는 혼탁한 무질서의 세계를 무엇보다도 기독교적 황금으로 정화하려고 시도하였다. 그는 안드레에Andreä와 파라켈수스Paracelsus의 의학적 연금술의 이론을 수용하여 세상의 변화에 지대한 관심을 기울이지 않았던가? 그러한 한에서 연금술은 단순한 기술의 차원을 뛰어넘는 인간의 작업이었다.

동독 문학에 나타난 교사상

벨름, 괴를리히 그리고 베커의 작품을 중심으로

환경 및 교육의 변화에 관한 유물론의 학설은 다음과 같은 사실을 망각하고 있다. 즉, 환경은 인간에 의해 변화되고, 교육자 스스로 교육받아야 한다는 사실 말이다. (K. Marx)

할머니는/ 아침에 머리를 빗겨주고/ 때때로 나는 아침 빵을/ 휴지통에 던져 넣었다./ 어머니는 나쁜 성적을 물었고/ 아버지는 '수' 받을 때마다/ 내게 돈을 주었다. (J. Fuchs)[1]

1. 들어가는 말

이 글의 목적은 1970년대 동독 문학에서 예술적으로 형상화된 교사상을 밝히려는 데 있다. 여기서 "교사상"이란 "이상적 교사로서의 덕목을 지닌 인간형"이 아니라, 오히려 특정한 교사들의 구체적인 상을 지칭한다.

---

1. Jürgen Fuchs: Die Schule, in: ders., Pappkameraden, Gedichte, Reinbek 1981. S. 16-23.

따라서 이 글은 구동독의 기초 학교에 해당하는, 이른바 "10년제 보편 교육의 다기술학교Zehnklassige allgeimeinbildende polytechnische Oberschule"에서 일하는 교사들의 고뇌, 희망 등을 추적하여 그 특징을 찾아내려고 한다. 이러한 작업은 사회주의 사회에서의 교사의 기능과 구동독과 같은 사회주의 국가에서의 교육적 이상 등과 관련하여 다루어져야 한다.

교사의 상과 그 특성을 분석하는 데 있어서 우리가 배후에 견지해야 할 질문은 다음과 같다. 즉, 하나의 특정한 교육 목표가 사회 전체의 공공연한 이익을 전제로 한다면, 그것은 학생의 입장에서 고찰할 때, 바람직한가? 교사가 지식을 전하는 기능인에 불과하다면, 그는 누구를 위해서 존재하는가? 어쩌면 교육의 윤리, 가르침의 내용 등이 오로지 기성세대의 필요에 따라 미리 확정되어 있는 게 아닌가? 바람직한 교육 방법은 사물을 의심하고 스스로 이를 깨달아 진리에 도달해야 하는 일이 아닌가? 하는 물음이 그것들이다. 상기한 물음을 고려할 때, 구동독에서의 교사상은 교육의 문제에 국한되는 게 아니라, 사회 전체의 보편적 이데올로기의 문제와 은밀하게 연결되고 있다.[2]

이 글의 연구 대상은 테마와 관련하여 교사를 주인공으로 다룬 작품으로 제한하였다. 1. 알프레트 벨름Alfred Wellm의 장편 『반츠카를 위한 휴식. 혹은 데스칸사르에로의 여행Pause für Wanzka. oder Die Reise nach Descansar』(1968). 2. 귄터 괴를리히Günter Görlich의 『신문의 어느 광고Eine Anzeige in der Zeitung』(1978), 3. 유렉 베커Jurek Becker의 『잠들 수 없는 나날들Schlaflose Tage』(1978) 등이 그 작품들이다.[3]

2. Vgl. Paulo Freire: Der Lehrer ist Politiker und Künstler, neue Texte zu befreiender Bildungsarbeit, Reinbek 1981, S. 38-49.
3. 교육에 관한 문제를 다루고 있지만, 교사의 삶과 무관한 작품은 여기서 논외로 하였다. 가령 하이너 뮐러H. Müller의 연작 가운데 세 번째 작품, 「볼로코람스커 국도Wolokolamsker Chaussee III」(1987)는 안나 제거스A. Seghers의 단편 「결투Das Duell」를 원전으로 하여, 선생과 학생의 관계를 다루고 있다(하이너 뮐러 문학 선집, 이창복 정민영 역, 한마당 1998, 302-309; A. Segehrs: List der Schwachen, Neuwied 1983, S. 73-101). 그러나 뮐러와

2. 구동독의 교육제도

잘 알려진 논제일지 모르나, 일단 구동독의 교육 이상 및 구체적 현실을 약술하고자 한다. 구동독의 교육제도는 — 구서독의 그것과는 달리 — 중앙집권적이며, 단선적으로 쌓아올린 사회주의 시스템에 입각하고 있다. 구동독은 1949년 국가의 설립 이후에 보편적 사회주의의 이상으로서 전인교육全人敎育을 내세웠다.[4]

그러니까 모든 사람들은 노동의 소외를 불러일으키는 분업分業을 극복해야 한다. 이를 위해서 필요한 수단은 전인교육이라는 것이다. 이러한 전인교육은 몇 가지 가능한 제도적 장치를 통해 달성될 수 있다고 했다.

(1) 공동체 조기교육의 가능성: 전인교육과 병행하여 확립된 것은 유아교육 체제였다. 다시 말해, 어린아이들은 학교에 입학하기 이전에 3년 동안 탁아소 그리고 3년 동안 유치원Kindergarten에 다닌다.[5] 유치원, 탁아소 등의 시설에서 성장한 아이들은 독자적 가정에서 자란 아이들에 비해 지적 능력, 사회성, 협동성 등을 더욱 빨리 배울 수 있다.

(2) 협동 의식을 위한 교육의 가능성: 모든 구동독 사람들은 만 6세가 되면, 10년간의 기초 교육을 의무적으로 받았다. "보편 교육의 다기술적 상급 학교"는 3년의 하급반, 3년의 중급반 그리고 2년의 고급반으로 이루어져 있었다. 학생들은 나머지 2년간의 시기에(15세에서 17세 사이에) 대체로 직업교육을 이수하였다.[6] 학생들은 주로 (직업교육을 위한 2년을 뺀) 8년의 교육 기간을 통해서 함께 공부한다.

제거스의 작품은 교사의 삶이라는 구체적 현장성을 결여하고 있을 뿐 아니라, 나아가 기초학교가 아니라, 대학(드레스덴 공대)을 배경으로 하고 있다.

4. Siehe Karl Marx: Deutsche Ideologie, in: ders., Frühschriften, Stuttgart 1971, S. 361.
5. 이로 인하여 부모들(특히 어머니들)은 보육에 대한 걱정 없이 직장 일에 종사할 수 있었고, 아이들 역시 기초 단계의 체계적 교육을 받을 수 있었다.
6. Siehe DDR-Handbuch, (hrsg.) Bundesministerium für innerdeutsche Beziehungen, Bd. 1, Bonn 1984, S. 319f.

기초 학교는 가급적이면 경쟁 교육을 지양하고 협동 교육을 실시한다. 교사는 우열반을 편성하는 게 아니라, 우등생과 열등생을 하나의 조로 편성하도록 조처한다. 예컨대 20여 명의 학생 가운데 가장 성적이 좋은 학생은 가장 성적이 낮은 학생과 하나의 조를 이루어 함께 공부하게 하였다. 이러한 수업 방식은 구서독에서는 거의 찾아볼 수 없었다. 가령 구서독에서는 대체로 10살이 되면, 학생들은 성적과 적성에 따라 "김나지움," "레알슐레" 그리고 "하우프트슐레" 가운데 하나를 선택해야 한다. 이에 비하면 구동독에서는 학교 체제가 세분화되어 있지 않았다.

(3) 대학 진학의 기회: 구동독에서는 대학에 진학하는 데 있어서 노동자와 농민의 자제들이 우선적으로 입학할 수 있는 권리를 얻었다. 가령 대학에 입학하려면 학생들은 세 가지 길 가운데 한 가지를 택해야 한다. 첫째, [서독의 상급 학교Oberstufe에 해당하는] 이른바 2년제 "대입 준비 특수학교 die erweiterte Oberschule"를 마치고 아비투어를 치르는 방법, 둘째, 3년간 직업교육을 받은 후 아비투어를 치르는 방법, 셋째, 특수학교를 다닌 뒤 아비투어를 치르는 방법 등이 그것들이다. 그러니까 구동독에서는 1970년대에 이르기까지 부모가 노동자와 농민이 아닐 경우 대학 입학이 우선적으로 허용되지 않았던 것이다. 이 경우 교육받을 수 있는 기회는 공평하다. 그렇지만 출신 성분에 따라 특권을 부여하는 것은 분명히 개개인의 능력을 제한하고 있다는 비난을 받을 수밖에 없다.[7]

3. 구동독의 교육 현실

우리는 구동독의 교육 제도와 그것의 특성을 하나의 확정된 거시적 틀로서 이해할 게 아니라, 역사적 변화 과정 속에서 파악해야 한다. 왜냐하면

7. 가령 작가 크리스토프 하인Chr. Hein은 아버지가 목사라는 이유로 동베를린에서 아비투어를 치를 수 없었다.

50년대 구동독의 교육 환경과 80년대의 그것 사이에는 커다란 차이가 있기 때문이다. 실제로 엄격한 사회주의 전인교육은 50년대에 실시되었는데, 당시 교사와 학생들은 이를 당연한 것으로 받아들였다. 그렇지만 70년대 중엽부터 제반 교육 정책 및 제도는 어느 정도 서구적 경향을 수용하여 상대화되었다. 특히 이 시기부터 학생들은 내심 사회주의 통일당의 교육 정책을 전근대적이고 하자를 지닌 것으로 간주하였으며, 대학 진학 시에 자연과학을 선호하였다.[8]

(1) 마르크스-레닌주의 교육. 주지하다시피 구동독의 교육은 마르크스-레닌주의의 혁명적 이상에 따라 시작되었다. 문제는 시간이 흐름에 따라 이러한 사상 속에 내재한 비판의 촉수가 서서히 무뎌졌다는 데 있다. 가령 교사의 창의력은 제한되고, 주어진 진리를 그냥 전해주는 그러한 하수인으로서의 기능이 강화되었다. 따라서 "교사는 아이들의 서로 다른 소질에 대해 흥미를 지니고, 아이들로 하여금 이를 스스로 인식하도록 애써야 하"지만, 그들에게는 이를 실천할 가능성이 거의 차단되어 있었다.[9]

(2) 창의적 토론 교육: 구동독의 기초 학교에서는 자율적 토론 분위기가 거의 존재하지 않았다. 수업 내용, 수업 시간, 생활 지도 그리고 수업 평가 등을 주도하는 자는 교사가 아니라, 교장과 교장을 대리하는 교사(일종의 교감)에 국한되어 있었다.[10]

교장은 규칙적으로 수업에 참관하여 교사의 수업 내용에 관여하고, 이를 개별적으로 평가하였다. 물론 수업 참관 자체가 나쁠 것은 없다. 그러나 이러한 규정이 무엇보다도 감시 내지 통제를 위한 수단으로 사용될 때 문제가 있는 것이다. 개별 교사들의 수업에 대한 통제는 때로는 상식을 초

8. 이는 네테의 견해에 의하면 60년대 말부터 나타난 현상이라고 한다. Siehe Wolfgang Nette: DDR-Report, Düsseldorf 1968, S. 58ff.
9. Vgl. Jurek Becker: Schlaflose Tage, Roman, Frankfurt a. M. 1978, S. 59.
10. "모든 교사의 주요 의무는 학교 규정에 의하면 학문, 당, 그리고 삶 등과 결부된 수업을 행하는 데 있다." DDR-Handbuch, a. a. O., S. 1139.

월한 기발한 교육 방식을 도입하지 못하게 하고, 교육과정 전체를 획일화
시킬지 모른다.

(3) 80년대 엘리트 교육: 구동독의 학교 규정은 1979년에 전폭적으로
수정되었다. 사회주의 통일당은 인민의 요구에 부응하여 엘리트 교육을
부분적으로 인정하게 된다. 다시 말해, 모든 학생들은 10년 동안 의무교
육을 받아야 하나, 대학에 진학하려는 학생은 지금까지와는 달리 선발되
어야 한다는 것이었다. 가령 이전에는 학교마다 해당 학생의 수대로 2년
제 "대입 준비 특수학교(EOS)"에 진학하는 학생들이 선발되었으나, 79년
이후로는 오로지 성적순에 의하여 엘리트 학생들이 선발되기 시작하였다.
그리하여 예컨대 "대입 준비 특수학교"에 진학하려는 학생들 사이에서는
똑같이 치열한 시험을 거쳐야 하는 경쟁의 논리가 그대로 적용되었다.[11]

요약하자면, 구동독의 교육제도는 전인교육을 토대로 하고 있었다. 이
로 인하여 사회주의적 교육의 장점이라고 말할 수 있는 협동 교육의 가능
성이 처음부터 주어져 있었다. 그러나 구동독의 기초 학교 체제는 소련에
의존하는 고착된 사회주의 체제의 영향으로 인하여 경직되어 나간다. 이
로써 상실하게 된 것은 무엇보다도 비판력과 창의력이라는 가장 중요한
교육 목표였다. 이로 인하여 70년대부터 구동독의 기초 학교는 스스로 문
제를 제기하고 스스로 해답을 찾으며, 창의적으로 무언가를 시도하고 결
과를 도출해 내는 그러한 자생적 교육 방식을 외면하고, 상부에서 하달되
는 이데올로기 교육을 반복하였다. 그렇다면 이러한 사항은 작품 속에서
어떻게 반영되고 있는가?

---

11. 예컨대 에리히 뢰스트Erich Loest의 단편 「눈가의 주름, 거미줄 같이 가는Eine Falte,
spinnwebfein」은 이 문제를 예리하게 지적하고 있다. 14세의 소녀 모니카는 자기 혼자만
"대입 준비 특수학교"에 진학하기 위하여 수학 시험 때 잘못 계산된 종이를 가장 절친
한 친구인 안젤리카에게 건네준다. Siehe E. Loest: Eine Falte, spinnwebfein, in: ders.,
Spiele mit Pistolen, München 1982, S. 198-207.

4. 알프레트 벨름의 『반츠카의 휴식』

알프레트 벨름Alfred Wellm(1927-)의 소설 『반츠카의 휴식』은 우여곡절
끝에 1968년에 비로소 구동독에서 간행되었다. 그러니까 이미 1963년에
완성된 초고가 5년 후에 발표된 셈이다. 실제로 아우프바우 출판사의 편
집인들은 벨름의 소설에 관하여 상반된 견해를 지니고 있었다. 혹자는 벨
름의 소설이 실제 구동독 교육의 심층적 문제를 예리하게 지적하고, 이에
대한 개선을 촉구하고 있다고 주장한 반면, 혹자는 벨름이 1962년 말부터
시행된 "'다기술적 교육polytechnische Erziehung'을 위한 개선안"을 은근하게
비판하고 있다고 했다. 즉, 벨름은 무엇보다도 구동독의 교육 내용이 과거
프로이센의 권위주의적 교육 내용과 별반 다를 바 없다는 점을 지적하고
있다는 것이다.[12] 또 한 가지 결정적인 취약점은 소설이 마치 일상생활의
편린처럼 산만하게 수집된 느낌을 불러일으키는 데 있다.

소설은 도합 74장면으로 나뉘어 있다. 주인공은 63세의 구스타프 반츠
카G. Wanzka로서, 외진 마을인 미렌베르크에 있는 학교의 수학 선생이다.
그는 전쟁 중에 아내와 양자 마르딘을 잃었다. 따라서 반츠카의 관심은 아
버지를 잃은 아이들에게로 향하고 있다. 예컨대 노어베르트라는 키 크고
부끄러움을 많이 타는 학생이 그의 눈에 뜨인다. 반츠카는 노어베르트의
능력을 인정하고, 그에게 희망을 불어넣으려 한다.[13] 실제로 노어베르트는
수학에 대해 천부적 능력을 지니고 있으며, 응용 능력과 창의력에서 두각
을 나타낸다. 이에 비하면 우등생 클라우스권터는 자신의 이익만을 위해
서 공부한다. 그는 오로지 상급학교인 "대입 준비 특수학교"의 진학에 혈
안이 되어 있다. 결국에 클라우스권터는 상급학교에 진학하는 반면에, 수

---

12. 편집인들의 여러 다른 입장들에 관해서는 다음의 문헌을 참고하라. Carsten Wurm:
Nachwort, in: A. Wellm, Pause für Wanzka oder Die Reise nach Descansar, Roman,
Leipzig 1995, S. 351-365.
13. "반츠카"라는 이름은 산스크리트어로 "갈망Wunsch"을 뜻하는 것이다.

학에 대한 능력 및 창의력과 봉사정신을 지닌 노어베르트는 좌절을 맛본
다.

소설의 갈등 구조는 비단 학생과 학생 사이에서만 드러나는 것은 아니
다. 가령 소설의 후반부에는 교사와 교사 사이의 의견 대립이 부각되고 있
다. 예컨대 반츠카는 대다수 선생들의 소극적인 태도에 대해 불만을 표시
한다. 교장을 대리하는 바르투라이트는 상부에서 내려오는 명령만 따르며
수동적으로 생활하고 있다. 특히 체육교사 자일러의 교육 방법은 주인공
의 눈에는 인간의 품위를 손상시키는 길들이기 내지는 훈련으로 비친다.[14]
그러나 반츠카는 자일러를 설득할 수도 없고, 그와 친분 관계를 맺을 수도
없다. 다른 동료들은 수수방관하는 태도를 취한다. 예컨대 동료 빈첵은 사
적인 교우 관계에 대해서만 주인공에게 충고할 뿐이다. 주인공은 단 한 번
자일러를 설득하려고 시도한다. 교육이란 아이들의 알려고 하는 궁금증을
불러일으키고, 아이들로 하여금 새로운 삶에 대한 갈망을 촉진시켜야 한
다고 반츠카는 피력한다. 그러나 자일러는 이를 수용하지 않고, 도덕에 관
한 추상적 견해로써 나이든 교사에게 대꾸할 뿐이다.[15]

문제는 체육교사 자일러의 교육적 입장에만 국한된 것은 아니다. 자일
러는 주인공이 그토록 아끼는 학생인 유약한 노어베르트를 열등 그룹에
편입시키는가 하면,[16] 노어베르트로 하여금 베를린에서 개최되는 수학 경
시대회에 참가하지 못하도록 조처한다. 반츠카는 이에 대해 몹시 화를 내
나, 자일러의 잘못된 처사에 대해서 적극적으로 개입하지 않는다. 기껏해
야 동료 교사 마를로트가 자일러와 결혼할 생각을 품었을 때, 주인공은 그

---

14. 실제로 구동독의 사회주의 통일당은 1962년에 "다기술적 교육"을 주창하면서, 음악과
언어 교육을 줄이고 그 대신 체육 과목을 늘렸다. 결과적으로 동독의 체육 강국으로서의
면모는 올림픽에서 그대로 드러났다.
15. A. Wellm: a. a. O., S. 278. 이하 페이지는 본문에 기록함.
16. 구동독에서는 6세에서 14세 학생들 가운데에서 이른바 선두자 모임Pionier organisation
을 결성하게 하여, 이들을 모범생으로 승격시켰다. 가령 선두자 모임인 "에른스트 텔만"이
실제로 기능하고 있었다.

저 이를 말릴 뿐이다.

　소설의 결말 부분에서 이른바 반츠카의 수제자인 노어베르트는 "대입 준비 특수학교"의 입학을 청원하지만, 안타깝게도 거부당한다. 반츠카는 지구의를 찢어버리고, 노어베르트로 하여금 차라리 모든 것을 다 때려치우고 구두 수선공이나 되라고 일갈한다. 크게 실망한 반츠카는 1965년 4월 퇴직 신청서를 제출한다. 소설의 마지막에 반츠카는 신문 기사를 읽고 베를린에 있는 레브레크 교수를 찾아가 도움을 청한다. 레브레크 교수의 도움으로 노어베르트는 수학을 위한 "특수 고등학교Spezialschule"에 다닐 수 있게 된다. 특별 시험에서 그가 이등 상을 차지하였던 것이다(Pause, S. 343).

　소설 속의 반츠카는 학생들에 대한 애정과 열성 등을 지닌 긍정적 인물이다. 그렇다고 해서 그가 완벽한 인물은 아니다. 가령 우리는 "진정한 교육은 아이들에 대한 사랑에서 비롯된다"는 반츠카의 교육관에 대해 이의를 제기할 수는 없다. 그러나 소설 속에 나타난 주인공의 실제 행동은 아전인수격이며, 자기중심적 성향을 지니고 있다. 예컨대 평소에 "소심한 관료주의 교사"라고 미워하던 "하이Hey"가 자신을 도우려 할 때, 반츠카는 그에 대한 반감을 철회하고 호감을 표명한다(Pause, S. 145).

　소설 속에서는 구동독의 교육 제도 및 체제에 대한 비판은 전혀 명시적으로 드러나지 않고 있다. 마지막 부분에서 반츠카는 정부의 교육 정책을 대변하는 인물인 관할 장학사 브리젠바흐와 대화를 나눈다. 이때 브리젠바흐는 "그동안 무엇을 했느냐?"라고 묻는다. 말하자면, 반츠카는 동료들로부터 고립되고, 이로 인하여 방관자 입장을 취했다는 것이다(Pause, S. 310). 실제로 그는 동료들과의 갈등을 언제나 외면해 왔으며, 자일러의 횡포에 대해서 소극적으로 대처했다. 결론적으로, 벨름의 소설은 구동독의 교육 제도를 전체적으로 비판하기 위해서 씌어진 것이 아니라, 교육 실상의 부분적 문제점을 제시하려고 의도하였다.[17]

5. 귄터 괴를리히의 『신문의 어느 광고』[18]

소설 『신문의 어느 광고』만큼 구동독의 "기초 학교"의 실상을 정밀하게
거론하고 있는 작품은 아마 없을 것이다. 소설은 당의 명령을 수행하는 교
장과 자유적 공간을 추구하는 교사 사이의 갈등을 정확히 서술하고 있다.
문체 역시 벨름의 소설과는 달리 논리 정연하며 쉽게 읽힌다.[19]

주인공 "나," 헤르베르트 케네는 도시 L에 있는 학교의 중견 교사이다.
40대 중반의 "나"는 교장 카를 스트레벨로의 임무를 대리한다는 점에서
교감의 임무를 맡고 있다. 어느 여름날 "나"는 출판사에서 일하는 아내와
함께 흑해 근처로 휴가 여행을 떠난다. 우연히 신문 광고에서 동료 만프레
트 유스트의 부음 소식을 접한다. 휴가에서 돌아온 "나"는 만프레트와 교
장 카를 스트레벨로 사이의 갈등 관계를 생각하며, 그의 죽음의 원인을 추
적하기 시작한다. 소설은 만프레트에 관한 "나"의 관계 그리고 그의 사인
死因에 대한 추적으로 전개된다.

만프레트 유스트는 역사, 지리, 정치경제 등을 가르치는 35세의 젊은 교
사로서, 2년 전에 P.에 있는, (아주 훌륭하다고 정평이 난) 아인슈타인 학교에
서 이곳으로 전근하였다.[20] 그는 전근 첫날부터 교장과 마찰을 일으킨다.
질서와 청결을 중시하는 교장의 눈에는 고동색 가죽 잠바와 주황색 셔츠
를 입고 폴란드 산 캠핑백을 메고 있는 신임 교사의 외모가 마치 "길 잃은

17. 그렇지만 벨름의 소설이 "사회주의 내의 인간적 가치의 발전"을 목표로 한다고 말할
수는 없다(Siehe Hanna Hormann: Alfred Wellm. Literarische Entwicklung und Werk,
Berlin/DDR, 1984, S. 50). 오히려 작품의 핵심 사항은 필자의 견해에 의하면 실제 교육의
실상을 정확히 알리고, 부분적 문제점에 대한 수정을 요구하는 일이었다.
18. 귄터 괴를리히(1928-)는 구동독의 작가동맹Schriftstellerverband에서 헤르만 칸트와 함
께 일하면서, 비판적 동료 작가들과 대립한 친정부적 경향을 지닌 작가이다.
19. 괴를리히는 일관된 논리에 상응하게 모든 것을 서술하고 있으나, 부분적으로 불필요한
문장이 거슬린다.
20. 구동독에서는 정치경제라는 과목명 대신 "인민학Staatsbürgerkunde"이라는 명칭이 사용
된다.

철새"처럼 보였던 것이다.[21] 만프레트는 수업 방식에 있어서 언제나 학생들의 적극적인 발언을 유도해 냈다. "만프레트는 강요된 권위를 포기하였으며, 그로 인해서 진정한 권위를 얻을 수 있었다"(Anzeige, S. 35). "나"는 교장을 대신하여 만프레트의 수업에 규칙적으로 참관한다.

교장과 만프레트 사이의 갈등은 어느 학부형의 투서로 인하여 증폭된다. 모니카라는 여학생의 아버지의 편지에 의하면, 8b반 학생들이 소풍을 갔을 때 마르크 휘브너라는 학생이 술을 마셔 인사불성이 되었다고 한다. 그런데 교사인 만프레트는 술 취한 학생을 우연히 근처에 있던 자기 숙소로 데려가 재운 뒤, 다른 방에서 학생들과 담소를 나누었다고 한다. 문제는 교사인 만프레트가 14살밖에 안 된 학생이 술을 마신 데 대해 처벌은커녕, 교장에게도 알리지 않았다는 사실이다.

만프레트는 자신의 태도가 정당했음을 교장에게 입증하려 하나,[22] 교장은 이를 받아들이지 않는다. 교장은 만프레트에 대한 비판의 고삐를 늦추지 않는다. 자연과학과 환경 문제를 가르칠 때 만프레트는 구서독에서 방영된 과학 시리즈인 "미래의 유럽"을 수업의 소재로 채택하였다. 과학기술에 의존하는 미래의 인간 삶에 관한 프로그램이었다. 그러나 교장은 미래에 대한 교사의 부정적 시각과 서방세계의 교육 자료를 문제 삼으며, 만프레트 유스트의 수업에 대해 부정적으로 평가한다(Anzeige, S. 180). 교장은 학부형 모임Elternaktivsitzung을 개최하여 만프레트 유스트의 학생 평가 방법에 대해 이의를 제기한다. 이때 "나"는 만프레트의 태도에 동조함에도 불구하고, 적극적으로 개입하지 않는다. 학부형들은 만프레트의 교육 방법

---

21. 괴를리히의 소설은 1978년 동베를린에서 처음으로 간행되었으며, 이듬해에 뮌헨에서 재차 간행되었다. Güntewr Görlich: Eine Anzeige in der Zeitung, München 1979, S. 24. 이하 페이지는 본문에 기록함.
22. 이와 관련하여 만프레트는 하나의 에피소드를 들려준다. 건설 현장에는 마구잡이로 내팽겨쳐진 시멘트 포대가 찢겨진 채 늘려 있다. 비가 내려 포대가 물에 젖고, 시멘트는 못 쓰게 될 위기에 처해 있다. 이 경우, 시멘트를 다른 곳으로 옮기는 게 옳은가? 아니면 시멘트 파괴에 대한 책임자를 가려내어 처벌하는 게 옳은가? G. Görlich: 앞의 책, S. 48.

과 교육 평가에 대해서 탄핵하기 시작한다. 이 무렵 방학이 시작되었고, 만
프레트는 8월 12일에 사망한다.

만프레트와 내연의 관계에 있던 동료 여교사 안네 마샬은 교사의 죽음
에 관해 공공연하게 학생들과 대화를 나눈다. 교장은 안네 마샬이 학생들
과 이른바 허락되지 않은 대화를 나누었다는 이유로 그미에 대한 "징계 절
차Disziplinärverfahren"를 계획한다. 주인공 "나"는 이러한 징계 절차는 결코
용납될 수 없다고 믿는다. 왜냐하면 유스트의 죽음은 개인의 것이 아니고,
마르크 휘브너, 안네 마샬, 그리고 "나"의 삶을 위태롭게 만들었기 때문이
다. "나"는 뒤늦게 자신의 견해를 표명하며, 이를 실천하려고 한다. 이로
인해 "나"는 교장 카를 스트레벨로와 첨예하게 대립하게 된다.[23]

이러한 극적인 대립 상황에서 "나"는 안네 마샬로부터 만프레트가 남긴
편지 뭉치를 건네받는다. 그러니까 소설의 결말 부분은 편지 형식을 취하
고 있으며, 여기서 만프레트의 죽음의 원인이 백일하에 드러난다. 편지는
만프레트의 개인적 삶, 마르크 휘브너의 음주 이유, 연구 수업, 그리고 카
를 스트레벨로와의 관계, 자신의 깊은 병 등을 기술하고 있다. 또한 만프
레트는 완벽한 삶을 요구하는 아내와 이혼했으며, 그미의 영향으로부터
벗어나기 위해서 자진해서 L의 학교로 옮겨왔던 것이 밝혀진다. 문제는 만
프레트가 심장병 및 우울증을 심각하게 앓고 있었다는 점이다. 결국 만프
레트는 자신의 병으로 인하여 자살했다. 이로써 학교 내의 갈등 구조는 마
지막 대목에서 희석稀釋되는 감이 없지 않다.

---

23. 소설의 극적 상황은 만프레트의 자살 부분이 아니라, 주인공 "나"와 교장 카를 스트레
벨로 사이의 갈등 장면이다(S. 137). 그럼에도 이 대목은 유감스럽게도 소설 속에서 집중
적으로 다루어지지 않고 있다.

6. 유렉 베커의 『잠들 수 없는 나날들』

유렉 베커(1937-1977)의 소설 『잠들 수 없는 나날들』은 상기한 두 작품과는 달리 구서독에서만 간행되었다. 구동독의 교육 정책에 대한 신랄한 비판 역시 명시적으로 드러나고 있다. 소설은 3인칭으로 이루어져 있으며, 화자는 작품에서 거의 출현하지 않는다. 소설은 총 31단락으로 나뉘어져 있는데, 여기에는 일련번호가 없다. 사건은 시간적 흐름에 병행하여 진행된다는 점에서 흥미를 불러일으킨다. 작가는 사건의 진행 과정에 약간의 거리감을 취하고 있다.

주인공 카를 짐록은 구동독의 "기초 학교"의 선생이다. 그는 강직한 성품을 지니고 있으며, 스스로 유능하다고 자부하고 있다. 카를 짐록의 강직성은 한 학부형과의 면담에서 잘 나타난다. 그 학부형은 짐록의 동생과 절친한 친구이기 때문에 자식의 점수를 상향 조정해 달라고 요구한다. 그러나 짐록은 이를 "부정"이라고 단정하고 거절한다.[24] 카를 짐록에게는 아름다운 아내 루트가 있고, 귀여운 딸 레오니가 있다.

36살의 생일 날, 카를 짐록은 자신의 심장에 이상이 있는 것처럼 가슴이 답답해짐을 느낀다.[25] 카를 짐록은 난생 처음으로 지금까지 살아온 삶의 방식에 대해 회의한다. 자신은 "아무런 견해 없이" 지금까지 주어진 틀에 맞추어 살았다. 오랜 숙고 끝에 주인공은 다음의 결론에 도달한다. 즉, 무언가 유용한 일을 행하려면 자신에게 주어진 역할을 벗어날 용기를 지녀야 한다고 말이다.

학교 내에서 카를 짐록은 어떤 갈등을 겪는다. 그는 학생들에게 5월 1일 노동자의 날 기념식에 관해 다음과 같이 말한 적이 있다. 즉, 기념식에 참

---

24. Jurek Becker: Schlaflose Tage, Frankfurt a. M. 1980, S. 41. 이하 본문에서 페이지만 기록함.
25. 이러한 이상 증세는 무엇보다도 심리적 두려움에서 기인하는 것이었다. 괴를리히의 주인공 역시 심장병을 앓고 있다는 것은 그야말로 의미심장하다.

가하는 것은 학생들의 고유한 의지에 따라 결정해야 할 문제라고 말이다. 교감 카비츠케는 주인공의 이러한 발언에 대해 문제를 제기한다. 그날 밤 새도록 카를 짐록은 숙고에 숙고를 거듭하여 교사의 근본적 사명을 밝혀 낸다.[26] "좋은 선생은 아이들의 협력자여야 한다. (…) 학교란 아이들의 미래 삶을 준비하는 곳임을 잊어서는 안 된다. (…) 거짓된 관여는 무관심을 솔직하게 드러내는 것보다 나쁘다. (…) 교사는 아이들의 서로 다른 소질에 대해 흥미를 지니고, 아이들에게 이를 인식시키도록 애써야 한다."[27]

카를 짐록의 갈등은 비단 학교에서만 발생하는 것은 아니다. 주인공은 주어진 상황을 변화시키기 위해서 아내에게 이혼을 요구한다. 그러나 아내는 남편을 전혀 이해하지 못한다. 그뿐 아니라 아내 루트는 카를의 심경 변화가 어디에서 기인하는지조차 짐작하지 못하고 있다. 카를 짐록은 가출하여 안토니아 크람이라는 28살의 평범한 여성을 만난다. 주인공은 그미의 집으로 입주하여, 그미와 동거 생활에 들어간다. 또한 주인공은 학교의 지도 부서에다 당분간 산업 노동자로 일할 수 있도록 청원서를 제출한다. 학교 지도부가 이를 수락하여, 짐록은 가끔 빵 공장에서 감독 혹은 배달부로 일한다.

방학 기간 동안 안토니아는 카를 짐록에게 헝가리로 여행을 떠나자고 요구한다. 주인공은 그미의 부탁을 받아들인다. 헝가리로 휴가 여행을 떠났을 때, 안토니아는 카를 짐록을 호텔에 남겨두고 혼자 헝가리 오스트리아 국경 지역을 찾는다. 그리하여 그미는 순간적 충동에 따라 국경을 넘으

---

26. 짐록이 기록하고 있는 교사의 사명 대목은 소설의 주제를 압축한 것이라고 말할 수 있다. Siehe Jurek Becker: Schlaflose Tage, a. a. O., S. 57-59.
27. (Schlaf, S. 57-58). 특히 다음과 같은 구절은 놀랍기 이를 데 없는데, 소설의 본질적 주제와 밀접하게 관련을 맺고 있다. "교사에게는 아마도 다음과 같은 방법 외에는 아무것도 없다. 즉, 아이들에게 특정한 견해들이 어떻게 나타나게 되었는가를 설명하는 방법 말이다. 그 견해가 올바른 판단이든 선입견이든 간에 그러하다. (…) 교사는 아이들을 궁극적인 해답으로 마비시켜서는 안 된다. 그들에게 비교를 가르치고 궁극적인 것을 의심하도록 조처해야 한다."

려고 시도한다. 결국 안토니아는 체포되어 1년 7개월의 구금형을 받게 된다. 집록 역시 여관에서 헝가리 경찰에 의해 체포되나, 무혐의로 풀려난다. 안토니아는 집록에게 탈출에 대해 사전에 아무런 언질도 주지 않았던 것이다.

방학이 끝나자마자 카를 집록의 학교에 한 통의 투서가 배달된다. 어느 학부형이 카를 집록의 교육 내용에 대해 항의를 표명했던 것이다. 투서에 의하면, 카를 집록은 학생들에게 브레히트의 시 「의심의 찬양Lob des Zweifels」을 낭독시켰는데, 이는 교사의 권한을 넘어선다는 것이다.[28] 학교 측으로서는 평소의 카를 집록의 일에 대해 부정적으로 생각하고 있었는데, 이번 투서 사건을 계기로 교육청에 제반 서류를 송부한다. 답답한 마음을 떨치려고 주인공은 아내 루트를 찾아가나, 루트는 그를 옛날처럼 따듯하게 맞지 않는다.

방학이 끝나고 난 뒤에 카를 집록은 이전과는 완전히 다른 사람으로 생활한다. 예컨대 "그는 마침내 자신의 고유한 생각을 따르고, 더 이상 다른 사람의 의도를 실행하지 않는 데 혈안이 되어 있었다"(Schlaf, S. 134). 몇 달 후 교육청은 카를 집록의 건을 다음과 같이 결정하여, 그것을 학교 측에 전달한다. 즉, 교사가 진심으로 뉘우친다는 조건하에 카를 집록의 교사 자격을 인정한다는 게 바로 결정 사항이었다.[29] 주인공은 "피해자가 진심으로 뉘우치는 법이 세상에 어디 있느냐?"라고 말하며, 결정에 승복하지 않는다. 학교는 카를 집록을 해고할 수밖에 없다. 그는 학생들에게 작별 인사도 없이 교문을 나서는 데 대해 못내 안타까움을 느낀다. 카를 집록은 스스로 중얼거린다. "지금까지 스스로 한 번도 저항하지 못했다는 사실에

---

28. "만약 교사들 가운데 한 사람이 그것[사회주의의 발전: 역주]을 의심하라고 가르치면, 어떻게 우리는 그것을 혁명적 인내심으로 성취할 수 있겠습니까?"(Schlaf, S. 117).
29. "교육청은 만약 집록이 자신의 잘못을 인정하고, 교육정책이 개별 교사들의 우연한, 때때로 산만한 견해에 의해서 방해받아서는 안 된다는 것을 받아들인다면, 그는 교사로서 계속 일할 수 있다고 결정했습니다"(S. 154).

대해 구역질이 나는구나"(Schlaf, S. 157). 이후 주인공 카를 짐록은 보리스
와 함께 빵 배달부로 일하면서, 안토니아를 기다리며 살아간다.

7. 세 작품의 비교 분석

첫째, 소설 구조의 측면에서 특이한 사항은 발견되지 않는다. 그럼에도
세 작품의 특성을 고려하여 약간 언급할까 한다. 벨름의 『반츠카의 휴식』
은 1인칭 소설이며, 주인공 반츠카는 소설 속에서 직접 행위하고, 제반 사
건들을 성찰한다. 실제로 벨름은 교사로서의 직접적인 체험을 바탕으로
이 소설을 집필하였다고 한다. 작품은 주인공 반츠카의 삶을 여러 각도에
서 객관적으로 유머러스하게 서술하고 있다. 사건 역시 대체로 연대기적
시간 구조로 이루어져 있으나, 박진감이 없고, 산만한 느낌을 지울래야 지
울 수 없다.

괴를리히의 소설 『신문의 어느 광고』 역시 1인칭 소설이다. 그렇지만 주
인공은 사건 속에서 주로 관찰자 내지는 증인이다. 소설 속의 "나"는 만프
레트의 마지막 삶을 추적한다. 이러한 설정은 주인공의 죽음의 원인을 밝
힘으로써 문제의 핵심에 도달하려는 작가의 의도에 입각한 것이다. 사건
은 연대기 순으로 이어지는 게 아니라, 주인공의 죽음, 주인공에 대한 회
상, 그 이후의 이야기, 그리고 마지막의 편지 등의 순서로 이루어져 있다.

이에 비하면 『잠들 수 없는 나날들』은 3인칭 소설로서 시간적 순서를
그대로 지키고 있다. 대체로 소설적 화자는 주인공 카를 짐록의 입장에서
서술해 나가고 있으나, 명시적으로 드러나지 않으며, 전지적全知的이라고
말할 수는 없다. 그러니까 소설적 화자는 주인공의 사고의 변화 과정을 객
관적으로 그리고 비판적으로 서술하고 있다.

둘째, 주제상의 공통점과 차이점: 이미 언급했듯이, 벨름의 소설은 다음
과 같은 두 가지 창작 의도를 지니고 있었다. 첫째, 1962년에 시행된 "다기

술적 교육 계획 시행령"은 교육 현장의 실상을 고려하지 않은 것이다. 이로써 소설은 교육 체제에 대한 전체적 비판을 의도하는 게 아니라 부분적 수정을 요구하고 있다. 둘째, 교사의 가르침은 작가에 의하면 궁극적으로 학생들에 대한 관심과 사랑에 의해서 전해져야 한다(Pause, S. 145). 피교육자에 대한 관심(Inter-Esse)과 피교육자의 미래에 대한 교사의 "갈망"은 무엇보다도 사랑에서 우러나온 것이며,[30] 이는 눈앞의 기능적 성취 효과만을 목표로 하는 (바이마르 시대의 교육 방식인) 훈련과 체벌 등과는 절대적으로 다른 것이다. 벨름에 의하면, 교사는 국가나 사회가 요구하는 기능적 능력을 학생들에게 일방적으로 주입시키는 자가 아니라, 학생들의 소질을 계발하고, 그들에게 가능성을 열어주는 임무를 행해야 한다. 교사는 많은 지식을 지닌 자가 아니라, 학생들의 수준과 관심사를 예리하게 파악하는 사람이다.

괴를리히의 소설 『신문의 어느 광고』는 교육에 있어서의 엄격한 중앙통제, 교장 중심의 교육 계획 등을 비판하고 있다. 자유주의자인 만프레트 유스트라는 인물을 통해서 작가는 분명히 동독 내의 교육의 획일성을 비판하려고 한 게 분명하다. 또한 작가는 수업 방법에 있어서 창의력과 융통성 등을 고려하지 않는 교육 정책에 대해서 일침을 가하고 있다. 예컨대 소설의 마지막 부분에는 다음과 같이 씌어져 있다. "경험은 다만 끝없이 변화되는 조건을 사용할 수 있을 경우에 한해서만 유용하다"(Anzeige, S. 189). 그러니까 모든 견해들은 어느 특정한 현실적 경험들에 의해서 출현한 것이다. 만약 주어진 현실적 특성이 과거의 현실적 특성과 다르다면, 개별적 경험 역시 다를 수밖에 없으며, 이로 인해서 수렴되는 견해 역시 이질

---

30. 관심(Inter + Esse)이란 말은 어원에서도 나타나듯이 상호주관적인 특성을 지니고 있다. 그것은 사람 혹은 사물에 대한 애호 내지는 사랑을 전제로 하는 것이다. 자고로 인간 동물은 심리적으로 아름답고 편안한 것을 기억에 떠올리려 하고, 추하고 고통스러운 것을 뇌리에서 지우려는 그러한 성향을 지닌다. 이와 관련하여 관심이란 플라톤의 에로스Eros 개념과 밀접한 관련성을 지니고 있다.

성을 띨 수밖에 없다. 따라서 일방적인 철칙을 무조건 주입하려는 교사의 태도는 주인공의 견해에 의하면 문제라고 한다.

베커의 소설 『잠들 수 없는 나날들』은 한마디로 비판을 마비시키는 교육 현장을 고발하고 있다. 소설 속에는 상기한 두 편의 소설과는 달리 교육 현장에 관한 구체적 묘사가 생략되어 있다. 그러나 유렉 베커는 수업 현장에 대한 세부적 묘사 대신에, 주인공 카를 짐록이 스스로 견지해야 하는 교사의 태도에 관해 간명하게 지적하고 있다. 교육의 진정한 수단이란 주인공의 견해에 의하면 규칙의 전달 내지는 강요에 있는 게 아니라, 규칙이 어떻게 해서 생겨났는가에 대한 설명에서 발견될 수 있다. 이로써 중요한 것은 베커에 의하면 학생들의 자기 인식 바로 그것이다.

셋째, 작품의 개별적 문제점: 벨름의 소설의 약점은 무엇보다도 독자를 압도하는 긴장감을 불러일으키지 못한다는 데 있다. 장면과 장면 사이의 연관 관계는 — 벨름의 다른 소설 『마우리스코Maurisco』에 비해 — 불분명하고, 수필 형식의 느슨함을 떨치지 못하고 있다.[31] 이는 아마도 작가가 오랫동안 가필과 수정을 거듭했다는 데에 기인하는지 모른다. 나아가 등장인물의 수가 너무 많다는 것도 하나의 취약점이다. 따라서 소설의 핵심적 줄거리를 찾아내는 데 우리는 무척 어려움을 겪으며, 200페이지 가량 읽은 뒤에야 비로소 작품의 핵심 사항을 어느 정도 파악할 수 있다.

괴를리히 소설의 결정적인 취약점은 소설의 마지막 부분에 있다. 즉, 작가는 만프레트의 개인적 고통 내지는 질병을 거론함으로써 문제의 핵심을 비켜가고 있다. 한마디로 말해서 교장과 교사 사이의 입장 차이(대결 구도?)에 대한 구체적인 해결 방안이 제시되고 있지 않다. 또 한 가지 문제를 지적하자면 다음과 같다. 즉, 만프레트가 남긴 편지의 문체는 이전에 주인공 "나"의 그것과 다르지 않다는 점이다. 나아가 편지 속에서 만프레트는 어색하게도 교장 카를 스트레벨로에 대해 은근히 존경심을 표시하고 있

---

31. Vgl. A. Wellm: Maurisco, Roman, Berlin/DDR 1987.

다. 교장 카를 스트레벨로는 처음부터 만프레트의 자발적이고 창의적인
교육을 은근히 간섭하고 억압하지 않았는가?

유렉 베커의 소설 『잠들 수 없는 나날들』은 내용과 문체에 있어서 특정
한 하자를 드러내지 않고 있다. 작가의 서술이 모든 사물과 사람에 대해
서 거리감을 드러내고 있다는 점에서 문체는 비판적이고 당당하다. 소설
은 구동독의 교사에 관한 문제를 넘어서는 주제를 제기하고 있다. 가령 분
단의 고통과 개인적 삶과 자유에 관한 문제가 그것이다. 그럼에도 한 가
지 문제는 남아 있다. 즉, 주인공 카를 짐록의 심적 변화에 주력한 나머지
주변 인물의 특성 및 그들의 주인공에 대한 상 등이 생략되어 있다는 점이
흠이라면 흠이다.

8. 나오는 말

동독 문학에 나타난 교사상에 관한 논의는 교육의 영역에 국한되는 게
아니다. 오히려 거기에는 국가의 체제 내지는 문화 정책에 있어서 모순 및
해결 방안 등이 집약되어 있다. 특히 베커와 괴를리히의 작품은 볼프 비이
만의 추방령 이후에 발표되었다는 점을 염두에 둔다면, 더욱 그러하다. 사
회 전체의 관습, 도덕, 그리고 법 등이 구동독처럼 권위주의에 바탕을 두고
있는 사회에서 상기한 내용은 체제 비판적 입장을 취할 수밖에 없다.

앞에서 거론한 세 편의 작품은 공통적으로 다음의 사항을 지적한다. 즉,
교사는 사회적·국가적 강령을 수동적으로 전달하는 하수인이어서는 안
된다. 따라서 이러한 일방통행 식의 교육은 파기되어야 한다는 것이다.[32]
교육은 단기간의 능률 내지는 이행 결과를 위한 강압적 훈련이어서는 안

---

32. 상기한 내용과 정반대되는, 오로지 피교육자의 자생적인 요구만을 충족시키는 교육만
이 능사인가? 그렇지는 않다고 생각한다. 수요자 중심의 교육은 하나의(혹은 여러 개의)
목적의식의 상실에서 스스로 한계를 드러내지 않는가?

된다. 진정한 교육은 벨름의 견해에 의하면 어느 특정한 개인의 과거와 현재 그리고 미래의 연속선상에서 이해되고 전개되어야 하지, "개인과 개인 사이의 소질 내지는 능력의 차이를 계량화"해서는 곤란하다.

교사의 본분은 오로지 가르치는 내용의 전달에 있지는 않다. 교사는 학생들의 수업 의지 내지 동기 유발을 고취시켜야 한다. 이를 위해서 교사는 학생들의 행위를 이해하고, 그들의 개별적 성취 결과를 인정해 주며, 이에 대한 칭찬을 아끼지 말아야 한다.[33] 또한 배우는 사람들에게 중요한 것은 — 괴를리히 역시 작품에서 드러낸 바 있지만 — 무엇보다도 비판력과 창의력이다. 이러한 능력을 함양시키기 위해서 교사는 학생들에게 다음과 같은 기회를 제공해야 한다. 즉, 베커의 작품에서도 나타났듯이, 특정한 문제들을 스스로 깨닫는, 이른바 자기 인식의 기회가 바로 그것이다.

개인과 사회에 관한 문제는 지금까지 많은 철학자들에 의해 개진되었다. 마르크스주의의 원칙에 의하면, 개인의 이익은 사회의 그것에 환원되어야 하고, 사회의 이익은 개인의 그것으로 환원되어야 한다. 이에 대한 실천은 무엇보다도 일선의 교육 현장에서 드러날 수 있다. 배움과 가르침을 통해서 사회적 강령 및 개개인의 혁명적 요구 사항들은 상호 교류될 수 있지 않은가? 그러나 이는 구동독에서는 거의 불가능했고, 문화적 일방통행은 수정되지 않았다. 그러니까 "교육자 스스로 교육받아야" 했는데 그렇지 못했던 것이다. 상기한 내용을 고려할 때, 체제와 이데올로기라는 정치적 테마는 동독 문학의 교사상이라는 범례를 통해서 문학적으로 훌륭하게 형상화된 셈이다.

---

33. 가령 프레데릭 베스터는 쾌락과 불쾌의 감정을 뇌의 구조로 설명하면서, 인간 동물의 경우 사랑받고 인정받는 기쁨의 순간에 뇌의 활동이 가장 왕성하다는 것을 실험을 통해서 입증하고 있다. Fr. Vester: Denken, Lernen, Vergessen, München 1978, S. 13-42.

구동독에서의 하인리히 폰 클라이스트

0. 들어가는 말

> "왜냐하면 예술 작품을 대할 때 느끼는 현상은, 내 생각에 의하면, 작품이
> 아니라 정신의 고유성이기 때문입니다. 그러니까 예술 작품에 드러난, 자
> 유와 사랑 속에서 의식적으로 만개한 그러한 정신 말입니다."
>
> (클라이스트)

  문학 작품의 수용 및 사회학적 해석은 일반적으로 두 가지 방향을 중시
해 왔다. 그 하나는 역사성이요, 다른 하나는 현재성이다. 역사성이란 주지
하다시피 작품의 씌어진 시기, 당시의 시대정신, 그리고 작가의 의향 및 세
계관을 고려하는 수용 및 해석학적 경향을 지칭한다. 이에 비하면 현재성
이란 작품이 회자되고 있는 시기, 현재의 시대정신, 그리고 독자의 의향 및
세계관을 중시하는 수용 및 해석학적 경향을 지칭한다. 역사성과 현재성
은 상호 대립 내지 배격하는 기능을 지니고 있지는 않다. 오히려 그 반대이
다. 시대에 따라 때로는 역사성이, 때로는 현재성이 강조되어 왔지만, 그렇

다고 해서 어느 한쪽이 완전히 망각된 적은 한 번도 없었다.[1] 한마디로 말해, 역사성이 과거의 현실과 작가적 의향을 정확하게 파악하게 해주는 모티프로 작용한다면, 현재성은 현재의 현실 및 독자의 의향을 창조적으로 형성시켜 주는 모티프로 작용한다. 그렇기에 전자가 역사적 현실 및 작가적 의향을 파악하기 위한 어떤 질서를 마련해 준다면, 후자는 현재의 현실과 독자의 의향을 확인하기 위한 어떤 자유로 작용할 수밖에 없다.

그렇다면 여기서 우리는 다음과 같은 한 가지 물음을 제기할 수 있겠다. 특정한 고전 작가, 가령 하인리히 폰 클라이스트(1777-1811)의 현대적 수용은 문학 연구 및 문학 작품 생산이라는 두 가지 다른 측면을 고려할 때 어떻게 다른 방향으로 전개되는가? 클라이스트에 관한 문학 연구는 실제로 양쪽 극의 방향으로, 다시 말해 때로는 반동적이고 병적으로, 때로는 진보적이고 개혁적으로 평가되었다. 클라이스트가 겪은 "칸트 위기Kant-Krise"는 한편으로 극작가의 계몽주의적인 지조를 약화시키게 하고, 유토피아의 종말을 암시하게 한다. 그러나 불법과 봉건적 폭정에 항거하려고 애쓰다 좌절한 클라이스트의 이른바 "귀스카르 위기Guiskard-Krise"는 다른 한편으로 극작가의 사회적 영향력이 제한당하는 데 대한 괴로움을 반영하고 있다. 이와 관련하여 본고의 연구는 다음과 같은 두 가지 방향으로 집약될 수 있다. 첫째는 고전 작가 하인리히 폰 클라이스트의 문학에 관한 사회주의 문화권 내의 역사적 · 비판적 연구를 일차적으로 개관하는 작업이다. 이로써 우리는 클라이스트 문학에 대한 사회주의 문화권 내의 부정적 · 긍정적 평가가 어디서 기인하는지 알게 될 것이다. 둘째는 구동독에서

---

1. 가령 과거 19세기의 게르비누스라든가 셰러 등의 독문학 연구는 주로 역사성에 비중을 둔 채 진척되어 왔지만, 연구자의 감추어진 의향 속에는 연구자 자신의 세계관과 그가 처한 시대정신 등이 완전히 배제되지는 않았다. 이에 비하면 오늘날 20세기 말의 문학 연구에 있어서 현재성에 대한 비중은 역사성에 대한 비중을 뛰어넘고 있는 실정이다. 오늘날 가다머의 해석학의 영향으로 수용 미학이 독자 반응 및 수용자 중심의 현재성을 특히 중시하고 있는 점을 생각해 보라. 그렇지만 그게 (역사성을 전적으로 무시하고) 작가의 독창성과는 정반대의 무엇을 수용해도 좋다는 말은 아니다.

문학적으로 형상화된 클라이스트 상 등을 세밀하게 비교 분석하는 작업이
다. 본 논문은 크게 두 단락으로 나누어진다. 첫 단락에서 우리는 클라이
스트와 그의 문학 연구에 관한 학문적 수용을 비판적으로 규명할 것이다.
두 번째 단락에서는 클라이스트를 소재로 한 구동독 작가의 개별적 작품
들이 언급될 것이다.

1. 문화적 유산으로서의 클라이스트 연구

사회주의 문학의 유산으로서 클라이스트 연구는 주로 프란츠 메링과 게오
르크 루카치의 입장에 바탕을 두고 있었다. 두 사람의 견해에 의하면, 클라
이스트는 귀족 출신의 미쳐버린 작가라는 것이다.

1.1. 프란츠 메링

1911년은 불행한 극작가 클라이스트가 베를린 근교에서 권총 자살한
지 꼭 백 년 되는 해였다. 프란츠 메링Franz Mehring(1846-1919)은 이를 계기
로 클라이스트에 관해 단호할 정도로 부정적인 내용을 담은 논문을 발표
하였다. 물론 그 이전에는 메링의 어투는 부드러웠으며, 클라이스트를 대
할 때 이해심으로 충만해 있었다. 가령 메링의 탁월한 레싱 연구서인 『레
싱 전설Lessing-Legende』에는 다음과 같이 씌어져 있다. "독일 시민계급의
민족적·사회적 관심사는 분열되어 있었다. 그렇기 때문에 나폴레옹 선생
당시에는 다른 출구가 존재하지 않았다. 왜냐하면 외국 군대의 질곡으로
부터의 해방을 너무 중시했기 때문에, 사람들은 자신의 고유한 문제를 압
살시켰다. 바로 이 때문에 낭만주의의 탁월한 작가 클라이스트 역시 파멸

되었던 것이다."²

나중에 클라이스트에 대한 메링의 평가는 다음과 같은 두 가지 이유에서 아주 부정적이었다. 첫째로 클라이스트는 고루한 토후 세력 내지는 고집스러운 귀족이라고 한다. 그러니까 그는 결코 위대한 개혁주의자의 모범적 인물로 간주될 수 없다는 것이다. 물론 클라이스트가 당시에 스스로 프랑스 주둔군에 대항하여 싸우려고 한 것은 사실이다. 그러나 그는 (원인이야 어찌되었든) 나폴레옹으로 인해 독일 국민들의 삶이 약간 변하기 시작했다는 점을 무시하고, 고작 프로이센의 장교 내지는 토후 세력의 프랑스에 대한 민족적 증오심만을 고수하고 있었다고 한다. "클라이스트를 도울 사람은 지상에는 아무도 없었다. 왜냐하면 하늘 높이 비상할 수 있었던 재능 많은 이 작가는 오랫동안 지속적으로 고대 프로이센의 토후 귀족 세력의 저열한 신앙을 한 번도 파기할 수 없었기 때문이다."³

둘째로 메링의 견해에 의하면 하인리히 폰 클라이스트는 한마디로 미쳐 있었다고 한다. 그 내면의 병적 증세는 몰락하는 어떤 계급의 특징이라고 할 수 있는 광기를 여실히 드러내고 있다는 것이다. 그럼에도 클라이스트의 몇몇 작품들, 가령 단편 「미하엘 콜하스Michael Kohlhaas」와 희극 작품 「깨어진 항아리」 등은 결코 폄하될 수 없는 수준작이라고 메링은 단언하였다.

클라이스트에 대한 메링의 비판은 ― 세밀히 고찰하면 ― 직접적으로, 다시 말해 작가로서의 하인리히 폰 클라이스트와 그의 작품들로 향하지는 않았다. 메링으로서는 오히려 20세기 초에 프로이센 문예학자들의 클라이스트에 관한 "왜곡된" 상을 수정하고 싶었던 것이다. 여기서 우리는 메링이 처했던 사회상, 문화적 동정, 그리고 메링의 집필 의도 등을 충분히 유추할 수 있다. 당시 보수주의적인 학자들은 클라이스트를 어용 작가로 승

2. Franz Mehring: Lessing-Legende. Mit einer Einleitung von Rainer Gruenter, Frankfurt a. M. 1972, S. 382.
3. Franz Mehring: Aufsätze zur deutschen Literatur von Klopstock bis Werth, H. Koch (hrsg.), Berlin 1961, S. 324.

격시키려는 작업에 혈안이 되어 있었다. 당시, 제1차 세계대전 이전에 프로이센에서는 빌헬름 2세의 제국 팽창주의 이데올로기 등으로 인하여 전쟁 지향의 분위기가 팽배해 있었다. 이와 병행하여 사람들은 클라이스트를 "프로이센에 대한 우국충정의 작가"로써 원용하려고 하였다.

그럼에도 불구하고 클라이스트 및 그의 문학에 대한 긍정적인 견해들이 완전히 사라진 것은 아니었다. 이를테면 막스 크바르크Max Quarck는 이전의 시기, 즉 1902년에 클라이스트를 "귀족계급의 입장과 도래하는 시민계급의 자유주의적 이념 사이에서 방황하는 작가"로 규정하였다. 크바르크에 의하면, 클라이스트는 "(비록 체계적이지는 못했으나) 과거의 권력에 지속적으로 항거하는 반역자"였다고 한다.[4]

1911년 하인리히 폰 클라이스트가 루돌프 슈타이크R. Steig와 같은 보수적 어용 학자에 의해 매도되었을 때, 쿠르트 아이스너Kurt Eisner는 이를 전적으로 거부하였다.[5] 불행한 젊은 극작가는 아이스너에 의하면 어느 누구에게도, 어느 체제에도 예속되지 않고 자력에 의해 살아가려고 한 "진정한 비非프로이센 사람"이었다는 것이다. 작가로서 실패하고 그리고 인간적 행복을 누리지 못했기 때문에, 그는 자신의 계급으로 되돌아갈 수밖에 없었다고 한다. 심지어 「홈부르크 왕자」 역시 "고루한 프로이센주의에 대항하는 일종의 항의"로서 이해될 수 있고, 작가의 미래를 예견해 주기도 한다는 것이다.[6]

그럼에도 불구하고 클라이스트에게서 진보적 개혁주의를 발견하려는 학자들의 견해는 극소수에 불과했다. 그러니까 "클라이스트는 고루한 귀

4. Max Quarck: Ein preußischer Junker als dichterischer Revolutionär, in: Sozialistische Monatshefte, 6 (1902), H. 12, S. 949-959.
5. K. Eisner: Das Preußentum Heinrich von Kleists, in: Münchner Post, 22. 11. 1911, S. 3.
6. 그 밖에 발터 빅토어Walther Victor는 1927년 클라이스트 기념일에 클라이스트를 "독일 내의 프롤레타리아 혁명 문학의 선구자"로 간주하였다. W. Victor: Die Lüge um Heinrich von Kleist, in: ders., Der Tag und die Ewigkeit, Berlin und Weimar 1973, S. 292.

족 출신이며, 미쳐 있었다"라는 메링의 견해는 이전에도 클라이스트 문학
연구에서 주도적으로 제기되었으며, 이후에도 (사회주의) 문학 연구가들에
의해서 계속 이어졌다.

1.2. 게오르크 루카치

바이마르 시대의 작가들 가운데 클라이스트 문학에서 현대에 필요한 정
신적 유산을 발견할 수 있다고 믿는 작가들은 문학 연구가들에 비해 상당
수를 이루고 있었다. 사회주의 작가들 가운데에서 가령 의사이자 극작가
인 프리드리히 볼프Friedrich Wolf, 안나 제거스Anna Seghers, 그리고 아르놀트
츠바이크Arnold Zweig 등을 대표적 예로 들 수 있다. 이들은 "특정한 사회가
한 개인에게 물질적으로 그리고 심리적으로 얼마나 커다란 형벌을 가할
수 있는가?"에 대한 예를 클라이스트의 불행한 삶에서 찾으려 하였다. 불
행한 극작가는 글을 쓸래야 쓸 수 없는 궁핍한 처지에 놓여 있었는데도 탁
월한 작품을 남겼다는 것이다. 가령 프리드리히 볼프는 클라이스트를 게
오르크 뷔히너G. Büchner에 버금가는 작가로 추켜세웠다. 볼프의 견해에 의
하면, 클라이스트의 운명은 — 당시에 월계수로 치장한 바이마르 작가들
의 안온한 삶에 비해 — 현대인의 그것과 가깝다고 한다. 왜냐하면 "클라
이스트는 쫓기고 고통당하며 살아가는 인간이자 작가이며, 예언자"였기
때문이다.[7]

그러나 게오르크 루카치Georg Lukács(1885-1971)는 프리드리히 볼프의 의
견에 동조하지 않았다. 1935년 그는 메링의 견해를 추종하면서, 클라이스
트의 작가적 삶과 문학 작품들마저 통틀어 신랄한 비판을 가했다. 「홈부
르크 왕자」의 극작가는 "완전히 미쳐버린 옛 프로이센의 작가"라고 한다.

---

7. Fr. Wolf: Kunst ist Waffe! Eine Feststellung, in: Schriftsteller über Kleist. Eine
Dokumentation, (hrsg.) P. Goldammer, Berlin u. Weimar 1976, S. 575.

클라이스트는 "독일 문학과 이데올로기가 잘못된 길로 들어선 바를 그대로 상징하는 인물"로서, 죽기 전에야 비로소 "약간의 공동체 의식"을 지녔을 뿐이라는 것이다.[8] 그는 루카치에 의하면 "이론적으로는 니체에게서, 실제적으로는 제국주의 시대에서 (예컨대 후고 폰 호프만슈탈의 엘렉트라에 나타나듯이) 정점에 도달한 바 있는 그러한[퇴폐적: 역주] 경향들의 선구자"에 속했다고 한다. "클라이스트는 변혁의 시기, 가장 뒤엉키고 비참한 프로이센의 전환기 삶의 조건을 체험하였다. 프란츠 메링이 예리하게 지적한 바 있듯이, 예나의 굴욕적인 패배는 프로이센에게는 해방을 위한 바스티유 습격과 같았던 것이다. 이 시기의 객관의 정신적 힘은 너무나 불명료했고 미약했으므로, 클라이스트의 반동적 편견과 퇴폐적 개인주의는 현실을 객관적으로 냉철하게 묘사하지 못하게 작용하였다."[9]

이러한 발언은 지극히 비판적이다. 루카치는 클라이스트의 개혁 의지에 관해 거의 언급을 회피하고 있다. 루카치는 다른 논문에서 프리드리히 횔덜린 문학의 혁명적 요소를 간파한 데 비하면, 유독 클라이스트에게는 조금도 후한 점수를 주지 않았던 것이다. 이렇듯 루카치의 입장은 편파적이고 신랄했다. 루카치의 견해가 (메링의 그것에 비해 더욱) 신랄하고 편파적인 데에는 나름대로 불가피한 이유가 내재해 있었다. 즉, 30년대 중엽에 루카치는 히틀러의 군국주의에 대항하기 위하여 민족전선Volksfront에 열렬히 가담하였다. 그렇기에 그는 파시스트들이 클라이스트의 세계관을 옹호하며, 진보적 세력을 정치적으로 그리고 학문적으로 공격하는 것을 용인하려야 용인할 수 없었던 것이다.[10] 이러한 맥락에서 루카치는 클라이스트에

---

8. Georg Lukács: Fortschritt und Reaktion in die deutsche Literatur, Berlin 1947, S. 70. 여기서 약간의 공동체 의식이란 두말할 나위 없이 「홈부르크 왕자」에 나타난 "시대의 요청에 부응한 공동체의 요구"를 지칭한다.
9. Georg Lukács: Die Tragödie Heinrich von Kleists, in: ders., Werkausgabe, Bd. 7, Neuwied 1974, S. 201-231.
10. D. Grathoff: Materialistische Kleist-Interpretation. Ihre Vorgeschichte und ihre Entwicklung bis 1945, in: (hrsg.) K. Kanzog, Text und Kontext: Quellen u. Aufsätze

관한, 보수주의적 어용 학자인 프리드리히 군돌프Fr. Gundolf의 입장을 격렬히 비난하려고 했던 것이다. 그러니까 어떤 진리를 찾으려는 극작가의 결코 침해당할 수 없는 욕망은 군돌프의 주장대로 "원초적 체험Urerlebnis"에서 비롯할 수 없으며, 그것은 또한 루카치에 의하면 결코 "민족을 위한 재능의 역사적 변화"로 곡해될 수 없다고 한다.[11]

클라이스트 문학에 관한 루카치의 입장은 시민주의 학자들뿐 아니라 사회주의 작가들에 의해서도 반박당하게 된다. 1938년 안나 제거스와 게오르크 루카치 사이의 서신 교환은 모스크바에서 간행되던 반파시즘 작가들의 문예지 『말Das Wort』에 실렸고, 루카치를 둘러싼 표현주의 논쟁을 한층 더 불붙게 만들었다. 이 논쟁은 나중에 구동독에서 리얼리즘 논쟁에 의해 토론의 열기가 증폭되기도 했다. 루카치는 무엇보다도 위대한 고전적 시민 장편소설을 문학예술의 척도로 삼았고, 제거스는 이를 반박했던 것이다. 제거스의 견해에 의하면, 시대 자체가 예술과 대립되는 시기가 있으며, 이러한 시기에 예술가는 자신의 예술적 의도를 완성시키기는커녕, 자신의 삶이 파멸되는 것을 겪게 된다고 한다. 제거스는 이와 관련하여 렌츠J. M. R. Lenz, 클라이스트H. v. Kleist, 귄더로데K. Günderrode, 그라베Grabbe, 뷔히너Büchner, 그리고 횔덜린Hölderlin 등을 예로 들었다.[12]

안나 제거스는 현실의 직접적인 체험 및 이에 대한 적확한 묘사 역시 리얼리즘이라는 객관적 용어에 합당하다고 주장하였다. 루카치가 클라이스트의 고립주의와 광기를 일도양단의 방식으로 비판한 반면에, 제거스는 클

zur Rezeptionsgeschichte der Werke Heinrich von Kleist, Berlin 1979, S. 117-179, Hier S. 170ff.

11. 실제로 클라이스트는 나치 지식인들에 의해 애국적 지조를 지닌 작가로 나쁘게 이용당했다. Siehe R. Busch: Imperialistische und faschistische Kleist-Rezeption 1890-1945. Eine ideologiekritische Untersuchung, Frankfurt a. M. 1974.

12. 제거스는 자신의 중편 소설 「하이티에서의 결혼」에서 클라이스트의 단편 「성 도밍고 섬에서의 약혼」을 다시 재구성하였다. 이에 대한 언급은 다음의 문헌을 참고하라. A. Seghers: Über Kunstwerk und Wirklichkeit, (hrsg.) Sigrid Bock, Bd. 2, Berlin 1971.

라이스트의 가치를 높이 평가하였다. 즉, 작가가 처했던 격변의 시대 자체
가 병적이었으며, 클라이스트가 이러한 병적 현실을 시대의 나침반처럼 인
지하였다는 것이다.[13]

2. 구동독에서의 클라이스트 연구

에른스트 피셔, 한스 마이어, 그리고 지크프리트 슈트렐러 등은 (메링과 루
카치의 견해와는 반대로) 클라이스트와 그의 문학에서 진보적 개혁주의의
사고를 발견하려고 하였다.

2.1. 1950년대의 연구 경향

사회주의 재건 시기에 루카치의 예술적 입장 및 미학은 구동독의 문화
정책과 관련된 이해관계에 얽혀 하나의 보편적 유효성을 획득하였다. 루
카치의 예술론 및 미학 이론 전체는 — 볼프강 하리히W. Harich 사건이 발
생하는 50년대 중엽에 이르기까지 — 공공연하게 인정받았는데, 이로 인
하여 구동독에서 클라이스트와 그의 문학은 처음부터 부정적 문화유산으
로 확정되었던 것이다. 그리하여 사람들은 기껏해야 클라이스트의 소수의
작품들만을 부분적으로 인정했을 뿐이다.[14] 아닌 게 아니라 대부분의 문

---

13. Siehe Georg Lukács' Briefwechsel mit A. Seghers, in: ders., Werk ausgabe Bd. 4,
Neuwied 1964, S. 354-376. 그러나 실제 창작에 있어서 제거스는 자신의 예술적 입장을
실천에 옮기지 않았다. 그 까닭은 리얼리즘의 창작 방법론이 문학과 예술의 원칙으로서뿐
아니라, 정치 이데올로기로서의 역할을 은밀히 수행하고 있음을 제거스가 간파했기 때문
이다.
14. 가령 알프레트 안트코비아크는 클라이스트의 「헤르만 전투」, 「깨어진 항아리」 그리
고 「미하엘 콜하스」 등을 높이 평가하면서도, 클라이스트에 대한 전체적 찬양을 결코 용

학 평론가들은 클라이스트를 "병적인 퇴폐성"을 지니고 있는 독일 낭만주
의의 영역 속에 국한시켰다. 따지고 보면 루카치의 이론은 30년대 유럽 현
실을 고려할 때 필연적 투쟁의 공식으로 활용될 수 있었다. 허나 거기에는
과연 변화된 사회주의 사회에서 수정 내지 편차 없이 그대로 적용될 수 있
는가? 하는 문제가 여전히 불씨로 남아 있었다.

그래도 몇 가지 기억해 둘 사항을 덧붙일까 한다. 1952년 테레제 기제
Therese Giese의 연출로 클라이스트의 「깨어진 항아리」가 구동독에서 처음
으로 공연되었다. 이는 클라이스트의 문학이 다만 부분적으로 인정받았음
을 단적으로 말해 주는 사건이다. 1955년 하인리히 다이터스H. Deiters는 메
링과 루카치의 입장을 근본적으로 비판의 도마 위에 올려놓음으로써, 클
라이스트 문학의 중요성을 부각시키려고 시도하였다. "만약 우리가 (…)
클라이스트의 문학 작품에 사적 유물론의 관찰 방식을 적용한다면, 우리
는 전체적으로 그리고 개별적 분석에서 그들과는 전혀 다른 결론에 도달
하게 될 것이다. 「깨어진 항아리」와 「미하엘 콜하스」와 같은 작품들은 프
로이센 귀족의 심경으로는 도저히 창조될 수 없는 작품이니까."[15] 다이터
스의 견해에 의하면, 클라이스트는 루소를 읽고, 프로이센의 절대주의 및
귀족적 특성을 떨쳐버리려고 애를 썼다는 것이다. 또한 그는 어떤 독자적
민족 국가를 위해 작가로서 투쟁하였다고 한다.[16]

1956년에 하인츠 캄니처H. Kamnitzer는 클라이스트의 「홈부르크 왕자」를
새로운 시각으로 조명함으로써, 클라이스트 문학을 구조하려고 했다.[17] 그

인하지 않았다. A. Antkowiak: Heinrich von Kleist. Zu seinem 175. Geburtstag, Der
Sonntag, 26. 10. 1952.
15. H. Deiters: Einleitung zu Heinrich von Kleist, Gesammelte Werke, Berlin 1955, Bd.
1, S. 5-66, Hier S. 55.
16. Siehe H. Deiters: Heinrich von Kleist und die politischen Kämpfe seiner Zeit, in:
Beiträge zum neuen Geschichtsbild, (hrsg.) Fr. Klein und J. Streisand, Berlin 1956, S.
184-200.
17. H. Kamnitzer: Prinz von Homburg und die Bühne, Der Sonntag, 18. 3. 1956; auch

러니까 극작품의 주인공은 프로이센의 국법을 찬양한 게 아니라, 장교로서 국가 원수에 대한 저항의 모습을 보여 주고 있다는 것이다. 하극상을 위한 결단 자체가 행동으로 옮기기 어려운 것이며, 정의를 위해 명령에 불복종하는 것은 과히 시민주의 혁명으로 평가될 수 있다고 한다.

2.2. 에른스트 피셔

비록 클라이스트에 대한 메링과 루카치의 비판이 구동독의 문화계에서 주도적으로 작용하였다고 하더라도, 사람들은 젊은 고전 작가의 문학적 중요성을 부분적으로(드물게 전체적으로) 인정하고 있었다. 그렇지만 작가로서의 하인리히 폰 클라이스트는 여전히 낭만주의 작가 그룹에 포함되며, 아담 뮐러와 같이 개혁 반대주의자로 취급되었다. "나쁜 인물, 훌륭한 작품" — 이러한 공식이 구동독에서 나타난 클라이스트와 그의 문학에 대한 보편적 평판이었다. 이 공식에 처음으로 근본적 의문을 제기한 학자는 바로 에른스트 피셔Ernst Fischer(1899-1972)였다.

피셔는 방대한 논문인 「하인리히 폰 클라이스트」에서 특히 작가가 신부新婦에게 보낸 편지들과 파리 여행에 관심을 집중시켰다.[18] 만약 그가 루소 등의 인문주의자들의 개혁적 사상에 심취하지 않았더라면, 파리 여행은 이루어지지 않았으리라고 한다. 말하자면, 극작가는 프랑스 혁명의 실질적 영향을 추체험하려고 파리로 향했던 것이다. 여기서 클라이스트는 "국외자" 내지는 "반역자"의 선구자로 간주되고 있다. 다시 말해, 비련의 극작가는 "썩어빠진 구체제의 껍데기"를 철저히 경멸했으며, "성숙해 가는 시민주의 및 자본주의 사회라는 고깃덩어리"를 역겨워하며, 이에 대해 지칭

---

ders.: Geschichte und Gestaltung, in: NDL, 5/1957, H. 6, S. 126-141, Hier S. 131ff.
18. E. Fischer: Heinrich von Kleist, in: Sinn und Form, 13 Jg. (1961). H. 5, S. 759-844, auch in: Kleist-Band der wissenschaftlichen Buchgesellschaft, W. Müller-Seidel (hrsg.), Darmstadt 1973, S. 459ff.

했던 작가라고 한다(Fischer 61: 760). 물론 클라이스트는 — 횔덜린에게서 명확히 드러나고 있는 — 자코뱅주의자 내지는 혁명적 시토이앙들의 예언적 지조를 견지하지는 못했다. 그러나 그는 내면적으로 사회적 변화를 너무나 열정적으로 동경했기 때문에, 개인적 비극을 감수할 수밖에 없었다는 것이다.

또한 클라이스트의 작품 역시 "어떤 소외된 세계 속의 인간 실존의 문제점"을 집중적으로 보여 주고 있다고 피셔는 주장한다. 바로 여기서 클라이스트 문학의 모더니티가 극명하게 드러난다. 실제로 소외에 대한 감정은 19세기, 20세기의 많은 작가들에게서 공통점으로 나타나지 않는가? 클라이스트는 — 피셔에 의하면 — 초기 극작품 「슈로펜슈타인 가家」에서 개개인의 비밀에 대한 허구성을, 중기의 산문 「미하엘 콜하스」에서 사회적 폭동을, 말기의 극작품 「홈부르크 왕자」에서 자아와 사회의 관계에 대한 변증법적인 종합을 꾀하고 있다고 한다. 예컨대 홈부르크 왕자가 자신에 대해 사형선고를 내리는 것은 — 피셔에 의하면 — 결코 선제후가 요구한 맹목적 복종에 기인하지 않는다고 한다. 오히려 그것은 주인공의 다음과 같은 욕망에서 나온 결단이라고 한다. 즉, 선제후에 대한 명령 복종이라는 진부한 계명을 새로운 의지로 대치하려는 주인공의 욕망 말이다.[19] 그렇기에 왕자의 개인적 폭력은 "개성과 공동체 사이의 변증법적 종합을 위한 전제 조건"이라고 한다(Fischer 61: 837). 한마디로 클라이스트는 — 피셔의 견해에 의하면 — 현실로부터 등을 돌리려는 낭만주의자들과는 달리 위대한 리얼리스트이며, 현실 문제를 예리하게 지적하는 작가라는 것이다. 그러니까 그는 순간적으로 출현했다가 금방 사라지는 놀라운 현실의 모습을 모순 속에서 파악하고 포착하려고 했다는 것이다(Fischer 61: 844).

작가 클라이스트와 그의 문학을 동시에 구출하려고 했던 피셔의 시도는

---

19. 이는 앞에서 언급한 바 있듯이 하인츠 캄니처의 「홈부르크 왕자」에 대한 해석과 유사한 것이다.

즉시 비판당하게 된다. 그의 논문이 계간지 『의미와 형식』에 실린 직후,[20] 베르너 프로이스W. Preuß는 1962년의 박사학위 논문에서 메링과 루카치의 입장을 추종하며, 피셔의 견해를 반박하였다. 프로이스에 의하면, 클라이 스트에게는 기본적인 모순점이 발견된다고 한다. 즉, 그는 봉건 사회 질서 를 찬양하며, 이를 천부적으로 주어진 것이라고 믿었지만, 유독 이에 상응 하는 사회적 현상에 대해서는 반기를 들었다는 것이다.[21] 또한 클라이스트 는 프랑스 주둔군에 대항하기 위해 하르덴베르크와 같은 개혁주의자들과 함께 활동했지만, 프로이센 사회의 문제점을 해결하는 데에 대해서는 전 혀 개혁주의자와 뜻을 같이 하지 않았다고 한다.

물론 "작가의 애국적 제스처로 인하여 나치 이데올로기에 잘못 활용되 었다"는 점을 명확히 한 것은 프로이스의 공로이다. 그렇지만 프로이스는 역사적 사실 고증에 대한 충실성만을 강조하여, 클라이스트 문학의 현대 적 의미를 규명하는 창작 작업을 용인하지 않았다.

2.3. 한스 마이어

50년대에 라이프치히 대학에서 독문학을 가르치던 한스 마이어Hans Mayer(1907-2001)는 오래 전부터 소련 모방 일변도인 문화 정책의 편협성 을 비판해 왔다. 이러한 편협성을 탈피하려면, 구동독은 서구의 수준 높은 예술 및 예술 이론을 부분적으로 도입해야 한다고 마이어는 믿었다. 그러 나 이 견해를 직접적으로 발설한다는 것은 경직된 사회에서 대단한 용기 를 요구하는 일이었다. 그럼에도 50년대 말부터 마이어는 이를 조심스럽 게 실천했으며, 그때마다 화를 입었다.[22] 그러므로 한스 마이어가 하인리히

---

20. 잡지의 편집장이었던 페터 후헬은 (당국의 비판으로 인해) 62년도 판을 마지막으로 간행한 뒤 편집장 직을 그만두게 된다.

21. W. Preuß: Heinrich von Kleist und die nationale Frage, Diss., Potsdam 1962, S. 61.

22. 박설호: 새로운 맑스주의 문학론, 한스 마이어와 에른스트 피셔, in: ders., 떠난 꿈, 남

폰 클라이스트에 관하여 에른스트 피셔의 견해를 따른 것은 당연한 귀결
일지 모른다.

마이어에 의하면, 클라이스트는 작품에서 그리고 실제 삶에서 자코뱅주
의의 특성을 여실히 드러내고 있다.[23] 클라이스트는 18세기의 시민적 계몽
주의의 전통에 서 있는 작가로서, 당시의 시대적 모순을 가장 정확히 기술
했다고 한다. 실제 삶에서 그는 시민주의의 정신사적 내용(계몽주의, 루소주
의, 독일 이상주의 그리고 낭만주의)을 전부 수용하려고 했으나, 그때마다 위
기를 겪게 되었다고 한다. 그 대표적 예가 이른바 "칸트 위기Kant-Krise"로
설명될 수 있다. 가령 클라이스트는 마이어에 의하면 루소와 로베스피에
르의 추종자로서 뒤늦게 1801년에 프랑스로 향했다고 한다. 그는 혁명의
도시 파리에서 혁명적 "시토이앙citoyen을 찾으려 했으나, (겨우 권력에 맹종
하는) 부르주아bourgeois만 발견"했을 뿐이다.[24] 파리의 현실은 클라이스트
의 눈에는 거대한 이상에 대한 배반으로 비쳤던 것이다. 흔히 오늘날 사람
들은 프랑스인에 대한 클라이스트의 증오심을 그저 애국심의 발로라고 이
해하고 있는데, 이는 마이어에 의하면 잘못된 견해라고 한다. 그러니까 클
라이스트는 단순히 민족적 관심사에 의해 프랑스 군인의 독일 주둔을 혐
오한 게 아니었다. 오히려 그 반대였다고 한다. 즉, 클라이스트의 증오심
배후에는 어떤 부정의 부정, 다시 말해 "자기기만" 내지는 "자기 현혹"의
심리적 욕구가 내재해 있다고 한다(Mayer 63: 217f). 왜냐하면 클라이스트
는 당시 프랑스를 지배하고 있던 나폴레옹을 적대시하는 봉건주의자의 관
심사를 추호도 받아들이려 하지 않았기 때문이라는 것이다. "클라이스트

은 글. 동독 문학 연구. 2, 서울 1999, 465-484, 특히 474쪽.
23. 클라이스트 문학의 개혁주의의 특성을 발견한 학자들 가운데 한스 마이어가 가장 강
력한 견해를 내세운 셈이다. 피셔도 그리고 지크프리트 슈트렐러도 클라이스트의 "혁명적
자코뱅주의"를 한스 마이어만큼 강력히 제기하지는 않았다. 이로써 한스 마이어는 동서독
의 보수주의적 문학 이론가들에 의해 심하게 비판당한다.
24. Hans Mayer: Der geschichtliche Augenblick, Pfullingen 1962, S. 26; auch in: ders.,
Zur deutschen Klassik und Romantik, Pfullingen 1963, S. 185-242.

는 나폴레옹 군대에 대해서가 아니라, 낙후한 프로이센의 봉건주의에 적
대적이었다"라는 마이어의 견해는 독창적이나, 나중에 수많은 반론을 불
러일으켰다.

한스 마이어는 계몽주의의 전통 및 고전적 휴머니즘의 정신으로부터의
작가의 소외를 극작품 「헤르만 전투」에서 찾고 있다. 그 외에 마이어는 말
년 작품인 「홈부르크 왕자」를 전무후무한 명작이라고 극찬했다. 이 작품
은 — 마이어에 의하면 — 거대한 꿈 내지 유토피아를 담고 있는 게 아니
라, 일반적으로 성숙되지 못한 사회 내에서의 성숙된 개인의 고뇌를 담고
있다고 한다. 그것은 "실존적 가능성" 내지는 "선취先取"와 관련될 수밖에
없다. 그렇기에 「홈부르크 왕자」는 마이어에 의하면 비단 프로이센 지역
뿐만 아니라, 발전되지 못한 보편적인 시민사회 내에서의 자유와 질서의
갈등 관계를 반영하고 있다고 한다(Mayer 63: 222). 한마디로 말해, 클라이
스트는 — 비록 몇 년 동안이긴 하지만 — 마인츠를 중심으로 활약했던 자
코뱅주의자들과 같은 지조를 지니고 있었다고 한다.

마이어의 견해는 즉시 여러 연구가들에 의해서 반박당하게 된다. 한 사
람만 예로 들어 보자. 1962년 게어하르트 슈나이더G. Schneider는 고전 작가
클라이스트를 명예 회복시키려는 일련의 노력을 심하게 비난하였다. 클라
이스트는 슈나이더에 의하면 중요한 사회적 문제를 회피하고, 다만 사적私
的이고 퇴폐적인 경향에 해당하는 작가라는 것이다.[25] 여기서 그대로 드러
나듯이, 루카치의 입장은 — 특히 클라이스트의 문학에 관한 한 — 여전히
유효한 것처럼 보였다. 이는 60년대 초에 클라이스트의 대표작 「홈부르크
왕자」와 몽상적 심리극 「하일브론의 케트헨」이 공연되었을 때, 그대로 드
러난다. 두 작품은 많은 사람들에 의해 비판당했는데, 이 비판은 주로 잡
지 『시간의 연극Theater der Zeit』에 자세히 실렸다.

---

25. G. Schneider: Studien zur deutschen Literatur, Leipzig 1962, S. 201, S. 240.

2.4. 지크프리트 슈트렐러

지금까지의 내용을 간략하게 정리해 보기로 한다. 60년대 초에 이르러 클라이스트를 둘러싼 예술적·정치적 입장은 양분되어 있었다. 그 하나는 클라이스트 문학을 프로이센의 보수적·귀족적 세계관과 접목시키려는 경향이요, 다른 하나는 그것을 진보적 시민주의 지식인의 사회 개혁적 의지와 관련시키려는 경향이다. 50년대 초만 하더라도 전자가 주류를 이룬 것을 생각하면, 클라이스트와 그의 문학적 가치는 어느 정도 인정받게 된 셈이다. 그럼에도 불구하고 이러한 인정은 독일 낭만주의를 끌어들이지 않을 때만 가능했다. 왜냐하면 낭만주의는 60년대 초 구동독의 유물론적 문학 이론에서는 여전히 의심스러운 것으로 간주되었기 때문이다.[26]

1962년에 문예학자 지크프리트 슈트렐러Siegfried Streller(1942-)는 젊은 극작가가 받아들였던, 결코 반박할 수 없는 루소의 영향에 시각을 집중시켰다. 클라이스트는 자신이 처했던 상황의 심각성으로 인하여 독일 계몽주의적 문제점 속에 내재한 한계를 뛰어넘었다고 한다. 슈트렐러의 이러한 주장은 한스 마이어의 의견과 별반 다를 바 없다. 그렇지만 슈트렐러의 견해에 의하면, 클라이스트는 (한스 마이어가 주장한 대로) 혁명적 환상을 품고 파리로 향하지는 않았다고 한다. 극작가는 프랑스의 대도시에서 자유와 광명 그리고 진보적 사고 등에 대한 발견에 그다지 커다란 기대감을 품지 않았다는 것이다. 인간의 품위를 찾으려는 노력이 결국에 가서는 끔찍한 전제주의를 창출한다는 것을 클라이스트는 잘 알고 있었다고 한다.[27] "물론 그[클라이스트: 역주]가 자코뱅주의자에 해당한다고 주장하는 것은 설득력이 없다. ('루소를 말하는 자는 즉시 로베스피에르를 염두에 두고 있었다'고 마이

---

26. Siehe Theo Honnef: Heinrich von Kleist in der Literatur der DDR, Frankfurt a. M. 1988, S. 50. 클라이스트는 함부로 낭만주의자의 계열에 포함시킬 수 없다. 그렇기에 많은 문학사 연구가들은 클라이스트를 반고전주의 작가로 규정했던 것이다.
27. S. Streller: Heinrich von Kleist und J. J. Rousseau, in: WB., 3/1962, S. 541-556.

어는 주장하고 있다.) 클라이스트가 ― 횔덜린이 그러하듯이 ― 언젠가 프랑
스 혁명과 어떤 긍정적인 관계를 맺고 있었다는 언급은 찾아볼 수 없다"
(Streller, 62: 542). 왜냐하면 클라이스트는 자본주의적 생산양식 하의 사회
적 변화 가능성에 관해 조금도 관심을 기울이지 않았기 때문이다. 그저 개
인과 사회 사이의 물리적 상관관계에서 유일하게 개인을 옹호하려고 애를
썼기 때문에, 극작가는 비극적 최후를 맞이했다는 것이다.

　슈트렐러에 의하면, 클라이스트는 프로이센 귀족의 명예에 의거한 의무
를 완수하기 위하여 사고하고 행동하지는 않았다고 한다. 클라이스트의
사고와 행위는 오로지 "개인의 도덕적 자세"에 바탕을 두고 있었으며, 혁
명 이전의 시민주의의 이상을 추구하였다. 그러니까 이러한 이상 속에는
슈트렐러에 의하면 계급 및 계급 갈등에 대한 관심은 처음부터 배제되어 있었다
고 한다. 클라이스트에게 "사회"라는 개념은 극히 추상적이었다. 그것은
구체적 역사 개념으로 확정된 게 아니라, 개개인이 올바른 길을 찾을 수
있는 일원적 카테고리로 막연히 이해되었다.[28]

　그럼에도 클라이스트는 슈트렐러에 의하면 개혁적인 지조를 지니고 있
었다. 비록 그가 군대 조직의 구체적 문제를 전혀 인식하지 못했지만 말이
다. 또한 슈트렐러는 「홈부르크 왕자」의 분석을 새롭게 시도함으로써, 한
스 귄터 탈하임H. G. Thalheim의 견해를 반박하였다. 「홈부르크 왕자」의 주
제가 시사하는 바는 극작가가 몸담고 살던 프로이센 내의 문제로 국한될
게 아니라, 국가와 개인 사이의 상관관계로 확장되어야 한다. 그러면 우리
는 클라이스트의 (비록 추상적이긴 하나) 어떤 개혁적 의지를 유추할 수 있
다는 것이다. 이로써 슈트렐러는 이 작품을 "시민주의적인, 인간 질서의
유토피아"로 규정하고 있다. 주인공 홈부르크 왕자의 비극은 어떤 초월의
문제를 시사하고 있다.[29]

---

28. S. Streller: Das dramatische Werk Heinrich von Kleists, Berlin 1966, S. 234.
29. 구동독에서 「홈부르크 왕자」의 주제를 보편적 인간의 문제로 규명한 연구는 슈트렐러

2.5. 반론에 담긴 클라이스트 비판

60년대에 구동독에서 제기된 클라이스트에 관한 새로운 논의는 많은 반론에 부딪혔다. 특히 극작품 「홈부르크 왕자」는 — 하인리히 하이네H. Heine가 19세기에 언급한 대로 — 마치 "에리스의 사과"처럼 많은 논란을 불러일으켰다. 피셔, 마이어, 그리고 슈트렐러의 견해를 반박하려는 수많은 학자들은 으레 자신의 견해에 대한 증거로서 「홈부르크 왕자」를 예로 들었다. 예컨대 한스 게오르크 탈하임은 한스 마이어의 견해를 근본적으로 비판하였다. 마이어의 견해는 이른바 고전적 리얼리즘 속에서 쟁취된 마르크스주의 문예학의 입장을 역행 내지는 퇴보시키고 있다는 것이다. 극작품이 지향하는 바는 탈하임에 의하면 "작가의 세계관 및 정치적 구상 안의 의미에서 고대 봉건 질서를 새롭게 만들어 내며, 이를 — 아무런 실제 조건 없이 — 외부의 정복자들로부터 프로이센을 해방시키는 애국적 과업을 위해 창조하려"는 것이었다.[30] 주인공이 내밀한 방법으로 변화 없는 봉건 사회에 순응했듯이, 클라이스트 역시 조국의 궁핍함을 피부로 체험하며, "프로이센의 관료주의에 대한 자신의 고유한 저항 의식"을 약화시켰다고 한다(Thalheim 65: 527). 어쩌면 홈부르크 왕자는 완전히 모순적인 어떤 계획을 이룩하려 했다. 그의 계획은 다음과 같은 국가의 실현으로 요약될 수 있다. 어떤 국가는 "인간의 자기 독립성을 전적으로 인정해 줌으로써 순수 개성의 완전히 자유로운 본질의 자유 실현을 보장해" 주는데, 바로 이러한 국가야말로 "전적으로 인간적이라고 말할 수 있다"는 것이다(Thalheim 65: 542). 그러나 주인공의 계획은 탈하임에 의하면 비현실적인

이전에도 시도된 바 있다. 가령 요아힘 뮐러는 1956년 작품 주제로서 자유와 필연 사이의 어떤 변증법적 충돌을 지적하고 있다. J. Müller: Zum Verständnis von Kleists 'Prinz von Homburg,' in: WB., 2/1956, S. 413-416.

30. Hans G. Thalheim: Kleists Prinz von Homburg, in: WB., 11. Jg., 4/1965, S. 483-550, Hier S. 545.

하나의 망상에 불과하다고 한다.

나아가서 탈하임은 작품 내용에 대한 비판을 작가에 대한 비판으로 확장시키고 있다. 가령 클라이스트는 루소의 영향을 받은 것은 사실이나, 이는 그가 "과거지향적 반역사적 자연 상태"를 동경한 데서 비롯했다고 한다. 클라이스트는 탈하임에 의하면 프랑스 혁명의 세계사적 의미에 관해 아무것도 의식하지 못했다(Thalheim 65: 484). 그의 애국심은 높이 살 만하나, 그의 국가적 이상은 "중세 부권주의적 계급 국가"에 근거했다고 한다. 그는 틀림없이 아담 뮐러의 영향을 지대하게 받았다고 한다. 아담 뮐러는 현대 자본주의뿐 아니라 프랑스 혁명에도 반기를 드는 등, 이른바 반동적인 낭만주의적 세계관을 견지하고 있었다는 것이다. 클라이스트의 작품이 모순에 가득 차고 내면적 갈등만 부각시키는 것은 탈하임의 견해에 의하면 반동적 낭만주의와 결코 무관하지 않다는 것이다.[31] 그러나 세계의 모순은 어떤 개인의 내적 갈등을 직접적으로 표현함으로써 있는 그대로 보여질 수 있지 않은가? 어쩌면 탈하임은 메링과 루카치의 견해를 너무 신봉한 나머지, 어떤 문학적 구상이 말하자면 시대적 상황에 상응하는 또 다른 창작 방식을 요청할 수도 있다는 사실을 간과했는지 모른다.

2.6. 1970년대 이후의 클라이스트 연구

오랫동안 클라이스트는 주로 독일 낭만주의에 속하는 보수적 귀족주의자로 간주되었다. 이는 프란츠 메링과 게오르크 루카치 등이 클라이스트

---

31. 귄터 루돌프G. Rudolph는 클라이스트의 가톨릭적 입장을 강조하며, 아담 뮐러와의 관련성을 부각시켰다. 아담 뮐러는 클라이스트의 「암피트리온」을 기독교주의로 해명한 바 있는데, 우리는 여기서 작가의 "자본주의에 대한 추상적 저항"을 엿볼 수 있다고 한다. 카린 뮐러 역시 클라이스트의 아담 뮐러와의 관계를 강조하였다. G. Rudolph: Adam Müller und Kleist, in: WB. 24 Jg., 7/1978, S. 121-135; K. Müller: Der böse Dämon der deutschen Romantik. Betrachtungen zum Werk und Wirken Adam Müllers, in: WB., 25 Jg., 5/1979, S. 82-105.

의 극단성, 개인주의, 그리고 광기 등을 하나의 증후군으로 비판한 결과이
다. 마치 낭만주의, 모더니즘 등의 용어가 체제 비판의 의미를 함축하고 있
었듯이, 클라이스트 역시 거부되어야 할 작가로서 처음부터 낙인이 찍혀
있었던 것이다. 60년대에 이르러 클라이스트와 그의 문학은 피셔, 마이어,
그리고 슈트렐러에 의해 달리 해석되었으며, 70년대에 클라이스트 연구는
경미하나마 다양성을 획득하게 된다.[32] 80년대에 문화적 유산으로서의 클
라이스트 문학은 그다지 활발하게 연구되지 않았다는 것을 감안한다면,
우리는 베른트 라이스트너B. Leistner와 루돌프 로흐R. Loch만을 언급하고자
한다.

베른트 라이스트너는 1979년에 클라이스트의 민족주의를 작가의 파리
체험에서 기인한다고 주장하였다. 프랑스는 말하자면 극작가에게 "반자
연적인 국가의 실제 상"과 다름이 없었던 것이다.[33] 가령 「헤르만 전투」에
등장하는, 비분강개하는 주인공의 민족주의는 근본적으로 "반프랑스주
의"로 요약할 수 있는데, 이는 — 라이스트너의 견해에 의하면 — 결코 프
로이센의 군국주의에 대한 옹호로 설명할 수 없다는 것이다. 실제로 클라
이스트는 개개인을 고립시키고 개개인의 자기동일성을 빼앗는 것을 "친프
랑스주의"로 규정했다고 한다(Leistner 79: 266). 나아가 라이스트너는 클
라이스트의 개별 작품의 주제를 어떤 주어진 범위 내에서 제각기 달리 해
석할 수 있다고 주장하였다. 그렇기에 그는 「헤르만 전투」를 긍정적으로,
「홈부르크 왕자」를 부정적으로 평가하였다.

---

32. 가령 사람들은 다음과 같은 세부적 물음에 대해서 완전히 토론의 결말을 보지 못했다.
과연 클라이스트가 1810년 10월 하르덴베르크Hardenberg의 재정 칙령을 분석할 때 아담
뮐러의 입장에 동조했는가? 아니면 애덤 스미스에서 출발한 개혁적 성향을 지지했는가?
하는 물음이 그것이다. 물론 하르덴베르크의 칙령 속에는 봉건주의, 초기 자본주의, 자유
주의 등의 특성이 혼재되어 있다. 그렇지만 그 칙령은 전체적으로 시민적인(다시 말해 자
유주의적인) 개혁 프로그램으로 이해될 수 있다.
33. B. Leistner: Dissonante Utopie. Zu Heinrich von Kleists Prinz von Homburg, in:
Impulse 2 (1979), S. 259-317.

이를테면 「홈부르크 왕자」는 라이스트너에 의하면 「헤르만 전투」와는 반대되는 이상을 담고 있다고 한다. 클라이스트가 표상한 이상 국가는 하나의 (도덕적·추상적) 의향이라는 차원에서 주어진 것이다. 그러니까 인간이 "자연적 세계 질서"와 "의무적으로 일치시켜야 하는" 그러한 의향을 생각해 보라(Leistner 79: 273). 그렇지만 클라이스트는 이상 국가를 봉건적 국가 형태 속에서 구체화시켰다고 한다. 이때 그는 자신의 고유한 주권과 충성심 사이에서 도저히 연결될 수 없는 어떤 균열을 체험할 수밖에 없었다. 따라서 「홈부르크 왕자」는 인간관계의 순수성 대신에, 인습적 유희 규칙과 인간관계에서의 소외 증상에 대한 주인공의 갈등만 드러나고 있을 뿐이라고 한다.[34]

1978년 루돌프 로흐는 클라이스트를 "유물론적으로 진취적인 작가"라고 규정하고 있다. 1801년 이후에 극작가는 동시대인들에게 선을 베풀고, 그들의 도덕적 입장에 대해 책임감을 느껴야 한다고 생각했다는 것이다. 이는 "계몽주의의 도덕적 유산을 고전적 휴머니즘으로 재수용"한 것이다.[35] 그러나 사회는 그에게 일말의 실천 가능성도 용인하지 않았으므로, 클라이스트는 오로지 예술을 통해 이를 실천하려 했다고 한다. 물론 그는 계급의식을 지니지 못했으며, 자신의 개혁 의지 또한 도덕적·윤리적 차원에 국한되어 있었다. 그러니까 프랑스인들의 지배로부터 벗어나고, 어떤 독일 민족 국가가 창조되어야 한다는 게 클라이스트의 희미한 이상이었던 것이다. 말하자면 그는 "소유욕과 허영으로부터 인류를 구하고, 예술을 통하여 힘차고 고결한, 정당하고 활발한 관계를 지닌 인간다운 삶을 토대화시키"려고 했다(Loch 78: 200). 한마디로 로흐의 견해는 — 비록 클라이스트의 개혁성을 과장하고 있다는 의혹을 떨칠 수는 없으나 — 피셔와 마이

---

34. 라이스트너: "어떤 긍정적인 국가 질서와 사회질서를 미적으로 수행하려는 클라이스트의 계획은 실패로 돌아가고 말았다. 왜냐하면 극작가 자신이 실제 현실에서 겪었던 위기의식이 「홈부르크 왕자」에서 직접적으로 전달되고 있기 때문이다"(Leistner 79: 305).
35. R. Loch: Heinrich von Kleist. Leben und Werk, Leipzig 1978, S. 85.

어 등의 그것을 계승한 것이다. 이는 70년대 이후 클라이스트가 문학 연구 영역에서도 다양하게 수용되었다는 사실을 단적으로 증명하고 있다.

3. 구동독 전반기(1949-1970)의 클라이스트 상

클라이스트는 (도라 벤처, 유타 헤커, 보도 우제, 그리고 하인리히 등에 의해서) 다양하게 수용되었다. 따라서 여기서 하나의 일원적 특성이 발견되지 않는다. 클라이스트는 작가적 삶에 대한 하나의 일반적 범례일 뿐, 주어진 구동독 사회의 참담함을 비유하기 위해서 원용된 인물은 아니었다.

3.1. 도라 벤처

클라이스트는 도라 벤처Dora Wentscher(1883-1964)에게는 시대적 고통을 스스로의 노력으로 해결하려고 애쓴 긍정적 인물로서, 시민사회의 진보적 지식인으로 부각되고 있다. 사회주의 문화권에서 거의 망각된 여류 작가 도라 벤처는 거의 평생에 걸쳐 고전 작가 하인리히 폰 클라이스트에 몰두하였다.[36] 극작품 『하인리히 폰 클라이스트』는 — 작가 스스로 술회한 바에 의하면 — 세 번의 수정 기간을 거쳤다고 한다. 벤처가 극작품을 처음 쓰기 시작한 때는 제1차 세계대전이 끝난 뒤였다. 그 후에 그미는 모스크바 망명 시기(1933-1946)에 작품을 개작하였으며, 1946년 바이마르로 귀환한 뒤 마지막 퇴고 작업을 끝냈다.[37] 그럼에도 우리는 어떤 구상안에 의해

---

36. 벤처의 극작품은 그미의 작품집에 실려 있다. Siehe Dora Wentscher: Heinrich von Kleist, Weimar 1956.
37. D. Wentscher: Mein Kleistbild, in: NDL. 2 (1954), H. 5, S. 66-70.

벤처의 작품이 수정되었는지에 관해서는 정확히 알 수 없다.

벤처의 극작품은 클라이스트의 전 생애를 통시적으로 기술하고 있다.
작가 스스로도 무대에 올리기 위해서 작품을 쓰지는 않았다고 했다. 그렇
기에 그것은 유장한 "독서극Lesedrama"인 셈이다. 벤처가 하필이면 "드라
마"라는 장르를 택한 까닭은 드라마야말로 클라이스트의 파란만장한 일
대기를 묘사하기에 적합하다고 믿었다는 데 있다.

제1장, "**화환을 위한 투쟁**"에서는 유년기에서 1803년까지의 삶이 다루어
지고 있다. 군대 생활은 클라이스트에게 극심한 고통을 가한다. 군대는 주
인공의 "순수성과 정의감 그리고 사랑"을 희생하도록 강요한다. 사랑하는
누이, 마리 외에는 아무도 클라이스트의 고통을 이해하지 못한다. 베를린
에서 자연과학을, 쾨니히스베르크에서 철학을 공부해 보지만, 이는 아무런
도움을 주지 못한다. 또한 루소의 영향을 받고 감행한 파리 여행은 그에
게 절망감만 안겨준다. 대도시 파리는 클라이스트에게 "뻔뻔스러운 성욕
으로 가득 찬" 오욕의 장소나 다름없다.[38] 클라이스트는 괴테를 뛰어넘으
려고 극작품 창작에 몰두한다. 그러나 불멸의 작품이어야 할 「로베르 기
스카르」는 완성되지 못한다. 1803년 그는 스위스의 작가 빌란트의 정원에
잠시 기거한 뒤에 베를린으로 돌아온다. 보다 나은 세계를 만들려던 클라
이스트의 모든 노력은 무의미한 것으로, 거의 실패로 판명되었던 것이다.
클라이스트는 미완성작 「로베르 기스카르」를 불태워버린다. 그 후 영국을
공격하려는 나폴레옹 군대에 자원입대하여 장렬히 전사하려고 결심한다.
의사의 헌신적인 노력으로 그는 다시 삶에 집착하게 된다.

제2장, "**조국을 위한 투쟁**"은 1803년부터 1810년까지의 시기를 다루고
있는데, 한마디로 프랑스 주둔군에 대항하려는 클라이스트의 저항적 의지
가 주된 내용이다. 벤처는 특히 제2장에서 실제 클라이스트의 행적과 다른

38. Dora Wentscher: Heinrich von Kleist, a. a. O., S. 37; 앞으로 이 책 인용은 본문에 페
이지만 기록함.

내용을 첨가하고 있는데, 여기서 우리는 극작품의 주제 및 창작 의도를 추론할 수 있다. 1806년 프로이센의 정치적 상황이 첨예하게 변하자, 클라이스트는 쾨니히스베르크에서 임시로 얻은 관직을 박차고 베를린으로 돌아온다. 그는 장교로서 나폴레옹에 대항하는 전투에 참가하려고 한다.[39] 예나와 아우어바흐 전투에서 프로이센이 패하게 되었을 때, 그는 실망을 금치 못한다(S. 96f.). 이는 군인, 장교들의 탈영 행위 그리고 주둔군에 대한 고위 관리들의 아첨 때문이었다. 그래도 클라이스트는 직접 투쟁에 가담하며 다음과 같이 말한다, "수공업자, 농민, 대학생, 모두 가담하게 될 것이다"(S. 107). 1807년 이후로 프로이센의 상황은 클라이스트의 집안 형편과 마찬가지로 비참하게 변한다. 클라이스트가 드레스덴에서 아담 뮐러와 함께 잡지 『푀부스Phoebus』를 간행하게 된 뒤부터 그의 경제 사정은 약간 호전된다. 아담 뮐러는 극렬 보수주의자로서 은밀하게 오스트리아 왕국과 내통하고 있었지만, 두 사람은 독일 해방이라는 주요 목표에 공감하고 있었다. 드레스덴에서 작가로 어느 정도 성공을 거둔 클라이스트는 자신의 작품 「펜테질레아」를 바이마르로 보내 괴테로부터 인정받고 싶어 하였다. 이때 괴테는 바이마르에서 클라이스트의 「깨어진 항아리」의 상연을 혹평한다. 게다가 클라이스트의 약혼녀 율리 쿤체는 아담 뮐러의 친구와 다시금 약혼한다. 클라이스트는 극작품 「헤르만 전투」를 집필하며, 조국의 해방 및 "모든 시민 국가 전체 구성원들의 자유선거를 통한 세계 정부"를 희망한다(S. 158). 아스페른의 전투로 그의 꿈이 실현되는 듯했지만, 독일 군대는 바그람 근처의 전투에서 패배한다. 심리적 육체적 타격을 입은 클라이스트는 프라하 근처의 수도원에서 요양한다.

제3장, "마지막 강변으로부터"는 1810년 여름부터 1811년 자살할 때까지의 시기를 다루고 있다. 주인공은 완전히 다른 모습으로 변해 있다. "족쇄

---

39. 이는 사실과 다르다. 비록 클라이스트가 1793년에 프랑스 군대에 대항하는 원정에 참가했다고는 하나, 평생 단 한 번도 전쟁터에서 격렬하게 싸운 적은 없었다.

에 매달린 하나의 예속물. 더 이상 인류에 대해 아무것도 요구하지 않는 다"(S. 169).『베를린 석간』을 간행하면서 클라이스트는 다시금 약간의 성 공을 거두나, 아담 뮐러의 반정부적인 기사 때문에 결국 빚더미에 파묻힌 다. 아담 뮐러는 모든 책임을 클라이스트에게 떠넘기고 빈에서 안정적인 직장을 구한다. 클라이스트는 누이 마리에게 다음과 같이 토로한다. 즉, "본질적으로 윤리적인 국가를 찾기란 거의 드물다"는 것을 말하기 위해서 「홈부르크 왕자」를 집필했다는 것이다.[40] 클라이스트는 함께 목숨을 끊으 려고 하나, 마리는 이를 거부한다. "사회가 필요로 하지 않는 작가란 작가 가 아니"라고 믿는 그로서는 더 이상 살아야 할 필요성을 느끼지 못한다. 1811년 그는 베를린의 호숫가에서 헨리에테 포겔이라는 심리적으로 병든 여성과 함께 권총 자살로 생을 마감한다.

도라 벤처는 무엇보다도 비판적-사회주의적 시각에서 클라이스트를 규 명하려고 했다. 작품 속에 프랑스 혁명과 그 영향들 그리고 프랑스 군대 의 독일 주둔 등이 수차례에 걸쳐 언급되는 것은 지극히 의도적이다. 클 라이스트는 벤처에 의하면 혁명적 자유주의의 인간형을 동경하였으며, 이 를 위해서 창작의 방식을 택했다. 문학은 가족과 동시대인들로부터 비난 을 당하는 그에게 자신의 존재 가치를 증명할 수 있는 수단 바로 그것이 었다.[41] 클라이스트는 벤처의 작품 속에서 프로이센뿐 아니라, 전체로서의 인류의 안녕을 갈구하는 자로 묘사되고 있다. 물론 1804년 이전의 클라이스트는 오 로지 극작가로서의 명성만을 추구한다. 그렇지만 프로이센이 프랑스 군 의 지배를 받은 뒤에 그는 조국의 해방을 위한 민족 전쟁을 동경하고 있 다(Wentscher, S. 111). 이 전쟁의 목표는 앙시앵레짐을 복원시키는 데 있는 게 아니라, 일차적으로 "독일의 통일"에 근거하고 있다(S. 158). 그러니까

---

40. Vgl. K. Weigand: Kleist oder die falsche Basis, in: Jahrbuch zur Literatur in der DDR, Bd. 1, Bonn 1980, S. 98.
41. Siehe Theo Honnef: a. a. O., S. 87.

독일은 더 이상 봉건 군주들의 찢겨진 국가 내지는 외국 군대의 지배 하에
있을 수 없다는 것이다. 벤처는 클라이스트를 통해 다음과 같은 사실을 강
조하고 있다. 즉, (다만 희망 사항일지 모르지만) 먼 미래에는 "모든 시민 국
가 전체 구성원들의 자유선거를 통한 세계 정부"가 생겨나야 한다는 것이
다.[42]

3.2. 유타 헤커

유타 헤커Jutta Hecker(1904-1979?)의 하인리히 폰 클라이스트는 미리 말
하자면 현대 작가들이 따라야 할 모범적 범례는커녕, 오히려 어떤 광기에 사
로잡힌 주변 인물로 비치고 있다. 작가에 대한 새로운 평가도 없고, 그렇다
고 해서 문학 작품의 재해석을 작품 속에 반영하지도 않고 있다. 헤커는
구동독에서 통용되던, 클라이스트에 대한 메링과 루카치의 평가를 간접적
으로 수용한 듯하다.

헤커는 1959년에 장편소설『빌란트. 시대 속의 어느 인물의 이야기』를
바이마르에서 간행했는데,[43] 여기서 클라이스트는 다만 동료 작가인 빌란
트의 인간형을 부각시키기 위한 대척자로서 등장할 뿐이다. 유타 헤커는
부친인 막스 헤커Max Hecker에게서 소설의 착상을 얻은 듯하다. 부친은 괴
테 연구가로서 바이마르 시대부터 독문학 연구에서 탁월한 업적을 남긴

---

42. 물론 이 대목에서 우리는 작가가 오로지 제2차 세계대전 이후의 독일 상황만을 고려했
다고 단언할 수 없다. 왜냐하면 벤처의『하인리히 폰 클라이스트』는 이미 언급했듯이 거
의 30년에 걸쳐 수정되었기 때문이다. 그렇기에 혹자는 벤처의 텍스트가 어쩌면 본고의
주제인 구동독에서의 클라이스트 비판과 관련될 수 없다고 단언할지 모른다. 그렇지만 벤
처도 말한 바 있듯이 클라이스트의 인간형을 재현시키는 작업은 파시즘 이후의 현대 사
회, 특히 전후 독일 사회에 놀랄 만큼 커다란 유효성을 보여 주고 있다. 클라이스트의 애
국심, 자유로운 단일 국가를 위한 투쟁 등이 작품 속에서 강조되고 있는 까닭을 생각해 보
라. 한마디로 미래의 계급 없는 공산주의적 세계 국가, 형제애로 뭉친 단일 국가 등에 관한 주인공의
갈망 등은 벤처의 작중 의도를 그대로 대변하고 있다.
43. Jutta Hecker: Wieland. Die Geschichte eines Menschen in der Zeit, Weimar 1959.

바 있는데, 유타 헤커는 클라이스트뿐 아니라, 빙켈만Winckelmann, 실러Fr. Schiller, 에커만Eckermann, 그리고 여배우 코로나 슈뢰더 등에 관해 많은 소설을 집필하였다.

클라이스트에 관한 에피소드는 200여 페이지의 장편소설 속에 불과 10페이지 정도로 축약되어 있다. 벤처가 클라이스트의 평생의 삶을 일관적으로 추적하였다면, 유타 헤커는 그의 특정한 삶의 단면을 포착한 셈이다. 즉, 클라이스트는 1802년 말에서 1803년 초까지 빌란트의 영지인 스위스의 오스만슈테트에 머문 적이 있는데, 헤커는 이 시기의 클라이스트를 집중적으로 묘사하고 있다. 빌란트는 이때 칠순 노인으로서 문학적 명성을 누리고 있었는데, 손자뻘 되는 25살의 클라이스트를 동료 작가로서 영접했던 것이다. 이때 클라이스트는 전원 속에서 정적과 휴식을 맛보게 된다. "집 없는 자는 난생 처음으로 고향과 가족의 보살핌이 어떠한 의미를 지니고 있는지를 느끼게 된다."[44] 바로 그곳에서 클라이스트는 소포클레스, 셰익스피어를 능가해야 할 비극 작품인 「로베르 기스카르」의 집필에 몰두한다. 이때 극작가는 때로는 격정적 극한과 때로는 정적인 휴식 사이에서 방황한다.

헤커의 장편 속에서 강조되고 있는 것은 무엇보다도 **클라이스트와 빌란트 사이의 성격상의 차이점**이며, 또한 **그들의 창작 방식의 이질성**이다. 빌란트는 문학적 소재를 강인한 주관성으로 장악하며, 자신의 고유한 자유의지에 입각해서 그것을 문학적으로 형상화시킨다. 이에 반해 클라이스트는 창작시에 "마치 악령과도 같은, 자신의 등장인물에 의해 지배당하"고 있다는 것이다 (S. 185). 그럼에도 빌란트는 잠깐 그의 극작품 초고를 읽고, 극찬을 아끼지 않는다.[45] "클라이스트, 당신은 반드시 독일 문학의 빈틈을 채우게 될 것이

---

44. 같은 책, S. 181; 이어지는 인용은 본문에 페이지만 기록함.
45. 헤커의 소설은 유감스럽게도 어떠한 근거로 빌란트가 클라이스트의 작품을 칭찬했는지? 하는 물음에 관한 언급을 생략하고 있다.

오." 클라이스트는 대가인 빌란트의 칭찬에 자극을 받고 창작에 전념한다. 빌란트의 딸인 13살 나이의 루이제는 젊은 작가를 사랑하게 된다. 클라이스트는 그미의 사랑을 받아들이지만, 자신의 순수한 감정이 사랑으로 남지 않고 언젠가는 돌변하리라고 느낀다(S. 189). 지금까지 한 번도 자신에게 그렇게 많은 사랑이 주어지지 않았으며, 스스로 행복을 비껴간다는 점을 반추한 클라이스트는 돌발적으로 루이제 곁을 떠난다. 헤커의 소설 속에는 어떠한 심리적 갈등이, 어떠한 계기가 그를 떠나게 만들었는가? 하는 물음에 대한 답이 결여되어 있다. 클라이스트에 관한 모든 사항이 그럴듯한 내적 동기로서 밝혀지지 않고 있다.[46] 어찌 클라이스트의 삶이 그냥 여흥으로서의 읽을거리 혹은 "낭만주의 문학에 관한 에피소드"에 불과하겠는가?[47]

과연 클라이스트가 빌란트의 딸로부터 사랑의 고백을 받았으며, 이로 인하여 고통을 느꼈을까? 유타 헤커는 (클라이스트의 삶에서 지속적으로 드러나는) 여성들로부터의 도피 행각을 명확히 해명해 주지 못하고 있다. 말하자면 클라이스트의 삶의 단면은 문학적으로 약간 변형되고 있다. 물론 이러한 변형의 시도가 오류라는 말은 아니다. 작가라면 과거에 살았던 인물을 자신이 의도한 주제에 맞게 달리 묘사할 수도 있다. 다만 등장인물의 성격과 행위 등이 실제 존재했던 인물의 그것과 달리 묘사될 경우, 작품 변형의 이유 및 동기 등이 명시되어야 한다. 그런데도 헤커의 작품에는 이러한 변형 및 클라이스트의 작품 창작 그리고 그의 심리적 태도 등에 대한 믿을 수 있을 만한 이유나 동기 등이 생략되어 있다.

---

46. 이에 관해 호네프도 정확히 지적한 바 있다. Theo Honnef: a. a. O., S. 96.
47. Vgl. Paul Reimann: Hauptströmungen der deutschen Literatur 1750-1848, Berlin 1956, S. 464-473.

3.3. 보도 우제

사회주의 통일당의 당원이자 소설가인 보도 우제Bodo Uhse(1903-1963)
는 사망하기 1년 전에 「클라이스트와 함께Mit Kleist」라는 산문을 발표하였
다.[48] 이는 우제가 (1961년 11월 10일 베를린의 예술아카데미에서 행한) 자신의
강연문을 수정, 발표한 것이다.[49] 우제는 제2차 세계대전 당시에 멕시코에
서 망명 생활을 보낸 바 있는데, 안나 제거스와의 교우 등으로 인하여 클
라이스트에게서 심도 있는 문화유산을 발견할 수 있다고 믿었다. 한마디
로 말해, 보도 우제의 견해는 "클라이스트의 문학은 모순에 가득 찬 현상을 그
대로 보여 주기 때문에, 지금까지 그 속에 내재된 변증법적 가치가 인정받지 못했
다"라고 요약할 수 있다.

하인리히 폰 클라이스트는 보도 우제에게 한편으로는 애국심으로, 다른
한편으로는 어떤 모순적 갈등으로 가득 찬 독일 작가로 수용되고 있다. 그
런데 작품의 주제를 고려할 때, 우제는 작가 클라이스트가 설정한 이상과
실제 현실 사이의 괴리감에 관심을 집중하고 있다. 그렇기에 우제의 텍스
트는 일견 클라이스트가 처했던 19세기 초의 프로이센을 거론하고 있지만,
독자로 하여금 세계대전 이후의 동독 지역을 암시하도록 작용한다.[50]

우제의 텍스트는 이른바 클라이스트가 집필했다고 하는 가상적인 두 권
의 소설 『내 영혼의 장편』에서 출발하고 있다(Uhse 62: 112). 그러니까 (오
늘날 남아 있지 않은) 가상적 소설에서 작가가 문제로 삼은 것은 어떤 전환
의 시기에 클라이스트가 겪어야 했던 "영혼의 상처"였다. 1807년 나폴레

---

48. Bodo Uhse: Mit Kleist, in: Neue Deutsche Literatur, 10 (1962), H. 2, S. 105-114.
49. 당시는 동서독 갈등이 극에 달했으며, 구동독의 문화 정책적 관심사는 비터펠트 운동
으로 향해 있었다. 그렇기에 우제의 글은 그다지 관심을 끌지 못했다. Siehe Bodo Uhse:
Reise- und Tagebücher II, Berlin und Weimar 1981, S. 457.
50. 이렇듯 우제는 ― 구동독에서 처음으로 ― 클라이스트를 빌어 현대의 어떤 현실을 유
추하게 하였다. 그러나 우제의 작품에 묘사된 현실이 구체적으로 50년대 이후의 구동독을
암유한다고 함부로 단언할 수는 없다.

옹 군대가 프로이센과 오스트리아와 대치하고 있을 때, 클라이스트는 프랑스 주둔군에 대해 격분한다. 그때 그는 친구 달만Dahlmann과 함께 드레스덴을 떠나 오스트리아 군에 합류하려고 길을 떠난다. 말하자면 프라하의 지인知人들은 클라이스트의 정치적 열정을 간파하고, 그에게 전쟁 참여의 임무를 부여했던 것이다. 당시에 클라이스트는 『게르마니아』라는 잡지를 간행할 계획을 품고 있던 터였다. 만약 그가 전선에서 자신의 임무를 완성하면, 여러 독지가들로부터 잡지 간행 자금을 마련할 수 있었던 것이다. 친구와 함께 아스페른 전선으로 향할 때, 클라이스트는 나폴레옹 군대가 제1차 전투에서 패배했다는 소식을 접한다. 이때 그는 환호하며, 전 독일의 해방이 조만간 실현되리라고 기뻐한다. 그렇게 되면 독일은 "모든 더러운 쓰레기로부터 해방되고 정화될" 것이라고 클라이스트는 단정한다(Uhse, 62: 111).

그러나 오스트리아 군인들과 마주쳤을 때, 클라이스트와 달만은 프랑스 첩자로 몰리게 된다. 주인공은 오스트리아 군이 전쟁에서 승리하면 프로이센에게 어떠한 의미가 있는지 군인들에게 해명한다. 그러나 군인들은 클라이스트의 말을 신뢰하지 않는다. 이때 두 사람은 몹시 실망한다. 오스트리아 장교 한 사람이 다가와 프랑스어로 심문하기 시작했을 때, 클라이스트의 실망은 순간적 분노와 허망함으로 변모한다. 갑자기 클라이스트에게 전쟁이 무의미하게 비쳤던 것이다(Uhse, 62: 113). 심문하는 오스트리아 군인들은 마치 어떤 이상에 대한 클라이스트의 열정을 조금도 이해할 수 없다는 듯이, 냉담한 행동주의자처럼 행동하고 있었다. 그러니까 오스트리아 군인들은 합스부르크 왕가의 이해만을 염두에 둘 뿐, 프로이센에 대해서는 추호도 관심을 기울이지 않았다. 게다가 첫 번째 승리라고 해서 괄목할 만한 성과도 아니었다. 나중에 알게 된 사실이지만, 국경 근처의 프랑스 주둔군은 수적으로 열세였으며, 때마침 도나우 강이 홍수로 범람함으로써 많은 프랑스 군인이 익사했던 것이다.[51]

어쩌면 그다지도 주어진 현실을 곡해할 수 있단 말인가? 그렇다고 해서 보도 우제가 클라이스트를 마치 루쉰魯迅의 『아Q정전阿Q正伝』"처럼 부정적으로 묘사하지는 않았다. 오히려 그 반대이다. 작가는 기이하고 모순적인 성격과 맹목적 애국심을 중시했으며, 산문「클라이스트와 함께」에서 이를 충분히 반영했다. 작품 속에서 클라이스트는 한편으로는 자신의 광적인 이념을 애국적으로 실천하려 하고, 다른 한편으로는 현실감이 결여된 그러한 이중적 인물로 묘사되고 있다. 어쩌면 보도 우제는 클라이스트와 그의 문학에 대한 해명보다는, 사회주의 국가의 건설 문제를 주제화시켰는지 모른다. 구동독은, 제1차 세계대전의 결과로 우연히 탄생한 사회주의 문화 운동의 필연성에 의해, 역사적으로 쟁취되지 않은 위성 국가였던 것이다. 그게 아니라면, 우제가 1936년에 직접 장교로 참전한 바 있는 스페인 내전 당시의 상황을 은근히 암시하려 했는지 모른다.

3.4. 헬무트 T. 하인리히

헬무트 T. 하인리히Helmut T. Heinrich(1933-)의 경우, 클라이스트는 개인적 갈망과 현실적 성취 사이에서 좌절하는 (사회주의적) 작가의 모습을 드러낸다. 71년에 발표된 산문「마리 폰 클라이스트에게」는 1인칭 서간체 산문이다. 작품은 클라이스트가 1811년 권총 자살하기 직전에 누이동생 마리에게 보내는 편지 형식으로 이루어져 있다.[52] 비록 부분적으로 어색한 대목이 발견되기는 하지만, 하인리히는 고전적 문헌을 정확히 인용하면서, (가상적이기는 하나) 명징한 클라이스트의 마지막 심경을 성공적으로 투영시키고 있다.[53] 클라이스트는 자살을 자신이 택할 수 있는 마지막 해결책

---

51. 그러나 나중에 오스트리아 군은 프랑스 군에게 참패하게 된다.
52. Helmut T. Heinrich: An Marie von Kleist, in: ders., Hölderlin auf dem Wege von Bordeaux, Berlin u. Weimar 1971, S. 55-74.
53. 가령 프랑스에 적대적인 주인공의 다음과 같은 발언은 죽음에 임박한 자신의 심경을

으로 여긴다. 이때 삶의 종말을 감지하게 되며, 그는 자신의 모든 갈등을 잊은 채 자유로움을 느낀다. 주인공은 동생 마리에게 다음과 같은 독백을 남긴다. "지금까지 나는 한 번도 부족함 없이 행했던 노력에도 불구하고, 사람들에게 전혀 도움이 되지 못했어"(Heinrich, 71: 67).

그러니까 헬무트 T. 하인리히는 클라이스트가 개인적이고 심리적인 문제로 인해 비극적 최후를 맞게 되었다고 설명하지 않는다. (더욱이 우리는 주인공의 어투에서 전혀 광인의 특징을 느낄 수 없다. 오히려 그 반대이다.) 클라이스트는 여러 가지 탁월한 능력을 지니고 있음에도 불구하고, 오랫동안 그것을 유용하게 실천할 수 없었던 것이다. 산문의 핵심은 다음과 같은 사항에 있다. 즉, 클라이스트가 자신의 능력을 유용하게 발휘할 수 없도록 만든 것은 무엇보다도 성숙되지 않은 세상이요, 자신을 조금도 인정해 주지 않은 동시대인들 때문이었다.[54] 특히 여기서 하인리히가 강조하는 것은 이른바 클라이스트의 인성에 하자가 있는 게 아니라, "더러운 세상"에 하자가 있다는 사실이다(Heinrich 71: 68). 이에 비하면 보도 우제는 개인과 사회 사이에 존재하는, 어떤 해결할 수 없는 모순 자체를 중시하지 않았던가?

클라이스트는 자기 자신의 삶을 편견과 인습에 대항하는 지속적 투쟁으로 파악하였다. 가족들은 그에게 귀족계급에 상응하는 경력을 쌓도록 은근히 요구하였다. 그러나 처음부터 클라이스트가 가족의 요구를 무시한 것은 아니었다. 그러나 그는 장교로서, 작가로서, 그리고 학자로서도 자신의 재능을 발휘하지 못한다. 결국 클라이스트는 주어진 관습, 도덕, 그리고 법으로부터 도피한다. 그의 삶은 "화염 아니면 재"이길 바랐으며, 평범

고려할 때 커다란 설득력을 지니지 못하고 있다. "프랑스의 시체가 막강한 라인 강에 거대한 댐을 형성한다면! 만약 우리가 성스러운 양심의 의무에 따라 조국에 봉사할 수 있다면!"(Heinrich, 71: 67f).

54. "내 감정이 그걸 할 수 있다고 내게 말했기 때문에, 감정이 요청하는 바를 행했어. 이러한 감정은 나를 한 번도 속이지 않았지. 나를 속인 것은 오히려 세상이야. 세상은 나로 하여금 감정이 요청하는 바를 행하지 못하게 가로막았어"(Heinrich 71: 70f.).

하고도 "어정쩡한 불꽃"이기를 거부했던 것이다(Heinrich, 71: 71). 그는 스위스에 은거하면서, 실제로 농부처럼 살아가려고 결심하기도 한다. 편안한 스위스 땅에서 한가롭게 집이나 짓고 살 수 없을 정도로, 강 건너의 찬란한 삶이 그를 유혹하였다. 아닌 게 아니라 클라이스트는 타인으로부터 "기이한 자" 혹은 "이방인"으로 취급당하는 것을 싫어했으며, 혁명에 몸을 바침으로써 무언가 의미를 찾으려 했다. 클라이스트는 죽음 앞에서 호소한다. "사랑하는 마리 (…) 행위에 대한 열망이라는 거대한 짐을 질질 끌고 다니다가, 결국 그 때문에, 행동할 수 없기 때문에 숨 막혀 죽는 그러한 인간을 생각해 봐!"(Heinrich 71: 70). 가령 어떤 이념에 몰두하거나, 자신의 존재를 잃을 정도로 누군가를 사랑할 때, 혹은 아무 생각 없이 어떤 거대한 선을 행할 수 있을 때, 그는 바로 그 순간에 한해서만 "스스로 살아 있다"는 느낌을 받았다고 한다(Heinrich 71: 61ff.). 그러나 주어진 삶의 환경이 "어떤 끓어오르는 의미의 성취"를 가로막으면서 방해하고 있기 때문에, 클라이스트는 죽음 속에서 그것을 찾으려고 한다. 죽음 앞에서 그는 "모든 완전성"을 느꼈고, "완전한 창조 및 완전한 사랑의 순간은 바로 그러한 완전성을 허용하고 있다"고 믿게 된다(Heinrich 71: 73).

　작품 내의 클라이스트는 결코 맹목적으로 죽음을 동경하지는 않는다. 그렇기에 그는 하인리히에 의하면 현실 도피적이고 과거지향적인 낭만주의 작가들과는 처음부터 세계관을 달리했다. 가령 그는 죽은 뒤에도 계속 살아남아서, 어떤 조화로운 전체성을 지닌 세계를 고찰하리라고 말한다. "어떤 것도 헛되지 않았어. (…) 내 삶의 파편들 또한 조화로운 어떤 거대한 전체성 속에서 빛을 발할 것이야"(Heinrich, 71: 72). 따라서 주인공은 스스로를 "미래의 보이지 않는 군대"의 첨병이라고 여기며, "보다 행복한 넓은 길을 닦"는 데 조금이라도 흔적을 남기고 싶다고 말한다.[55] 그러니까 클

---

55. 클라이스트의 이러한 마지막 외침은 낭만주의자들의 그것과는 확연한 차이를 지니고 있다. Siehe Lothar Köhn: Preußen und die Schriftsteller in der Literaturwissenschaft

라이스트는 하인리히에 의하면 한편으로는 더 나은 시대의 선구자 역할을 담당한 역사적 인물이요, 다른 한편으로는 "희미한 열정 없는 시대"에 좌절하고 만 불행한 작가에 다름없다(Heinrich, 71: 59).

4. 1970년대 이후 구동독의 클라이스트 상

클라이스트는 70년대 이후의 구동독 작가에게 주로 체제 비판적 태도를 드러내는 지식인 상으로 부각되었다. 따라서 작가들의 클라이스트의 상 속에는 주체 유토피아에 관한 작가들의 (개별적으로 편차를 지닌) 입장이 내재해 있다.

4.1. 귄터 쿠네르트

쿠네르트가 고찰한 클라이스트는 체제비판의 지식인으로서, 억압당하고 살아가는 불행한 현대 작가를 대변하고 있다. 다시 말해, 클라이스트는 적어도 쿠네르트에게는 마치 카프카Kafka와 같은 작가로서, 전체주의 사회에서 희생되는 비극적 작가의 전형이다.

1975년 문학사가이자 문예 이론가인 페터 골다머P. Goldammer는 『독일 작가가 판단한 하인리히 폰 클라이스트』라는 제목의 책 출간 계획을 세웠다.[56] 그리하여 그는 여러 작가들에게 클라이스트에 관한 글을 보내 달라고 청탁하였다. 귄터 쿠네르트Günter Kunert(1929-) 역시 청탁 원고를 집필

---

der DDR, in: Jahrbuch zur Literatur in der DDR, Bd. 2, Bonn 1981/82, S. 199-225, Hier S. 222f.

56. P. Goldammer: Schriftsteller über Kleist. Eine Dokumentation, Berlin u. Weimar 1976.

하였다. 쿠네르트의 원고 「K를 위한 팸플릿」이 도착했을 때, 골다머는 그
것을 즉시 저자에게 우편으로 돌려보냈다. 쿠네르트는 자신의 원고에서
다음과 같이 기술하였다. "우리의 고전 작가들은 그들의 명예, 그들의 먼
지 등의 잔여물에 불과하다. 그들의 운명이 우리의 그것과 비슷하며, 그들
의 작품 역시 (과거의 형식 속에 감추어진 채) 아직도 독성을 내포하고 있는
한, 더욱 그러하다."[57] 쿠네르트의 표현에 의하면, 예술가는 구제할 수 없
는 세상을 진단하기 위해서는 우선 스스로 병들어야 한다는 것이다. 골다
머는 고전 작가의 문학 작품을 작위적으로 새롭게 변화시키거나 원래 의
도와는 전혀 다르게 해석하는 것을 부당하다고 여겼다. 그렇기에 그는 쿠
네르트의 원고를 채택하지 않았다. 골다머는 책의 서문에서 클라이스트의
괴테와의 관계 및 괴테의 문학적 입장에 대한 자신의 기본적 견해를 피력
하였다.[58] 이에 대해 쿠네르트는 즉시 「팸플릿에 관한 필연적 발문」을 써
서 잡지 『의미와 형식』에 발표하는 한편, 방송극 「어떤 다른 K.」를 집필하
여 1977년 서독의 레클람 출판사에서 간행하였다.

「팸플릿에 관한 필연적 발문」에서 쿠네르트는 편집자인 골다머의 태도
를 — 하인리히 만의 작품에 나오는 주인공인 — "운라트 교수Prof. Unrat"
의 그것으로 비유하였다. 왜냐하면 골다머는 (마치 운라트처럼) 전해 내려
오는 작품들 가운데에서 방해되거나 모순적인 예외적 요소를 철저히 배제
시키고, 독일 문학의 하나의 발전 노선을 극으로 설정하기 때문이라고 한
다. 다시 말해, 골다머는 쿠네르트의 견해에 의하면 시민주의의 재능 문화
를 가꾸면서, 가령 괴테와 같은 고전 작가의 유산을 신격화시키고 있는데,
이에 대한 비판은 허용하지 않는다는 것이다. 쿠네르트는 구동독에서 유
효하던 고전적 문화유산을 전적으로 비난할 생각은 추호도 없었다고 한

57. G. Kunert: Pamphlet für K., in: Sinn und Form, 27. Jg. (1975), H. 5, S. 1094.
58. 골다머의 서문은 나중에 다시금 잡지에 게재되었다. Siehe WB. 9/1977, S. 27-44; P.
Goldammer: Der Mythos um Heinrich von Kleist, in: Sinn u. Form, 28 Jg. (1976), H. 1,
S. 198-201.

다. 그는 다만 클라이스트에 관한 다양한 해석이 가능하도록 노력했을 뿐
이라는 것이다(Kunert 75: 1096).

한편, 페터 골다머는 구동독에서의 클라이스트 연구는 마르크스주의 문
학 연구에서 "절실히 필요로 하는 결본欠本"임을 인정하였다. 그렇지만 쿠
네르트는 골다머에 의하면 고전적 문화유산을 문제시하는 게 아니라, 클
라이스트의 "병들고 구제할 수 없는 땅"을 거론하면서 은근히 국가를 비
방하고 있다는 것이다.

그 밖에 「또 다른 K.」에서 쿠네르트는 클라이스트에 관한 자신의 견해
를 다시금 명확히 했다. 주인공 그롤하머는 죽은 작가 K.의 광증 여부를
조사하라는 부탁을 수행하는 탐정인데, 조사하는 과정에서 자신의 작업
이 거의 무의미하다는 사실을 서서히 깨닫게 된다. 이는 급기야 자신의 존
재 가치에 대해 회의하게 만들었고, 결국 그롤하머는 음독자살하게 된다.
말하자면 K의 광증에 대한 조사 작업이 그를 죽음으로 몰아갔던 것이다.[59]
쿠네르트는 탐정의 이름을 "그롤하머Grollhammer"라고 명명했는데, 이는
"골다머Goldammer"를 연상시킨다. "그롤하머"란 독일어로 "사악한 망치"
라는 뜻이다. 그러니까 방송극은 골다머와 같은 평론가들이 이른바 체제
비판적인 작가들을 검열관의 망치로 두들겨 잡고 있다는 내용을 암시하고
있다.[60] K가 미쳤는가? 그렇지 않으면 정치적 희생양인가? 하는 물음은 극
작품의 맨 마지막 부분에 암시된 대로 K의 광증에 대한 증거로서 채택될
수 없다. 그러니까 과거에 무언가 필연적으로 존재했다는 어떤 잘못된 가
설이 쿠네르트에 의하면 오히려 사람들을 파멸로 몰아갈 수도 있다는 것
이다. 왜냐하면 그것은 조사자의 잘못된 선입견에 바탕을 두고 있기 때문
이다.[61]

---

59. Siehe H. Küntzel: Der andere Kleist, Wirkungsgeschichte und Wiederkehr in der
DDR, in: Jahrbuch zur Literatur in der DDR, Bd. 1, Bonn 1980, S. 128ff.
60. 쿠네르트의 방송극에 관해서는 필자의 『동독 문학 연구』(개정 증보판) 제13장 217-
218쪽을 참고하라.

쿠네르트에 대한 문화 관료들의 비판은 이것으로 그치지 않았다. 쿠네르트가 1979년에 『의미와 형식』지에 발표하려던 논문 「안테우스」가 다시금 구설수에 오른다. 쿠네르트는 여기서 그리스의 시인 야니스 리트조스 J. Ritsos에 관해 글을 썼는데, 편집자는 필자에게 "대칭적으로"라는 글자 하나를 삭제하도록 요구하였다. 문제의 발단이 된 문장은 다음과 같다. "작위적이고도 아무런 제한 없는 우리 대화의 중심 테마는 — 이야기가 겉돌다가도 언제나 다시금 되돌아오곤 했는데 — 현대 산업사회와 그 끔찍한 결과였다. 이는 당시에 대칭적으로 드러나기 시작하지 않았던가?"[62] "대칭적으로Symmetrisch"라는 표현은 "제1세계와 제2세계를 구분할 것 없이"라는 뜻을 내포하고 있는데, 편집자는 이를 구체적으로 **구동독의 과학기술 발전에 대한 비판**으로 민감하게 받아들였던 것이다. 쿠네르트는 원고 수정을 거부하였다. 그 후 그의 글은 아무런 수정을 거치지 않은 채 발표되었다. 몇 달 후에 쿠네르트와 기르누스 사이의 편지가 잡지에 실렸는데, 여기서 기르누스는 쿠네르트의 태도를 "중세 반개화론자의 발상"이라고 신랄하게 비난하였다.[63]

서독으로 이주하기 전에 쿠네르트는 베를린의 예술아카데미에서 "하인리히 폰 클라이스트 — 하나의 모델"이라는 제목으로 강연했는데, 여기서 그는 클라이스트에 관한 자신의 굽힐 수 없는 기본 입장을 피력하였다. 이 강연은 주어진 이데올로기의 제반 장애물들을 완전히 파기하기 위한 것이

61. 베르너 프로이스는 「또 다른 K는 없다」에서 쿠네르트의 창작 의도를 비난하고 있다. 쿠네르트가 지적한 것은 잘못된 가설에 국한되는 것으로서, 극히 일부에 해당하는 것이라고 한다. 그렇다면 언급되지 않은 올바른 가설은 어떻게 설명할 수 있는가? 하고 프로이스는 묻는다. 이와 관련하여 프로이스는 괴테의 예술관에 긍정적 의미를 부여하고 있다. Siehe W. Preuß: Kein anderer K., in: Kürbiskern 1981, H. 1, S. 87-94.
62. G. Kunert: Antäus, und Briefwechsel Kunerts und den Herausgebern, in: Sinn und Form, 31 Jg. 1979, H. 2, S. 403-411, Hier S. 409.
63. Anläßlich Ritsos, ein Briefwechsel zwischen G. Kunert und W. Girnus, in: Sinn und Form, a. a. O., H. 4, S. 850-864. 이후 쿠네르트는 구동독을 떠나게 된다.

었다. 또한 쿠네르트는 과거의 어떤 거짓된 철칙이 어떻게 우리로 하여금 한 가지 잘못된 사실을 맹신하게 만드는가를 세밀하게 지적하였다. 만약 반복되는 역사가 현대인에게 얼마나 억압을 강요하고 있는가를 알게 된다면, 우리는 이데올로기의 감추어진 조작을 끝내 (부끄러운 마음으로) 인지하게 되리라는 것이다. 그렇게 되면 우리는 역사적 반복을 강요하는 질곡으로부터 해방될, 마지막 (작은) 기회를 획득하게 될 것이라고 한다.[64]

4.2. 크리스타 볼프

크리스타 볼프Christa Wolf(1929-)에게 클라이스트는 남성 중심 사회의 고통을 자신의 것으로 간주함으로써 개인적 불행을 자초한 작가의 전형이다. 그러나 그미의 클라이스트 상은 귄터 쿠네르트의 그것과는 약간의 차이를 지니고 있다. 쿠네르트의 경우, 클라이스트는 잘못된(?) 사회적 규범에 대항하며 개인적·사적 규범을 우선시하는 자인 반면, 볼프의 경우, 소외의 한복판에서 사회와 개인 사이의 균열을 극복하려다가 좌절한 자이다. 볼프의 시대 비판은 행과 행 사이에 축약되어 있다는 점에서 하이너 뮐러가 다룬 클라이스트와 유사하다.[65] 다시 말해, 클라이스트는 볼프의 문학 작품에서 체제 비판적 지식인의 면모를 명시적으로 보여 주지는 않는다. 다만 우리는 이를 간접적으로 유추할 수 있을 뿐이다.

볼프가 예술 산문인 『어디에서도 찾을 수 없는 곳』을 집필하게 된 계기는 볼프 비어만 사건의 충격 때문이었다. 볼프는 11명의 동료들과 함께 비어만 추방령을 철회하라는 공개적 서한을 당국에 보냈다. 그러나 이러한

---

64. 쿠네르트의 이 강연문은 서독에서 간행된 다음의 문헌에 실리게 된다. G. Kunert: Diesseits des Erinnerns, München 1985, S. 36-62.
65. 하이너 뮐러는 「군들링」에서 클라이스트를 "군국주의적 폭력의 희생양"으로, 「보이체크의 상처」에서 그를 "독일 문학에서 버려진 아이"로 묘사하고 있다. H. Müller: Leben Gundlings Friedrich von Preußen Lessings Schlaf Traum Schrei, Berlin 1977, S. 165.

시도는 실패로 돌아가고 말았다.[66] 당시 그미는 예술가의 미약하기 이를 데 없는 사회적 영향력이 어디서 기인하는가? 하는 문제를 역사적으로 점검할 필요성을 느끼게 되었다.

과연 언제부터 인간은 권력과 금력의 이데올로기로 인하여 노동으로부터, 주위 인간들로부터 소외되어 왔는가? 크리스타 볼프는 그 시점이 19세기 초라고 믿고 있다. 산업혁명 이래로 분업화가 이루어지고, 오성 중심주의적 사고는 이윤 추구의 사고 내지 실증주의를 창출하게 되었다. 이로 인하여 비판적 지식인은 사회적으로 쓸모없는 자로, 말하자면 국외자로 전락하게 되었다는 것이다.[67] 이러한 입장은 ― 나중에 볼프가 「펜테질레아」 논문에서 설명하고 있는데 ― 정신사적 측면과 평행을 이루고 있다. 가령 독일 계몽주의와 고전주의는 ― 볼프의 견해에 의하면 ― "조화로움"을 필요로 하고 있었다. 고대 그리스 사람들이 누리던 전인적 삶의 조화로움을 다시금 추구하다보니, 계몽주의자 내지 고전주의자들은 이른바 조화롭지 못한 것을 무시하거나 배격했다고 한다. 이로써 사장된 것은 "야만적인 것, 지옥 내지는 지하에 해당하는 것, 그리고 여성적인 것" 등이었다.[68] 그리하여 인간 동물의 "원래적 특성, 자연스러움, 진실성, 그리고 친밀성" 역시 자취를 감추게 되었다.[69] 클라이스트는 처음에는 아무것도 모르고 창작에 임하다가, 바로 이러한 문제점과 마주치게 되었다는 것이다.

일단 『어디에서도 찾을 수 없는 곳』을 살펴보도록 하자. 창작 시에 볼프

---

66. Chr. Wolf: Kultur ist, was gelebt wird, in: (hrsg.) K. Sauer, Materialienbuch, 3. Aufl., Darmstadt 1983, S. 67.
67. 따라서 산업화를 통한 인간 소외의 문제는 에른스트 피셔의 『낭만주의의 기원과 본질 Ursprung und Wesen der Romantik』에서 제기된 바 있는데, 볼프 역시 이 문헌을 숙지하고 있었다.
68. Chr. Wolf: Kleists Penthesilea, Berlin (Der Morgen) 1983, S. 157-167; auch in: Text + Kritik, 3 erweiterte Aufl., München 1985.
69. Chr. Wolf: Der Schatten eines Traums, in: dies., Lesen und Schreiben, Darmstadt 1980, S. 236.

에게 커다란 영향을 가져다준 두 편의 문헌은 바로 안나 제거스가 루카치와 교환한 편지와, 제거스의 단편 소설 「여행 중의 만남」이었다. 가령 제거스의 단편소설 「여행 중의 만남」에는 세 명의 작가[고골Gogol, 카프카F. Kafka, 그리고 릴케R. M. Rilke]가 프라하에서 우연히 만나, 궁핍한 시대와 작가적 불행 및 바람 등에 관한 대화를 나눈다. 크리스타 볼프가 1805년 마인츠 근처에서 클라이스트와 귄더로데의 가상적 만남을 시도한 것도 제거스의 영향이라고 할 수 있다.[70]

예술 산문 『어디에서도 찾을 수 없는 곳』에서 볼프는 클라이스트를 불행한 작가로 묘사한다. 클라이스트는 1805년 마인츠 근처의 다과회 모임에서 여러 사람들을 만난다. 이전에 그는 루소의 흔적을 찾기 위하여 파리로 갔으나, 그곳의 변화된 현실에 실망한다. 차라리 모든 것을 포기하고 나폴레옹 전함에 탑승하여 장렬히 전사하려 하나, 프로이센의 첩자로 체포되어 본국으로 이송된다. 이때 클라이스트는 착란 증세를 일으키며 쓰러진다. 의사 베데킨트의 도움으로 요양 중이던 그는 다과회 모임에서 체제 순응적인 태도를 취하는 사람들에 의해 "검은 양"으로 취급당한다.[71] 작품 내에서 클라이스트는 프로이센 내의 혁명 내지는 개혁에 동조하고, 자연과학의 일방통행 방식의 발전에 회의하는 반면에, 대부분의 사람들은 사회 변화에 대해 냉소적 태도를 취하고, 과학 발전 및 찬란한 미래를 맹신하고 있었던 것이다. 이때 클라이스트는 귄더로데와의 산책을 통해서 자신의 절필 이유를 깨닫고 절망 상태에서 벗어난다. 말하자면, 귄더로데는 「로베르트 귀스카르」가 미완성으로 끝날 수밖에 없는 까닭이 극작가의 무능력 때문이 아니라, 시대정신의 한계성에 있다는 것을 알려준다.

크리스타 볼프는 나중에 발표한 산문 「클라이스트의 펜테질레아」에서 자신의 클라이스트 상을 명확히 개진하였다. 클라이스트는 볼프의 견해

---

70. 박설호: 떠난 꿈, 남은 글, 동독 문학 연구 2, 앞의 책, 214-217쪽.
71. Chr. Wolf: Kein Ort. Nirgends, Darmstadt 1983, S. 69, 75.

에 의하면 어떤 나은 삶에 대한 현실적 가능성을 찾으려고 몸부림쳤다. 심지어 그는 오늘날 문화사적으로 자라나고 정착된 모든 터부Tabu를 완전히 파괴시켰다. 이로써 그의 작품에는 모든 비밀스러운 것, 악령, 그리고 지옥과 관계되는 모든 것들이 드러나게 되었다. 그리하여 남성적인 강령과 이로써 등장하는 제반 윤리적 강령에 대항하여 클라이스트는 감추어진 사악한 모순을 그대로 파헤쳤다는 것이다. 실제로 이 세상을 지배하는 남자들은 여성적인 것을 억압하면서, 이를 광적인 악으로 표현하였다고 한다. 그 배후에는 여성적인 것들에 대한 지배자의 말 못할 두려움이 교묘히 작용하고 있었다.[72] 클라이스트는 이를 정확히 간파한 뒤 문학적으로 훌륭하게 형상화했다. 격정적이고도 축약된 행 속에서 출현한 것은 볼프에 의하면 어떤 마음속 광기의 사슬이 풀리는 데 대한 일종의 두려움이었다고 한다. 이는 수천 년 동안 지배해 온 남성 문화 이후에 개벽하는 여성 문화로서, 클라이스트의 눈에는 광기의 유형과 같아 보였다는 것이다.

클라이스트는 크리스타 볼프에 의하면 처음에는 재능 없는 여자를 차지하기 위하여, 다시 말해 자신의 사적이고 성적인 욕망을 충족시키기 위하여 자신의 재능을 원용한 작가였다(Chr. Wolf 83: 164). 실제로 그는 오랫동안 사랑의 필요성을 고통스럽게 느꼈다. 이러한 고통은 사랑받지 못한다는 사실로 인한 게 아니라, 사랑할 수 없다는 데에서 나온 고통이었다. (산문 『어디에서도 찾을 수 없는 곳』에서도 드러나지만, 클라이스트의 나폴레옹에 대한 증오심은 사랑의 실망으로 인한 심리적 반작용이다.) 나중에야 클라이스트는 당시 분업을 형성 중이던 남성 중심적 사회를 예리하게 꿰뚫어 보았고, 이로 인한 소외의 첫 번째 단계를 정확히 깨달았다고 한다. 그는 자신의 삶이 이러한 소외 현상의 한복판에 위치하고 있음을 절감하고, 오로지 집필을 통해서 자신의 처지를 벗어나려고 애썼던 것이다. 그러니까 클라이스

---

72. Chr. Wolf/G. Wolf: Ins Ungebundene gehet eine Sehnsucht. Gesprächraum Romantik. Prosa, Essays. Berlin und Weimar 1985, S. 206f.

트에게는 창작 행위야말로 마지막 구원의 지평인 셈이었다. 불행한 극작
가는 남성 중심적 사회에서 나타나는 극한 상황의 소외를 정확히 표현할
수 있었으나, 그러한 소외로 인해 스스로 희생될 수밖에 없었다(Chr. u. G.
Wolf, 85: 207f.).

4.3. 클라우스 슐레징거

클라우스 슐레징거Klaus Schlesinger(1937-2001)는 클라이스트를 한편으로
는 전체주의적 권력에 억압당한 개인으로, 다른 한편으로는 세계의 비밀을 어렴
풋이 직관한 무지몽매한 행동주의자로 파악하고 있다. 슐레징거의 경우, 클라
이스트는 스스로 억압 구조에서 벗어나려고 발버둥치지만, 헝클린 세상의
실타래를 스스로 풀기는커녕 완전히 파악하지도 못한다. 이로써 우리는
슐레징거의 클라이스트에서 카프카의 문학적 주제를 유추할 수 있다. 말
하자면, 작품 내의 주인공들이 어째서 비극을 맞이하는지, 어떤 근거로 파
국이 출현하는지? 등의 물음은 카프카와 슐레징거의 작품에서 밝혀지지
않고 있다.

슐레징거는 처음에는 하인리히 폰 클라이스트에 관해 아무것도 쓰지 않
으려고 했다. 왜냐하면 그는 클라이스트에 관해 쓴다는 것 자체가 (국가) 권
력에 억압당하는 한 명의 작가를 부각시키는 행위임을 잘 알고 있었기 때문이
다.[73] 그렇지만 볼프 비어만 사건 이후에 슐레징거는 두 편의 단편을 발표
하였다.

슐레징거의 짤막한 산문 「클라이스트에 관한 필름에 대한 보고서」는 두
개의 단락으로 나뉘어져 있다.[74] 그 하나는 클라이스트가 자살하던 해인

---

73. 그렇기에 슐레징거의 텍스트에는 소련 위성 국가들 그리고 구동독 등과의 관련성은 철
저하게 배제되어 있다.

74. K. Schlesinger: Aus dem Exposé zu einem Film über Kleist, in: Litfass, 2 (1977), H.
8, S. 18-22. 이 산문은 문학 작품과 비문학 작품의 경계선상에 위치하고 있다.

1811년의 정치적 상황에 관한 추상적 설명이요, 다른 하나는 클라이스트와 그의 가족 그리고 권력자들의 가상적 모임 장면이다. 슐레징거는 1811년의 상황이 구체적으로 어떤 것인지를 밝히지 않고 있다. 필름의 내용은 펠겐트로이라는 어떤 남자가 클라이스트라는 어떤 남자를 가장 비참한 삶의 벼랑으로 내몰아간다는 막연한 범죄 이야기이다. 이로써 우리는 귄터 쿠네르트의 「또 다른 K.」와의 유사성을 발견할 수 있다. 이어서 슐레징거는 하나의 가상적인 장면을 다룬다. (클라이스트가 실제로 함께 권총 자살한) 헨리에테 포겔, 빌헬르미네를 포함한 클라이스트의 가족, 프로이센의 왕, 황태자, 그리고 하르덴베르크 수상이 함께 등장한다. 가족들은 함께 카드놀이를 하자고 요구하는데, 클라이스트는 "트럼프가 무언지 모를 경우, 나는 카드놀이를 할 수 없어" 하고 대답한다. 이때 클라이스트의 동생 레오폴트 클라이스트는 다음과 같이 대꾸한다. "트럼프가 무엇인지를 오늘날 과연 누가 알겠니? 그게 바로 놀이야"(Schlesinger 77: 22). 등장인물들이 모두 카드놀이에 열중하고 있을 때, 오직 클라이스트만이 어떤 알 수 없는 음모에 연루되어 심하게 충격을 받고 있다. 다른 사람들은 마스크를 쓰고 춤을 출 뿐이다. 클라이스트가 그들에게 다가가려고 하나, 사람들은 그를 이해하지 못하거나 거부한다.

클라이스트와 같은 불행하고 무지몽매한 인간형은 슐레징거의 『베를린의 꿈』에 실린 첫 번째 단편에서 그대로 드러나고 있다.[75] 우리는 독서 시에 단편적인 언어 표현, 내용의 혼란스러움 등을 접할 수 있는데, 이는 작가가 의도적으로 클라이스트의 보고서와 같은 문체를 답습했기 때문이다. 「에어빈 라홀의 분열」에서, 주인공 에어빈 라홀은 구동독의 고위 관료이다. 에어빈은 마치 카프카의 『심판Der Prozess』에 등장하는 요젭 K처럼 어느 날 악몽을 꾸듯이 법정의 피고석에 서게 된다. 그리하여 지금까지 자

---

75. K. Schlesinger: Die Spaltung des Erwin Racholl, in: ders., Berliner Traum. Fünf Geschichten, Rostock 1977, S. 5-103.

신의 공적·사적 삶이 재판 과정에서 낱낱이 백일하에 드러난다. 말하자면 재판장은 에어빈의 지금까지의 행적 속에 은폐된 잘못과 사악함을 들추어내려고 애쓴다. 이 과정에서 지난 30년간 수많은 갈등을 이어온 도시, 베를린의 역사가 비판적으로 재구성된다. 그렇다면 에어빈은 어떠한 죄를 범했는가, 그렇지 않는가? 이에 대한 대답은 "야인(ja + nein)"으로 요약된다. 그러니까 에어빈은 뚜렷한 범법 행위를 범하지 않았지만, 재판 과정 속에서 인성적 하자가 드러난다. 그것은 한마디로 자기동일성의 파괴라고 말할 수 있다. 에어빈의 자아가 이처럼 균열되고 파괴되어 있는 까닭은 수많은 갈등을 안고 있던 주위 여건에 근거한다. 에어빈은 변화불측한 도시에서 살아남기 위하여 기능주의적으로, 기회주의적으로 처신해 왔다. 그리하여 자기 삶의 중요한 목표를 마냥 잊으려 했고, 당면한 사회적 변화에 그저 순응하려고 애썼다. 재판장이 라홀의 실제 상황을 '구제할 수 없는 것'으로 간주하자, 라홀은 겉으로는 재판장을 공격하려 하나, 속으로는 자신의 무기력에 절망감을 느낀다(Die Spaltung. 77: 99). 결국 재판장은 피고를 무죄로 석방하나, 에어빈은 자기 자신을 비판적으로 대하며, 자기 삶의 의미를 회의하게 된다.[76] 재판장은 어떠한 이유로 에어빈 라홀을 석방했을까? 그 이유는 간단하다. 사람들은 능수능란하게 맡은 바 책무를 잘 수행하는 기능적 인간 에어빈을 계속 필요로 했기 때문이다.

4.4. 슈테판 쉬츠

지금까지의 작가들이 주로 하인리히 폰 클라이스트라는 인물을 중심으로 창작한 데 비하면, 구동독의 몇몇 작가들은 클라이스트의 노벨레

---

76. 이 점은 쿠네르트의 「또 다른 K.」와 흡사하다. 슐레징거도 골다머 교수로부터 『독일 작가가 판단한 하인리히 폰 클라이스트』의 간행을 위한 원고 청탁서를 받았으나, 이에 관한 원고를 쓰지도 송부하지도 않았다.

인 「미하엘 콜하스」를 직접 문학적으로 재구성하였다. [이 작품을 제외하면, 클라이스트의 작품이 직접적으로 반영된 동독 문학은 찾기 어렵다.] 우리는 슈테판 쉬츠Stefan Schütz(1944-)의 극작품 「콜하스」와 크리스토프 하인Chr. Hein(1944-)의 「새로운 (더 행복한) 콜하스」를 들 수 있다.[77]

하이너 뮐러의 제자인 쉬츠는 1976년에 클라이스트에 관한 극작품 「콜하스」를 발표했다.[78] 클라이스트의 노벨레 「미하엘 콜하스」에서 주인공은 튀링엔 지역의 말(馬) 장수인데, 1532년 두 마리의 말을 도둑맞는다. 콜하스는 이를 되찾으려고 백방으로 애쓰다, 급기야 현실 개혁을 위한 전쟁에 가담하게 된다. 주인공은 끝내 잘 자란 검은 말 두 필을 되찾게 되지만, 체포 후에 사형당해 죽는다. 그러나 콜하스의 아들들은 브란덴부르크 선제후에 의해서 기사로 임명된다.[79] 쉬츠는 클라이스트의 이야기에다 카프카적인 비밀스러움이라든가 신비로움 등을 첨가하지는 않았다. 오히려 그 반대이다. 작가는 역사의 본질적 모순을 날카롭게 포착하려는 클라이스트의 의도에 초점을 맞추고 있다. 이로써 쉬츠의 극작품은 역사철학적으로 미래를 진단하는 모델극으로 기능한다.

쉬츠는 미하엘 콜하스의 투쟁의 배경으로 **독일 농민전쟁**을 원용한다. [이러한 설정은 그 자체 역사적으로 허구가 아니다. 실제로 독일 농민전쟁은 1525년에 토마스 뮌처의 처형으로 끝난 듯했으나, 나중에 재세례파의 급진주의자들에 의해

---

77. 하인의 단편은 클라이스트의 작품 내용을 그대로 반영하지는 않는다. 주인공 K.는 국영기업 "인민 소유 경영"의 경리 사원인데, 보상금이 잘못 분배된 것을 나중에 알아차린다. K.는 이를 시정하려고 애쓰다가 결국 승리를 구가하나, 스스로 많은 대가를 지불해야 했다. 정의를 위해 애쓰면 애쓸수록 사람들은 구동독에서 편안하고 안정된 삶을 저버려야 한다는 점을 드러내는 작품이다. Chr. Hein: Der neuere (glücklichere) Kohlhaas. Bericht über einen Rechtshandel aus dem Jahr 1972/1973, in: ders., Einladung zum Lever Bourgeois, Berlin u. Weimar 1980, S. 82-103.
78. St. Schütz: Kohlhaas. Nach Kleist, in: ders., Odysseus' Heimkehr. Fabrik im Walde. Kohlhaas, Heloisa und Abelard. Mit einem Nachwort von Elli Jäger, Berlin 1977.
79. 「미하엘 콜하스」의 일부 원고는 1808년 클라이스트가 아담 뮐러와 함께 간행했던 잡지 『푀부스』에 실렸고, 이 년 후에 완결본이 발표되었다.

뮌스터를 중심으로 계속 이어진 것을 생각해 보라.[80] 그러니까 쉬츠의 극작품은 서서히 태동하는 어떤 혁명 행위의 아포리아를 주제화하고 있다.

주인공은 자신의 개인적 권리를 쟁취하기 위해 싸우다가, 결국 농민 봉기를 이끄는 혁명 주동자가 된다. 미하엘 콜하스는 불법적 세계에 대항함으로써 불법의 고리를 원천적으로 잘라야 한다고 믿는다. 그렇지만 그는 너무나 힘들게 싸우며, 끝내 뷔르템베르크 지역의 어느 도시를 점령하지만, 어떤 말할 수 없는 체념에 사로잡힌다. 불법에 대항하여 싸우는 기나긴 노력 역시 콜하스에 의하면 권력을 추구하려는 은폐된 병적 욕망이라는 것이다. 콜하스는 동료인 급진적 혁명주의자 헤르제에게 다음과 같이 말한다. "헤르제, 우린 현존하는 건축물을 파괴하지만, 우리 역시 건축하고 있는 셈이야. 삽을 들고 성城을 뒤집어, 아래쪽이 위쪽으로 향하도록 해 보게 (…) 새로운 성이 완성될 무렵, 자네가 아직 거꾸러지지 않았다면 자네의 작품을 쳐다보게 (…) 아무것도 변화되지 않았어. 왜냐면 자네는 또 다른 성을 쌓았거든. 자네 성은 다시금 어떤 새로운 신의 이름으로 파괴되거나 대치될 걸세. 왜냐하면 권력을 추구하려는 병적 욕망은 잘 다듬어져 있으니까(…)"(Schütz 77: 173). 결국 콜하스는 아무런 저항 없이 질서를 수호하는 제후의 창에 꽂혀 죽는다. 그러니까 최후의 결전에서 유일하게 살아남는 사람은 콜하스도, 헤르제도 아니다. 오히려 틸 오일렌슈피겔Till Eulenspiegel만이 살아남아 모든 일을 비판적으로 회고할 뿐이다. 그러니까 틸은 쉬츠의 텍스트에서는 천민 출신의 지성인으로 등장하는데, 이는 "틸 오일렌슈피겔" 소재를 변용한 독일 문학 작품에서 거의 유래를 찾아보기 힘들다.[81]

---

80. Siehe Ernst Bloch: Thomas Münzer als Theologe der Revolution, Frankfurt a. M. 1985, S. 82-94.
81. 틸 오일렌슈피겔은 난세(가령 중세의 종교전쟁 혹은 30년 전쟁)에 방랑하면서, 익살스러운 광대 내지 망나니 흉내로 생계를 이어가는 자이다. 그는 에스파냐의 악한 소설에서 차용한 인물이라고 하나, 그것은 정설이 아니다. 틸 오일렌슈피겔은 오랜 기간 동안 여러 작품

쉬츠의 극작품은 깊은 성찰을 담고 있는 독일 혁명극이다. 혁명은 작품 내에서 무조건 찬양되지도, 그렇다고 해서 배격되지도 않는다. 다만 맹목적 행동주의와 비극적 체념 사이의 딜레마가 잘 다루어져 있다. 게다가 혁명은 이후에 틸과 같은 현대의 비판적 지식인에 의해 반추될 뿐 아니라, 클라이스트의 산문의 주제 역시 새로운 시각으로 확장되고 있다.

그러나 쉬츠의 텍스트에서는 여러 가지 하자가 쉽게 발견된다. 첫째로 주인공의 성격 구조가 일관성을 지니지 못하고 있다. 개인적 사건에 집착하는 남자로서의 콜하스와 폭동의 최전선에서 싸우는 전사로서의 콜하스 그리고 마지막 혁명 철학자로서의 콜하스가 서로 연결되지 않고 있다.[82] 게다가 주인공의 입장 내지는 태도의 변화를 야기하는 어떤 필연적 계기가 생략되어 있거나 불충분하게 다루어지고 있다. 실제로 클라이스트의 중편, 그리고 쉬츠의 극작품, 「미하엘 콜하스」는 구동독에서 거의 긍정적으로 수용되지 않았던가? 그렇기에 쉬츠는 구동독에 대한 현실 비판적 가시를 처음부터 배제하려 했는지 모른다.[83]

5. 페터 학스의 클라이스트 비판

페터 학스의 클라이스트 비판은 자신의 문학관의 기본이 되는 고전주의의

에서 다루어졌다. 가령 게어하르트 하우프트만G. Hauptmann의 전쟁 풍자극 『틸 오일렌슈피겔』, 게어하르트/크리스타 볼프의 혁명 운동의 대본 『틸 오일렌슈피겔』을 들 수 있다.
82. 이에 관하여 다음의 문헌을 참고하라. B. Leistner: Kleist in der neueren DDR-Literatur, in: D. Grathoff (hrsg.), Heinrich von Kleist. Studien zu Werk und Wirkung, Opladen 1988, S. 329-354, Hier S. 339.
83. 이에 비하면 디터 오이에Dieter Eue의 중편 「콜하스라는 이름의 남자Ein Mann namens Kohlhaas」(1982)는 구동독 사회에서 억압당하는 개인을 야유하는 작품인데, 카프카의 「유형지에서In der Strafkolonie」를 연상시킨다.

정통성을 고수하려는 의도에서 출발하였다. 깊이 고찰할 때 우리는 그의 낭만주의에 대한 비판이 클라이스트에 대한 비판으로 확장되었음을 알 수 있다.

페터 학스Peter Hacks(1928-)는 60년대 중엽까지는 "낡아빠진 고대 소재를 숙련된 솜씨로 잘 짜 맞추는 기술자"(비어만)로서 창작에 임하지는 않았다. 작품 「근심과 권력」(1959/62)이라든가 「모리츠 타소」(1961)를 쓸 때만 하더라도, 학스는 클라이스트 및 독일 낭만주의를 그렇게 완강하게 공격하지는 않았다. 학스는 말하자면 60년대 후반부터 독일 고전주의를 찬양하는 등, 뒤늦게 게오르크 루카치의 태도를 추종하기 시작했다. 그 이후로 그는 괴테와 청년 헤겔주의자의 지조를 충실히 답습해 나갔다. 자신의 예술적 이념과 주어진 현실 상황 사이의 괴리감이 커지면 커질수록, 학스는 더욱더 완강하게 자신의 입장을 지키려고 애를 썼다. 틈만 나면 그는 동료들의 반고전주의적인 수정주의적 예술관을 신랄하게 비난하였다. 자신의 견해를 때때로 바꾸는 것은 ― 학스에 의하면 ― 확고하지 못한 세계관 내지는 비이성적이고 양비론적인 태도에서 비롯한다는 것이다. 이로써 학스는 60년대 중엽 자신의 입장 변화를 뇌리에서 씻어버렸던 것이다.

구체적으로 말해, 그는 괴테의 입장을 빌어 사회주의적 보나파르트주의를 재현시켜야 한다고 믿었다. 19세기 초, 그러니까 절대군주제가 완전히 파괴된 당시의 시점에서 필요한 것은 ― 학스에 의하면 ― 무엇보다도 이성적인 국가 형태를 정확하게 인식한 괴테의 입장이라는 것이다.[84] 당시에 괴테는 낭만주의자들을 비난하면서, 그들의 반反나폴레옹주의를 잘못된 견해라

---

84. Vgl. P. Hacks: An Träger, in: ders., Essais, Leipzig 1984, S. 448. 나폴레옹주의가 당시에 사회적 진보를 불러일으켰다는 학스의 입장에 대해 역사철학적으로 "전적으로 타당하다"고 단언하기란 어렵다. 물론 나폴레옹의 등장으로 인하여 19세기 초에 봉건적 제후들의 권한이 약화되었다고는 하나, 이로써 경제사적인 생산양식의 근본적 변화는 관철되지 않았다.

고 주장하였다고 한다. 여기서 학스가 비판하고자 한 것은 이른바 "역사에
대한 낭만주의자들의 양비론적 저항," "무기력한 자들의 근거 없는 거부적
제스처"(학스) 등이었다. 그는 낭만주의 문예 이론가였던 프리드리히 슐레
겔을 맹렬히 공격하며, (자신의 라이벌이었던) 하이너 뮐러의 문학관을 향해
간접적으로 총구를 겨누었던 것이다.[85]

  그렇다면 학스는 어떠한 이유에서 클라이스트를 공격하고 있는가? 그
는 「암피트리온」을 집필하면서, 몰리에르와 클라이스트의 극을 참고하
였다. 당시 클라이스트에 관한 그의 언급은 비교적 우호적이었다. 학스는
"파울루스는 가장 박력있는 암피트리온을, 몰리에르Molière는 가장 민첩한
암피트리온을, 드라이덴Dryden은 가장 뻔뻔스럽고 가장 감각적인 암피트
리온을, 클라이스트는 가장 깊이 있는 암피트리온을 썼다"고 말하기까지
했다.[86] 그러나 많은 동독 작가들이 비어만 사건 이후로 클라이스트의 문
학을 새롭게 조명하려고 했을 때, 학스는 클라이스트의 세 작품, 「하일브
론의 케트헨」, 「헤르만 전쟁」, 그리고 「홈부르크 왕자」를 비판하였다. 첫
째로 「하일브론의 케트헨」은 학스에 의하면 괴테의 극작품 「괴츠 폰 베
를리힝엔」을 비아냥거리려고 집필된 극작품이라고 한다. 이로써 클라이
스트는 나폴레옹에 대항하여 싸워야 한다는 것을 종용했다고 한다. 이러
한 입장은 역사적 진보에 관한 괴테의 사고와 위배되었다. 그렇기에 괴테
는 클라이스트를 위협적인 존재로서 혐오했다는 것이다. 실제로 바이마르
의 추밀원 고문관이었던 괴테는 「하일브론의 케트헨」과 「헤르만 전쟁」을
염두에 두며, "고전주의는 건전한 반면에 낭만주의는 병적이다"라고 말했
을 뿐 아니라, 바이마르에서 「깨어진 항아리」의 공연을 공공연하게 혹평
하였다. 둘째로 「헤르만 전쟁」은 학스에 의하면 ― 브레히트의 「아르투로

85. 왕치현: 이념과 전통: 페터 학스의 드라마와 괴테 수용 연구, in: 독일문학, 45권 2호,
2004, 84-104.
86. Siehe P. Hacks: Zu meinem 'Amphitrion,' in: ders., Die Maßgaben der Kunst,
Gesammelte Kunst, Gesammelte Aufsätze, Berlin 1978, S. 355f.

우이Arturo Ui」가 그러하듯이 — 클라이스트가 처했던 현실에 관한 우화이며, "강도들이 등장하는 극작품"이라고 한다.[87] 브레히트가 의도적으로 시카고의 갱 두목인 알 카포네라는 인물로써 히틀러를 야유한 것은 사실이다.[88] 그러나 과연 「헤르만 전투」가 당시의 프랑스 주둔군과 프로이센(혹은 오스트리아) 군 사이의 전투를 지칭한다고 단적으로 말할 수 있겠는가? 우리는 집필 계기 내지는 집필의 정황은 작품의 주제와 일차적으로 분리해서 파악해야 한다. 「하일브론의 케트헨」도 마찬가지다. 실제로 클라이스트는 1808년 드레스덴에서 순종적이지 않은 처녀 율리 쿤체Julie Kunze에게 사랑의 방법을 가르쳐주기 위해서 극작품을 썼다고 하는데, 과연 이 사실이 작품의 주제를 이해하는 데 무슨 도움을 줄 수 있는가? 셋째로 「홈부르크 왕자」는 학스의 표현에 의하면 구역질을 불러일으키는 작품이라고 한다. 주인공이 명령과 내적 의지 사이에서 갈등을 일으키는 것은 그다지 커다란 의미를 지니지 않는다고 한다. 오히려 이 작품은 어떤 "공갈 협박식의 모반eine erpresserische Insurrektion"에 관한 생각을 고취시킨다는 것이다(Hacks 84: 472). 만약 어떤 귀족이 단순한 감정 때문에 복종하지 않으려고 무장한다면, 그러한 감정은 물질적 폭력으로 돌변하며, (필연적 질서 원칙으로서의) 국가 체제는 약화될 수밖에 없다는 것이다. 그러므로 「홈부르크 왕자」는 (좋은 의미에 있어서의) 사회주의적 질서를 은근히 파괴하는 작품이라고 한다.

학스가 극렬하다 할 정도로 괴테를 옹호하고 클라이스트를 비난한 까닭은 이른바 "더러운 낭만주의"에 오염되지 않고 자신을 보호하려는 결벽 성향에 있었다. 클라이스트를 낭만주의자로 단정할 수는 없지만, 그래도 클라이스트의 문학 속에는 낭만주의라는 "분뇨" 냄새가 풍기는 것처럼 느

---

87. Siehe P. Hacks: Die Binsen. Fredegunde. Zwei Dramen, Berlin und Weimar 1985, S. 183-190.
88. Siehe B. Brecht: Der aufhaltsame Aufstieg des Arturo Ui, WA. Bd. 4, Frankfurt a. M. 1982, S. 1719-1839.

껴졌던 것이다.[89]

　이렇듯 학스는 19세기의 문화유산에 대한 구동독의 공적인 견해를 대변함으로써 문학적으로, 심리적으로 피해당하지 않으려 했는지 모른다. 이로써 학스는 고리키 이후에 (부분적이긴 하나) 긍정적으로 수용되던 **혁명적 낭만주의**라는 비판의 가시를 자신의 작품에 그리고 자신의 에세이에 전혀 반영하지 않았다.

6. 나오는 말

　　"우리는 명확하지도 눈멀지도 않았다/ 너도 알다시피 우린 모든 것을 찾는
　　자들/ 어쩌면 너는 그렇게 발견자가 되리라/ 참을성 없고 암울했던 클라이
　　스트처럼" (라이너 마리아 릴케)

　요약하자면 구동독 문예 이론가들의 클라이스트 상은 작가들의 그것과는 다르다. 이미 언급했듯이, 문예 이론가들에게는 무엇보다도 역사성이, 작가들에게는 현재성이 중요하기 때문이다. 사회주의 문화권 내에서의 클라이스트 연구는 프란츠 메링과 게오르크 루카치의 입장에 바탕을 두고 있었다. 두 사람의 견해에 의하면, 클라이스트는 귀족 출신의 미쳐버린 작가라는 것이다. 60년대에 에른스트 피셔, 한스 마이어, 그리고 지크프리트 슈트렐러 등은 클라이스트와 그의 문학에서 진보적 개혁주의의 사고를 발견하려고 하였다. 클라이스트 및 그의 문학을 둘러싼 학문적 규명 작업은

---

89. 사실 프랑스 의고전주의적 전통은 문예사적으로 볼 때 고트세트 이후로 독일 문학에 도식성과 편협성을 부여하였다. 그렇기에 레싱, 클라이스트 등은 프랑스 문화보다는 영국의 셰익스피어에서 예술적 범례를 찾지 않았던가? 그럼에도 구동독은 독일 고전주의 내지는 프랑스 의고전주의의 형식성에 집착하였으며, 학스 역시 이를 추종하였다.

조심스럽게, 서서히 어떤 다양성을 띤 채 전개되었다.

구동독 작가들의 클라이스트 상은 처음부터 하나의 통합된 특성으로 정립될 수 없었다. 60년대 말까지 클라이스트는 도라 벤처, 유타 헤커, 보도 우제, 그리고 하인리히 등에 의해서 다양하게 수용되었다. 그렇지만 클라이스트는 작가적 삶에 대한 하나의 보편적 범례일 뿐, 구동독 작가들의 시대 비판을 드러내기 위해서 원용된 인물은 아니었다. 70년대 이후의 클라이스트는 주로 체제 비판적 태도를 드러내는 지식인 상으로 부각되었다. 그러나 개별 작가들의 클라이스트 상 속에는 주체 유토피아에 관한 작가들의 다양하고도 상이한 입장이 내재해 있다. 쿠네르트의 경우, 클라이스트는 "아무도 도달할 수 없을 정도로 빗장 걸린 천국"을 미리 인식하고 좌절한 "반계몽주의자"이다. 이에 비하면 볼프는 클라이스트의 좌절과 패배를 하나의 극복 수단으로 고찰하고 있다. 슐레징어는 클라이스트를 전체주의적 권력에 억압당하는 개인으로, 또는 무지몽매한 행동주의자로 파악하고 있다. 그러나 쉬츠 작품의 주제는 상기한 작품들과는 달리 혁명의 추상적인 딜레마에 함몰되어 있다. 이로써 우리는 작가들의 클라이스트 상이 시간이 지날수록 대담해지고 이질적인 특성을 드러낸다는 것을 깨달을 수 있다.

클라이스트 연구는 세부적 사실에 관한 규명부터, 근본적인 세계관의 문제에 이르기까지 아직도 끝나지 않았다.[90] 예컨대 그의 극작품 「홈부르크 왕자」는 앞으로도 찬반양론으로 논의될 게 분명하다. 더욱이 작품의 주제는 얼마든지 새롭게 문학적으로 형상화될 수 있다. 가령 하이너 뮐러

---

90. 서구에서 클라이스트를 둘러싼 모더니즘 및 낭만주의에 관한 논의는 구동독에서의 탈스탈린주의의 해빙 과정을 정당화시키기 위하여 클라이스트를 끌어들인 바 있다. Günter Erbe: Die verfemte Moderne. Die Auseinandersetzung mit dem Modernismus in Kulturpolitik, Literaturwissenschaft und Literatur der DDR, Opladen 1993; K. H. Bohrer: Der romantische Brief, München 1986. 문제는 학문 연구가 현존하는 시대정신만을 고려하여 하나의 해답을 상정해 놓은 뒤, 문학적 유산을 결과론적으로 평가하는 게 바람직한가? 하는 물음이다.

는 80년대 중엽에 연작 실험극 「볼로콜람스커 국도」를 집필했는데, 그 가운데 첫 번째와 두 번째 작품이 클라이스트의 「홈부르크 왕자」의 주제를 현대적으로 변형시킨 것이다. 소련 작가 알렉산더 베크Alexander Bek의 소설을 각색한 실험극에서는 1941년 전쟁 당시 모스크바 근교에 주둔한 소련 병사들이 등장한다. 지휘관은 목숨을 부지하기 위하여 탈영하는 병사들을 총살시키게 한다. 말하자면 지휘관은 마치 홈부르크 왕자처럼 말 못할 갈등을 느꼈으나, 나라 형편과 군대의 사기를 위해서는 어쩔 수 없었던 조치였다.[91] 뮐러는 지휘관이 자신의 조처를 회상함으로써 과거의 은폐된 죄악을 드러내게 했던 것이다. 앞으로는 그러한 강요에 의한 결정은 내려져서는 안 된다는 의미에서 뮐러는 지휘관의 회상을 한마디로 집단적 회상으로 일컬었다. 말하자면, 클라이스트의 유토피아는 이런 방식으로 다양하게 해석되고 있는 셈이다.

 신비로운 악동의 면모를 띤 클라이스트가 장차 오늘날의 작가들에게 어떻게 투영될지 미지수이다. 특히 개개인으로서는 대세의 물결을 뒤바꿀 수 없을 정도로 전체주의의 횡포가 맹위를 떨치는 오늘날, 살아 있는 작가들은 (클라이스트와 프란츠 카프카의 글과 입을 빌어) 부자유의 수수께끼를 계속 터놓고 말하게 될 것이다. 비록 꾸밈말과 수식어는 다르겠지만….

---

91. 정민영: 하이너 뮐러 극작론, 독일 문학 총서 2, 사랑의 학교 1998, 245쪽.

3

하이너 뮐러의 묘비명, 「몸젠의 블록」

1. 형틀에 묶인 나에게 무슨 말을 기대하는가?

아무리 노력해도 변모되지 않는 무심한 게 바로 인간 세계라면, 차라리 붓을 꺾고 조용히 미쳐 가리라. 그렇다면 "죽은 자는 과연 어디서/ 도래할 지진들을 기다리고 있는가?" 뮐러의 이러한 시구는 최후의 순간에 남겨놓은 희망의 편린일까, 아니면 죽음으로 인한 단말마의 체념을 담고 있을까? 뮐러는 통일된 독일에 관한 극작품을 한 편도 쓰지 않았다. 이는 브레히트의 경우와 유사하다. 말년에 브레히트는 동베를린에 뒤늦게 정착한 뒤, 구동독에 관한 극작품을 한 편도 집필하지 않았다. 브레히트가 「가정교사 Der Hofmeister」, 「코리올란Coriolan」 등에서 과거의 소재에 집착했듯이, 뮐러 역시 과거의 역사를 소재로 한 『게르마니아 3』을 90년대에 발표했을 뿐이다. 두 작가의 내적 고뇌 내지 희망은 오로지 시 작품을 통해서, 마치 "얼어붙은 강물 속에서 나약히 숨 쉬는 갈대"(P. Huchel)처럼 표출되었다.[1]

이러한 유사성은 결코 우연이 아니다. 같은 시대, 같은 토양이 그들에게

---

1. Siehe Peter Huchel: Gesammelte Werke in zwei Bänden, 1 Bd., Frankfurt a. M. 1984, S. 154f.

어느 정도 공통적으로 주어졌던 것이다.[2] 브레히트가 자신이 기대하던 인간적 사회주의로부터 멀어진 국가에 대한 안타까움과 권력에 악용될 수 있는 작가의 존재로 인한 회의감 등을 드러냈다면, 뮐러는 구동독의 몰락과 동독 문학에 대한 "공개적 처형"에 대한 내적 분노와 피 맺힌 절망 등을 시적으로 형상화시켰다. 이는 약간의 정도 차이를 드러내고 있으나, 시대가 자신의 기대로부터 점점 멀어져 갈 때 느낄 수 있는 환멸 내지는 절망감이라는 점에서 하나의 공통점을 보여 주고 있다.

이 글의 목적은 시 작품, 「몸젠의 블록」(1992)의 세밀한 분석을 통해서 묘비명 속에 담긴 뮐러의 시대 비판을 파악하는 데 있다. 혹자는 뮐러의 작품이 마치 폴커 브라운V. Braun의 「자유 속의 이피게니Iphigenie in Freiheit」처럼 함량 미달이라고 단정할지 모른다.[3] 그러나 이러한 평가는 그 자체 일천한 것이다. 가령 작품 내에서 아우구스트가 독일의 수상 "콜"로, 네로는 사민당의 전 당수인 "엥홀름"으로 비유될 수 있다는 주장은 그 자체 천박하다.[4] 흔히 「몸젠의 블록」은 오로지 뮐러의 내면에 담긴 창작 장애의 모티프만을 드러내는데, 이는 푸념에 가깝다고 한다. 그러나 이 역시 핵심 문제의 지엽적이고 피상적인 면만을 건드리고 있다.

「몸젠의 블록」에서 뮐러는 일견 자기비판의 제스처로 모든 것을 거론하지만, 본질적으로 통일된 독일의 제반 풍조 및 시대정신을 예리하게 비판하고 있다. 이는 브라운의 상기한 극작품에서 보여 주는 단선적인 이데올로기 비판과는 차원이 다르다. 미리 말하자면, 1990년 이후에 집필된 뮐러의 후기 시에 나타난 시대 비판은 다음과 같은 세 가지 사항으로 요약될 수 있

2. 그들 사이에는 약 30년의 격차가 있지만, 그들은 같은 시대에 살았다. 두 작가 사이의 공통적인 면, 그들의 마르크스주의 예술론과 정치관 등의 차이 등은 차제에 깊이 연구되어야 할 것이다.
3. Vgl. V. Braun: Iphigenie in Freiheit, in: ders., Texte in zeitlicher Folge, Bd. 10, Halle 1993, S. 127-145.
4. Siehe Karl Heinz Götze: Klar Text und Block Satz, Mommsens Block — Ein neuer Text von Heiner Müller, in: Freitag vom 22. 7. 1993.

다. (1) 유토피아를 부정하는 많은 독일인들의 보수주의적 세계관, (2) 동독 문학 및 사회주의 드라마에 대한 천박한 매도 작업, (3) 황금만능주의라는 포만한 의식 구조 내지는 지식인과 예술가들을 외면하는 기술문명사회 등. 이러한 세 가지 사항은 본문에서 자세히 규명될 것이다. 특히 「몸젠의 블록」에서는 첫 번째, 두 번째 사항이 강하게 나타나지만, 그렇다고 해서 세 번째 사항이 은폐되어 있는 것은 아니다.

상기한 주제는 70년대부터 뮐러가 추구하던 미학적·정치적 실험 작업으로부터 크게 벗어나지는 않는다. 그럼에도 뮐러의 후기 시가 격렬함을 지니고 있다고 느끼게 되는 것은 주어진 시대로부터 더욱 멀어진 뮐러의 입장에서 기인하는지 모른다.

2. "은유는 대개 집필자보다 더 영특하다"[5]

「몸젠의 블록」이 집필된 1992년은 통일된 독일 내에서 동독 문학 논쟁으로 들끓었던 해였다. 뮐러는 크리스타 볼프와 폴커 브라운 등과 함께 비판의 도마 위에 올랐다. 뒤이어 여러 작가들의 슈타지 혐의가 널리 회자되었다. 모든 일들은 동독 문학과 사회주의 문화에 대한 대대적 청산 작업의 일환으로 은밀히 이루어졌다. 상기한 사건으로 인하여 구동독 출신의 작가들은 대부분의 경우 대화 단절, 나라 상실로 인한 절망, 그리고 주위 사람들에 대한 분노 등을 그대로 드러냈다. 당시 구동독 작가의 심리 상태는 볼프강 에메리히W. Emmerich에 의해서 알브레히트 뒤러A. Dürer의 「멜랑코리아」와 관련해 해명되기도 했다.[6]

90년대 초는 브레히트 이후의 최대의 극작가인 뮐러에게 유리한 시기가

---

5. 이는 원래 리히텐베르크Lichtenberg의 말이다. Siehe P. Huchel: a. a. O., Bd. 2, S. 387.
6. W. Emmerich: Status melanchoricus. in: ders., Die andere deutsche Literatur, Aufsätze zur Literatur aus der DDR, Opladen 1994, 175-189. (한국어) 에메리히: 동독 문학에서 무엇이 남을 것인가, 허창운 역, 외국문학 1993년 여름호, 59-75쪽.

아니었다. 자본주의의 이윤 추구로 인하여 자신의 공들인 문학 작품이 세
인에 의해 외면되는 것은 그래도 참을 수 있다. 자신이 평생 의지했던 몹쓸
땅이 사라진 것 역시 쓰라린 마음으로 감내할 수 있다. 그러나 지금까지의
예술적·정치적 노력이 거짓된 것이며, 예술적 창조의 결과물들이 깡그리
휴지가 되는 것은 결코 참을 수 없었다. 뮐러에게 절필은 한마디로 죽음이
었다. 그것도 죽임, 다시 말해서 외부적인 억압에 의한 죽임 당함, 바로 그
것이었다.

1992년에 뮐러는 우연히 두 권의 책을 접하게 된다. 그것은 독일의 역사
학자 테오도르 몸젠(1817-1903)에 관한 것들이었다. 한 권은 1936년에 간
행된 아델하이트 몸젠의 『나의 아버지』의 재판再版이었으며, 다른 한 권은
몸젠이 의도적으로 완성하지 않은 로마사 제4권에 관한 강연문 모음집이
었다.[7] 첫 번째 책은 1936년 판을 다시 찍어낸 것이었고, 두 번째 책은 역
사학자 알렉산더 데만트A. Demandt에 의해서 새롭게 편찬되었다.

후자의 책이 90년대에야 비로소 처음으로 출판된 경위는 다음과 같다.
생전에 테오도르 몸젠은 로마사 제4권을 여러 가지 이유에서 집필하지 않
았다. 나중에 밝혀진 이야기이지만, 그는 몰래 어느 두 사람에게 『로마사』
4권에 해당하는 내용을 들려주었다. 말하자면, 『로마사』 제4권은 비록 씌
어지지 않았지만, 두 명의 수강생에게 구두로 전달되었던 것이다. 말하자
면 제바스티안 헨젤과 그의 아들 파울 헨젤이 바로 몸젠의 숨은 제자들이
었다. 제바스티안은 1883년부터 1886년 사이에 프로이센 건설부의 책임
부서에서 일하고 있었다. 당시에 건축 비리 사건으로 인하여 골머리를 앓
던 헨젤은 몸젠을 찾아가서 사사했고, 역사와 르네상스 회화 등에 남다른
애정을 쏟았다.[8] 두 사람은 몸젠의 강의를 세밀하게 기술해 두었다. 이 강

7. Adelheid Mommsen: Mein Vater. Erinnerungen an Theodor Mommsen, 3.
Aufl., München 1992; A. Demandt u.a. (hrsg.): Theodor Mommsen. Römische
Kaisergeschichte. Nach den Vorlesungs-Mitschriften von Sebastian Hensel und Paul
Hensel, München 1992.

의록은 1990년까지 아주 오랫동안 헌책 더미 속에 은폐되어 있었다. 1990 년의 어느 날 베를린의 역사학자 알렉산더 데만트는 우연히 뉘른베르크에 있는 어느 고서점에서 바로 헨젤 부자에 의해 쓰인 강의록을 발견한다. 그 리하여 그는 몸젠의 강연문을 다듬어 책으로 간행하게 되었던 것이다.

뮐러의 시를 논할 때, 몸젠의 강의록 자체보다도 데만트의 서문 내용이 더욱 중요하다. 왜냐하면 뮐러는 시의 중요한 모티프와 날카로운 표현 등 을 데만트의 서문에서 직접 인용했을 뿐 아니라, 바로 거기서 여러 가지 모 티프를 채택하고 있기 때문이다.

3. "허공을 향해 글 쓰는 자에겐 방점이 필요 없다"

「몸젠의 블록」은 총 228행으로 이루어져 있다.[9] 시는 처음부터 끝까지 연의 구분이 없으며, 운율이 배제된 이른바 자유시의 형식을 취하고 있다. 비록 「몸젠의 블록」에서 이른바 극작품의 특성이라고 할 수 있는 시간, 장 소 등의 언급이 생략되어 있지만, 우리는 이 작품을 얼마든지 하나의 독백 으로 이루어진 실험극이라고 간주할 수 있다. 1970년대 후반부 이후로 발표 된 뮐러의 작품들을 하나의 장르로 명확하게 규정한다는 것은 사실상 불 가능하다. 예컨대 극작품이라고 소개되고 있는 「황폐한 물가, 메데아 자 료, 아르고 호 사람들이 있는 풍경」은 압축된 표현과 주제의 비약 등을 고 려할 때, 극작품일 뿐 아니라, 훌륭한 하나의 시 작품으로도 생각할 수 있 다.[10]

---

8. Siehe Horst Domdey: Heiner Müllers lyrischer Text Mommsens Block, in: ders., Produktivkraft Tod, Köln/Wien 1998, S. 269ff.
9. 작품 「몸젠의 블록」은 다음의 문헌에 게재되었다. Drucksache 1, (1993), S. 1-9; Sinn u. Form, 45 (1993), S. 206-211. 필자는 전집에 실린 것을 채택하였다. Heiner Müller: Werke 1 Gedichte (hrsg.) Fr. Hörnigk, Frankfurt a. M. 1998, S. 257-263.
10. 정민영 외 옮김: 하이너 뮐러 문학 선집, 한마당 1998, 255-269쪽을 참고하라. Vgl. Frank Hörnigk: Nachbemerkung, in: Heiner Müller, Werke 1, a. a. O., S. 334.

우리는 「몸젠의 블록」에서 기이하게도 쉼표라든가 마침표를 발견할 수 없다. 물론 니체 구절에서 최소한의 방점이 발견되기는 하나, 그것은 인용 문장에 해당된다. 뮐러는 스스로 죽은 사람에게 말을 건네면서, "허공을 향해 글 쓰는 자에겐 방점이 필요 없"다고 말한다. 따라서 독자는 문장과 문장 사이의 구분을 파악하는 데 커다란 어려움을 느낄 수밖에 없다. 다만 "교차 행Enjambement"의 경우에 한해서만 상기한 구분은 어느 정도 식별이 가능할 뿐이다. 왜냐하면 이 경우 문장의 서두가 대문자로 표현되어 있기 때문이다.

작품 내의 인용문은 원문에서는 대문자로 씌어져 있다. 뮐러는 앞에서 언급한 두 권의 문헌과 몸젠이 남긴 편지 등에서 많은 것을 인용하고 있다.

「몸젠의 블록」은 시 형식의 차원에 있어서 그리고 주제 및 내용상의 차이에 있어서 두 단락으로 나누어질 수 있다. 첫 번째 단락은 제1행으로부터 118행에까지 이르며, 두 번째 단락은 119행부터 마지막 행(228행)까지로 구성되어 있다. 그렇다고 해서 「몸젠의 블록」이 고대 그리스 극작가들이 주로 사용했던 "양분 구성Diptychon"의 원칙을 의도적으로 채택했다고 말할 수는 없을 것이다. 예컨대 소포클레스의 극작품에서 나타나는 양분 구성은 내용상 두 사건이 어긋나지만, 원인과 결과를 상호적으로 보완시키고 있다. 이에 비하면 뮐러의 작품은 원인과 결과의 측면에 입각하여 두 단락이 명확히 분할되지는 않는다. 첫 번째 단락은 일반적 서술 형식으로 씌어져 있고, 내용에 있어서 로마사 제4권이 완성되지 않은 이유에 초점을 맞추고 있다. 이에 비해서 두 번째 단락은 작중 화자인 "나"의 독백 형식으로 이루어져 있다. 몇몇 구절에서 "나"는 몸젠 교수에게 직접 말을 걸고 있다.[11] 그렇다고 해서 두 번째 단락 전체가 몸젠에게 향하는 독백은 아니다.

---

11. 가령 "몸젠 교수님 당신에 관해 글쓰는 걸 허용하세요"(120행), "교수님/ 당신이 카프카를 읽으시길 나는 바랐습니다"(140f행), "교수님 쓰라린 음색을 용서해 주십시오"(174

4. "끌로써 글 쓰는 자는 필사본을 지니지 않는다"

이제 시를 살펴보기로 하자. 몸젠의 『로마사』는 도합 5권으로 기획된 것이다. 1권부터 제3권은 로마의 형성 시기로부터 기원전 46년까지의 역사를 서술하고 있다. 몸젠은 은사인 바르톨트 G. 니부어B. G. Niebuhr와는 달리 역사의 기술 방법으로서 신화적 요소를 과감하게 제거하고, 가급적이면 문헌 및 비문 등과 같은 고증을 중시하였다. 이는 당시의 상황으로서는 독창적인 역사 서술 방법이었다. 1885년에 발표된 제5권은 제정 로마 시대의 속국에 해당하는 나라의 역사를 기술하고 있다. 그러니까 황제들의 역사를 다루는 제4권은 끝내 완성되지 못했다. 그렇다면 이것은 어째서 완성되지 못했을까? 뮐러의 시는 처음부터 바로 이 점을 거론하고 있다.

어떠한 이유에서 위대한 역사 연구가가
프로이센 황제 시대 내내 오래 기대했던
자신의 로마 역사의 네 번째 책을
쓰지 않았을까 이 물음에 관해서 이후의
많은 역사가들이 깊이 몰두하였다 이에 관한   5
그럴듯한 이유들이 제시되고 있다

(Die Frage warum der große Geschichtsschreiber/ Den vierten Band seiner
RÖMISCHEN GESCHICHTE/ Den lang erwarteten über die Kaiserzeit/ Nicht
geschrieben hat beschäftigt/ Die Geschichtsschreiber nach ihm/ Gute
Gründe sind im Angebot)

시의 첫 부분에 모토로 사용된 구절은 몸젠이 영국의 정치가이자 역사

행), "교수 동지(…)"(218행 이하).

가인 제임스 브라이스J. Bryce에게 보낸 편지에 있는 것이다. "잡다한 스캔
들로 가득 찬 궁궐 너머에 무슨 권위가 도사리고 있겠습니까?"[12] 궁궐 내
에서 일어나는 온갖 추태와 염문, 왕들의 비리 등은 역사 연구가로 하여
금 사적 체계 혹은 역사를 비판적으로 기술하는 데 도움이 되기는커녕, 오
히려 악재로 작용할 뿐이다. 동서고금을 막론하고 왕들은 정적政敵에 의해
혹은 궁녀에 의해 독살당하는 자들이 아닌가? 이에 관한 역사를 시시콜콜
기술한다는 것 자체가 무의미한 일이다. 인용 시에서 몸젠이 이렇게 반문
하게 된 데에는 나름대로 이유가 있었다. 영국의 역사학자 브라이스는 몸
젠의 로마사 집필이 어째서 지연되고 있는가에 대해 누구보다도 먼저 알
고 싶어 했던 것이다. 몸젠의 대답은 브라이스의 의혹에 대한 완전한 대답
이 될 수는 없다. 그렇지만 그는 "몸젠이 고통스러운 정치적 노이로제를
앓고 있다"는 소문을 일축하고 싶었다.[13]

> 편지들 소문들 그리고 추측들이 전해져 내려온다
> 비문들도 결핍되어 있다 끌로써 글 쓰는 자는
> 필사본을 지니지 않는다 돌들은 속이지 않으니까
> 술수 그리고 왕궁의 박수소리를 담은 문헌을   10
> 믿을 수 없다 설령 간결하게 기록한 타키투스의
> 은빛 단편斷篇이라 하더라도 역사를 하나의
> 악덕으로 여기는 작가의 읽을거리일 뿐
> 죽은 자들의 중력에 대항하여 무덤 위에서
> 모음들이 춤추지 않고서는 견딜 수 없다   15

(Überliefert in Briefen Gerüchten Vermutungen/ Der Mangel an Inschriften

---

12. 이는 영어로 쓰여 있다. "What authorities are there beyond Court tittle tattle?"
13. Siehe Demandt, a. a. O., S. 42.

Wer mit dem Meißel schreibt/ Hat keine Handschrift Die Steine lügen

nicht/ Kein Verlaß auf die Literatur INTRIGEN UND/ HOFKLATSCH Selbst

die silbernen Fragmente/ Des lakonischen Tacitus nur Lektüre für Dichter/

Denen die Geschichte eine Last ist/ Unerträglich ohne den Tanz der

Vokale/ Auf den Gräbern gegen die Schwerkraft der Toten)

이 대목에서 몸젠이 로마사 제4권을 쓰지 않은 본질적 이유를 뒷받침해 주는 두 가지 사항이 지적되고 있다. 첫째로 현재 로마 역사를 분명하게 지적해 줄 "비문이 결핍되어 있"다. 다시 말해, 로마의 역사 속에는 글로 그리고 비명으로 서술되지 않은 감추어진 여백이 너무도 많다는 것이다. 고대 역사 속에 감추어진 여백은 이를테면 역사소설 작가에게는 커다란 상상력을 불러일으킬 수 있다. 그러나 그것은 학자에게는 역사적 재료의 결핍이라는 안타까움만을 안겨줄 뿐이다. 게다가 얼마 되지 않는, 현존하는 역사적 문헌들 역시 대체로 지배자에 대한 찬양만으로 일관하고 있다.[14] 원문에서 타키투스Tacitus의 "은빛 단편"은 14년부터 68년까지의 로마 역사를 다룬『연대기Annals』를 가리킨다.[15] 타키투스는 다른 역사가들과는 달리 역사적 내용으로부터 비판적인 거리감을 취했다. 이는 비록 역사가 노여움과 연민을 불러일으키더라도 모든 것을 "노여움과 애호 없이sine ira et studio" 기술하려는 자세에서 나온 것이다.[16]

---

14. 역사적으로 볼 때, 묘비명은 주로 돈과 권력자를 위해 씌어지고, 작가는 이에 대한 장식만을 담당한다. 그렇기에 우리는 다음과 같이 물을 수 있다. "역사는 도대체 무엇을 기록하며, 시인은 어디에 무덤을 남길 것인가?" 김광규: 묘비명, in: 김광규, 희미한 옛사랑의 그림자, 1993, 37쪽.
15. 이 책에서 타키투스는 아우구스투스 황제기 죽은 뒤 티베리우스 집권 해인 기원후 14년부터 네로의 통치가 끝나는 해인 기원후 68년까지 차례차례 서술하였다.
16. 역사가는 타키투스에 의하면 역사적 사건들에 대해 노여움과 연민을 견지해서는 안 된다. 왜냐하면 노여움과 연민의 감정은 수미일관 냉정한 역사 서술을 방해하기 때문이다. 그러나 후세의 역사가들은 타키투스와는 반대로 "노여움과 연민으로Cum ira et studio" 역사를 기술하곤 하였다.

5. "이때 그는 더 이상 열정을 지니지 않았다"

타키투스의 역사 서술은 시인에게는 그저 "간결하게 기록"된 것으로 비칠 뿐이다. 이렇듯 역사적 진실은 글이나 비문으로 기록되지 않고, "무덤 위에서 모음들"로 덩실덩실 춤추고 있다.

영원한 회귀에 대한 그들의 두려움
이것을 그는 싫어했다 후기시대의
황제들 그들의 나태함 그리고 악덕 또한
그가 가치 있게 여긴 자는 유일하게 율리우스
고유한 비석처럼 몰두할 게 많았다   20
이미 카이사르의 죽음을 묘사할 때 누군가 저서의
제4권의 전개에 관해 질문을 던졌다
이때 그는 더 이상 열정을 지니지 않았다
이후에 이어질 썩어가는 오랜 세기들
회색과 검정으로 점철될 것이다 묘비명은   25
누구를 위한 것인가 산파 비스마르크가
동시에 제국의 묘지 인부라는 사실을 쓸 것인가

(Und ihre Angst vor der ewigen Wiederkehr/ Er mochte sie nicht die
Cäsaren der Spätzeit/ Nicht ihre Müdigkeit nicht ihre Laster/ Er hatte genug
an dem einzigen Julius/ Der ihm wert war wie der eigne Grabstein/ Schon
CÄSARS TOD ZU SCHILDERN hatte er/ Wenn er gefragt wurde nach dem
ausstehenden/ Vierten Band NICHT MEHR DIE LEIDENSCHAFT/ Und DIE
FAULENDEN JAHRHUNDERTE nach ihm/ GRAU IN GRAU SCHWARZ AUF
SCHWARZ Für wen/ Die Grabschrift Daß der Geburtshelfer Bismarck/

Zugleich der Totengräber des Reiches war)

역사가 오로지 왕들을 위해 집필된다면, 진리는 영원히 은폐되고, 거짓은 역사에 상세히 기록될 수 있다. 만약 이러한 일이 영원히 반복된다면, 인간은 과연 무엇 때문에 개인, 사회, 그리고 국가의 일에 골몰한단 말인가? 죽은 자들은 상기한 내용이 영원히 반복되는 것을 두려워할 수밖에 없다.[17]

로마 황제 치하의 역사를 서술하는 몸젠으로서는 역사 서술에 대해 어떠한 신명도 느낄 수 없었다. 물론 그는 자신의 자발적인 충동에 의해서 로마사를 집필한 것은 아니었다. 말하자면, 프로이센 당국으로부터 외부적 강압이 간접적으로 작용했던 것이다. 이 내용은 몸젠과 빌라모비츠 사이의 편지 교환에서 명확히 드러나고 있다.[18] 테오도르 몸젠은 율리우스 카이사르를 높이 평가하고, 안토니우스라든가 다른 인물들을 비난하는 우를 범했다.[19] 어쨌든 몸젠은 카이사르가 죽고 난 뒤부터 역사 서술 자체에 대해 회의감을 드러내기 시작했다. 뮐러는 여기서 몸젠이 더 이상 "열정을 지니지 않았다"고 묘사한다. 상기한 인용 시구에서 고딕체로 표기된 부분은 데만트의 책에서 인용된 것이다.[20]

자고로 학자는 다음과 같은 두 가지 이유 때문에 글을 쓰고 책을 간행한다. 그 하나는 주어진 현실과 학문 체계의 잘못된 점과 시정 사항을 지적

---

17. Ulrich von Wilamowitz-Moellendorff, Th. M. Warum hat er den vierten Band der römischen Geschichte nicht geschrieben?, Internationale Monatsschrift f. Wiss. XII, Berlin 1917, 206-220.
18. Vgl. K. Ebrecht: Heiner Müllers Lyrik. Quellen und Vorbilder, Würzburg 2001, S. 124f. 이 문헌은 뮐러의 인용 문장과 그 배경 등에 대해 아주 자세하게 서술하고 있다.
19. 박설호: 미완의 로마사, 교수신문, 2002. 3. 18일자를 참고하라.
20. "몸젠은 둔중한 권태와 황제 시대의 황량한 공허감, 어떤 썩어가는 문화의 세기, 정신적인 둔감함, 그리고 도덕적 삶의 파괴 등에 대해서 언제나 반복해서 말했다"(Demendt: S. 20).

하기 위함이요, 다른 하나는 자신의 입장을 타인에게 설득시키기 위함이다. 만약 이 두 가지가 성취되지 않을 경우 출간의 의미는 존재하지 않는다. 그런데 몸젠의 경우는 이러한 기준을 넘어서고 있다. 즉, 몸젠이 로마사 제4권을 집필하지 않은 것은 자신의 학문적 업적물이 프로이센 제국의 정치적 팸플릿으로 이용당하는 것을 꺼렸기 때문이다. 뮐러는 몸젠의 대작이 궁극적으로 역사가의 묘비명이라는 것을 잘 알고 있었다. "묘비명은 누구를 위한 것인가"라는 구절을 생각해 보라.

6. "입상들의 침묵은 몰락을 금빛으로 도색하고 있다"

테오도르 몸젠은 역사학자 알베르트 부허A. Wucher가 언급한 바 있듯이, 동시대인들에게 끔찍함을 가져다주는 어떤 거짓된 묘비명을 보여 주지 않으려 했다.[21] 그는 자신의 학문이 프로이센 제국의 권력에 이용당하는 것을 꺼렸던 것이다.

> 어떤 거짓된 전보로 뒤늦게 탄생한 제국
> 제3권을 어렵사리 끝낼 수 있었던 그는
> 샤를로텐부르크에서 녹초가 되어 있었다   30
> 매일 두 차례씩 마차를 타고 다녔다
> 마흐 가街 8번지 몸젠의 집에는 사만 권의
> 책 그리고 필사본으로 먼지가 가득했다 지하에는
> 12 아이들이 거주하고 역사가의 질을 낳게 하는 건
> 오류를 개의치 않는 용기야 지금은 유감스럽게도   35
> 내가 모르고 있음을 알 뿐이야 이를테면 어째서
> 로마 제국이 무너졌는가 허나 폐허는 답이 없다

---

21. Siehe Demandt, a. a. O., S. 27.

(Der Nachgeburt einer falschen Depesche/ Konnte geschlossen werden aus
den dritten Band/ Mürbe geworden war in Charlottenburg/ Zweimal täglich
die Fahrt mit der Pferdenbahn/ Im Staub der Bücher und Handschriften
vierzig/ Tausend im Haus Mommsens Machstraße acht/ Zwölf Kinder im
Souterrain DER MUT ZUM IRRTUM/ Der ZUM HISTORIKER QUALIFIZIERT
ICH WEISS JETZT/ LEIDER WAS ICH NICHT WEISS Zum Beispiel Warum/
Zerbricht ein Weltreich Die Trümmer antworten nicht)

이 대목에서 시인은 몸젠이 처한 구체적 현실을 구체적으로 간결하게
묘사하고 있다. 상기한 시구에 대해서 자세히 설명할 필요는 없으리라고
생각된다. 다만 다음과 같은 세 가지 사항은 시 해석에 약간의 도움을 줄
것 같다.

첫째로 아델하이트 몸젠의 전기에 의하면, 샤를로텐부르크 지역은 오늘
날의 상황과는 달리 사람들이 밀집해서 살지 않았다고 한다. 그곳은 당시
에는 풀밭과 숲 등으로 이루어져 있어서 부유한 사람들이 여름철에 휴양
을 즐기는 곳이었다고 한다.[22] 특히 대학 강의를 위해서 몸젠은 연구 외에
도 "매일 두 차례씩 마차를 타고 다"닐 수밖에 없었다.

둘째로 원래 몸젠은 "마르흐 가Marchstrasse" 8번지에 살았는데, 뮐러는
"마흐 가街 8번지"에 살았다고 표현하고 있다. 이것은 실수에 의한 것이
아니라, 의도적인 것이다. "마흐"는 독일의 실증주의자 에른스트 마흐Ernst
Mach를 연상시킨다. 뮐러로서는 판타지, 유토피아 등의 무가치를 역설했던
보수주의 사상가 마흐를 은근히 등장시킴으로써, 당시 프로이센의 시대정
신을 은유적으로 드러내려 하였다.[23]

---

22. Siehe Adelheid Mommsen: a. a. O., S. 7.
23. 어쩌면 뮐러는 다음과 같은 두 가지 이유에서 "마흐 가"라는 표현을 사용했는지 모른
다. 첫째로 "마흐Mach"는 "권력Macht"을 연상시킨다. 이로써 시인은 노벨상을 수상한 역
사학자의 학문적 권력을 부각시킬 수 있다. 둘째로 "마흐 가 8번지Machstrasse acht"는 낭송

셋째로 인용 구절(34-36행)은 몸젠이 1882년에 자신의 사위인 고대 인문학자 빌라모비츠Wilamowitz에게 보낸 편지, 딸 마리에게 보낸 편지 등에서 인용된 것이다. 가령 몸젠은 빌라모비츠에게 다음과 같이 술회한 바 있다. "나에게 부족한 것은 젊은 인간이 지녀야 하는 자유분방함과 뻔뻔스러움이야. 역사가의 질적 깊이를 획득하려면, 무엇보다도 모든 것을 함께 토론하고 발설해야 해"(Demandt: 19).

입상들의 침묵은 몰락을 금빛으로 도색하고 있다
우리가 이해하는 것은 여러 체제밖에 없어
문헌학, 등록 작업, 정당 정책 등의   40
잡다한 주변 길을 지나치며
경건한 딜타이는 요크 백작에게 이렇게 썼다
그는 몹시 피곤해하고 먼지에 싸여 있습니다
보이지 않는 제국에 대한 정신적인 어떤
향수 없이 그의 제국은 포착될 수 있는 것이었다   45
빌라모비츠의 부인인 딸에게 보낸 편지에서
나폴리의 어느 별장을 꿈꾼다고 했다

(Das Schweigen der Statuen vergoldet den Untergang/ WAS WIR
VERSTEHEN SIND DIE INSTITUTIONEN/ ABER ER IST MÜDE UND
RECHT STAUBIG/ Schrieb der fromme Dilthey an den Grafen York/ VOM
WEG AUF DEN LANDSTRASSEN DER PHILOLOGIE/ INSKRIPTIONEN
UND PARTEIPOLITIK/ OHNE HEIMWEH DES GEISTES NACH DEM UN-/
SICHTBAREN REICH Sein Reich war das Greifbare/ Im Brief an eine
Tochter Frau Wilamowitz/ Träumt er von einer Villa bei Neapel)

시의 반복적 효과를 드러낼 수 있다.

"입상들의 침묵은 몰락을 금빛으로 도색하고 있다"는 얼마나 엄청난 내용을 담은 표현인가? 역사가가 침묵을 지키면, 모든 것은 폐허로 변하는 나쁜 원인들까지 정반대로, 즉 아름답고 귀한 무엇으로 둔갑하게 된다. 다시 말해, 역사의 침묵은 거짓을 낳고, 이로 인하여 체제 옹호적 분위기가 얼마든지 나타날 수 있다. 에드워드 기번E. Gibbon의 대작 『로마 제국 쇠망사』를 생각해 보라.[24] "로마의 평화pax Romana"는 어느 누구도 감히 생각할 수 없었던 제국의 몰락으로 빛을 잃게 된다. 그러나 "폐허는 답이 없다." 역사학자는 고증을 찾지 못할 때, 고통을 느낀다. 그는 역사의 여백을 자신의 고유한 견해로 마음대로 덧칠할 수밖에 없는 상황에 봉착하게 된다. 이는 거짓된 유혹이나 다름없다. 그렇기 때문에 검은 내용은 흰색이 되고, 흑색의 몰락은 금빛 찬란한 영화로 탈바꿈될 수 있는 것이다. 더욱이 역사는 — 특히 고대의 역사일 경우 — 수많은 증거 자료들이 결핍되어 있지 않는가? 따라서 과거사에 관한 몸젠의 입장은 역사적 패배주의에 입각하여 현실 도피적으로 고대사 및 신화에 관심을 기울이던 카를 케레니의 입장과는 근본적으로 다르다.[25]

역사가, 특히 고고학자들이 "이해하는 것은 여러 체제밖에 없"다. 왜냐하면 학자들은 이를테면 수많은 왕들을 나열하고 법체계를 거론할 수 있지만, 시대의 구체적 변화 과정을 속속들이 파악할 수 없기 때문이다. 39행의 표현은 알렉산더 데만트의 서문에서 인용된 것이다.[26] "우리는 다만 체제만을 파악할 수 있을 뿐이다. 고고학은 세계의 변화 과정을 이해할 수 없었다. 우리는 그것을 결코 찾아내지 못할 것이다."[27]

---

24. 에드워드 기번: 로마제국 쇠망사, 전7권, 김영진 역, 대광서림 1990을 참고하라.
25. Vgl. K. Kerényi: Ursinn der Utopie, in: Uranosjahrbuch 1963, Zürich 1964; 박설호: 유토피아 연구와 크리스타 볼프의 문학, 개신 2001, 61쪽.
26. 이는 로마 시대의 법전 편찬의 성문화 그리고 이로 인한 불필요한 노력 등과 관련될 수도 있다. 오동식: 하이너 뮐러의 창작 장애에 대하여, 김형기 외: 하이너 뮐러 연구, 한마당 1998, 221쪽.
27. Siehe Demandt: 18; 몸젠이 1899년에 로마사 제4권 대신에 『로마 형법Römisches

80년대에 몸젠은 대학의 잡무와 문헌학적 고증 그리고 자신이 속했던 정당의 일감에 몹시 시달린 게 틀림없다. 데만트에 의하면, 딜타이는 실제로 1884년 2월 요크 백작에게 다음과 같이 말했다고 한다. "그래, 몸젠은 황제 시대의 역사를 쓰고 있어요. 그러나 문헌학, 등록 절차, 정당 정책 등의 잡다한 주변 길을 지나치며, 몹시 피곤해하고, 먼지에 휩싸여 있습니다. 누군가가 종교적 이념이라든가 보이지 않는 국가에 대한 정신적 향수 없이 도래하는 기독교의 시기를 기술하는 것은 도저히 생각할 수 없는 일입니다."[28] 말하자면, 딜타이Dilthey는 몸젠이 신을 믿지 않기 때문에, 도래하는 기독교의 로마사를 집필할 자격이 없다고 말하고 싶었다. 그렇지만 뮐러는 모든 것을 생략하고 "경건한 딜타이"라고 묘사할 뿐이다. 왜냐하면 뮐러는 신앙 문제 그리고 무신론과 유신론 사이의 대립 등에 대해서는 커다란 관심을 기울이지 않기 때문이다.[29]

7. "첫 번째 교황은 어느 경찰 끄나풀"

뮐러는 나폴리에서 휴식을 취하며, 그곳에서 자신의 고뇌, 희망 등을 반추하는 계기를 맞이한다.

죽는 것을 배우지 않으려고 때가 오면 죽는 법
은총은 없다 백작들과 남작들을 위한
하나의 맹목적 신앙일 뿐 기독교는   50
그 뿌리에 있어서 나무 한 그루의 병病
하나의 암세포가 정보 부서로 뻗어나가

Strafrecht』을 간행한 것도 상기한 이유 때문일 것이다.
28. Siehe Demandt: 16. auch K. Ebrecht: a. a. O., S. 125.
29. 몸젠에 관한 딜타이의 언급은 딜타이 전집에 실려 있다. W. Dilthey: Gesammelte Schriften, Bd. XXI, Göttingen 1974, S. 123. 135. 147.

열두 명의 사도는 열두 명의 비밀 첩보원
배반자는 신을 증명하듯 부서의 암호를
제공한다 사울은 식민지를 관장하는   55
블러드하운드 사회민주당의 역을 연기하고

(Nicht um sterben zu lernen Kommt Zeit kommt Tod/ Und keine Gnade

EIN KÖHLERGLAUBE/ FÜR GRAFEN UND BARONE das Christentum/

Eine Baumkrankheit von der Wurzel her/ Ein Krebs unterwandert von

Nachrichtendiensten/ Die zwölf Apostel zwölf Geheimagenten/ Der Verräter

liefert den Gottesbeweis/ Und das Firmenzeichen Saulus ein kolonisierter/

Bluthund spielt den Part des Sozialdemokraten)

상기한 인용 시구 그리고 다음에 이어지는 인용 시구(48행-65행)는 몸젠
의 꿈 내지는 성찰로 이루어져 있다. 실제로 몸젠은 1882년에 로마사 집
필에 대한 어려움을 겪다가, 나폴리로 가서 몇 달 체류하였다. "은총은 없
다," "기독교는 (⋯) 나무 한 그루의 병" 등의 구절은 기독교에 대한 몸젠
의 회의적 태도를 보여 준다.

데만트는 로마사 제4권의 강연록 서문에서 다음과 같이 기술하고 있
다. 몸젠에게 "기독교는 천민들의 종교였다. 그리고 그 양식 역시 천민적
이었다. 기독교는 하나의 신앙이지만, 백작과 남작을 위한 '맹목적 신앙
Köhlerglaube'이다." 데만트는 계속 다음과 같이 서술한다. "따라서 교회는
(몸젠에게는: 역주) '국가 내의 국가Staat im Staate'처럼 보였다. 교회의 계층은
최고의 국가를 위협하는 하나의 원칙이다. 한마디로 주교단은 '부수적 정
부Nebenregierung' 혹은 '대립적 정부Gegenregierung'이다."[30] 몸젠은 종교가 하
나의 이데올로기로서 기득권 세력의 이익을 위한 수단으로 이용된다는 것

---

30. Demandt, a. a. O., S. 42.

을 잘 알고 있었다. 그렇기 때문에 그는 에드워드 기번과 마찬가지로 교회에 대해 회의적 태도를 견지했고, 기독교를 믿지 않았다.

그렇지만 몸젠이 기독교를 믿지 않았다는 사실은 뮐러의 시를 이해하는데 별반 도움을 주지 않는다. 이보다 중요한 것은 오히려 다음과 같은 질문이다. 즉, 몸젠이 어떠한 이유에서 교회를 "국가 내의 국가"로 이해하며, 기독교는 작품 내에서 무엇에 대한 메타포로 사용되고 있는가? 하는 질문 말이다. 예컨대 "사울은 식민지를 관장하는 블러드하운드"라는 구절을 상기해 보라.

뮐러는 성서의 인물을 은근히 드러내면서, 사실은 20세기의 정치적 사건을 비판적으로 거론하고 있다. 피 묻은 사울루스는 다름 아니라 구스타프 노스케G. Noske를 가리킨다.[31] 노스케는 1919년 1월 정부군의 명령대로 스파르타쿠스 폭동을 무력으로 진압한다. 사울루스가 과거의 신앙 동지인 스테파누스를 돌로 쳐 죽였듯이, 사민당의 "블러드하운드" 노스케는 이른바 공산주의 사상을 추구하는 옛 동료를 배반하지 않았던가? 이로 인하여 로자 룩셈부르크와 카를 리프크네히트 등은 대낮 베를린 거리에서 암살당하는 결과를 빚는다.[32]

돔다이H. Domdey는 기독교를 "자본주의에 대한 상징 개념"이라고 주장한다. 돔다이에 의하면, 하이너 뮐러는 사회주의의 이상이 실패로 돌아간 것을 간접적으로 비판하려 했다고 한다.[33] 이러한 논리는 L. 콜라코프스키L. Kolakowski의 태도를 연상시킨다. 즉, 기독교의 발전(혹은 변질) 과정이 마르크스주의의 발전(혹은 변질) 과정과 평행선상에 위치하고 있다는 것이다.[34]

---

31. 노스케는 사민당 당수 프리드리히 에버트Fr. Ebert에게 다음과 같이 말했다. "누군가 피 묻은 개가 되어야 합니다. 나는 책임을 회피하지 않겠습니다." G. Noske: Von Kiel bis Kapp, 1920. S. 67.
32. 이러한 내용은 뮐러의 「베를린에서의 게르마니아의 죽음Germania Tod in Berlin」(Texte 5, 78) 그리고 「볼로코람스커 국도 V(Wolokolamsker Chaussee V)」(252-255행)에서 자세히 묘사되고 있다.
33. Siehe H. Domdey: a. a. O. S. 279-281. auch K. Ebrecht: a. a. O., S. 135f.

돔다이의 견해는 예술과 정치에 관한 뮐러의 보편적 입장을 고려할 때 어느 정도 용인될 수 있다. 그렇지만 「몸젠의 블록」에 국한시켜 논할 때 그의 주장은 문제의 핵심을 꿰뚫지 못하고 있다.[35] 기독교와 자본주의를 동일선상에서 이해한다는 것은 그 자체 천박하기 짝이 없는 판단이다. 가령 에른스트 블로흐는 예수를 "공산주의적 묵시론자"로 이해하지 않았는가?[36]

이와 관련하여 우리는 무엇보다도 다음의 사항을 중시해야 한다. 인용 시구(48행-65행)는 몸젠의 꿈(혹은 성찰)에 대한 사실적 묘사에 불과하다는 사항을 생각해 보라. 표현 구절 자체만으로써 뮐러의 사상적 입장을 단정한다는 것은 그 자체 위험한 견해이다. 나중에 언급하겠지만, 뮐러는 기독교의 묵시록을 새로운 유토피아의 가능성에 대한 좋은 예로 채택하고 있다. 그래, 기독교에 관한 인용 시구(48행-65행)는 필자의 견해에 의하면 작품 내에서 몸젠의 꿈 내지는 성찰의 내용으로 이해되어야 한다. 이는 말하자면 일종의 극 중의 극과 같은 효과를 불러일으키고 있다.

바울은 말에서 떨어져 내려
미지의 신을 모시는 주모자가 된다 그는
신을 위해 양들을 사육장으로 유혹하고
구원이냐 저주냐를 선별하게 한다   60
오로지 버러지들 앞에서 죽음은 동일하다
첫 번째 교황은 어느 경찰 끄나풀

---

34. Siehe L. Kolakowski: Die Hauptströmungen des Marxismus, Bd. 1, München 1981, S. 466-475.

35. 돔다이는 뮐러를 "니체 식의 스탈린주의자"라고 명명한 적이 있다. 뮐러는 이에 대해 아주 커다란 거부감을 표명한 바 있다. Siehe Gesammelte Irrtümer 3, Texte und Gespräche, Frankfurt a. M. 1993, S. 201.

36. 이는 『희망의 원리』 제53장 가운데 "(11) 기쁨의 전언과 완전히 일치되는, 모세와 엑소더스 정신에서 비롯한 창시자: 예수, 묵시록, 자유의 나라"에서 자세히 언급되고 있다. Ernst Bloch: Das Prinzip Hoffnung, 1985, S. 1416-1443.

파트모스 섬의 요한 마약을 피우다
죽은 자 안내하는 자 이단자 테러리스트는
도래하게 될 새로운 동물을 본다   65

(Paulus geworden durch einen Sturz vom Pferd/ Und Leithammel des
Unbekannten Gottes/ Dem er die Schafe ins Gehege lockt/ Zur Selektion
Heil oder Verdammnis/ Nur vor den Würmern sind die Toten gleich/ Ein
Polizeispitzel der erste Papst/ Nur Johannes auf Patmos im Drogenqualm/
Der Ketzer der Totenführer der Terrorist/ Hat das Neue Tier gesehn das
heraufkommt)

프리드리히 엥겔스Fr. Engels는 자신의 책 『원시 기독교의 역사를 위하여』
에서 요한계시록의 내용을 로마 제국의 몰락으로 설명하고 있다. 머리에
"666"이라는 숫자가 새겨진 악령, "새로운 동물"은 폭군 네로의 이름을 상
징한다는 것이다.[37]

"말에서 떨어"진 뒤 성령의 계시를 얻은 자는 뮐러에 의하면 사도 바울
Paulus이 아니라, 사울Saulus이라고 한다.[38] 성서에 나오는 표현인 "미지의
신," "주모자," "양," "사육장" 등은 변질된 교회의 전체주의적인 모습을
보여 주고 있다는 점에서 우리는 이러한 표현들을 이른바 현대의 정치적
현실에 대한 상징적인 상으로 유추할 수 있다.[39] 「요한의 복음서」에서 예
수 그리스도는 양의 축사로 향하는 문門 내지 "목자"로 구체화되고 있는
반면에, 뮐러의 시에 등장하는 파울루스는 "12명의 비밀 첩보원"과 마찬
가지로 "감독관"으로 작용한다. 그러니까 "양"들은 목자가 아니라, "주모

---

37. Siehe Friedrich Engels: Zur Geschichte des Urchristentums, Berlin 1894, S. 469.
38. 사울의 다마스쿠스 체험은 사도행전 제9장 3-5절에 실려 있다.
39. 「사도행전」 제17장 22-23절, 「요한의 복음서」 제10장 1-16절.

자Leithammel"에 의해서 이끌리게 된다.

60번째 행 "구원이나 저주냐를 선별하게 한다"는 묵시록에 나오는 최후의 심판의 내용을 암시하고 있다. 여기서 뮐러가 "선별Selektion"이라는 단어를 사용한 것은 지극히 의도적이다.[40] 실제로 "선별Selektion"은 나치 용어로서, 유태인 강제수용소에서 사용된 것이다. 이어지는 시구는 이러한 사항을 뒷받침해 주고 있다: "오로지 버러지들 앞에서 죽음은 동일하다."

8. "어떻게 사람들을 설득시킬 수 있을까"

요약하자면, 인용 시구가 몸젠의 기독교관 내지는 뮐러의 기독교에 대한 견해를 드러내고 있지는 않다. 오히려 그것은 몸젠이 로마에서 성찰한 꿈으로서, 작품 내에 "극 중의 극"으로 기능하고 있다. 인용 시구는 몸젠 이후에 도래할 정치 이데올로기를 예견하는 상들이다. 따라서 우리는 뮐러의 시를 종교 비판 등과 같은 차원에서 해명할 게 아니라, 몸젠이 처한 19세기 말의 사회적 현실 그리고 뮐러가 처한 20세기 말의 사회적 현실 등과 관련시켜야 할 것이다.

이태리에 관한 꿈은 집필에 관한 꿈
폐허 위를 비추는 달빛은 흥분제
신의 오만 내 젊은 시절의 아주 젊었던
최소한 나는 한 번도 젊지 못했다
남은 것은 고작 신의 뻔뻔스러움 가련한   70
대리 작업자 늪 속의 독수리들 왜 글을 남기려고
하는가 오로지 많은 자들이 읽으려고 하기에

---

40. 이는 뮐러의 시 「로마인들에게 보낸 편지Römerbrief」에서도 나타난다. "그의 마지막 구원은 선별이다." Heiner Müller: Werke 1, a. a. O., S. 290f.

늪 속에는 공중에 비해 더 많은 삶이
도사린다는 걸 생물학은 알고 있다

(Der Traum von Italien ist ein Traum vom Schreiben/ Das Stimulans des
Mondscheins auf Ruinen/ Mit dem göttlichen Hochmut MEINER JUNGEN
JAHRE/ DER JÜNGEREN ZUMINDEST JUNG WAR ICH NIE/ Was bleibt ist
die GÖTTLICHE GROBHEIT A POOR/ SUBSTITUTE Im Sumpf die Adler
Warum das/ Aufschreiben nur weil die Menge es lesen will/ Daß in den
Sümpfen mehr Leben ist als/ In der Höhe weiß die Biologie)

몸젠은 1882년 집필을 위하여 나폴리로 떠난 바 있는데, 거기서 딸 마리
에게 다음과 같이 편지를 썼다. 이 편지 내용을 자세히 인용하는 게 좋을
듯하다. 왜냐하면 마리에게 보낸 편지는, 상기한 시구를 이해하는 데 결정
적인 모티프를 제공하기 때문이다. "별장으로 이주하고 싶어. 꿈속에서 항
상 출현하곤 하는 죽음을 준비하기 위해서가 아니라, 내 젊은 시절의 아주
젊었던 때처럼 과연 내가 다시금 과감히 생동할 수 있을까 하고 묻기 위해
서 말이야. 최소한 나는 한 번도 젊은 느낌을 품어본 적이 없거든. 마치 떠
나지 않은 꿈처럼 자꾸 어떤 생각에서 벗어나지 못하고 있어. 많은 자들이
읽으려고 하는 것을 쓸 수 있을지 실험하기 위해서 7, 8개월 동안 여기 머
물고 싶어." 몸젠은 이 대목에서 자신의 작업을 암시하고 있다. "(…) 청춘
의 환각은 사라져버렸어. 유감스럽게도 나는 내가 얼마나 많은 것을 모르
고 있는가 하는 사실만을 알 뿐이야. 신의 오만함은 나를 비켜갔어. 내가
아직 수행할 수 있는 신과 같은 뻔뻔스러움, 가련한 대리 작업자에 불과
해."[41]

인용문은 몸젠의 마음을 가득 채우고 있는, 뒤엉킨 고뇌의 편린들을 처

---

41. Siehe Demandt.: a. a. O. 19.

절히 보여 주고 있다. 학자로서 무언가 해내야 한다는 의무감, 자책감, 그
리고 아쉬움 등은 몸젠을 답답하게 하는 고뇌의 여러 가지 편린, 바로 그
것들이었다.[42] 이를테면 주위의 기대감에 부응하며, 전혀 신명을 느낄 수
없는 학문적 작업을 수행해야 한다는 어떤 의무감을 생각해 보라. 나아가
지금까지 오로지 학문에 몰두하고 살아왔지만, 여전히 무지無知에서 벗어
나지 못하고 있다는 자책감을 상상해 보라. 그리고 마지막으로 남은 여력
을 모조리 동원한다고 하더라도 자신의 이상을 성취할 수 없을 것 같은 아
쉬운 감정 등을 생각해 보라. 지금까지의 학문적 업적을 돌이켜보는 몸젠
은 스스로를 "가련한 대리 작업자a poor substitute"에 불과하다고 생각한다.
자신의 학문적 견해는 마치 모래알과 같아서, 학문적 소재와 수많은 역사
적 문헌이라는 넓은 백사장에 초라하게 묻혀 있지 않는가?

"늪 속의 독수리들"(71행)이라는 표현은 그 자체 모호하기 이를 데 없다.
왜냐하면 "늪"이 상징하는 배경 내지는 현실이 작품 내에서 불분명하게 이
해되기 때문이다. 만일 "늪"이 프로이센을 가리킨다면, 우리는 이 대목에
서 몸젠의 연구에 대한 동시대인들의 기대감 내지 의무적 작업으로 인한
몸젠의 고통 등으로 해석할 수 있을 것이다. 이와는 달리 "늪"이 로마를
지칭한다면, 우리는 여기서 "자신의 일상만을 염두에 두며 살아가는 고대
인들의 구체적 삶"을 연상할 수 있을 것이다.

어떻게 사람들을 설득시킬 수 있을까   75

잔인하고 정신 나간 삼류 예술가

---

42. 독일의 역사학계와 프로이센 학술원으로부터 도의적인 그리고 경제적인 빚을 지고 있
던 몸젠으로서는 학술 서적, 논문 발간 등의 작업을 생략할 수 없었다. 게다가 몸젠은 정
치 권력과 종교 권력이 여전히 인간 개개인의 삶을 억압하는 이데올로기라고 느꼈다. 그
가 실제로 정치 현장에 가담한 것도 그 때문이다. 가령 몸젠은 1873년부터 1879년까지 프
로이센 연방의회 의원으로 활약하였고, 1881년부터 1884년 사이에 독일 제국의회 의원직
을 맡기도 했다.

네로 치하의 처음 십 년 동안에 어째서

몰락 속에서 음악이 중시되었는가를

다 말해지면 목소리는 달콤하게 되는 법

로마 인민에게는 행복한 시기였다   80

로마의 오랜 역사에서 가장 행복한 시기였을까

빵과 서커스 유희가 있었다 살육 짓거리는

주로 상류 계급에서 성행했으며

높은 시청률을 기록할 정도였다

(Wie soll man den Leuten begreiflich machen/ Und wozu daß das erste
Jahrzehnt unter Nero/ Dem verhinderten Künstler dem blutigen/ Musik
wird hoch gehandelt im Niedergang/ Wenn alles gesagt ist werden
die Stimmen süß/ Eine glückliche Zeit war für das Volk von Rom/ Die
glücklichste vielleicht seiner langen Geschichte/ Es hatte sein Brot seine
Spiele Die Massaker/ Fanden in den oberen Rängen statt/ Und hatten eine
hohe Einschaltquote)

몸젠의 견해에 의하면, "네로 치하의 처음 십 년"은 결코 "로마의 오랜
역사에서 가장 행복한 시기"가 아니었다. 더러 역사가들이 그렇게 기록한
까닭은 "몰락 속에서 음악이 중시되었"기 때문이다. 79행에서 나타나고
있듯이, 그들의 언어는 지금까지 후세 사람들을 속이고 있다. 그렇지만 몸
젠은 스스로 진리라고 판단한 견해를 감히 피력할 수 없다. 왜냐하면 몸젠
주위의 사람들은 황제 시대의 로마 제국이 찬란하고 영화롭게 묘사되기를
애타게 바라고 있기 때문이다. 그렇게 되면 고대 로마 제국과 유사한 프로
이센 역시 찬란하고 영화로운 제국으로 널리 알려질 게 뻔하지 않겠는가?

그러니까 로마 귀족만이 풍요로운 "빵"을 지녔고, 음란한 "유희"를 즐긴

것은 아니다.[43] 프로이센 상류층도 그러했다. 뮐러는 이러한 내용을 "높은 시청률을 기록할 정도"라고 현대적으로 표현하고 있다. 주지하다시피 몸젠의 시대에는 라디오도, TV도 없었고, 신문만이 간행되었다. 따라서 "시청률"이란 도저히 생각할 수 없다. 어쩌면 뮐러는 통일된 이후의 상황을 풍자하려 했는지 모른다.

사람들은 통일된 독일에서 아무런 거리낌 없이 과거 분단 시대의 제 문제와 사회주의의 이상 등을 토로한다. 그러나 이는 작가와 지식인 그룹에 해당하는 사항일 뿐이다. 일반 대중들은 정보의 홍수 속에서 비판에 주눅 들게 되고, 쓴소리에 식상하게 된다. 말하자면, 그들은 "빵과 서커스 유희 panem et circenses"를 바랄 뿐이다. 상기한 이유로 인하여 진지한 논의와 토론은 더 이상 커다란 반향을 불러일으키지 못하고, 대부분 발설자의 "목소리는 달콤하게" 변해버린다. 나아가 통독 후 독일에서 강도, 살인, 매춘 등의 범죄가 급증하였다는 사실은 제83행과 208행에서 예리하게 지적되고 있다. 이러한 상황 하에서 몸젠이 할 수 있는 것은 과연 무엇일까? 그것은 오로지 "침묵의 발명"밖에 없었다.[44]

9. "마흐가 8번지의 가스 폭발 때문이었다"

이어지는 시구는 1880년 7월 12일 몸젠의 집에서 발생한 방화사건 및 이로 인해 발생한 여러 가지 유언비어 등을 내용으로 하고 있다.

몸젠의 집에 방화 사건이 일어난 것은   85
이천 년 전 알렉산드리아에서와 같은 도서관을

---

43. 고대 로마에 목욕탕이 가장 발달해 있었다는 것은 잘 알려진 사실이다.
44. "마지막 프로그램은 침묵의 발명." Heiner Müller: Ajax zum Beispiel, in: ders., Werke 1, a. a. O., S. 297.

싫어하는 기독교인들의 격정 때문이 아니라

마흐 가 8번지의 가스 폭발 때문이었다

이로써 어떤 끔찍한 희망 사항이 싹트게 되었다

즉 위대한 학자는 황제 집권 시기 동안에   90

오랫동안 기대했던 제4권 집필을

끝냈다고 하는데, 텍스트는 씌어졌으나

필사본을 포함한 사만 권의 장서들이 소장된

도서관과 함께 거의 소실되었다고 했다

(Ein Wohnungsbrand im Haus Mommsen verursacht/ Nicht durch

christlichen Eifer gegen Bibliotheken/ Wie vor zweitausend Jahren in

Alexandria/ Sondern durch eine Gasexplosion Machstraße acht/ Ließ die

schreckliche Hoffnung aufkommen/ Der große Gelehrte habe den vierten

Band/ Den lang erwarteten über die Kaiserzeit/ Doch geschrieben und

der Text sei verbrannt/ Mit dem Übrigen der Bibliothek zum Beispiel/

Vierzigtausend Bände plus Handschriften)

샤를로텐부르크 마르크 가 8번지 건물은 실제로 가스 폭발로 인하여 순식간에 화염에 휩싸였다. 그것은 가령 고대 그리스 문화를 거부하려고, 그리스 문헌으로 가득 찬 도서관을 방화하려고 의도한 알렉산드리아 "기독교인들의 격정"과는 달리,[45] 오로지 부주의로 인해 우연히 발생한 화재였다.[46]

---

45. 알렉산드리아 도서관은 기원전 3세기 초에 이집트 프톨레마이오스 왕조에 의해서 건설되었다. 이 도서관에는 최소한 40만 권이나 되는 고대 그리스의 문헌이 소장되어 있었고, 중요 문헌들은 칼리마코스에 의해서 체계화되었다. 과연 그곳에 방화 사건이 있었는지에 대해서는 잘 알려지지 않고 있다.

46. 화재 소식은 실제로 『포스 신문die Vossische Zeitung』, 『인민 신문die National-Zeitung』 등

물론 당시 신문에는 로마 황제의 역사 연구가 불에 탔다고 발표되지는 않았다. 그렇지만 알프레트 클레멘트A. Klement와 헤르만 글로크너H. Glockner 등과 같은 신문의 편집자들은 다음과 같은 헛소문을 퍼뜨렸다고 한다. 즉, 몸젠의 로마사 제4권은 약 절반 정도 완성되었는데, 방화로 인하여 소실되었다는 게 바로 그 소문이었다.[47]

불 속에서 구출한 것은 아카데미 단편	95
가장자리가 불에 탄 칠 페이지 초안	
방화가 일어난 지 112년 후에	
편집자들의 글에 의하면 몸젠의	
뾰족 괄호 속에 불타버린 단어들	
신문들은 방화에 관해 보도하였다	100

(Gerettet wurde das AKADEMIEFRAGMENT/ Sieben Seiten Entwurf
gerahmt von Feuer/ IN SPITZEN KLAMMERN DIE VERBRANNTEN
WÖRTER/ MOMMSENS wie die Herausgeber schreiben/ Einhundertzwölf
Jahre nach dem Brand/ Über den Brand berichten die Zeitungen)

문제는 로마사 제4권의 시작에 해당하는 개요 원고 묶음이었다. 실제로 몸젠은 약 89페이지에 달하는 로마사 제4권의 개요를 작성해 주었다. 그런데 이 원고 뭉치는 가장자리가 모조리 타버린 채 폐허 속에서 발견되었다. 뮐러는 이를 데만트가 언급한 대로 "아카데미 단편"이라고 명명하고 있다. 그렇지만 이 원고는 "7페이지 초안"으로 이루어져 있으며, "불 속에

에 실렸다. 만여 권의 책과 필사본들, 몸젠의 완성 원고, 그리고 현재 진행 중인 국가 경제에 관한 원고 등은 거의 불에 타서 사라졌다.
47. 신문사 편집인들이 퍼뜨린 유언비어는 제90행에서 94행에 기술되어 있다. Siehe Demandt.: S. 36.

서 구출한" 원고로 약간 달리 묘사되고 있다.

"아카데미 단편"에는 예컨대 "〈 〉"와 같은 "뾰족 괄호"들이 첨가되어 있었다. 이것은 "방화 112년 후에/ 편집자들의 글," 즉 데만트의 글에 의하면 각주 내지는 첨삭의 표시였으며, 그게 아니라면 몸젠에 의해, 부분적으로 편집자에 의해 표기된 것이었다고 한다.[48]

신문 독자 니체는 페터 가스트에게 썼다
"자네 몸젠의 집이 불에 탔다는 신문 기사를
읽었는가? 그의 초안들이 불탔다는 사실을,
살아있는 학자가 할 수 있는 가장 막강한
작업이 아닌가? 그는 여러 번 불 속으로   105
뛰어들었다고 하네. 결국 사람들은 몸에 화상
입은 그의 걸음을 막으려 무력을 사용했다고
하네. 몸젠의 작업과 같은 방대한 시도는
분명히 드문 것이야. 왜냐면 거대한 기억력
이에 상응하는 날카로운 비판력 그리고 소재를   110
다루는 체계 등을 동시에 견지할 수 없으니까.
이것들은 작업 속에서 서로 대립하거든,
이야기를 들었을 때 내 심장의 피가 역류하는 걸
느꼈어. 지금 그걸 생각할 때, 육체적으로
고통스럽네. 동정일까? 허나 몸젠은 나와는   115
상관없어. 나는 하찮은 존재일 테니까."
편지 쓰는 사람들의 시대에 나온 어떤 기록
고독에 대한 두려움이 물음표에 숨어 있다

---

48. Siehe Demandt.: S. 57. auch K. Ebrecht: a. a. O., S. 119f.

(Der Zeitungsleser Nietzsche schreibt an Peter Gast:/ "Haben Sie von

dem Brande in Mommsens Hause gele-/ sen? Und daß seine Excerpten

vernichtet sind, die/ mächtigsten Vorarbeiten, die vielleicht ein jetzt

lebender/ Gelehrter gemacht hat? Er soll immer wieder in die/ Flammen

hineingestürtzt sein, und man mußte endlich/ gegen ihn, den mit

Brandwunden bedeckten, Gewalt/ anwenden. Solche Unternehmungen wie

die Mommsens/ müssen sehr selten sein, weil ein ungeheures Gedächtnis/

und ein entsprechender Scharfsinn in der Kritik und/ Ordnung eines

solchen Materials selten zusammen kom-/ men, vielmehr gegen einander

zu arbeiten pflegen. — Als/ ich die Geschichte hörte, drehte sich mir das

Herz im/ Leibe um, und noch jetzt leide ich physisch, wenn ich/ daran

denke. Ist das Mitleid? Aber was geht mich/ Mommsen an? Ich bin ihm gar

nicht gewogen."/ Ein Dokument aus dem Jahrhundert der Briefschreiber/

Die Furcht vor der Einsamkeit versteckt im Fragezeichen)

뮐러는 여기서 니체의 편지를 인용하고 있다. 니체Fr. Nietzsche(1844 1900)는 1880년 7월경에 바젤 대학교 교수직을 사임한 뒤, 마리엔바트에서 요양 중이었는데, 신문을 통해 몸젠 집의 방화 사건을 접했다. 그리하여 그는 자신의 친구이자 제자인 페터 가스트Peter Gast에게 편지를 보낸다. 니체의 편지는 뮐러의 시 102행부터 116행에 이르기까지 몇몇 방점 외에는 조금도 틀림없이 그대로 인용되고 있다.[49]

몸젠은 방화 사건으로 인하여 많은 것을 잃었다. 몸젠은 니체의 편지에

---

49. 페터 가스트는 원래 하인리히 쾨젤리츠H. Köselitz라고 불리는 젊은 음악가였는데, 바젤로 니체를 찾아온 학생이었다. 그 후 가스트는 니체의 절친한 제자이자 친구가 되었다. 페터 가스트라는 이름도 니체가 지어준 것이었다. 가스트는 니체의 말을 구술하여 책으로 간행하였다. 말하자면 그는 니체의 비서이자 은인이었다. 가스트가 없었더라면 『인간적인 너무도 인간적인』, 『반시대적 고찰』, 『권력에의 의지』 등은 결코 간행되지 못했을 것이다.

서도 잘 나타나고 있듯이, 그리스와 라틴어를 완벽하게 이해할 수 있는 기억력, 탁월한 비판 정신, 그리고 모든 것을 거대한 체계 속에 담을 수 있는 조직 능력 등을 빠짐없이 지니고 있었다. 그렇지만 수많은 자료들은 순식간에 잿더미로 사라지고 말았다.

니체는 신문을 읽으면서, 자신이 몸젠의 처지가 되어 본다. 자신의 정신적 자식들과 다를 바 없는 원고들이 하나씩 화형당하는 순간, 몸젠의 절망은 어떠한 것이었을까? 마치 "심장의 피가 역류하는" 것 같은 안타까움이 니체 자신의 뇌리를 스쳐 지나간다.[50] 나아가 방화 사건은 니체에게 어떤 커다란 두려움을 불러일으켰다. 여기서 말하는 고독에 대한 두려움은 학문적으로 아무런 결실을 맺지 못하고 사라질지 모른다는 생각에서 비롯한 것이지, 고독 자체에 대해서 니체가 "두려움"을 느낀 것은 아니다. 어쨌든 니체의 편지는 몸젠이 처한 상황과 그의 행동 등을 아주 생생하게 유추하게 해둔다.

10. "망각은 죽은 자들의 특권이다"

「몸젠의 블록」은 다음 시구부터 시적 관점이 변화되고 있다. 119행부터 "나"는 간간이 몸젠 교수에게 직접 말을 건넨다.

허공을 향해 글쓰는 자에겐 방점이 필요 없다
몸젠 교수님 당신에 관해 글쓰는 걸 허용하세요   120
토인비에 의하면 기번 이후의 가장 위대한 역사가
(혹은 **곁**이라고 말했을까 찬양자들의 마음을 영원히

---

50. 니체의 학문적 업적은 생전에 커다란 반향을 불러일으키지 못했다. 게다가 니체는 오래 전부터 편두통, 만성 위염을 앓고 있었기 때문에 몸젠처럼 방대한 작업에 착수할 수 없었다. 시력 역시 좋지 않았다. 게다가 오랜 고독으로 인한 강한 망상 증세가 그를 괴롭히고 있었다.

파고드는 전율 측량의 잣대 역시 거짓된 것이다)

생전에 샤를로텐부르크 마흐 가 8번지에 살며

두세 페이지 누구를 위해 쓰고 있을까   125

모조리 알고 있는 먼지 속 죽은 자들을 위해

젊음의 교사 당신에게 동의할 수 없는 어느 생각

망각은 죽은 자들의 특권이다

(Wer ins Leere schreibt braucht keine Interpunktion/ Gestatten Sie daß
ich von mir rede Mommsen Professor/ Größter Historiker nach Gibbon
laut Toynbee/ (Oder sagte er neben Die ewig nagende Furcht/ Der
Gepriesenen daß die Meßlatte lügt)/ Im Leben wohnhaft Charlottenburg
Machstraße acht/ Zwei drei Seiten lang Für wen sonst schreiben wir/ Als
für die Toten allwissend im Staub Ein Gedanke/ Der Ihnen vielleicht nicht
zusagt dem Lehrer der Jugend/ Das Vergessen ist ein Privileg der Toten)

여기서부터 「몸젠의 블록」 두 번째 단락이 시작되고 있다. 시인이 방점
을 사용하지 않은 것은 "허공을 향해 글쓰"기 때문이다. 다시 말해서, 시인
의 대화 상대자는 산 사람이 아니라 죽은 사람들이다. 왜냐하면 살아 있는
사람들은 감추어진 진리에 대해 둔감하기 때문이다. 그럼에도 살아 있는
자들은 그것을 알려고 하지 않는다.[51] 그렇기 때문에 뮐러로서는 이미 유명
을 달리한 "기번 이후의 가장 위대한 역사가"에게 말을 걸 수밖에 없다.

122행과 123행은 어떻게 이해될 수 있을까? 여기서 뮐러는 다음과 같이
추론하고 있다. 즉, 아놀드 토인비A. Toynbec(1889 1975)는 이쩌면 몸젠이
기번 "곁"의, 다시 말해서 기번에 필적하는 가장 위대한 역사가라고 명명

51. Vgl. B. Brecht: Wie künftige Zeiten unsere Schriftsteller beurteilen, in: ders, GWA, Bd. 12. Frankfurt a. M. 1993, S. 433.

했는지 모른다고 말이다. "기번 이후의 가장 위대한 역사가"라는 표현과
"기번 곁, 즉 기번에 필적하는 가장 위대한 역사가"라는 표현 사이에는 얼
마나 커다란 의미론적인 차이가 도사리고 있는가? 참으로 놀라운 것은 그
다음에 이어지는 구절이다. "찬양자들의 마음을 영원히/ 파고드는 전율
측량의 잣대 역시 거짓된 것이다." 대부분의 찬양 내지는 찬사 속에는 어
떤 거짓된 요소가 담겨 있다고 지적한다.[52]

　찬양의 허구성을 생각해 보라. 물론 칭찬은 때로는 교육학적으로 이로
운 것이다. 왜냐하면 인간은 심리적으로 칭찬을 오래 기억하고, 꾸지람을
애써 망각하려는 속성을 지니고 있기 때문이다. 그렇지만 이 경우 칭찬과
찬양은 하나의 수단으로 사용될 수 있을 뿐, 그 자체 목적이 되어서는 안
된다. 예컨대 우리는 영국식 유머, 즉 칭찬 속에 어떤 은근한 가시를 담을
수 있지 않는가?[53] 찬양과 칭찬은 상대방과 나 자신을 치켜세움으로써, 이
른바 누이 좋고 매부 좋은 관계만을 형성시키게 한다. 이러한 자화자찬 식
의 칭찬 주고받기는 결국 파벌을 강화시킨다. 구동독의 문화 풍토에서 찬
양과 칭찬은 얼마든지 용인되었으나, 비판과 비난은 그다지 허용되지 않
았다.[54]

　알렉산더 데만트는 몸젠의 로마사 제4권의 강연록 서문에서 다음과 같
이 기술한다. "로마사에 대한 몸젠의 강연은 몸젠에 관한 다음과 같은 상
을 더욱 풍요롭게 할 수 있다. 즉, 몸젠은 아놀드 토인비에 의하면 에드워
드 기번 이후의 가장 위대한 역사가라는 사실 말이다."[55] 그렇다면 어떠한

52. 비근한 예로 문학상을 생각해 보라. 그것은 때로는 수상자의 업적을 기리기 위함이 아
니라, 수여자의 어떤 관심사와 의도에 근거한 것이다. 따라서 청마 유치환의 다음과 같은
말을 생각해 보라. "문학상은 상을 받는 사람을 위한 게 아니라, 상을 주는 자를 위해 존재한
다."
53. 좋은 약이 입에 쓴 법이다. 자신의 무지를 깨달으라고 목청 높이던 소크라테스는 끝내
독배를 들어야 했다. 그렇지만 그의 가르침은 플라톤, 아리스토텔레스의 학문을 낳았다.
54. Siehe Günter de Bruyn: Die Preisverleihung, Berlin/Weimar 1976.
55. Siehe Demandt: S. 46.

이유에서 뮐러는 "이후"라는 표현과 "곁"이라는 표현 사이의 차이를 지적하고 있는 것일까? 분명히 그는 자신에 대한 동료 작가 페터 학스Peter Hacks의 경쟁 관계를 암시하고 있다. 아닌 게 아니라 1992년에 간행된 하이너 뮐러의 인터뷰 모음집 『전투 없는 전쟁Krieg ohne Schlacht』에서 페터 학스에 관해서 다음과 같이 언급하고 있다. 즉, 1961년 뮐러의 작품 『이주녀 혹은 시골에서의 삶』은 구동독의 작가동맹에서 신랄하게 혹평당하였다.[56] 이러한 처사에 대해 이의를 제기한 사람은 한스 붕게Hans Bunge와 페터 학스밖에 없었다. 그러나 나중에 페터 학스는 뮐러에 대해 철저히 적대적 태도를 취하게 된다. "이는[뮐러에 대한 학스의 우호적 태도: 역주] 순간적으로 사라졌지요. 그러니까 사람들이 '학스 이후의 가장 위대한 극작가 뮐러'라고 말하지 않고, '학스 곁의 가장 잘 알려진 극작가 뮐러'라고 말하기 시작한 이후부터 말입니다."[57]

세상 사람들은 죽은 자들로부터 등을 돌린 채 역사를 망각한다. 그들은 지나간 비극적 역사에서 참담한 그러나 잊을 수 없는 진리가 도사리고 있다는 것을 깨닫지 못한다. 말하자면, 그들은 자신에 대한 찬양만을 즐겨 들으며, 현재의 주어진 즐거움에 혈안이 되어 있을 뿐이다.[58] 몸젠은 이들의 무지와 거짓된 "측량의 잣대"를 수정해 주려고 애를 쓴다. 그러나 시간이 흐름에 따라 이러한 일을 행하는 게 얼마나 어려운 것인지를 몸젠은 직감한다.[59] 결국 그는 로마사 제4권의 완성을 포기하고, 그저 몇몇 사람들에게 로마사 제4권의 내용을 들려준다.

---

56. Jost Hermand: Blick zurück auf Heiner Müller, in: ders. u.a., Mit den Toten reden, Köln 1999, S. 146.
57. Heiner Müller: Krieg ohne Schlacht, Leben in zwei Diktaturen, Köln 1992, S. 142f.
58. 망각이 "죽은 자들의 특권"이라면, 그것은 역설적으로 살아 있는 자의 수치를 드러내는 행위, 바로 그것이다.
59. Vgl. Ulrich von Wilamowitz-Moellendorff, a. a. O., S. 217f.

11. "카프카를 읽으시길 나는 바랐습니다"

죽기 전에 몸젠은 로마사 제4권에 대한 어떠한 문헌, 심지어 강연록조차
출간하지 말라는 유언을 남겼다. 몸젠의 이러한 태도는 로마의 시성 베르
길리우스와 현대의 신비로운 작가 프란츠 카프카Fr. Kafka를 연상시킨다.

최소한 당신은 스스로 당신의 동료에게

출간 금지를 유언으로 남겼다   130

왜냐하면 강단의 경박함은 책상에서의 수고와는 다른

배반을 연습하니까 심지어 아이네이스조차

당신은 실패한 베르길리우스의 의지에 따라

불타버린 것을 보려 하는가 로마 건축의 장인

아우구스투스 앞에서 완성을 꺼렸다   135

그건 몰락을 말하지 않고 불멸을 강요하니까

서사시 신곡神曲은 불에 대한 작가의 비판이

없었더라면 집필되지도 않았을 테고

오래 남아 읽히지도 않았을 것이다

석상의 대리석 받침돌 속에서 교수님   140

당신이 카프카를 읽으시길 나는 바랐습니다

(Immerhin haben Sie selbst die Publikation/ Ihrer Kollegs per Testament
verboten/ Weil der Leichtsinn auf dem Katheder Verrat übt/ An den Mühen
des Schreibtischs Selbst die AENEIS/ Wollten Sie verbrannt sehn nach
dem Willen/ Des gescheiterten Vergil Dem Augustus/ Baumeister Roms
selber zögernd vor der Vollendung/ Weil sie den Abgrund verschweigt
die Unsterblichkeit aufzwang/ Die GÖTTLICHE KOMÖDIE wäre nicht/

Geschrieben worden oder weniger dauerhaft/ Ohne sein Verdikt gegen

das Feuer/ Und ich wollte Sie könnten Kafka lesen Professor/ In Ihrer

Marmorgruft auf Ihrem Sockel)

몸젠은 로마사 제4권 강연문의 "출간 금지를 유언으로 남겼다." 어쩌면 몸젠은 처음부터 아예 몇몇 사람들에게 강연하지 말았어야 했다. 로마사 강연은 결과적으로 하나의 "배반"에 대한 "연습"으로 작용하고 말았던 것이다. "강연 초록을 낭독하는 것보다 경박한 짓거리는 없다." 이 말은 무엇을 말해 주는가? 데만트의 표현에 의하면, 나이 든 몸젠은 책상에 앉아 글을 쓰려고 할 때 몹시 답답함을 느꼈으나, 강단에 섰을 때 결코 양심의 가책을 느끼지 않았다고 한다. 이 말 속에서 우리는 몸젠의 심적 갈등을 그대로 읽을 수 있다.[60]

로마의 가장 위대한 시인 베르길리우스 역시 유언으로 자신의 작품을 불태우라고 말했다고 한다. 말하자면, 트로이 전쟁의 마지막 영웅 "아이네이스"를 서사시로 형상화시킨다는 일 자체가 시인으로서는 로마의 이상을 구현하는 작업이나 마찬가지였다. 처음에 베르길리우스는 로마 황제 아우구스투스에게 열광하였다. 그러나 나중에 그는 로마 황제가 결코 주피터 신과 동일시되어서는 안 된다고 생각했다. 어쩌면 자신의 서사시가 아우구스투스를 신격화하는 데 이용당할지 모른다. 몰락하는 트로이 난민을 이끌고 이탈리아에서 새로운 삶을 찾은 위대한 아이네이스는 로마인들에게는 마치 "단군"과 같은 존재였다. 어찌 이러한 영웅이 일개 권력자 아우구스투스에게 견줄 수 있단 말인가? 결국 로마의 시성, 베르길리우스는 『아이네이스』의 "완성을 꺼"릴 수밖에 없었다. 135행에서 묘사되고 있듯

---

60. 스위스의 고대 사학자 야콥 부르크하르트(1818-1897)는 몸젠의 강연록을 짓밟아야 한다고 말했다. Siehe Demandt, a. a. O., S. 41. 종교적 측면에서 그는 몸젠과는 달리 기독교의 음성을 긍정적으로 인정하였다. 그러나 부르크하르트는 정치적으로는 귀족적 보수주의에서 벗어나지 못했다.

이, 위대한 고대 영웅을 한낱 독재자에 불과한 권력자와 동일시한다는 것은 "몰락"의 진실을 은폐시키고, 반역사적으로 "불멸"을 강요하는 것이나 다름없었던 것이다.

다행히 사람들은 『아이네이스』를 불태우지 않았다. 아우구스투스 역시 원고 내용에 대해 탐탁하게 생각하지 않았다. 그는 다음과 같이 말했다. "이 원고를 순식간에 불태워 파기하도록 결정하는 게 더 나았을 것이다 iusserat haec rapidis aboleri carmina flammis."[61] 보수적인 역사학자 야콥 부르크하르트 역시 몸젠의 강연록을 형편없는 것이라고 비난하였다. 오늘날 뮐러의 문학 역시 온갖 비난과 비판의 대상이 되고 있다. 그렇다면 뮐러 역시 자신의 미완성 극작품이라든가, 미발표 원고 등을 모조리 불태우라고 유언으로 남겨야 하는 것인가? 이러한 물음을 고려할 때, 「몸젠의 불록」은 자신의 문학 작품에 대한 최후의 유언인 셈이다. 미완성 예술 작품은 몸젠, 카프카, 뮐러, 베르길리우스 모두에게는 그야말로 결코 남기고 싶지 않은 정신적 자식이 아닌가?

그렇지만 뮐러는 원고를 불사르는 화염을 증오할 수밖에 없었다. 단테의 경우를 생각해 보라. 만약 베르길리우스의 작품이 세상에서 사라졌다면, 먼 훗날 단테A. Dante(1265-1321)의 『신곡La Divina commedia』은 결코 "집필되지도 않았을 테고/ 오래 남아 읽히지도 않았을" 게 분명하다. 왜냐하면 단테는 주제에 있어서 그리고 형상화 방법에 있어서 베르길리우스의 『아이네이스』를 하나의 모범으로 삼았기 때문이다.

12. "사회주의는 온통 거짓으로 명명되고 있다"

앞의 인용된 시구(129-141행)에서 시인은 베르길리우스, 단테, 몸젠, 카프카 등을 거론함으로써, 몇 년간 이어오는 자신의 절필 문제를 깊이 숙고

---

61. Siehe K. Ebrecht, a. a. O., S. 130.

한다. 이어지는 인용 시구는 20세기 말의 통일된 독일의 현실 및 시대정신을 암시하고 있다. 통일 후 사람들은 마르크스주의, 동구의 사회주의와 관계된 모든 문헌들, 그리고 약 100년간 이어온 서구의 좌파 운동 등을 비판의 도마 위에 올렸다. 이로써 마르크스의 『자본』은 "거짓말로 생산된 책"이며, "사회주의는 온통 거짓"이라는 것이다. 대신에 통일된 독일에서는 오로지 자본주의만이 유일한 대안으로서의 생산양식과 하나의 보편적 이데올로기로서의 가치를 지니고 있다고 한다.

> 2차 세계대전의 폭탄들은 당신도 아시겠지만
> 마흐 가街를 남겨두지 않았다
> 아시아 전제 정치의 몰락은 당신의 학문
> 아카데미를 보존시키지 않았다 자본은   145
> 이른바 거짓말로 생산된 책이며 위대한 역사가
> 이후에 출현한 사회주의는 온통 거짓으로
> 명명되고 있다 당신은 인지하지 못했지

> (Die Bomben des Zweiten Weltkriegs Sie wissen es/ Haben die Machstraße
> nicht verschont Verschont/ Wurde nicht Ihre Akademie der Wissenschaften/
> Vom Sturz der asiatischen Despotie Produkt/ Einer falschen Lektüre und
> fälschlich genannt/ Sozialismus nach dem großen Historiker/ Des Kapitals
> Den Sie nicht wahrgenommen haben)

여기서 뮐러는 1989년 이후로 통일된 독일에 도래한 천박한 빈공주의의 분위기를 비판적으로 묘사하고 있다. 제147행은 비트포겔K. A. Wittvogel의 연구서 『아시아적 전제 정치의 몰락』을 연상시킨다.[62] 이 책에서 비트포겔

---

62. Siehe K. A. Wittvogel: Die orientalische Despotie, Berlin 1962.

은 다음과 같이 피력하고 있다. 즉, 마르크스는 아시아의 전제주의에 대해 깊은 관심을 표명하였다. 왜냐하면 전제주의 권력자는 일반적으로 노동의 실질적인(혹은 상징적인) 수혜자로 군림하기 때문이다. 그렇기 때문에 마르크스는 아시아 전제주의와 백성들 사이의 관계를 국가와 노예에 관한 보편적 특성으로 규정하였던 것이다.[63] 실제로 마르크스와 레닌은 아시아적 전제주의와 프롤레타리아 국가 사이의 유사성을 인지하고 있었지만, 이를 명확히 파악하려 하지 않았다.

본문에서 "아시아 전제 정치의 몰락"은 문맥에 의하면 소련 붕괴를 가리킨다. 문제는 소련의 몰락으로 인해 학문적 노력을 통해 간행된 수많은 문헌들마저 마치 "2차 세계대전의 폭탄"과 같은 수난을 당하게 되었던 것이다. 비판의 고삐는 뮐러에 의하면 "학문 아카데미를 보존시키지 않"을 정도로 천박한 것이지만, 아주 막강한 위력을 발휘했다.

어떤 다른 석상을 파괴하는 노동자들

40년 동안 당신의 기념비 자리 터를 차지했던   150

그의 두상 환상에 사로잡힌 권력자들이

훔볼트 대학으로 명명한 대학 건물 앞에

이제 당신이 원래 자리를 차지하고 있다

(그들은 당신의 로마의 역사를 읽지 않았고, 이 문헌을

거론한 마르크스 역시 독파한 적이 없다 만약   155

그가 더 오래 살았더라면 사람들은 상금을 시기하며

유태인이 노벨상을 탄다고 투덜거렸을 테지)

---

63. 이에 관해서 뮐러는 어느 인터뷰에서 다음과 같이 말한 바 있다. "비트포겔은 아시아 전제주의를 무엇보다도 물 부족의 토대에서 분석하였습니다. 그러니까 물 자원을 독점하고 있는 자는 권력을 장악하고 있지요. 사람들이 물 자원을 다양하게 공급받아서 사용한다면, 그럴수록 전제주의의 가능성은 사라지게 됩니다." Heiner Müller: Jenseits der Nation, Berlin 1990, S. 20.

(Arbeiter in einem anderen Steinbruch/ Bevor sein Denkmal auf Ihrem
Sockel stand/ Einen Staat lang Der Sockel ist wieder Ihr Standort/ Vor der
Universität benannt nach Humboldt/ Von den Machthabern einer Illusion/
(Sie hatten Ihre Römische Geschichte nicht/ Gelesen und Marx nicht der die
Lektüre verschwiegen hat/ Hätte er länger gelebt hätte man sagen können/
Aus Geldneid vielleicht auf Ihren Nobelpreis der Jude))

원래 훔볼트 대학교에는 테오도르 몸젠의 동상이 세워져 있었다. 구동
독이 건립되었을 때 동베를린 시 당국은 몸젠의 동상을 허물고, 거기다 마
르크스의 흉상을 올려놓았다. 독일이 통일된 시점을 맞이하여, 노동자들
은 몸젠학회의 요청으로 "석상을 파괴"한 뒤, 다시 몸젠의 동상을 축조한
다. 테오도르 몸젠의 동상 건립은 시인에게 「몸젠의 블록」 집필의 세 번째
계기를 마련해 준 셈이다.

　문제는 석상을 건립하게 조처한 고위층 사람들이 몸젠의 학문에 대해
전혀 알지 못할 뿐만 아니라, 몸젠의 "문헌을 거론"했던 마르크스의 문헌
들도 거의 접한 적이 없다는 사실이다. 그들은 뮐러의 견해에 의하면 자본
주의의 "환상에 사로잡혀" 있을 뿐이다. 다시 말해서, 독일의 고위층 사람
들은 "국가의 폭력은 돈으로부터 돈으로 향한다"고 굳게 믿고 있다.[64] 그
러니까 괄호 속의 시구는 다음과 같은 두 가지 사항을 동시에 풍자한다.
예컨대 마르크스가 오래 살았더라면, 1903년에 노벨상을 차지한 사람은
몸젠이 아니라 마르크스였을 것이다. 그럼에도 그들은 그저 "상금에 시
기"하며, 푸념을 터트릴 뿐이다. 나아가 독일인들의 반유대주의는 특히 학
문의 영역에서 두드러지게 출현하고 있다. 유대인 학자는 독일 사회 내에
서 제대로 능력을 인정받을 수 없었다.[65]

---

64. Heiner Müller: Ajax zum Beispiel, in: ders., Werke 1, a. a. O., S. 293.
65. 가령 레싱의 친구인 모제스 멘델스존M. Mendelssohn(1729-1786)을 생각해 보라. 그의

13. "죽은 자들은 과연 어디서 도래할 지진들을 기다리고 있는가"

어디 그뿐이겠는가? 구동독 지역에 자리하고 있던 마르크스의 동상은
오늘날 대부분 철거되거나 오물 세례를 받고 있다. 그렇다면 이러한 일은
어떻게 발생하게 되었는가? 뮐러는 비판적 자세를 취하며 과거의 역사적
시간으로 거슬러 올라간다.

붉은 카이사르들은 편물의 틀 속에 갇힌 채
그의 텍스트를 군홧발에 맞추어 낭송하고
제2차 세계대전의 승리자 아이젠하워는
어떤 다른 승리자에게 물었다 어떻게 지뢰밭을   160
치웁니까 추코프는 대답했다
어느 행군하는 대대의 군홧발로
노동자계급의 거대한 10월은 자발적으로
칭송되고 희망으로써 혹은 수많은 자들의
이중으로 목 조르는 동작으로써 어느 여름철 뇌우는   165
세계은행의 그림자 속에 목 졸려 있었다

(Gefangen im Strickmuster der roten Cäsaren/ Die SEINEN Text skandierten

mit Soldatenstiefeln/ Wie räumt man ein Minenfeld fragte Eisenhower/

Sieger des Zweiten Weltkriegs einen anderen/ Sieger Mit den Stiefeln/ Eines

marschierenden Bataillons antwortete Shukow/ Der GROSSE OKTOBER

DER ARBEITERKLASSE besungen/ Freiwillig Mit Hoffnung Oder im

첫 저서 『철학적 담화Philosophische Gespräche』(1755)는 친구 레싱의 도움으로 간행될 수
있었다. 나아가 멘델스존은 평생 종교 및 인종의 문제로 세인의 구설수에 올랐다. Heinz
Knobloch: Herr Moses in Berlin. Auf der Spuren eines Menschenfreundes, Frankfurt a.
M. 1996.

doppelten Würgegriff/ Von zu vielen Und noch mit durchschnittener Kehle/
War ein Sommergewitter im Schatten der Weltbank)

주지하다시피 마르크스의 사상은 20세기에 이르러, 이른바 "편물의 틀 Strickmuster"속에 갇힌 채 "붉은 카이사르"의 고착된 전략으로 변모하고 말았다. 이미 언급했듯이, 이상으로서의 사고라든가 이념적 체제 자체는 붉게 변했지만, 지배 구도는 여전히 전제주의의 타성으로부터 벗어나지 못했던 것이다. 그렇기 때문에 계급 차이와 강제 노동을 극복하려는 의도 에서 비롯한 혁명적 텍스트들은 제1차 세계대전 직후에 대부분 군가로 사 용되었을 뿐이다.

아닌 게 아니라 소련의 10월 혁명은 "행군하는 대대의 군홧발로" 이룩 한 것이나 다름없다. 제1차 세계대전이 끝날 무렵 병사들은 거의 동시다발 적으로 고향으로 되돌아왔는데, 그들의 무혈입성이 곧 러시아의 차르 정 권을 무너뜨리는 계기가 되었던 것이다. 그 이후로 "노동자계급의 거대한 10 월"은 거의 실현되는 듯 보였다.[66]

하이너 뮐러에 의히면, 동독 사회주의의 역사는 구서독에게 문화석으 로 그리고 경제적으로 침식당하는 역사였다. 뮐러가 그렇게 비판당하면서 도 구동독을 떠나지 않은 까닭은 동독이 반파시즘의 토대에서 탄생한 사 회주의 국가라는 신념 때문이었다.[67] 그렇지만 구동독의 민주화 인사들은 베를린 장벽이라는 반쯤 열린 대문을 통해 무수히 빠져나갔다. 노동자 계 급의 거대한 10월은 보이지 않는 그림자로서 "목 조르는" 자본주의의 보

---

66. 이 구절은 브레히트의 작품에서 인용된 것이다. Siehe Brecht, "Der grosse Oktober der Arbeiterklasse," in: ders., GBA., Bd 12, S. 45.
67. "서독 사람들의 동질성은 독일 마르크화의 시세이다. 동독은 계급, 가정, 개인 등에 의 해 제왕절개라는 긴급조치로 태어난 하나의 탄생이며, 잔등에는 죽은 인류의 악몽이 있 다." (hrsg.) Fr. Hörnigk, Heiner Müller: Material, Texte und Kommentare, Göttingen 1989, S. 90.

이지 않는 횡포로 인하여 철저히 구속되어 있었으므로, "여름철 뇌우ein Sommergewitter"는 "세계은행의 그림자 속에"서 한 번도 제대로 발생하지 못했다. 만일 고르바초프가 20년 전에 태어났더라면, 베를린 장벽이라는 탈출구가 없었더라면, 구동독의 민주화 과정은 그렇게 허망하게 종언을 고하지는 않았을 것이다.[68]

타탄 사람들의 무덤 위에 춤추는 모기들
아마 다른 베르길리우스는 에즈라 파운드처럼 말하겠지
죽은 자들은 과연 어디서
도래할 지진들을 기다리고 있는가   170
잘못된 황제 편에 섰다가 그도 실패했다
말하자면 유령들은 잠자지 않는다
그들이 선호하는 음식은 우리의 꿈들이다
교수님 쓰라린 음색을 용서해 주십시오

(Ein Mückentanz über Tatarengräbern/ WHERE THE DEAD ONES WAIT/
FOR THE EARTHQUAKES TO COME/ Wie Ezra Pound vielleicht sagen
würde der andre Vergil/ Der auf den falschen Cäsar gesetzt hat gescheitert
auch er/ Nämlich die Gespenster schlafen nicht/ Ihre bevorzugte Nahrung
sind unsere Träume/ Entschuldigen Sie Professor den bitteren Tonfall)

뮐러는 작품 「마우저Mauser」에서 "무덤에서 춤추는" 장면을 하나의 상징으로 묘사하고 있다.[69] 과거 사람들은 끔찍한 혁명으로 희생되고, 오늘

---

68. 그렇다고 해서 뮐러가 무조건 동독을 옹호하고 서독을 배척했다고 단언할 수는 없다. "만약 달리 선택할 방도가 없을 경우, 나는 죽은 자들의 흡혈귀주의보다는 차라리 살아있는 자들의 카니발리즘이 더 낫다고 믿는다." Heiner Müller: Material, a. a. O., S. 92.
69. Heiner Müller: Werke 4, Frankfurt a. M. 2001, S. 254; (한국어판) 정민영 외: 하이너

날 나이든 세대는 이러한 희생을 애써 외면하거나 망각하고, 젊은 세대들은 과거의 역사에 대해 무관심할 뿐이다. 그렇지만 이들은 죽은 유령들의 희생이 없었더라면, 그들의 자유를 구가하지 못했을 것이다. 다시 말해, 오늘날 통일된 사람들은 과거 희생자들의 피를 빨아먹는 모기라는 점을 전혀 의식하지 못하고 살아가고 있다. 그들은 과거를 기억하지 못하고, 미래를 기대하지도 않는다.[70] 그래, 모든 것을 망각하고 살아가는 사람들에게 작가로서 영향을 끼친다는 것은 오늘날 얼마나 어려운 일인가?

미국 출신의 시인 에즈라 파운드E. Pound(1885-1972)는 자신의 모든 노력을 다하여 동시대인을 계몽하려고 했지만, 어떤 불가항력을 뼈저리게 체험했다. 시인으로서는 미국과 영국의 제국주의적 횡포가 결코 간과할 수 없는 악성 종양과 같았다. 파운드의 이러한 생각은 C. H. 더글러스의 이른바 "사회 신용설"에 입각한 것이었다.[71] 결국 파운드는 미국 금융가들의 횡포에 맞서기 위해서는 오로지 무솔리니의 파시즘의 힘을 빌어야 한다는 과대망상에 사로잡힌다. 그는 방송을 통해 미국이 제2차 세계대전을 일으켰다고 수차례 미국 정부를 비난한다. 결국 파운드는 "잘못된 황제 편에" 섰다가, 결국 오랫동안 정신병원에서 허송해야 했다.

따라서 오늘날 현대 시인이 토로할 수 있는 것은 어쩌면 조만간 끔찍한 지진이 발생할지 모른다는 절망적 시구일지 모른다. 그러나 "죽은 자들은

뮐러 문학 선집, 앞의 책, 128쪽.

70. 이것이야말로 서구 사람들의 망각 징후가 아닐 수 없다. 뮐러는 다음과 같이 말한다. "현재의 서구에서는 현재만이 자리를 차지하고 있지요. 다시 말해 기억과 기대는 사라져 버렸습니다. (…) 이는 전적으로 예술 적대적인 상황이 아닐 수 없습니다." Heiner Müller: Gesammelte Irrtümer 2, Frankfurt a. M. 1993, S. 154.

71. 사회 신용설은 더글러스C. H. Douglas(1879-1952)의 이른바 사회 채권론에서 유래한 것이다. 이에 의하면 불충분한 구매력과 부富의 잘못된 분배가 결국 불황을 초래한다고 한다. 정부와 대중이 돈과 금융을 잘못 이해하고, 국제 은행가들이 돈을 조종하게 되면, 특정한 나라는 공황에 빠지거나 전쟁 상태에 돌입한다는 것이다. 실제로 에즈라 파운드는 30년대에 경제학을 공부했고, 『경제학 입문』(1933), 『사회적 신용』(1935), 『돈은 무엇을 위한 것인가?』(1939) 등을 집필 발표한 바 있다.

과연 어디서 도래할 지진들을 기다리고 있는가"라는 시구는 에즈라 파운드의 시에서 인용된 게 아니라, 신약성서의 「마태오의 복음서」에서 인용된 것이다.[72] 살아 있는 사람은 뮐러의 견해에 의하면 망각 속에 침잠해 있다. 이에 반해 죽은 사람들은 "우리의 꿈"을 마치 "선호하는 음식"으로 여기고 있다. 그렇지만 그들은 현세에 어떠한 영향력도 행사하지 못하고 있다.[73] 꿈이 없으면, 역사의 발전은 무의미할 뿐이다. 그러나 세상은 뮐러로 하여금 꿈, 유토피아, 사회적 변화 등을 말하지 못하게 한다. 따라서 뮐러로서는 몸젠 등과 같은 죽은 사람들과 대화할 수밖에 없으며, 그들이 다시 깨어나기를 애타게 바랄 수밖에 없다. "죽은 자와의 간음"이 결국 "미래에 대한 사랑"에서 비롯한 것도 바로 그 때문이다.[74]

14. "지금 이곳에 대한 역겨움이 솟았지"

뮐러의 시각은 다시 현재로 되돌아와서, 베를린의 훔볼트 대학으로 향하고 있다.

대학은 당신이 다시 당신의 받침돌 위에   175
훔볼트라는 이름으로 명명된 대학
당신이 죽은 뒤 오랜 후에 세워지는구나
백작과 남작 때문은 아니나 추측컨대
하찮은 것에 대한 새로운 맹목적인 신앙으로

---

72. "바로 그때 성전 휘장이 위에서 아래로 두 쪽으로 찢어지고, 땅이 흔들리며 바위가 갈라지고, 무덤이 열리면서 잠들었던 많은 옛 성인들이 다시 살아났다." 「마태오의 복음서」 제27장 51-53절.
73. 이는 발터 벤야민의 「역사 철학 테제」와 관련된 시 작품, 「복 없는 천사Der glücklose Engel」에서 암시된 바 있다. 다음의 논문과 비교하라. 김창우: 분단 시대의 작가 Heiner Müller의 역사극에 나타난 독일 분단의 모습, in: 독일 어문학, 제4-1집, 1996, 89-91쪽.
74. Siehe Heiner Müller: Jenseits der Nation, a. a. O., S. 31f.

다시 깨끗하게 정리되는 수도 베를린의 180
노벨 레스토랑에서 어제 밥을 먹다가
신간으로 소개된 로마 황제 시대에 관한
당신 동료의 글들을 뒤적이고 있었다
신시대의 두 영웅이 옆에서 식사했다
자본의 죽은 영혼들 환전상인과 장사꾼 185
나는 먹이를 탐하는 그들 대화를 엿들으니
지금 이곳에 대한 역겨움이 솟았지

(Die Universität benannt nach Humboldt/ Vor der Sie wieder auf Ihrem
Sockel stehn/ Lange nach Ihrem Tod wird freigeschaufelt/ Gerade jetzt vom
vermuteten Unrat des neuen/ Köhlerglaubens nicht für Grafen und Barone/
Gestern beim Essen in einem Nobelrestaurant/ In der wieder bereinigten
Hauptstadt Berlin/ Blätterte ich in den Mitschriften Ihres Kollegs/ Über
die Römische Kaiserzeit frisch vom Buchmarkt/ Zwei Helden der Neuzeit
speisten am Nebentisch/ Lemuren des Kapitals Wechsler und Händler/ Und
als ich ihrem Dialog zuhörte gierig/ Nach Futter für meinen Ekel am Heute
und Hier:)

이미 앞 장(150-153행)에서 설명한 바 있듯이, 175-177행의 시구는 실제
사건을 토대로 하고 있다. 통독 이후에 베를린의 훔볼트 대학 사람들은 본
관 계단에 있던 마르크스의 동상을 철거하고, 그 자리에 몸젠의 기념비를
다시 건립하였다. 몸젠의 기념비는 그 전에 이미 설치되어 있었는데, 1935
년에 나치들에 의해서 철거된 바 있었다. 그렇다면 통일된 독일에서 몸젠
기념비는 어떠한 이유에서 새로이 축조되었을까? 한마디로 하찮은 것에
대한 "맹목적인 신앙Köhlerglaubens" 때문이다.[75] 이와 관련하여 "맹목적인

신앙이라는 시어가 처음부터 중의적 의미를 지니고 있다"는 견해는 뮐러
시를 논하는 데 그다지 중요하지 않다.[76] 맹목적인 신앙이란 구체적으로
말해서 "돈Kohle"에 대한 믿음, 바로 그것이다. 뮐러는 사람들의 "돈Kohle"
과 물질적 이익에 대한 집착을 한마디로 "맹목적인 신앙Köhlerglaube"이라
는 표현으로 풍자한 셈이다. "환상에 사로잡힌 권력자들"(151행)은 "신시
대의 두 영웅"과 마찬가지로 오로지 "먹이를 탐"하고 있지 않는가?

이로써 몸젠의 동상 건립과 관련하여 뮐러는 다음과 같은 세 가지 사항
을 간접적으로 드러낸다. 첫째로 몸젠 동상은 궁극적으로 몸젠을 위한 게
아니라, 동상 세우는 자의 의도에 의해서 축조된 것이다. 둘째로 자유주의
의 지조를 고수한 역사가 몸젠은 돈에 대한 맹신에 동조할 리 만무하다.
셋째로 몸젠은 권력자 내지 기득권의 입장에 동조하지 않으려고 의도적
으로 『로마사』 제4권을 완성하지 않았다. 그럼에도 몸젠의 학문적 업적을
모르는 "자본의 죽은 영혼들 환전상인과 장사꾼"들은 몸젠의 고뇌에 대해
공감할 리 만무하다. 만약 몸젠이 되살아나 자신의 동상을 바라본다면, 어
떤 마음을 품게 될까? 그것은 한마디로 "지금 이곳에 대한 역겨움," 바로
그것일 것이다.

"여기 사백만/ 즉시 우리에게 와야 해// 허나 그럴 수는 없어// 전혀 눈치 채지
못할 거야// 키보드 잘못 두드리면/ 그럼 자넨 끝장이야 마지막 날을 보게 된다
니까/ 그 역시 그걸 잘 두드리지 못해// 그를 설득해 봐/ 안 그러면 그는 파산할

75. 물론 몸젠 동상이 "몸젠학회Mommsen-Gesellschaft"의 발기로 인하여 다시 축조된 것
은 사실이다. 그러나 뮐러 작품 내에서는 비판의 화살이 몸젠학회로 향하는 것은 아니다.
Vgl. Die (Un)Schreibbarkeit von Imperien. Theodor Mommsens Römische Kaiser-
geschichte und Heiner Müllers Echo, (hrsg.) Wolfgang Ernst, Weimar 1995, S. 27.
76. 카타리나 에브레히트는 "맹목적인 신앙"을 중의적인 의미로 설명한다. 그 하나는 철석
같이 굳은 신념에서 나온 믿음을 가리키며, 다른 하나는 자신의 고유한 이성을 마비시킬
정도로 맹목적인 믿음을 지칭한다는 것이다. 이는 마르틴 루터의 예에서 드러나고 있다고
한다. Siehe K. Ebrecht, a. a. O., S. 142f.

거야 유감스럽게도// 솔직히 그들이 해파리 한 마리처럼/ 그를 코너에 몰아넣을
까 두려워// 그럼 그는 벽에 매달려 팔만 이리저리 허우적거리겠지// 그는 좋은
외판 사원이라 생각하는데 그렇지만 앞장서서/ 고역을 맡으면…// 그럼 그는 모
든 걸 위임해야지// 그렇지만 문제는 과연 우리가 잘 해내어/ 그들이 우리에게
서 물러날까 하는 것이야// 누군가 규율을 지키게 만들어야지// 우린 독일은행
주식을 사야 해// 차라리 우리 스스로 세탁하면 되잖아// 핀셋이 있다면 그걸
이리로 빼내고 싶어 그러면 그는 정말/ 떼돈 벌 거야"

("Diese vier Millionen/ Müssen sofort zu uns// Aber das geht nicht// Aber
das fällt gar nicht auf// Wenn Du diese Klaviatur nicht beherrscht/ Bist Du
verloren Das hast Du an X gesehn/ Er hat sie nicht beherrscht// Die mußt
Du ihm/ Einhämmern sonst geht er baden Schade// Also ich habe die
Befürchtung/ Daß sie ihn an die Wand haun Wie eine Qualle// Hängt er
dann da Und zappelt und zappelt// Ich halte ihn für einen guten Akquisiteur
Im Vorfeld/ Aber wenns an die Knochenarbeit geht…// Dann muß ers
in andre Hände geben// Aber dann ist die Frage Sind unsere Hände so
gut/ Daß sie den Spieß umdrehn können// Man muß ihn auf Vordermann
bringen// Wir müssen ihn kaufen für die Deutsch Bank// Den holen wir
uns selber rein/ Wenn ich nur die Kneifzange habe/ Das bring ich ihm bei
Dann verdient er/ Wirklich Geld")

뮐러가 베를린의 레스토랑에서 몸젠에 관한 책과 신문을 뒤적거리고 있
는 동안, 옆자리에 앉아 있는 두 명의 사업가는 서로 대화를 나눈다. 이들
의 대화는 뮐러에게는 마치 동물이 외치는 소리로 들린다. 왜냐하면 그것
은 양심에 위배되고, 주어진 법의 카테고리를 넘어서고 있기 때문이다. 두
사람은 주식 거래의 불법적인 방법을 궁리하며, 자신의 위험 부담을 줄이

262 망각의 시대에 명작 읽기

기 위하여, 직원 한 명을 끌어들이려 한다. 두 명의 "신시대의 영웅"은 궁극적으로 어리석은 인간이다. 그들은 어느 직원을 커다란 위험 속에 빠뜨리고 있지만, 정작 자기 자신이 자본주의라는 거대한 대양 속에서 열심히 허우적거리는 "해파리Qualle"에 불과하다는 사실을 알지 못하고 있다.

15. "열정적 증오는 소용없다 경멸은 허공을 향한다"

그래, 자본주의로 치장한 베를린은 서서히 미국의 대도시처럼 변해 가고 있다. 통일된 독일이 여전히 "사회적 시장 경제"를 표방하고 있기는 하나, 90년대 초에 독일의 정치가들은 "시장"에 비중을 둘 뿐, "사회"에 비중을 두지는 않았다.[77]

사이렌이 암시하는 다섯 거리를 지나면
가난한 자들이 가장 가난한 자들을 때리고 있다
신사들은 자본주의 정치 경제학의 교본에 따라   210
엄격하게 사적으로 코냑과 여송연 등을 마음껏
즐긴다 "그들은 나를/ 특수학교에 보내려고
했지// 내 어머니는 누구 말도 안 듣고/ 완강했어
너는 아비투어를 치러야 해/ 교무실에는 의견이
분분하였지 어느 선생은 나를 바보로 여겼으니까"   215
동물 소리 과연 누가 이따위를 받아쓰려 했겠는가
열정적 증오는 소용없다 경멸은 허공을 향한다

(Fünf Straßen weiter wie die Sirenen andeuten/ Schlagen die Armen auf die

---

77. 1990년부터 1995년까지 약화된 사민당의 정책으로 인하여 사회 보장을 위한 정책 보조금은 현저히 삭감된 점을 고려해 보라.

Ärmsten ein/ Und als die Herren privat werden Zigarren und Cognak/ Strikt
nach dem Lehrbuch der Politischen Ökonomie/ Des Kapitalismus: "Mich
wollten sie/ Auf die Hilfeschule schicken// Meine Mutter war knochenhart/
Gegen alle Du machst das Abitur/ Das Kollegium war immer gespalten/
Es gab Lehrer die hielten mich für dumm"/ Tierlaute Wer wollte das
aufschreiben/ Mit Leidenschaft Haß lohnt nicht Verachtung läuft leer)

도시의 변화가에서는 폭력 사태가 발생하고, 사이렌 소리의 끝 간 곳에
는 으레 창녀, 부랑자 등이 서로 아귀다툼을 벌이고 있다. 그들은 거대한
적이 따로 존재하는데도, 이에 아랑곳하지 않고, 동료들끼리 서로 싸울 뿐
이다. 모든 재화를 조종하는 보이지 않는 손은 그들에게 한 번도 의식되지
않고 있다. 한마디로 "자본주의 정치 경제학"이 지배하는 국가에서 성공이
란 오로지 돈으로 출발하여, 돈으로 판가름 난다. 학문, 진리, 예술, 정의,
책임, 그리고 선善 ─ 이 모든 것들은 돈보다 중요하지 않다.[78] 교육 현장
역시 예외가 아니다. 학교의 열등생은 이제 사회의 우등생이 되고, "바보"
로 간주되던 학생이 돈방석에 앉을 수 있는 곳두 바로 자본주의 체제의 국
가인 것이다. 돈으로 성공한 "신시대의 영웅" 한 사람은 이제 느긋한 자세
로 "코냑과 여송연 등"을 즐기고, 과거에 자신을 훈계하던 교사들을 비아
냥거릴 뿐이다.[79]

  상황이 이럴진대 뮐러와 같은 진지한 작가가 예술 작품을 수단으로 하
여 이들에 대해 "열정적"으로 증오해 본들 무슨 소용이 있겠는가? 몸젠이
로마사 집필에 대해 열정을 느끼지 않았듯이, 뮐러는 상기한 "동물 소리"

---

78. "고향은 영수증이 도착하는 곳이라고 아내는 말한다." Heiner Müller: Ajax zum
Beispiel, in: ders., Werke 1, a. a. O., S. 293.
79. 두 번째 인용문(212-215행)은 이른바 성공한 열등생의 경우를 예시하고 있다. 어머니
는 그가 대입 자격시험Abitur을 치르도록 완강히 요구하고, 교사는 그럴 필요가 없다고 설
득하고 있다.

를 문학적으로 형상화하는 일에 대해 추호도 매력을 느끼지 않는다. 아무
리 발버둥치더라도 변모될 수 없는 세상이라면, 차라리 붓을 꺾고 절필하
리라….

교수 동지 당신이 로마의 황제 시대에 관해
네로 치하에서 인민들이 행복했다고 도저히 그렇게
글 쓸 수 없었음을 나는 처음으로 이해했습니다   220
쓰여지지 않은 글은 아시다시피 하나의 상처
거기서 피가 흘러도 결코 지혈할 수 없는 사후의 명성
당신의 역사 서적 속에 벌어진 틈은
아직 숨 쉬고 있는 내 육체의 어떤 고통
나는 대리석 무덤 속에 있는 먼지를 아침 여섯 시   225
당신이 마시던 차가운 커피를 생각했다
그리고 샤를로텐부르크 마흐 가 8번지 몸젠의 집
책으로 가득 쌓인 당신의 서재를

(Verstand ich zum ersten Mal Ihre Schreibhemmung/ Genosse Professor
vor der römischen Kaiserzeit/ Der bekanntlich glücklichen unter Nero/
Wissend der ungeschriebne Text ist eine Wunde/ Aus der das Blut geht das
kein Nachruhm stillt/ Und die klaffende Lücke in Ihrem Geschichtswerk/
War ein Schmerz in meinem wie lange noch atmende Körper/ Und ich
gedachte des Staubs in Ihrer Marmorgruft/ Und des kalten Kaffees am
Morgen früh sechs/ In Charlottenburg im Haus Mommsen Machstraße acht/
An Ihrem Arbeitsplatz umstellt von Büchern)

그래, 몸젠과 뮐러는 서로 동지나 다름없다. 그렇지만 그들이 동지인 까

닭은 서로 유사한 세계관을 견지하기 때문이 아니라, 그들이 비슷한 처지에서 거의 공통적으로 대응하고 있기 때문이다. 그들의 대응은 침묵과 절필이라는 공통점을 지니고 있다.

몸소 겪어보지 않은 다른 삶은 제대로 이해될 리 만무하다. 더 이상 "지금 이곳"에서 글을 쓸 수 없다고 느끼는 순간, 뮐러는 비로소 몸젠을 이해하기 시작한다. 위대한 역사가는 "로마의 황제 시대에 관해/ 네로 치하에서 인민들이 행복했다고 도저히 그렇게/ 글 쓸 수 없었"던 것이다. 새벽에 일어나 간밤에 마시던 커피 잔을 발견하던 몸젠, 차가운 커피로 목을 축인 뒤에 다시금 원고 뭉치와 책을 펴던 몸젠 ─ 그는 바로 뮐러의 자화상이 아닌가?[80]

작가가 글을 쓸 수 없다는 것은 분명히 하나의 고통이다.[81] 이러한 고통은 자신의 영혼 속에 깊이 뿌리를 내리고 있는 상처에서 비롯하는 것이다. 이 세상에서 쓰일 수 없는 자신의 작품이 바로 그러한 상처를 지칭하고 있다. 설령 죽은 뒤의 명성이 제 아무리 자자해도, 그것은 몸젠(뮐러)의 상처에서 흐르는 고통의 피의 흐름을 가로막지는 못할 것이다.

16. "쓰여지지 않은 글은 아시다시피 하나의 상처"

하이너 뮐러는 지식인 몸젠의 경우를 빌어서 자신의 삶, 고뇌, 그리고 희망 등을 성찰하려고 하였다.[82] 말하자면, "몸젠의 역사 서적 속에 벌어진 틈"은 바로 현재 뮐러 혼자서 겪는 고통과 같다. 그것은 무엇보다도 절필

---

80. Siehe Adelheid Mommsen: Mein Vater, a. a. O., S. 13f.
81. 뮐러는 시 「어느 역사가의 한탄Klage eines Geschichtsschreibers」에서 이러한 고통을 정반대로 묘사하고 있다. 타키투스는 전쟁이 일어나지 않는다고 한탄하며, 이전의 역사가를 부러워했다. "좋은 소재가 없다 ─ 나는 미안해 할 필요도, 한탄해야 할 필요도 느끼지 않는다." Heiner Müller: Werke 1, a. a. O., S. 246.
82. Siehe Die (Un)Schreibbarkeit von Imperien. a. a. O., S. 84f.

할 수밖에 없는 현재 상황에서 기인하는 것이다. 청취하려고 하지 않는 다
수에게 작가가 과연 무슨 말을 들려줄 것인가? 자신의 견해와 정반대되는
글을 기대하는 소수를 위해 작가는 과연 어떠한 글을 쓸 수 있단 말인가?
어쩌면 정신분석학자이자 철학자인 펠릭스 가타리의 죽음이 이 작품의 집
필 계기로 작용했는지 모른다. 가타리의 사상은 생전에 들뢰즈 등 몇몇 사
람을 제외하고는 제대로 이해되지 않았다. 가타리가 추구하던 무선 자율
운동은 대중에 의해 철저히 외면당했고, 분자 혁명은 자본에 의해, 매스컴
에 의해 순식간에 망각되었던 것이다. 물론 죽은 사람들은 여기서 논외이
지만 말이다.[83]

통독 직후에 뮐러는 다음과 같이 생각하였다. 소련(Karthago)이 미국
(Rom)에 대항하여 오랫동안 버티고 있었기 때문에, 제3세계에 대한 제1세
계의 착취는 교묘하게 은폐될 수 있었다. 그렇지만 소련 몰락 이후 이러한
착취는 백일하에 드러날 게 분명하다. 이러한 진단은 그 자체 타당성을 지
니고 있지만, 90년대 초에는 하나의 이론적 허상으로 드러났다. 인종 문
제, 환경 문제 등으로 인해서 나라 사이의 빈부 차이는 크게 눈에 띄지 않
았던 것이다. 통일된 독일은 국내적으로는 민주주의, 사회적 시장경제를
노골적으로 드러내지만, 국외적으로는 여전히 무기 판매 등을 통하여 영
국 미국 등과 함께 "독일은행 주식"을 확장시키고 있다.[84] 나아가 독일인
들은 90년대 초에 모든 잘못을 철의 장막 탓으로 돌림으로써, "보이지 않
는 손"을 휘두르는 애덤 스미스의 논리를 무언으로 동조하고 있다. 바로
이러한 논리가 결국 동독 문학 논쟁을 불러일으켜, 볼프, 뮐러 등과 같은

83. 가령 『게르마니아 3』의 마지막 부분에서 죽은 영혼에 해당하는 붉은 거인이 등장한
다. "아, 아무도 나를 모른다는 것은 얼마나 좋은 일인가?" 그렇지만 예리한 독자는 여기
서 엄청난 역설을 발견하게 될 것이다. Heiner Müller: Germania 3. Gespenster am toten
Mann, Köln 1996, S. 80.
84. "만약 아프리카가 사라진다면, 무슨 일이 일어날까요?" — 뮐러는 이에 대해 다음과
같이 대답했다. "아프리카가 사라진다면, 이는 무기 상인을 제외하고는 유럽 사람들을 방
해하지 않을 것입니다." Die (Un)Schreibbarkeit von Imperien, a. a. O., S. 88, S. 91.

구동독 출신의 비판적 작가의 목을 "이중으로" 졸랐던 것이다.

"탈역사POSTHISTOIRE"의 시대에 제1세계 사람들은 정보의 홍수에 대해 식상해 하며, 제3세계에 대한 강대국의 착취에 그저 주눅 들어 있다.[85] 그래, 비참하지 않는가? 통일된 독일에서는 진지한 작가들이 권력의 하수인으로 매도되고, 서점에서는 "베스트셀러 문학 작품이" 오로지 백치들을 위하여 "차곡차곡 쌓여 있"는 것을 생각해 보라.[86] 돈에 혈안이 된 사람들에게 작가가 무슨 말을 할 수 있단 말인가? 문학이 돈벌이를 위한 생활의 여흥에 불과하다면, "마지막 프로그램은 침묵의 발명"일 수밖에 없다.

그러나 우리는 꿈이 그 속성상 사라지지 않는 무엇이라는 사실을 잊어서는 안 된다. 「몸젠의 블록」은 자아비판의 형식을 통해 절망과 절필을 드러내고 있는 것 같지만, 궁극적으로 이와는 정반대되는 순간적 희망을 암시해 주고 있다. 그것은 다름 아닌 "도래할 지진THE EARTHQUAKES"에 관한 것이다. 거대한 로마 제국이 변방 출신의 초라했던 인간, 예수의 사상에 의해서 서서히 붕괴하였듯이, 제1세계는 한편으로는 백인들의 포만감 내지 이슬람에 대한 자기중심적 무지에 의해, 다른 한편으로는 제3세계의 어느 인간에 의해 많은 것을 상실하게 될 게 뻔하다.

뮐러는 시 「이를테면 아이아스」에서 브레히트의 기념비를 "한 그루 멋없는 자두나무"라고 표현하였다. 그렇다면 뮐러의 기념비는 무엇일까? 그것은 아마도 하늘을 향해 날을 드리운 채, 해변에 꽂혀 있는 헥토르Hector의 장검일 것이다. 아이아스는 자신의 고결한 존재와 버림받은 인간적 명예를 고수하기 위하여, 그 위로 장렬하게 몸을 던졌으니까 말이다.

---

85. 통일된 독일 내에서의 주제 상실에 관해서는 다음의 논문을 참고하라. 이상금: 통일 독일 문학의 연속성에 관한 비평적 의의, in: 이상금 편저, 전환기 잊혀진 독일 문학과 사회적 (불)평등, 부산대 출판부 2002, 280쪽 이하.

86. Heiner Müller: Ajax zum Beispiel, a. a. O., S. 248.

미완의 로마사

1

몇 년 전 아들과 대화를 나누었다.

"왜 자주 거짓말하니?"

…

"양치기 소년과 늑대에 관한 이야기 알지?"

"응."

"그런데도 거짓말할래?"

"시시콜콜 대답하기 싫어서…"

"그럼 침묵하면 되지 않니?"

나는 아들에게 침묵이 개인의 권리를 보호하는 데 얼마나 귀중한 무기가 되는지에 관한 이야기를 들려주었다.

그러나 세상은 때로는 우리에게서 묵비권을 빼앗아간다. 한계 상황을 생각해 보라. 총칼 앞에서 침묵을 지킨다는 것 자체가 하나의 저항 행위이지만, 위험하지 않은가?

2

며칠 전 신문에 친일 행각을 저지른 자의 명단이 일제히 공개되었다. 그들 대부분은 이 세상 사람들이 아니다. 역사는 공정하지만, 어째서 그렇게 무기력하게 느껴지는 것일까?

일순 역사가 테오도르 몸젠(1817-1903)이 뇌리에 떠올랐다. 오랫동안 서양의 인문학을 전공하는 사람들에게 필독서로 작용한 그의 대작 『로마사』. 1902년에 노벨상을 받은 위대한 학자 테오도르 몸젠. 그는 프로이센 학술원으로부터 오랫동안 거액의 연구비를 받았다. 그렇기 때문에 12명이나 되는 자녀를 어렵지 않게 키울 수 있었으며, 베를린 마르크 가街 8번지, 만여 권의 책으로 둘러싸인 서재에서 학문에 전념할 수 있었다.

3

대표작 『로마사』는 미완성 작품이다. 제4권은 결본으로 남아 있다. 그렇다면 몸젠은 어째서 로마의 마지막 역사를 완성하지 않았을까? 그가 남긴 편지들이 이에 대한 답을 전해 준다. 프로이센 학술원은 국가의 합법성과 당위성을 몸젠에게 은근히 요구했다. 프로이센과 로마의 평화pax Romana를 유사하게 기술하는 작업이 그 요구 사항이었다. 그러나 몸젠은 다른 역사가들처럼 차마 "네로의 치하에서 로마인들은 평화롭게 살았다"고 기술할 수 없었다. 그는 권력에 빌붙어, 거짓 충성하고 싶지 않았던 것이다.

물론 몸젠은 학문적인 우를 범하기도 했다. 가령 독재자 카이사르를 과대평가하고, 폼페이우스라든가 키케로 등을 비난하였다. 그러나 그는 학자로서의 양심을 포기하지는 않았다. 한마디로 완성되지 않은 『로마사』 제4권은 학자로서 그의 품위 있는 침묵을 상징하고 있다.

4

로마 최고의 시인 베르길리우스는 영혼을 다 바쳐 『아이네이스』를 집필하였다. 그러나 서사시는 완성되지 않았다. 그의 유언은 원고를 불태우라는 것이었다. 베르길리우스는 영웅 아이네이스가 로마의 황제 아우구스투스와 동일하게 수용되는 것을 끝내 거부하고 싶었다.

이에 비하면 독재에 빌붙어 이득을 챙기는 학자도 있다. 가령 하이데거를 생각해 보라. 그는 자발적으로 나치 당원이 되었다. 1933년 당시에 독일의 대학들은 민족 혁명을 지지하고, 유태인의 학설을 파기하라는 압력을 받았다. 가령 아인슈타인의 "상대성 원리" 역시 비판의 도마 위에 올랐다. 이 와중에 하이데거는 대학 총장이 되었는데, "독일 대학의 자기 확인"이라는 강연을 행했다. 그는 "오로지 지도자(히틀러를 가리킴)만이 독일의 실체이고, 현재이자 미래이며, 법이다"라고 주장하였다.

5

거창한 이야기지만, 학문의 본질은 인문 사회과학의 경우 통용되는 가치관의 모순을 추적하고, 나아가 어떤 가능한 해결 방안 등을 제시하는 데 있다. 만약 지식인이 통용되는 가치관에 결탁하고, 이를 방조하는 기득권을 옹호한다면, 그는 학자로서 지녀야 할 "비판"의 기능을 처음부터 상실한 셈이다.

며칠 전 나는 아들에게 말했다. "과거 사람들의 친일 행각은 역사의 장에서 밝혀져야 해. 죄를 미워하지만, 사람은 미워하지 말고." 그러자 아들의 대답이 걸작이었다. "어쨌든 나는 가난, 책, 학자 등 모두를 좋아하지 않아. 일본의 대중음악이 마음에 들어."

역사와 문학의 죽음, 혹은 영웅의 자살

하이너 뮐러의 「이를테면 아이아스」 읽기

"돈이 피곤하면, 세상은 어떻게 끝날까 (⋯) 문학을 위한 공간은 없다."[1]

(하이너 뮐러)

1. 들어가는 말

하이너 뮐러는 브레히트의 기념비를 "한 그루 멋없는 자두나무"에 비유하였다.[2] 그렇다면 뮐러의 기념비는 무엇으로 비유될 수 있을까? 그것은 아이아스 텔라모니오스의 자살하는 모습일지 모른다. 한 인간이 결정적 순간에 자신의 명예를 지킬 수 있는 방도가 자살뿐이라면, 이처럼 처절한 비극도 없을 것이다. 아이아스는 여신 아테네의 계략으로 광기에 사로잡혀 가축 떼를 군인들로 착각하고 모조리 살상하였다. 그리스 전사들은 아이아스의 이러한 광분 행위를 공공연하게 조롱한다. 상처받은 명예를 회

---

1. Siehe H. Müller: Notiz 409, in: H. Müller, Werke 1, Frankfurt a. M. 1998, S. 321.
2. 브레히트는 죽기 전에 묘비명을 원하지 않았다. 실제 그의 비석에는 그의 이름만이 새겨져 있다. B. Brecht: Ich benötige keinen Grabstein, ders.: BFA. Bd. 14, Frankfurt a. M. 1993, S. 191f.

복하기 위해서 아이아스는 해변에다 헥토르의 장검을 수직으로 세워놓고, 그 위에 몸을 던져 삶을 마감한다.

그렇다면 뮐러가 말년에 아이아스의 죽음을 다룬 이유는 무엇일까? 자신의 삶이 "이중으로 속아" 넘어갔다는 사실을 재차 인지했기 때문일까?[3] 나라 상실의 아픔, 혹은 외면당하는 지식인으로서의 처지는 논외로 하자. 구동독 작가에 대한 집요한 비난, 자신에게 돌아온 슈타지 연루설도 접어두기로 하자. 그렇지만 자유의 허울 속에 갇힌 일반 대중들의 포만한 의식, 철저히 외면당하는 극예술과 같은 본격 문학, 사회주의의 이상이 더 이상 현실에서 실현되지 못할 것 같은 상황 등에 대해 뮐러는 절망적 비통함을 느끼지 않을 수 없었다.

이 글은 「이를테면 아이아스」의 분석을 통하여, 통일된 독일의 현실에 대한 뮐러의 비판을 세밀하게 기술하려고 한다. 미리 말하건대 뮐러의 비판은 역사, 극예술, 그리고 평등사상 등을 외면하는 다수의 유럽인들의 포만한 의식 구조로 향하고 있다. 그의 비판은 다음과 같이 세 가지 사항으로 요약할 수 있을 것이다. 가령 동시대인의 황금만능주의, 연극예술 및 본격 문학의 쇠퇴 현상, 사회주의의 이상을 부인하는 개인적 자유주의 등이 그것들이다. 물론 이러한 일련의 비판들은 다른 작품들에서도 나타난다. 그렇지만 예컨대 「몸젠의 블록Mommsens Block」에서는 학문과 학자의 존재 가치 및 이에 대한 동시대 사람들의 무관심이 묘사될 뿐이다. 우리가 문학 내지 연극예술에 대한 절망적 상황에 대한 비판적 진단을 고려한다면, 「이를테면 아이아스」는 결코 생략될 수 없다.

---

3. 인용구는 「이를테면 아이아스」의 65행의 부분이다. 이하 인용문은 본문에 기술하기로 한다.

2. 조롱당하는 아이아스의 명예

「아이아스」는 소포클레스의 초기 비극의 유형인 "양분 구성Diptychon"으로 이루어져 있다.[4] 그의 극작품에서 아이아스는 신의 계략에 의해 조롱당하는 인물로 묘사되고 있다. 작품 「아이아스」에서 한 인간의 과실은 자신의 명예를 짓밟게 한다는 점에서 극도의 절망을 안겨준다. 인간의 마지막 자존심은 오로지 자살로써 보상되고 있다.

아이아스는 죽은 아킬레스의 무기 소유 문제를 놓고 오디세이와 경합을 벌인다. 대부분의 장수들은 무기 소지자로 오디세이를 지목한다. 그날 밤 여신 아테네는 아이아스가 광증에 휩싸이도록 조종한다. 광포한 아이아스는 가축 떼를 그리스 장수들로 착각하고 몰살시킨다.[5] 그럼에도 아이아스는 아테네 여신에게 고맙다고 말한다. 다음날 아침 그리스 장수들은 아이아스의 어처구니없는 행각을 비웃는다. 자고로 영웅은 하찮은 실수 하나에도 심하게 조롱당하게 되는 것이다. 이 사건은 살라미스 선원들의 합창으로 아내 테크메사에게 전해진다. 그로 하여금 일시적으로 광증에 사로잡히도록 조종한 자는 아테네 여신이었다. 아이아스는 예언자 칼하스의 말을 전해 듣는다. 칼하스에 의하면, 아이아스는 출정하기 전에 "신들의 도움 없이도 혼자 승리를 쟁취할 수 있다"고 호언장담했기 때문에 신들의 미움을 샀다는 것이다.[6] 아이아스는 트로이의 영웅 헥토르에게서 선물 받은 장검이 불행을 초래했으니, 이를 숨기겠다고 아내에게 말한다. 그 후 그는 해변에서 장검을 수직으로 세워 놓은 뒤에 그 위에 몸을 던져 자결한다.

---

4. 소포클레스의 백여 편의 작품 가운데에서 오늘날 남아 있는 작품은 7편이다. 「아이아스」는 기원전 약 550년대 후반부에 집필된 초기 작품으로 추측되는데, 아직 한국어로 번역되지 않았다.

5. 호메로스의 『일리아스』에는 살육된 동물이 "양 떼"라고 기술되어 있다. Der neue Pauly, Bd. 1, Stuttgart 1999, S. 309.

6. 아테네 여신은 무대에 등장하지만, 칼하스의 발언은 합창에 의해 전해진다. Siehe Sophokles: Tragödien, Düsseldorf 2002, S. 40ff.

소포클레스의 작품 후반부의 내용은 밀러의 작품과 직접 관련되지 않는
다. 아이아스가 죽은 뒤에 이복동생 토이크로스는 묘지 문제로 아트리덴
왕가 사람들과 갈등을 빚는다. 이들의 주장에 의하면, 자살한 자를 위해
성대하게 장례식을 치른 선례는 없다는 것이다. 그러나 오디세이는 아이아
스가 좋은 곳에 이장될 수 있도록 도와준다. 오디세이는 죽은 자의 명예와
그의 고결한 용기를 인정함으로써 사회적 질서를 바로 잡았을 뿐 아니라,
그리스 군대의 단결을 도모하는 데 아이아스의 죽음을 이용한다.

밀러는 이중으로 기만당하는 인간형에 초점을 맞추고 있다. 아이아스는
신과 동료에 의해 기만당하고 조롱당한다. 이러한 패러다임은 외부의 적
과 싸우는 자의 내부의 갈등이라는 특징을 지닌다. 그렇다면 내부적·외
부적 갈등관계에서 희생양이 되는 아이아스는 누구를 지칭하고 있는가?

3. 통독 이후의 상업주의 문화

밀러의 작품은 수많은 비유들로 엉켜 있는 시적 콜라주이다. 따라서 핵
심 줄거리를 추적하는 작업은 거의 불가능하다.[7] 그럼에도 우리는 아이아
스라는 인물에 일차적 관심을 기울이고자 한다. 모토에서 나타나듯이, "아
이아스"는 오늘날 세탁용 가루비누의 제품명으로 사용되고 있다. 이는 현
대인들이 더 이상 고대 영웅의 자살에 대해 관심을 기울이지 않는다는 사
실을 암시한다.

밀러는 통독 이후의 문화 산업의 품목들을 "백치"(2행)들을 위한 것으로
간주한다. 가령 베스트셀러, 텔레비전 프로그램, 그리고 영화 등은 무엇보
다도 흥미를 중시한다. 여기서는 인민의 비판적 의식은 전혀 고려되지 않

---

7. 「이를테면 아이아스」는 구조상 개방적 형태를 취한다는 점에서 다른 장시 「몸젠의 블
록」과 약간 다르다. Vgl. Katharina Ebrecht: Heiner Müllers Lyrik, Würzburg 2001, S.
194.

고 있다. 제5행에서 "유희 산Spielberg"은 1993년 〈쥬라기 공원Jurassic Park〉
이라는 영화로 대대적인 성공을 거둔 영화감독 스티븐 스필버그를 암시한
다. 시인은 스필버그의 흥미진진한 공룡 영화의 흥행을 의식하면서, 극예
술 문학의 참담한 위상을 숙고한다.[8] 이때 베를린 호텔 밖에 빛나는 메르
체데스 별이 시인의 눈에 띈다. 그것은 베를린 앙상블의 극장 표지판으로
서 그 자체가 서유럽 경제 시스템을 상징하고 있다. 아닌 게 아니라 현재
의 유럽 경제는 뮐러에 의하면 제3제국 시대에 몰수한 유대인 재산에 기반
을 두고 있다. 그렇기에 뮐러는 "아우슈비츠의 금이빨"과 "독일은행"(12
행)을 이에 대한 예로 지적한다.

　문학은 오늘날 더 이상 세인의 관심을 끌지 못하고 있다. 뮐러와 같은
작가는 오늘날 마치 기이한 공룡처럼 비친다. 사회의 근본 문제를 극적 장
면으로 형상화해 왔던 뮐러는 90년대 초반에 오랜 동료들, 구서독의 평론
가들, 그리고 독자들로부터 외면당했다. 그렇기에 그가 행한 모든 연극 작
업은 마치 아이아스가 가축을 몰살시킨 뒤 세인으로부터 조롱당하던 경우
와 다를 바 없다.

　시인의 눈앞에 투영되는 것은 도살된 황소에 관한 비유이다. 이는 다른
맥락에서 이해될 수 있다. "불타는 고기의 악취"(18행)는 90년대 초 영국에
서 시작된 광우병(BSE) 파동을 연상시킨다. 부의 축적을 지향하는 인간의
욕구는 초식 동물들에게 썩은 고기를 먹이게 하였으며, 이로 인하여 유럽
전역에서 도살 사태가 발생하였던 것이다. 뮐러의 황소 비유는 이것으로
끝나지 않는다. 여기서 유추되는 인물들은 고대의 유로파와 알크메네 등
과 같은 여인들이다. 그들은 황소로 둔갑한 제우스에 의해 겁탈당한 뒤 자
식을 낳는다는 점에서 공통된 운명을 지닌다.[9] 오늘날 과거라는 지하실에

---

8. 이러한 비판적 시각 때문에 헤어칭거는 뮐러를 "반서구인Antiwestler"으로 규정하고
있다. Siehe R. Herzinger: Endzeit-Propheten Oder die Offensive der Antiwestler,
Reinbek 1995. 그러나 헤어칭거의 시각은 정치적 입장이라는 단선적 비교의 나락에 빠져
있을 뿐이다.

숨겨진 "재"와 "뼛가루"(21행) 등을 의식하는 자는 거의 없다. 뮐러는 아이아스의 운명을 반추하면서, 아울러 현대 유럽 문명 속에 은폐되어 있는 참혹한 죽음과 희생 등을 추적하고 있다.

4. 정지된 시간, 혁명 부재의 독일

뮐러는 베를린 앙상블의 동료 연출가인 페터 차덱Peter Zadek을 거론한다. 차덱은 사상적으로는 사회주의적 입장을 취하지만, 그의 연극관은 이를 충분히 반영하지 않고 있다. 그의 연극 취향은 특유의 영국 귀족을 떠올리게 하는데, 이는 그의 이력과 무관하지 않다.[10] 가령 차덱의 「긍정자Jasager」 연출은 뮐러에 의해 "마치 오페레타 같다"고 혹평당하기도 했다.[11] 게다가 차덱의 사회주의 옹호론은 너무나 우직하여, 세인들로부터 비난당할 정도였다. 따라서 뮐러가 동료 연출가에게 줄 수 있는 유일한 말은 "치과 의사 조심"(24행)이라는 경고이다.

여기서 뮐러의 관심사는 다음의 질문으로 향하고 있다. 독일 혁명의 실패는 어디에서 기인하는 것일까? 브레히트는 극작품 「억척어멈」을 집필할 무렵 1848년 혁명의 실패를 독일 농민 혁명과 관련시킨 바 있다. 뮐러는 브레히트의 이러한 사고를 추적한다. 브레히트에 의하면, "독일 역사에서 가장 커다란 비극이었던 독일 농민전쟁을 통해 (혁명의) 송곳니는 종교개혁을 위해 뽑혀버렸다. 남아 있는 것은 상행위와 풍자밖에 없다."[12] 아닌 게 아니라

---

9. "알크메네의 아아"(17행)는 클라이스트의 극작품 「암피트리온」의 마지막 부분의 인용이다. 제우스는 알크메네가 자신의 아들 헤라클레스를 잉태할 것이라고 전한다. 이때 알크메네는 "아아" 하고 비명을 지른다. Heinrich v. Kleist: Amphitrion, ders., Sämtliche Werke in vier Bänden, Bd. 1, München 1982, S. 320.
10. 차덱은 일찍 영국으로 망명하여 런던의 킹 알프레드 영재학교에 다녔다. Siehe Peter Zadek: My Way, Hamburg 2000, S. 59-73.
11. Jan-Christoph Hauschild: Es waren zwei Königskinder, in: Berliner Zeitung vom 29.12.2001, S. 11.

농민전쟁은 너무 일찍 출현하여 실패로 끝났다. 이는 뮐러의 견해에 의하면 수백 년 이후에 이어질 혁명의 잠재성을 파괴시키도록 작용했다.[13]

독일의 역사에서 뽑혀 나간 것은 혁명의 "송곳니"(30행)이다. 그렇기에 독일의 역사는 혁명의 전개 과정이 아니라, 기껏해야 "치의학에 관한 부설 附設"(37행) 과정에 불과하다. 시인의 눈에는 "진보의 게걸음을 연습"하는 것 같으며, 다시 좌충우돌 탱고 춤을 추는 것같이 비친다.[14] 그렇기에 오늘날 역사의 시간 개념은 시인의 눈에는 마치 정지되어 있는 것 같다. "시간은/ 부동산으로서 판매용으로"(39/40행) 모습을 드러내는 것은 결코 우연이 아니다. 수많은 사람들은 역사를 어떤 변모와 발전 혹은 퇴행과는 거리가 먼 대상으로 고찰하고 있으며, 지식인과 예술가에 대해 더 이상 사상적으로나 예술적으로 기대하지 않고 있다. 그렇기에 이제 모든 것이 예술가와 지식인의 권한을 벗어난 것처럼 보인다.

5. 고급 예술의 황폐화 현상

뒤이어 뮐러는 『파우스트』의 한 구절을 인용한다. "모두 돈 벌려 하지만, 모든 것은 돈에 매달려 있다"(50행). 그레첸은 가난한 소시민들의 기회주의를 접하면서 다음과 같이 탄식한다. "금에 모여들고/ 왕궁에 매달리고 있네./ 그렇지만 모두가 아 가난한 자들."[15] 여기서 문제되는 것은 소시민들의 기회주의적인 태도이다. 가난한 사람들은 그들을 불행하게 하는 사회의 기본 구도에 대해 더 이상 숙고하지 않고, 부유함과 성공에 대한 환상에서 벗어나지 못한다. 가령 휘황찬란한 쇼윈도는 가난한 사람들을

---

12. B. Brecht: Anmerkungen zur Mutter Courage, in: ders., FBA, Bd. 24, S. 264.
13. 독일에서의 혁명의 실패는 오랫동안 대중들로 하여금 침묵을 지키게 했고 머뭇거리게 했다. Vgl. H. Müller: Zur Lage der Nation, Berlin 1991, S. 13.
14. Nachlaß, Vgl. K. Ebrecht: Heiner Müllers Lyrik, a. a. O., S. 159.
15. Siehe Goethe Faust I, Texte 1994, S. 119.

고객으로 삼지만, 그들로 하여금 무의식적으로 가난을 망각하게 한다. 이들이 현혹당하는 곳에서는 삶의 긍정적 터전으로서의 고향의 개념이 존재할 리 만무하다. 고향은 기껏해야 "영수증이 도착하는 곳"(58행)일 뿐이다.

고층 건물에서 문화 행정을 관할하는 자는 결코 "피디아스"(43행)와 같은 예술가가 아니다. 그는 다만 관리이며, 자본주의의 장사꾼 역할을 수행할 뿐이다. 국가의 폭력은 금전 문제에서 발생하여 금전 문제로 귀결된다. 그렇기에 경제적 수입을 보장해 주지 않는 모든 정책은 원안에서 삭제된다. 가령 국가는 비용이 많이 든다는 이유로 문학예술을 위한 중요한 지원 정책을 파기해버리곤 했다. 이러한 조처를 취하는 곳은 중앙정부만이 아니다. 가령 1993년 여름 베를린 주정부는 예산 문제로 인하여 베를린 실러극장의 폐쇄를 결정했다. 이로 인하여 아이나르 슐레프E. Schleef의 1993/94년 파우스트 공연 기획은 완전히 취소되고 말았다. 이 사건은 통독 이후에 연극의 왜소화된 실상을 단적으로 보여 주는 사례로서, 뮐러에게 집필 계기를 제공한 셈이다.[16]

사상과 예술의 가치를 깨닫지 못하는 기능주의적인 문화 관료들의 횡포에 어찌 "파우스트가 (…) 석관 속에서 신음"(51행)하지 않겠는가? 뮐러는 이와 관련하여 다음과 같이 풍자한다. "노동은 부자유를 만든다"(57행). 이 문장은 원래 유대인 강제수용소 정문에 쓰여 있던 문장, "노동은 자유를 만든다"에 대한 패러디이다. 과거에 나치들은 유대인들의 노동을 부추기기 위해서 그러한 말을 사용했지만, 오늘날 권력자들은 체제 파괴적 방해분자인 예술가들을 도울 필요가 없다고 단언하고 있다.[17]

---

16. 베를린 주정부는 모든 극장의 운영을 지원할 수 없을 정도로 어려운 경제적 상황에 직면했다고 한다. 따라서 국가의 지원으로 운영되는 극장(Schiller Theater, Werkstatt, Schloßparktheater)들은 주정부로부터 1992/1993년 사이에 모든 공연을 끝내야 한다는 공문을 받았다.

17. 뮐러의 「볼로코람스커 국도 V」와 비교하라. 정민영 외 역: 하이너 뮐러 문학 선집, 서울 1998, 322쪽 이하.

상기한 현실적 상황은 작가들에게 금력과 권력에 대한 순응만을 강요한 다. 뮐러는 이를 예술가들의 사지절단으로 표현한다. 그들은 "섬유질로 만 든 은폐된/ 목발로"(47/48행) 의연한 걸음을 연습할 수 없을 것이다. 더 이 상 본격적인 연극 공연이 개최될 수 없고, 더 이상 수준 높은 작품이 창조 될 수 없다.

6. 이중으로 기만당하는 영웅

시적 자아는 저질의 베스트셀러가 난무하는 세상에서 잊혀진 고대 비극 한 편을 읽는다. 그것은 소포클레스의 「아이아스」인데, "동물 실험에 관 한"(60행) 어느 영웅의 비극을 내용으로 하고 있다. 이미 언급했듯이, 불 행한 영웅은 가축 떼를 군인으로 착각하여 몰살시키지만, 차제에 그 때문 에 비참할 정도로 조롱당하는 것이다. 아이아스는 실컷 권력에 이용당하 다가, 나중에는 상부로부터 그리고 대중들로부터 신뢰를 잃는다는 점에서 행동주의자, "황무지 폭풍 속에 등장하는 아놀드 슈워제네거"(64행)를 빼 어 닮았다.

뮐러는 아이아스의 처지에 공감하면서, 자신의 극작품 「게르마니아 3」 에 등장하는 두 명의 인물을 떠올린다. 한 사람은 에베르트프란츠이고, 다 른 한 사람은 카울리히이다. 뮐러는 전자를 무가치하고 어리석은 인물로, 후자를 동정적 인물로 고찰한다. 에베르트프란츠는 오더 강가에 실제로 살았던 독일 사람이었는데, 1956년에 스탈린이 사망하자, 사진이 걸렸던 자리에 목을 매고 자살하였다.[18] 맹목적 추종자의 전형적 인물의 삶은 "파 쇄기"(72행)에 절단될 종잇조각, 그 이상도 그 이하도 아니다. 이와 관련하 여 작품에서는 브레히트의 시 「모두 아니면 아무도Keiner oder alle」가 인용 되고 있다. 여기서 브레히트는 현재 인간이 처해 있는 노예상태(1연), 굶주

---

18. Siehe H. Müller: Germania 3 Gespenster am toten Mann, Köln 1996, S. 66-79.

림(2연), 폭력(3연) 그리고 가난(4연)을 떨치기 위해서는 개인 한 사람의 노력이 필요한 게 아니라, 같은 처지의 모든 사람의 공동 노력이 필요하다는 것을 역설하였다.[19] 특히 파시즘의 폭력 앞에서 개별적으로 저항하는 것은 큰 효과를 거두지 못한다는 것이다.[20]

등장인물 카울리히는 이중으로 기만당하는 자의 전형이다. 그는 신념에 가득 찬 공산주의자로서 제2차 세계대전 당시 강제수용소에 수감되었다. 1945년 그는 소련 국적을 취득하여 공산주의자로서 독일군에 대항하는 전투에 가담한다. 전쟁 직후 고향으로 돌아왔을 때, 그는 아내가 어느 적군 병사에게 겁탈당하는 장면을 목격한다. 그는 적군 병사를 살해할 수밖에 없다. 동료 살해 혐의로 카울리히는 스탈린 강제수용소에 갇힌다. 뮐러는 그가 경험한 상을 "신의 두 번째 출현"(84행)이라고 명명한다.[21] 여기서 "신"은 거대한 이상에 대한 상징적 존재로 파악될 수 있다. 카울리히는 "신"의 미명하에 두 번씩이나 속았던 것이다. 맨 처음 그는 파시스트에 의해 "빨갱이"라고 비난당했지만, 보르쿠타에 들어서는 순간 이번에는 "파시스트"라고 비난당한다.[22]

7. 초원의 법칙으로서 스탈린주의

뮐러는 90년대 초의 독일 상황을 "순간의 영원성"(95행)으로 규정한다. 통일된 독일에서 중요한 것은 현재의 순간뿐이다. 오늘날의 편안한 삶은

---

19. B. Brecht: Keiner oder Alle, in: ders., BFA, Bd 12, Frankfurt a. M. 1993, S. 23.

20. Vgl. H. Domdey: Ohne Inferno. kein Paradies. Worum es Heiner Müller in seinem letzten Stück 「Germania 3」 geht — ein Vademecum, in: Der Tagesspiegel, 24, 3. 1996. 그렇지만 뮐러는 「이를테면 아이아스」에서 시구 하나를, 「게르마니아 3」에서 브레히트의 극작품 「코리올란」을 인용했을 따름이다. 따라서 "뮐러는 브레히트를 아이아스와 동일시한다"는 주장은 설득력이 없다.

21. Siehe H. Müller: Germania 3, a. a. O., S. 45ff.

22. 다음의 시를 참고하라 H. Müller: Vampir, Werke 1, a. a. O., S. 317.

과거 선열들의 피 흘림의 대가라는 사실은 쉽사리 왜곡되거나 망각될 뿐이다.[23] 50년대 이후로 시인이 그토록 고뇌하며 집필하던 시구는 이제 기껏해야 "기념비에서 떨어지는 바위 부스러기"(94행)로 취급되고 있다. 지금까지 시인은 구동독이라는 유령선의 갑판 위에서 강한 운율로 글을 써 왔다. 그러나 이제 누구도 이에 대해 관심을 기울이지 않는다. 대부분의 사람들은 저질 신문 『빌트』를 읽으면서, 기껏해야 "매춘 이야기"(97행)에 열광할 뿐이다. 수많은 불필요한 이야기들, 문학을 위한 공간은 더 이상 없는 것처럼 보인다.[24] 기존 사회주의 국가의 몰락 이후 뮐러는 실패의 근본 이유를 다시 비판적으로 숙고한다. 이를 위해서 일차적으로 스탈린의 삶이 추적되고 있다.[25]

스탈린에 관한 묘사는 「게르마니아 3」에서도 나타난다. 극작품에서 스탈린은 5페이지에 걸친 독백을 통하여 자신의 세계사적인 역할을 변호한다. 여기서 그의 발언은 트로츠키, 부하린, 레닌, 그리고 히틀러로 향하고 있다. 맨 처음 시인의 뇌리를 스치는 것은 "크렘린에서 히틀러를 기다리던"(106행) 밤의 스탈린의 모습이다. 독일 군인들이 소련을 침공했을 때, 스탈린은 12일간 크렘린 궁의 밀실에 숨어 있었다. 이때 그는 줄담배를 피우면서, 전투의 승리를 위해서 어떤 전략적 조처를 고심했던 것이다.

이때 스탈린 앞에 나타난 자는 "보드카에/ 취해 자장가를 부르는"(107/108행) 레닌이었다. 당시 레닌은 여러 차례 뇌출혈을 일으켰으며, 소련의 정치 일선에서 물러나야 했다. 그는 동유럽의 특수한 "초원의 법칙"(112행)을 이해하지 못했다. 레닌은 서유럽 문화를, 스탈린은 비잔틴 문화를 따르

---

23. Siehe H. Müller: Zur Lage der Nation, Berlin 1991, S. 31.
24. Vgl. H. Müller: Notiz 409, Werke I, a. a. O., S. 321.
25. 뮐러는 1989년 에리히 프리트와의 인터뷰에서 스탈린 묘사의 어려움을 토로한 바 있다. 이때 그는 바실리 그로스맨Wassilij Grossman의 장편소설 『삶과 운명Leben und Schicksal』을 거론하면서, 상기한 내용을 담은 대목을 거론하고 있다. E. Fried - H. Müller: Ein Gespräch, Berlin 1991, S. 45ff.

고 있었던 것이다.[26] 이와 관련하여 뮐러는 소련 현실을 추상적으로 고찰
하는 레닌의 태도를 "말레비치의 정사각형"(111행)에 비유한다. 정사각형
의 큐비즘은 비구상으로 축소화되고, 끝내 비대상성으로 전환되어 추상성
만을 드러낸다. 이로써 레닌의 정책은 구체성을 상실하고, 스탈린에 의해
바람직한 방향으로 계승되지 못했다.

크렘린 궁에서 작전을 구상하는 스탈린의 뇌리에는 돌진하는 독일 탱
크들이 떠오른다. 그의 환영에 의하면, 모든 탱크 위에는 놀랍게도 트로츠
키가 앉아 있다.[27] 스탈린은 독일군의 탱크를 자신의 라이벌인 트로츠키의
공격 무기로 착각하였던 것이다. 그는 트로츠키를 "맥베스의 도끼로"(115
행) 살해하게 한다.[28] 트로츠키는 1940년 8월 20일 멕시코에서 스탈린의
자객 라이몬 메르카다Raimon Mercader의 등산용 피켈에 의해 살해당한다.
놀라운 것은 뮐러가 트로츠키를 "유대인, 햄릿"(117행)으로 비유하고 있다
는 사실이다. 이로써 뮐러는 다음의 사항을 은근히 주장한다. 즉, 스탈린
은 레닌 사후에 유대인인 트로츠키와의 권력 투쟁에서 반유대주의를 견지
했다는 사항 말이다.

8. 살인과 보복으로서의 서양 역사

소련의 중요한 역사적 사건들은 두 개의 다른 문화권 내에서의 살인과

---

26. 뮐러는 쿠르치오 말라파르테Curzio Malaparte의 『볼가 강은 유럽에서 돌출해 나온다
Wolga entspringt in Europa』라는 작품을 해석하는 자리에서 레닌과 스탈린을 서로 다른 인
간형으로 비유한 적이 있다. 전자가 서유럽 유형에 비유될 수 있다면, 후자는 동유럽 유형
에 비유될 수 있다. 다시 말해서, 레닌은 로마 사람으로, 스탈린은 비잔틴 사람으로 비유
될 수 있다는 것이다. 레닌은 타타르 출신이기는 하지만, 오랫동안 스위스에 거주하며 서
유럽 문화에 친숙하였다. Siehe H. Müller: Jenseits der Nation, Berlin 1991, S. 83-85.
27. Siehe Wassilij S. Grossman: Leben und Schicksal, Traitsching-Loifling 1984.
28. 「게르마니아 3」에서 트로츠키는 맥베스의 등장인물인 방코Banquo 역을 맡고 있다.
H. Müller: Germania 3, a. a. O., S. 9; H. Müller: Shakespeare eine Differenz, in: ders.,
Shakespeare Factory 2, Berlin 1989, S. 322.

보복 등의 행위로 요약될 수 있다. 러시아의 그리스 정교는 15세기부터 콘스탄티노플 제후들의 세력으로부터 벗어나려고 애를 썼다. 이러한 노력을 통해서 모스크바 사람들은 르네상스 문화에 대해 적대적인 태도를 취할 수밖에 없었다. 그리하여 슬라브 문화는 서구 세계, 특히 라틴 문화와 문화적 · 정신적 교류를 원활하게 추진하지 못했다. 이로 인하여 슬라브 문화는 유럽에서 민족적으로 고립되었던 것이다.[29] 상기한 내용은 어째서 사회주의를 지향하는 소련이 유럽 전 지역에 대한 반식민지 노선을 표방하게 되었는가? 하는 물음에 대한 답변이기도 하다.

　두 개의 서로 다른 문화권 내의 살인과 보복은 "세 번째 로마"(135행)인 소련에 국한된 일은 아니었다. 이전의 로마의 역사에서도 이질적인 문화의 대립 그리고 살인과 보복 행위는 하나의 전철로 등장하고 있다. 폐허의 도시에서 비명을 지르는 "암캐"(125행)는 트로이의 왕녀 헤카베를 가리킨다. 오비디우스에 의하면, 헤카베는 19명의 자식을 모조리 잃게 되자, 비통함에 사로잡혀 암캐로 변신했다고 한다. 나아가 아이네이스는 살아남은 트로이 사람들을 데리고 로마로 건너가 나라를 건설한다. 그 전에 그는 항해 도중 폭풍우와 싸우다가, 카르타고의 왕녀 디도Dido에 의해 구조되었다. 이때부터 두 사람은 연인이 된다. 어느 날 헤르메스 신이 꿈에 나타나 급히 이탈리아 반도로 향하라고 경고했을 때, 아이네이스는 사랑하는 디도와 작별하고 카르타고를 떠난다. 이때 디도는 절망감 때문에 자신의 몸에 불을 붙이고 자살한다. 어쩌면 로마의 건립은 디도의 희생을 대가로 이루어졌는지 모른다. 이는 먼 훗날 카르타고와 로마 사이에 발생한 포에니 전쟁에 하나의 빌미를 제공하였다. 왜냐하면 디도의 증손자 한니발은 자신의 고조할머니를 살해한 사람이 로마의 시조라고 단정했기 때문이다.

　뮐러는 살인과 보복으로 이어진 역사를 "민주주의의/ 피 묻은 탄생"(131/132행)으로 설명한다.[30] 아이스킬로스의 『오레스테스』 3부작 제3편에서

---

29. Vgl. H. Müller: Jenseits der Nation, a. a. O., S. 83ff.

는 다음과 같은 대목이 나온다. 오레스테스는 아버지의 복수를 위해서 어
머니 클뤼템네스트라를 살해한다. 그는 모친 살해 죄로 법정에 서 있다.[31]
과연 클뤼템네스트라의 남편 살해 행위는 정당한가? 아니면 아버지의 죽
음을 복수하기 위해서 어머니 클뤼템네스트라를 살해한 오레스테스의 행
위는 무죄인가? 이러한 죄의 여부를 결정해야 할 사람은 여신 아테네이다.
이때 누군가 외친다. "오 밤이여 검은 어머니/ 그대는 여기서 무슨 일이 일
어나는지 보고 계신가요?" 결국 아테네는 오레스테스에게 무죄를 선언함
으로써 아트리덴 가의 살인과 보복이라는 비극적 반복에 종지부를 찍는
다.[32]

9. 홀대당하는 지식인과 연극예술

소련 사회주의가 몰락한 현재, 살인과 보복은 아테네의 판결대로 과연
인류의 역사에서 종결될 것인가? 그렇지는 않다. 소련 붕괴 후에 대두한
인종 분규 내지는 군소 국가들의 독립 움직임과 테러 등이 속출한 것을 생
각해 보라. 이와 관련하여 뮐러는 다음과 같이 비관적으로 묘사한다. "세
번째 로마는 베들레헴의 재앙으로 임신하여/ 오래된 상들에 대한 도취로
이루어진/ 다음 형체 속으로 기어들어간다"(135-137행). 더 나은 삶을 창
조하려는 강렬한 욕망은 이를 실현하려는 의향을 더욱 부추긴다. 이는 그
자체 "베들레헴의 재앙"이 아닌가?[33]

뮐러는 독일 방송의 무의미한 내용의 보도와 "광고의 스타카토"(141행)

30. 뮐러의 엘렉트라 텍스트와 비교해 보라. Siehe H. Müller: Elektra, Werke 1, Frankfurt 1998, S. 197.
31. 다음의 문헌을 참고하라. 아이스킬로스: 오레스테스(김창화 역), 평민사 1999. 149-178쪽.
32. Siehe Kluge und Müller: Ich schulde der Welt einen Toten, Hamburg 1996, S. 95f.
33. 가령 뮐러는 네 번째 로마의 구세주로서 러시아의 극우파 민족주의자인 블라디미르 시리노프스키W. Schirinowskij를 염두에 두고 있다. H. Müller: Werke I, a. a. O., S. 197.

에 혐오스러움을 느낀다. "첫 번째 대열"(145행)이라는 표현은 슈테판 헤름린의 책 제목에서 차용한 것이다. 헤름린은 바이마르 시대에 노동가로 불렸던 오스카 칸클O. Kankl의 "우리는 첫 번째 줄이다"에서 책의 제목을 따왔다. 헤름린의 책에는 공산주의적 지조를 견지하다가 비참한 최후를 마친 사람들의 전기가 차례로 실려 있다. 오늘날 히틀러에 대항하는 전쟁에서 전사한 젊은 공산주의자들의 죽음을 기억하는 사람들은 많지 않다. 뮐러는 공산주의 역사에 대한 현대인들의 무관심에 항의하기 위하여 칸클의 발언을 예로 들고 있다.[34] 이로써 뮐러는 다음의 사항을 은밀히 내세운다. 즉, 독일 방송의 무의미한 내용과 시청자를 "관음증 환자"(140행)로 전락시키는 광고 등은 "일용할 음식"이 아니라, "일용할 살인"(143행)을 주는 것과 다를 바 없다. 바로 이러한 폭력 앞에서 작가들의 집필 행위는 과연 어떠한 영향을 끼칠 수 있겠는가?

"상품과 상품의 순환을 그리는 교류"(151행)만이 중시되는 사회 구조 속에서 지식인의 입지와 비판을 위한 자유 공간은 좁아질 수밖에 없다. 뮐러는 현재의 독일을 "폭력과 상실로 혼합된 현재성"(155행)이라고 단언하고 있다. 이외 관련히여 뮐러는 통일된 독일의 많은 사람들이 꿈꾸듯이 실아갈 뿐이라고 말한다. 그들은 "하나만 알고 다른 것은 모르는 채/ 고독하게 만드는 어떤 꿈에 침잠해 있다"(149/150행). 이러한 표현은 브레히트의 시 「질문Frage」을 떠올리게 만든다.[35]

만일 대중이 자발적으로 문제를 제기하지 않는다면, 거대한 질서가 어떻게 축조될 수 있겠는가? 묻지 않는 자들은 미래의 방향을 결코 발견하

---

34. 여기서 과거의 사실은 현재의 무관심을 비판하기 위해서 언급되고 있다. 그것이 끔찍하게 묘사되는 까닭은 사회주의에 대한 시인의 희망이 사라졌기 때문이다. Vgl. V. Kirchner: Im Bann der Utopie, Ernst Blochs Hoffnungsphilosophie in der DDR-Literatur, Heidelberg 2002, S. 124.

35. B. Brecht: Frage, in: ders., BFA. Bd. 15. a. a. O., S. 262. auch Vgl. H. Müller: Jenseits der Nation, Köln 1990, S. 26.

지 못할 것이다. 브레히트의 시를 인용하면서 뮐러는 다음과 같은 참담한 사실을 비판하려고 한다. 즉, 역사에 대한 사회의 망각 현상, 예술적으로 구현된 명작에 대한 일반 독일인들의 외면 현상 등이 그 참담한 사실이다.[36]

10. 나오는 말

지금까지 거론한 바를 세 가지 사항으로 요약해 보자. 첫째로 뮐러의 작품에서 아이아스의 자살은 점점 우경화되는 독일의 시대정신에 대한 뮐러의 마지막 저항이다. 이를 위해서 뮐러는 소포클레스의 작품을 원용하고 있다. 소포클레스의 아이아스는 다음과 같은 교훈을 전해준다. 즉, 신에 대한 경외심을 저버린 자는 결국 처절한 비극을 맞이해야 한다는 교훈 말이다. 이에 비해 뮐러의 아이아스는 대립되는 두 이데올로기에 이용당하다가 희생당하는 인간형이다. 소포클레스의 아이아스가 아테네 여신의 농간으로 비극적 최후를 맞이한다면, 뮐러의 아이아스는 기존 사회주의가 몰락한 이후의 좌파 지식인의 전형이라는 점에서 누구보다도 뮐러 자신의 숙명을 대변하는 인물이다.

둘째로 뮐러의 장시는 통일된 독일의 여러 문제점들을 비판적으로 조명하고 있다. 21세기 유럽 사회의 가장 심각한 문제들 가운데 하나는 무엇보다도 비판적 작가와 지식인들이 사회적으로 홀대당한다는 점이다. 지식인의 영향은 서서히 입지를 상실해 가고, 대신에 활개를 치는 것은 상업주의의 저질 문화이며, 이것을 지지하는 배후 세력은 기업인들이다. 유럽의 대학은 서서히 죽어 가고 있으며, 비판적 학자들이 일자리를 잃고 노동청에서 직장을 구하고 있다.[37] 문제는 일반 사람들의 비판적 작가에 대한 외면

36. Vgl. Schoro Pak: Heiner Müllers Epitaph Momsens Block, in: Sprache und Literatur, 34 Jg. 2003, S. 175-192, Hier S. 189f.

을 어떻게 극복할 수 있는가? 하는 물음에 있다. 무관심의 풍토 속에서 작가와 지식인들의 "마지막 프로그램은 침묵"(168행)으로 나타날 수밖에 없다.

셋째로 「이를테면 아이아스」는 본격 연극예술의 황폐화 현상을 비판적으로 지적하고 있다. 21세기에 깊은 사고를 유추하게 하는 본격 문학은 더 이상 생명력을 이어갈 수 없는가? 19세기에 그라쿠스 바뵈프는 "평등 사회가 도래하면 문학 작품은 일시적으로 사장되리라"고 예언하였다.[38] 그렇지만 오늘날 문학은 여전히 돈의 신이 지배하는 사회에서 아사 직전에 처해 있다.

아이아스의 자살은 독자의 관심을 촉구할 수 있는 마지막 계기일 수 있다. 아무리 탈역사의 시대라 하지만, 인간성과 비인간성 사이의 갈등은 끊임없이 제기되고, 갈등 해소 및 평등 사회의 대안은 가능성의 차원에서 "오류 없음"으로 판명될 수밖에 없다.[39] 문화는 시장의 논리로 무조건 이행될 수는 없다. 오늘날 현대 사회에서 필요한 것은 작가와 지식인의 침묵이 아니라, 작가와 지식인들의 더욱더 활발한 참여이다. 이를 위해서 필요한 것은 대중의 지지 기반일 것이다. 왜냐하면 돈의 신에 대항할 수 있는 유일한 방법은 — 물론 어려운 일이기는 하지만 — 오로지 수준 높은 예술 작품을 사회적으로 지지하고 보호하는 일이기 때문이다.

37. Vgl. Volker Braun: Mommsen im Arbeitsamt, in: Kalkfell Zwei, (hrsg.), Fr. Hörnigk, Theater der Zeit, Berlin 2004, S. 8.
38. Gracchus Babeuf: Die Verschwörung für die Gleichheit, Hamburg 1988, S. 87ff.
39. 손양근: '의식의 틈,' '오류 없음' 그리고 '희망의 위기,' in: 정인모 외, 독일문학의 이해, 동독 문학과 통독 이후 문학의 이해, 새문사 2002, 174-195. 특히 193쪽을 참고하라.

4

마르시아스 개작에 반영된 예술론과 시대 비판

토마스 브라쉬의 「결투」에 대한 세 가지 해석 시도

1. 들어가는 말

토마스 브라쉬Thomas Brasch는 하이너 뮐러Heiner Müller의 말대로 사회주의를 어떤 더 나은 무엇에 대한 희망으로서가 아니라, 하나의 "변형된 현실적 토대"로 받아들인 세대에 속한다.[1] 다시 말해서, 사회주의의 이상과 사회주의의 현실을 두 개의 차원으로 구분하는 것은 브라쉬에게는 커다란 의미가 없다. 그렇기에 그가 1977년 서베를린으로 이주한 뒤에도 계속 개인의 제한 없는 자유를 주장한 것은 당연한 귀결일지 모른다.[2] 가령 브라쉬는 구동독 출신의 작가를 대하는 서독의 편견과 관련하여 다음과 같이 언급하였다. "한 작가의 테마는 그가 살고 있는 나라가 아니라, 작가의 고뇌입니다." 그 밖에 자신이 사회주의자인가? 라는 물음에 대해서 브라쉬는 다음과 같이 단언하였다. "나는 스스로를 작가라고 여기며, 어떠한 형태로서의 '주의자'라고 생각하지 않습니다."[3] 이로써 그는 어떠한 형태의

---

1. Vgl. Heiner Müller: Wie es bleibt, ist es nicht, in: Der Spiegel, 12. 9. 1977.
2. 토마스 브라쉬의 문학은 국내에서 제대로 연구된 바 없다. 그의 극작품 「사랑스러운 리타Lovely Rita」만이 김광선 교수의 번역으로 2003년에 성균관대학교 출판부에서 간행되었을 뿐이다.

이데올로기 그리고 서독의 어떠한 단체와 매스컴 등으로부터 이용당하지 않겠노라고 선언하였다. 그러나 작가라고 해서 삶의 여러 가지 제약으로 부터 무제한 자유로울 수는 없다. 1981년 브라쉬의 「쇠로 이루어진 천사 Engel aus Eisen」가 바이에른 영화상 수상작으로 선정되었을 때, 그는 프란츠 요제프 슈트라우스로부터 상패와 상금을 전달 받았다. 바이에른 주정부가 국가에 대한 개인의 저항으로서의 폭력을 옹호하는 실험적 작품을 수상작 으로 선정한 것은 참으로 기이하지만, 브라쉬가 자신의 작업을 위해서 우 파가 득세하는 주정부로부터 기꺼이 상을 받은 것도 납득하기 힘들다.

브라쉬 문학과 관련하여 우리는 한 가지 특징을 찾아낼 수 있다. 그것은 다름 아니라 브라쉬가 서독에서 창작에 몰두한 이후로 이른바 형식의 혁 명을 중요한 정치적 행위로 간주했다는 사실이다. 물론 에리히 바이네르 트Erich Weinert의 문학보다 제임스 조이스James Joyce의 문학을 더욱 혁명적 이라고 받아들이는 그의 견해는 객관적 타당성을 결여한 듯 보이지만,[4] 그 럼에도 우리는 그의 개별 작품들을 일반화시켜서 통째로 폄하할 수 없다. 물론 브라쉬가 처음부터 재야 세력과의 단결이라든가, 어떤 공동의 이상 을 추구하는 자세로부터 등을 돌린 것은 사실이다. 그렇지만 우리는 장르 에 구애받지 않는 그의 실험적 작품들 속에 어떤 놀라운 예술적·정치적 함의가 숨어 있음을 부인할 수 없다.

상기한 내용과 관련하여 이 글에서는 토마스 브라쉬의 단편 「결투 Zweikampf」를 일차적으로 연구 대상으로 삼으려고 한다. 마르시아스와 관 련된 신화를 고려하면서, 작품이 표방하는 세 가지 이질적인 해석을 도출 해 내는 것을 목적으로 한다. 이를 위해서 다음과 같은 세 가지 질문이 우

---

3. Thmas Brasch. Neuankömmling. Gespräch mit Mitgliedern und mit Arbeitern der Redaktion, in: Alternative, 113 (1977), S. 97.

4. Siehe Thomas Brasch: Wenn man anfängt, dem Blid zu ähneln, das sich die Umwelt von einem macht, in: Margarete Häßel u. a. (hrsg.), Arbeitsbuch Thomas Brasch, Frankfurt a. M. 1987, S. 22.

선적으로 고려되어야 할 것이다. 첫째로 「결투」는 필자의 견해에 의하면 부권적 권력과 차세대 예술가 사이의 갈등이라는 측면에서 해석될 수 있다. 그렇다면 마르시아스의 소극적 저항은 이러한 권력과 어떠한 긴장관계 속에 놓여 있는가? 둘째로 「결투」의 내용은 구동독의 문화 정책의 편향성에 대한 작가의 비판으로 해석될 수 있다. 그렇다면 이를 증명할 수 있는 것은 구체적으로 무엇인가? 셋째로 「결투」는 필자의 견해에 의하면 광의적 의미에서 서구 문명의 능률 중심주의에 대한 비판으로 해석될 수 있다. 이와 관련하여 마르시아스의 경쟁 포기는 어떻게 해명될 수 있으며, 여기에는 어떠한 문명 비판적 관점이 도사리고 있는가?

브라쉬의 산문 작품들은 처음부터 다양한 여러 가지 해석을 낳는다는 점에서 신비로운 부정의 문학을 창조한 프란츠 카프카를 방불케 한다.[5] 작품 「결투」는 1977년에 간행된 산문집 『아버지 이전에 아들들이 먼저 죽는다Vor den Vätern sterben die Söhne』에 실려 있다. 여기서 필자는 마르시아스를 소재로 한 「결투」를 분석한 다음에 작품 속에 담긴 세 가지 서로 다른 비판적 관점들을 도출해 내려고 한다. 일단 마르시아스 신화와 신화에 대한 작가의 비판적 수용에 관해서 살펴보기로 하자.

2. 마르시아스 신화

마르시아스Μαγσύας는 그리스 신화에 의하면 반신 사티로스로서, 원래 켈레이나이 근처에 있는 강의 신으로 묘사되곤 한다. 그에 관한 이야기는 헤로도토스Herodot와 오비디우스Ovid에 의해서 제각기 서술된 바 있다. 다양하게 언급되는 신화의 내용은 다음과 같이 요약할 수 있다.

"지혜와 발명의 여신 아테네는 메두사인 고르고를 죽인 뒤 그에게서 피

---

5. Helen Fehervary: Thomas Brasch. Ein Erzähler nach Kafka, in: Margarete Häßel u. a. (hrsg.), Arbeitsbuch Thomas Brasch, a. a. O., S. 369-379. Hier S. 374.

리Aulos와 기이한 멜로디를 획득하게 된다. 기이한 멜로디는 메두사의 누이인 에우얄레의 죽음의 탄식이었다. 아테네는 멜로디에 맞추어 피리를 연주하곤 한다. 이때 자신의 모습이 강물에 일그러진 몰골로 반사되자, 그미는 홧김에 피리를 내동댕이쳐 버린다. 나중에 피리를 획득한 자는 다름 아니라 키벨레 여신을 따라 프리지아로 온 마르시아스였다. 그는 피나는 연습 끝에 피리의 달인이 되어, 아폴론에게 음악 경연을 요청하였다. 이때 심사위원으로 선정된 자들은 무사 여신들이었다. 경연이 끝나자 그들은 아폴론의 키타라 연주에 승리의 손을 들어주었다. 아폴론은 마르시아스의 오만불손함을 징벌하기 위하여 그를 소나무에 매달고, 그의 피부를 사정없이 벗겨버렸다. 마르시아스의 온몸에서 피가 맺혀 아래로 뚝뚝 떨어지기 시작했다. 피리의 달인은 고통을 참지 못해 엄청나게 커다란 비명을 지르다가 결국 목숨을 잃는다. 그의 핏물은 계속 흘러, 나중에 마르시아스라는 강이 생겨나게 되었다."[6]

마르시아스의 신화는 프리지아의 도시 켈라이나이에서 처형당하고 전시된 사람들의 피부에 관한 전설에서 유래하였다고 한다.[7] 여기서도 드러나듯이, 하나의 '기본적 신화'가 탄생할 때에는 실존했던 특정 사실과 고대인들의 갈망이 서로 혼합된 경우가 비일비재하다. 이는 중세 이래로 이어진 신화 수용의 역사에 있어서도 제각기 고유한 특성을 드러내고 있다. 마르시아스에 관한 이야기는 다음과 같은 두 가지 사항을 시사해 준다. 그 하나는 히브리스의 신화에 대한 어떤 알레고리의 유형이며, 다른 하나는 "로고스"와 "신화" 사이의 대립 관계에 관한 무엇이다. 첫째로 히브리스 신화는 대체로 인간 혹은 반신이 자신을 신적 존재로 격상시키려고 하

---

6. 상기한 내용은 가령 『역사』 제7장 26절 그리고 『변신이야기Metamophoses』 6382행부터 6400행에서 지엽적으로 언급되고 있다.
7. 빌라모비츠의 견해에 의하면, 아티카 사람들은 프리지아의 피리를 경시하고, 그들의 고상한 악기 키타라를 더욱 훌륭한 악기로 간주하려고 했다. Ulrich von Wilamowitz-Moellendorff: Der Glaube der Hellenen, Bd.1, Berlin 1931, S. 189.

다가 신적 존재에 의해서 처벌 받는 유형으로 이루어져 있다. 이를 고려할 때, 마르시아스의 신화는 어쩌면 처음부터 겸허함과 순종의 정신으로 창작에 임하지 않는 예술가를 비판하려고 의도했는지 모른다. 질서를 무시하고 객기를 부리는 예술가의 작품은 이 경우 겸허함의 표현이 아니라고 한다. 예컨대 산천초목을 감동시키는 오르페우스의 놀라운 능력이 처음부터 그의 본성에 내재해 있었던 것은 아니다. 그것은 처음부터 무사 여신들에 의해서 장악되고 있을 뿐이다. 이렇듯 고대 문학 속에는 예술가의 자발적 능력과 의지를 신의 권능으로 돌리는 내용이 자주 출현한다.[8]

둘째로 우리는 아폴론과 마르시아스를 통해서 로고스와 뮈토스의 대립 관계를 분명히 지적할 수 있다. 고대의 로고스는 현대적 의미로서의 이성이라는 개념과 일치하지 않는다. 그것은 초자연적 영감과는 거리가 있으며, 유혹과 사기, 아부 등과 같은 비양심적 수단과 일맥상통한다. 게다가 로고스는 타인을 미혹에 빠뜨리는 힘을 지니고 있다.[9] 예컨대 무사 여신들과 세이렌의 유혹은 특히 음악 예술에서 빈번하게 출현하였다. 어쨌든 예술은 고대 그리스 시대에서는 "경쟁적 싸움$\alpha\gamma o\nu$"의 가장 높은 표현 형태에 다름없었다. 왜냐하면 고대인들은 오로지 예술만이 "기술$\tau\varepsilon\chi\nu\eta$"과 "지혜$\sigma o\phi\iota\alpha$"를 서로 결합시켜 준다고 믿었기 때문이다. 무사 여신들은 부분적으로는 경쟁적 싸움에 개입하여 예술적 판관으로서의 임무를 수행한다. 아테네 여신, 즉 지혜는 예술, 보다 구체적으로 말해서 피리를 더 낫게 개조했으나, 플루트 연주, 즉 예술 작품 탄생의 행위는 아테네 여신의 조용하고 냉정한 성품과는 일치하지 않는다. 이러한 불일치는 신화 속에서 피

---

8. 예술가의 능력은 율리우스 C. 스칼리게르Julius C. Scaliger에 이르러 비로소 "또 다른 신alter deus"으로 규정되었다. 그럼에도 불멸의 작품을 탄생시키는 예술가의 능력은 인간의 것이 아니라는 사고가 오랫동안 이어진다. 에른스트 블로흐: 희망의 원리, 열린책들 2004, 1683쪽.

9. 브루스 링컨: 신화 이론화하기. 서사, 이데올로기, 학문, 김윤성 외 역, 이학사 2009, 62쪽, 72쪽을 참고하라.

리를 연주하는 아테네 여신의 일그러진 면모로 묘사되고 있다. 우연히 피
리를 얻게 된 마르시아스는 피나는 연습을 거듭한 다음에 자신의 재능을
인정받고 싶어 한다. 그가 로고스의 질서를 대변하는 아폴론에게 경쟁적
싸움을 요구하는 것도 바로 그 때문이다. 그는 탁월한 음악을 연주함으로
써 사멸하는 존재로서의 인간적 한계를 뛰어넘으려고 한다.[10] 그러나 광기
어린 그의 갈망은 아폴로와 무사 여신들의 단호한 판결로 인하여 결국 좌
절을 맛본다.[11]

3. 브라쉬의 마르시아스

그렇다면 마르시아스의 이야기는 브라쉬의 텍스트에서 어떻게 표현되
고 있는가? 불과 5페이지로 이루어진 짧막한 텍스트는 앞에서 언급한 신
화의 내용과 대동소이하지만, 몇 가지 이질적 특성을 드러낸다. 여기서 우
리는 신화에서 찾아볼 수 없는 몇 가지 모티프를 발견할 수 있는데, 바로
이 대목에서 작품의 주제상의 문제점들을 도출해 낼 수 있다.

첫째로 마르시아스는 놀랍게도 도취의 신 디오니소스의 후손으로 묘사
되고 있으며, 목자로 등장한다.[12] 텍스트에서 누가 음악 경연을 요구했는
지는 불분명하다. 확실한 것은 마르시아스가 음악 경연 자체를 탐탁지 않

---

10. Dietrich Helms: Von Marsyas bis Küblböck. Eine kleine Geschichte und Theorie
musikalischer Wettkämpfe. In: Dietrich Helms u. Thomas Phleps (Hg.): Keiner wird
gewinnen: Populäre Musik im Wettbewerb(= Beiträge zur Popularmusikforschung
33). Bielefeld: transcript 2005, S. 11-39, Hier S. 28.

11. 그 밖에 마르시아스의 피부를 벗겨내는 아폴론의 징벌은 또 다른 의미를 지니고 있다.
가령 카타르시스를 생각해 보라. 어떤 더 높은 인식의 형태에 도달하기 위해서 현세의 껍
질을 고통스럽게 벗겨내야 한다. 자연 존재는 스스로 정신의 존재로 거듭나기 위해서는
모든 쾌락을 단념하지 않으면 안 된다. 여기서 중요한 것은 프로이트의 용어로 말하자면
쾌락원칙에 대한 현실 원칙의 승리, 바로 그것이다.

12. 주인공이 디오니소스의 후손이라는 점은 작품의 주제와 관련하여 중요한 사항인데, 이
는 이른바 오르페우스의 바퀴와 같은 순환 구조의 삶으로 이해될 수 있다. 이 점에 관해서
는 나중의 장에서 상세하게 언급할 것이다.

게 생각한다는 사실이다. 이를테면 그는 약속 지점인 헬리콘(혹은 파르나스?)의 산정으로 올라가는데, 그의 발걸음은 처음부터 둔중하다. 그는 아폴론의 예술적 질서를 무시했다는 이유로 인하여 결국에는 고통스러운 죽임을 당한다. 마르시아스의 악기는 주지하다시피 플루트이다. 그에 비해 아폴론은 로고스의 질서를 대변하며, 예술을 관장하는 신이다. 아폴론의 악기는 키타라가 아니라 리라로 묘사되어 있다. 아폴론의 악기는 때로는 악사의 노래를 반주할 수 있다. 다시 말해, 가수의 노래는 리라와 함께 조화로운 화음을 창출하면서 악기의 음을 조절한다.

둘째로 마르시아스는 아폴론의 음악 경연에 응하지 않고 도중에 포기한다. 이 점은 작품의 주제를 논할 때 가장 중요한 사항이다. 그가 음악 경연을 포기하는 이유는 아폴론이 내기의 척도를 처음부터 자신에게 유리하게 설정해 놓았기 때문이다. 마르시아스는 주흥과 가무를 즐기는 악사로서, 조화롭고, 도덕적 규범을 따르지 않는다. 이는 결국 아폴론으로 하여금 음악 경연을 개최하도록 자극한다. 가령 아폴론은 무사 여신들에게 둘러싸여 자신의 음악적 원칙을 하나의 규범으로 정해 놓는다. 이를 위해서 두 가지 기술적 요건이 제시되고 있다. 그 하나는 리라 연주와 노래가 동시적으로 결합되어 화음을 이룰 수 있다는 점이다. 이는 사람들로 하여금 악기의 음에 맹목적으로 도취되지 말고, "언어," 다시 말해서 로고스의 법칙에 따르도록 하기 위함이었다. 만약 아폴론이 제시한 척도가 이 경우에 유효하다면, 마르시아스의 플루트는 천구의 조화로움을 깨뜨리고, 본능에 충실한 충동적인 "비-언어," 다시 말해 뮈토스의 법칙을 드러내는 셈이다.

브라쉬는 자신의 단편에서 또 다른 논거를 추가한다. 즉, 아폴론은 리라를 반대쪽으로 뒤집어 연주할 수 있다는 것이다. 그러나 이는 리라가 플루트보다 우월하다는 논거로 적절하지 못한 억지주장이다. 마르시아스는 내기를 거부하며 하산하려고 한다. 아폴론은 무사 여신들로 하여금 자신이 승리자라고 말하게 하고는 그들에게 다음과 같이 명령한다. 즉, 마르시아스를 묶어서 그의 피부를 모조리 벗기라는 것이었다. 브라쉬의 텍스트에서 마르시아스의 피부를 벗기는 자는 무사 여신들이다. 피리의 달인은 피부가 벗겨지는 아픔으로 엄청나게 큰 비명을 지르며 죽는다.[13]

셋째로 음악 경연에서 승리를 결정하는 판관은 무사 여신들인데, 처음부터 아폴론의 규칙을 무조건 추종하고 있다. 이들은 "권력에 허리를 굽히는 판관"을 연상시키기에 충분하다. 이 점을 고려한다면 우리는 아폴론이 음악 경연에서 승리한 게 아니라, 처음부터 경쟁자를 억압하였음을 깨달을 수 있다.[14] 아폴론의 규칙에 처음부터 동조한 자들은 판관으로 정해진 무사 여신들이었다. 그렇지만 놀라운 것은 다음의 사항이다. 비록 순간이기는 하지만, 마르시아스의 단말마의 외침은 아폴론의 리라의 음보다도 더 막강하고도 열정적으로 울려 퍼지며, 에우테르페Euterpe의 피리 연주보다도 더 강력하고 슬픈 감동을 자아낸다. 아폴론은 성에 차지 않는 듯 자신을 귀찮게 하는 무사 여신들을 남겨두고 산정을 벗어난다.

4. 아버지의 권력, 혹은 아들의 예술

이제 서문에서 제기한 세 가지 질문을 살펴보기로 한다. 첫째로「결투」는 필자의 견해에 의하면 부권적 권력과 차세대 예술 사이의 갈등이라는 측면에서 해석될 수 있다. 그렇다면 마르시아스의 소극적 저항은 부권적 권력과 어떠한 긴장관계 속에 놓여 있는가?

아폴론이 관장하는 예술은 역사 속에서 승리를 구가하고, 신의 질서에 상응하는 조화로움이라는 예술적 철칙을 태동하게 한다. 그러나 아폴론의 이러한 부권적 철칙은 유희와 무질서로서의 예술적 특성을 압살하는 수

---

13. Thomas Brasch: Zweikampf, in: ders., Vor den Vätern sterben die Söhne, Berlin 1987, S. 21-26, Hier S. 25. 이하 본문에서는 페이지로 기록함.
14. Antje Janssen-Zimmermann: Träume von Angst und Hoffnung, Untersuchungen zum Werk Thomas Brasch, Frankfurt a. M. 1995, S. 168.

단으로 활용된다. 이를테면 마르시아스의 단말마의 외침은 차제에 반드시
은폐되어야 한다는 것이다. 그 이유는 마르시아스의 예술이 부권적 질서
에 대한 차세대의 반항을 대변하며, 일견 무질서와 방종을 부추기기 때문
이라고 한다. 가령 우리는 아폴론의 예술적 경향에 속하는 사조로서 독일
고전주의를 예로 들 수 있다.[15]

아폴론이 합리성과 이성을 바탕으로 하여 미적 조화로움을 추구하는 데
비해서, 마르시아스는 자유분방하고, 감성을 바탕으로 하여 인간의 한계
성을 뛰어넘기 위하여 극단적 돌출 행위를 마다하지 않는다. 전자의 경우,
9명의 무사 여신들이 예술적 권능을 지니고 있는 데 비해, 후자의 경우, 태
곳적에 여사제들이 데메테르와 디오니소스를 위한 제사를 치르며, 자유분
방한 유희를 즐겼다. 어쩌면 마르시아스의 예술은 위로부터 하달되는 계
율을 추종하지 않는다는 점에서 부도덕하게 보일지 모른다. 그렇지만 마
르시아스는 궁극적으로 혁명을 추구하는 실험 예술가로 규정될 수 있다.
왜냐하면 그는 주어진 부권적 권위를 배격하고, 인간의 자유를 최대한 예
술로 승화시키려고 애쓰기 때문이다. 마르시아스의 오만불손은 바로 이
점에 있어서 하늘 위로 솟아오르다 바다에 빠져 사멍한 이카로스의 무모
함과 일맥상통하고 있다. 아폴론이 합리적이고, 조화로우며, 사려 깊게 행
동하는 것에 비하면, 마르시아스와 이카로스는 비극적 결말을 자초하는
인물들이다.

나아가 권력자들은 고대 그리스 시대부터 오늘날에 이르기까지 주어진
틀과 로고스의 규칙을 뛰어넘는 예술을 일언지하에 사악하고, 부정적인

---

15. 가령 괴테가 필독서로 활용했던 헤더리히Hederich의 신화학 사전에는 사려 깊지 못한
마르시아스의 장에 관해서 다음과 같이 기술하고 있다. "특히 젊은이들이 이 장[마르시아스
의 장: 역주]을 접하지 못하도록 조처해야 할 것이다. 왜냐하면 이들은 등장인물들의 뻔뻔
스럽고도 불손한 태도를 막연히 받아들여서, 쉽사리 사려 깊고 이성적인 인간들에게 해악
을 끼칠 수 있기 때문이다. Benjamin Hederich: Gründliches mythologisches Lexikon,
Leipzig 1770, Reprographischer Nachdruck, Darmstadt 1967, Sp. 1636.

무엇으로 매도해 왔다. 이를테면 플라톤은 『국가Πολιτεία』에서 예술가들을 불필요하고 사악한 족속으로 규정하면서, 예술 속에는 에로스를 혼탁하게 하는 무질서와 체제 파괴적 특성이 도사리고 있다고 주장했다.[16] 물론 엄밀히 따지면 예술 전체가 권력자에 의해 비판의 도마 위에 오를 수는 없을 것이다. 왜냐하면 약간의 편차는 있지만, 아폴론을 숭배하는 체제 옹호적인 경향이 부분적으로 존재하기 때문이다.

그 밖에 우리는 권력과 예술의 관계에서 또 한 가지 특성을 간과할 수 없다. 즉, 예술가의 창조 정신과 이에 대비되는 비극적 숙명이 바로 그러한 특성이다. 그것은 예컨대 또 다른 신화적 인물 사이의 관계, 가령 다이달로스와 이카로스 사이의 그것과 유사하다. 가령 다음과 같은 세 가지 논거를 상정해 보라. (1) 이카로스는 "하늘로 높이 날지 말라"는 아버지의 경고를 무시하고, 높이 비상한다. 그는 주어진 질서와 명령을 무시한 나머지, 결국 익사한다. 이와 마찬가지로 마르시아스는 아폴론의 예술적 질서로서의 로고스를 무시하다가, 극도의 고통을 겪은 뒤 유명을 달리한다. (2) 다이달로스가 크레타 섬에서 예술가 내지 기술자의 능력을 유감없이 발휘하듯이, 아폴론 역시 조화로움이라는 예술적 질서를 정립한다. 그의 키타라 연주 실력은 무사 여신들 가운데 에라토Erato와 폴리힘니아Polyhymnia의 그것을 뛰어넘을 정도이다. 다이달로스와 아폴론은 인간과 신이라는 점에서 다를 뿐, 그들의 예술적 창조 능력은 제각기 이카로스와 마르시아스에 필적하고 있다. (3) 이카로스와 마르시아스는 이른바 혁명 제2세대에 속하는 자들일 수 있으며, 어린 나이에 아버지보다 먼저 유명을 달리한다.[17]

---

16. 플라톤: 국가, 박종현 역주, 서광사 1977, 637쪽 이하를 참고하라.
17. 볼프 비어만은 루디 두츠케를 이카로스와 동일시하고, 자신을 다이달로스로 규정한 바 있다. Wolf Biermann: Der Sturz des Dädalus, in: Klartexte im Getümmel. 13 Jahre im Westen. Von der Ausbürgerung bis zur November-Revolution, Köln 1990, 289-312, Hier S. 307ff. 류신: (장벽 위의 음유시인) 볼프 비어만, 한울아카데미, 2011. 제2부 "유토피아 없이 사는 다이달로스"를 참고하라.

요약하건대 마르시아스의 비극은 차세대의 예술가가 이전 세대의 철칙에 대항하다가, 이로 인한 보복에서 비롯된 것이다. 브라쉬는 작품에서 로고스의 법칙이 학문과 기술로써 자연과 역사를 정복해 나갔음을 은근히 알려준다. 이에 대해 차세대의 이른바 비이성적인 예술가가 제동을 건다면, 그는 단칼에 처형되어야 한다.[18] 이카로스와 마찬가지로 마르시아스는 한편으로는 기능인이기를 포기한다는 이유로,[19] 다른 한편으로는 견해 차이로 인하여 쓰라린 죽음을 감수해야 한다. 이 점에 있어서 그들은 자신의 열정을 실현하지 못한 채 사망한 "은폐된 공산주의자들Krypto-Kommunisten," 이를테면 루디 두츠케Rudi Dutschke를 가리킬 수 있다.[20]

5. 구동독의 문화 정책, 혹은 작가의 자유

둘째로 「결투」의 내용은 구동독의 문화 정책의 편향성에 대한 작가의 비판으로 해석될 수 있다. 그렇다면 이를 증명할 수 있는 것은 구체적으로 무엇인가?

아폴론과 마르시아스의 음악 경연은 구동독의 문화 정책과 이에 대한 비판 사이의 갈등에 관한 비유로 이해될 수 있다. 이를 구체적으로 증명하는 자들은 바로 무사 여신들이다. 이들은 절대적 전제군주인 아폴론의 하수인 역할을 담당하면서, 주어진 틀에 얽매이지 않으려는 목자 한 사람을 야만적으로 살인한다. 그들은 — 현대적으로 표현하자면 — 상부로부터 하달된 실정법에 따라 인민과 예술가를 탄압하는 관료들이나 다를 바 없다.[21]

---

18. Bernhard Greiner: Der Ikarus-Mythos in Literatur und bildender Kunst, in: Michigan Germanic Studies, 8 (1982), S. 51-126, Hier S. 85.
19. 브라쉬의 「로터Rotter」의 주제 역시 이와 관련된다. Siehe Thomas Brasch, Lovely Rita Rotter Lieber Georg. Drei Stücke, Frankfurt a. M. 1989, S. 37-104.
20. Vgl. Oh, Dong-Sik(오동식): Über das Motiv des Vater-Sohn-Konflikts bei Heiner Müller, Würzburg 2008, S. 201.
21. Vgl. Antje Jannsen-Zimmermann: a. a. O., S. 163f.

아폴론과 마르시아스의 예술적 경향은 서양 예술사의 전통 가운데 두 가지 커다란 흐름을 대변한다. 아폴론의 예술 세계는 주지하다시피 밝고 조화로우며, 여유로움과 보편성이라는 특징으로 요약되지만, 그것은 인간 삶의 어두운 면, 가령 고통과 죽음을 포괄하지는 못한다. 왜냐하면 인간의 행복과 죽음을 관장하는 신은 티케Tyche와 모이라Moira 등의 여신이기 때문이다. 아폴론에 비하면 마르시아스의 예술은 대체로 어둡고, 대립적이며, 격정적 특성과 특수성을 대변한다. 그의 예술적 유희는 민중의 즐거움과 쾌락을 그대로 반영한 것인데, 이는 나중에 사육제의 유희로 계승되었다는 점에서 디오니소스의 유희와 거의 동일하다.

만약 아폴론과 마르시아스(혹은 디오니소스)의 예술적 특징이 서양 예술의 두 가지 기본적 유형으로 설정될 수 있다면, 우리는 그것들이 역사 속에서 변증법적으로 이어져 왔음을 간파할 수 있다. 아닌 게 아니라 두 유형들은 시대의 변화에 따라 지그재그 식으로 발전해 왔다. 예컨대 바로크, 계몽주의, 질풍과 노도, 고전주의, 낭만주의, 사실주의 등의 전개 과정을 생각해 보라. 물론 모든 것을 도식적으로 설명하는 데에는 무리가 따르지만, 우리는 정신사의 흐름 속에서 최소한 다음과 같은 특징을 찾아낼 수 있다. 즉, 바로크, 질풍과 노도, 낭만주의 등의 예술 사조 속에는 마르시아스(디오니소스)의 예술적 유형이 강세를 보이는 반면, 계몽주의, 고전주의, 사실주의 등의 예술사조 속에는 아폴론의 예술적 유형이 부각되고 있다는 특징 말이다. 이는 제각기 주어진 시대정신의 특성과 밀접하게 관련된다. 구체적으로 말해서 주어진 시대정신이 무질서하고 혼란스러우며 변화의 "유토피아Utopie"를 지향하는가, 아니면 안정과 질서 그리고 체제의 고수, 즉 "토피아Topie"를 지향하는가? 하는 물음에 따라 한 시대의 예술적 성향은 이전의 성향과는 반대되는 특성을 표방한다.[22]

---

22. 본문에서 말하는 "토피아Topie"와 "유토피아Utopia"는 구스타프 란다우어Gustav Landauer의 전문용어인데, 나중에 카를 만하임에 의해서 이데올로기와 유토피아의 개념으

구동독의 시대정신 역시 상기한 맥락에서 해명될 수 있다. 구동독 문화 관료들은 전후의 시대에 어떻게 해서든 사회주의의 토대를 공고히 하고, 분단된 독일을 문화적으로 통합할 필요성을 느끼고 있었다. 그렇기에 동서독 공히 필요한 것은 무엇보다도 레싱의 계몽주의적 전통, 괴테의 고전주의의 전 독일적 조화로움이라고 판단되었다. 이러한 판단은 사회주의 리얼리즘이라는 원칙과 교묘하게 부합되어, 동독 문화 정책의 강령으로 뿌리를 내렸다. 그런데 문제는 이러한 입장이 50년대 전후 독일 사회에만 적용된 게 아니라, 이후의 시기에도 하나의 보편적 철칙으로 확장되었다는 사실에 있다.[23] 동독의 문화 관료들은 마르크스의 『독일 이데올로기 Deutsche Ideologie』를 인용하면서, 오전에는 사냥하고, 오후에는 고기를 잡으며, 저녁에는 가축을 돌보거나 책을 읽는 인간의 전인적인 생활을 강조하였다. 가령 알프레트 쿠렐라Alfred Kurella는 "온화함, 조화로움, 그리고 여가"로 요약되는 빌헬름 마이스터의 세계관을 하나의 철칙으로 받아들였으며, 이에 어긋나는 예술적 경향은 체제 파괴적이라고 힐난하였다.[24]

요약하건대 구동독의 문화 관료들은 계급 갈등의 극복 내지 노동해방을 위한 예술을 추구한 게 아니라, 처음부터 독일 고전주의에서 하나의 해답을 찾았다. 그 이유는 동독의 문화 관료들이 두 개의 분단국가 사이에 공통적으로 적용될 수 있는 문화의 유산으로서 괴테와 실러를 내세웠기 때문이다. 따라서 독일고전주의에 위배되는, 아방가르드 실험을 추구하는 제반 예술은 병적이고 체제 파괴적이라는 의혹에서 벗어나지 못했다. 브라

로 확장되었다. 그것들이 변증법적 역사 발전의 과정을 전제로 할 때 어쩌면 로고스와 뮈토스로 대치될 수 있는가? 하는 물음은 또 다른 연구를 필요로 한다.

23. 구동독에서 모범적 범례로 간주된 괴테의 문학 그리고 이에 대한 작가들의 패러디에 관해서는 다음의 책을 참고하라. Bernd Leistner: Unruhe um einen Klassiker. Zum Goethe-Bezug in der neueren DDR-Literatur, Halle 1978.

24. 이와 관련하여 브레히트는 「무사 여신들Die Musen」에서 동독의 문화 관료, 어용 작가들을 무사 여신들에 비유하였다. B. Brecht: Gesammelte Werke, Bd. 10, Frankfurt a. M. 1967, S. 1015f.

쉬가 작품 「결투」를 통해서 풍자하려고 한 것은 바로 이러한 문화적 편향 성일 수 있다.

6. 역할을 거부하는 자아, 혹은 문명 비판

셋째로 「결투」는 필자의 견해에 의하면 광의적 의미에서 서구 문명의 능률 중심주의에 대한 비판으로 해석될 수 있다. 이와 관련하여 마르시아 스의 경쟁 포기는 어떻게 해명될 수 있으며, 여기에는 어떠한 문명 비판적 관점이 도사리고 있는가?

이미 언급했듯이, 마르시아스는 산정에서 아폴론과의 음악 경연을 포기 한다. 이는 예컨대 하이너 뮐러의 극작품의 경우와는 전혀 다르다. 뮐러의 등장인물들은 불가능을 의식하면서도, 신들에게 도전한다. 가령 헤라클레 스의 업적들이라든가 아이아스의 자살 등은 인간이 때로는 신들보다도 더 위대한 정신을 지닐 수 있음을 입증해 주기에 충분한 범례들이다. 이에 비 하면 브라쉬의 등장인물은 신과의 경쟁을 처음부터 회피한다. 이는 얼핏 보기에는 도피 내지는 체념처럼 보이나, 본질적으로 또 다른 의미를 함축 하고 있다.

마르시아스의 도피는 두 가지 함의를 알려준다. 첫째로 예술은 브라쉬 에 의하면 그 본질에 있어서 승리 혹은 패배라는 경쟁 내지 다툼을 허용하 지 않는다.[25] 만약 누군가 여러 작품들을 비교하며 우열을 가린다든가, 어 떤 특정한 규칙을 토대로 "당락"을 가린다면, 그자는 처음부터 예술의 척 도를 잘못 설정한 셈이다. 만일 예술의 영역에 있어서 비교가 허용된다면, 그것은 오로지 특정 예술가 한 사람의 서로 다른 작품들이라는 범위 내에

---

25. Vgl. Thomas Brasch: Wenn man anfängt, dem Blid zu ähneln, das sich die Umwelt von einem macht, in: Margarete Häßel u. a. (hrsg.), Arbeitsbuch Thomas Brasch, a. a. O., S. 20.

서 가능할지 모른다. 둘째로 마르시아스가 내기를 거부하는 것은 주체의
자아보존의 충동과 무관하지 않다. 인간은 상부 혹은 타인으로부터 정해
진 역할만을 수행하는 도구가 될 수는 없다. 음악 경연은 작품 내에서는
위로부터 아래로 하달되는 명령일 뿐 아니라, 경연의 척도 역시 처음부터
불리하게 정해져 있다. 이 경우 개인적 자아가 할 수 있는 방법은 오로지
"아니요"라고 말하는 일뿐이다.[26]

상기한 사항들을 고려할 때, 주인공의 경쟁 포기는 단순히 책임 회피가
아니라 모든 강제적 명령에 대한 주체의 단호한 거부로 해석될 수 있다.
나아가 그것은 경쟁 및 능률 중심주의에 대한 거부의 제스처일 수 있다.
아닌 게 아니라 경쟁 및 능률 중심주의는 산업혁명 이래로 유희하는 자발
적인 삶, 여성성 등을 앗아가는 계기로 작용하지 않았던가?[27] 언젠가 브라
쉬는 자신의 텍스트가 사육제 이야기와 병치되어야만 본연의 의미를 지닐
수 있다고 말했는데,[28] 우리는 여기서 어떤 창작 의도의 단초를 발견하게
된다. 이를테면 그리스, 로마, 그리고 기독교의 문화를 전제로 하는 사육제
를 생각해 보라. 통상적으로 억압당하고 살아가는 자들은 — 최소한 사육
제 기간 동안 일시적으로 — 가치 전도된 세상에서 자신의 자유를 만끽한
다. 어쩌면 브라쉬는 단편을 통하여 "만인은 유희하는 인간으로 다시 태어
날 수 있다"는 가능성 그리고 이에 대한 성취의 어려움 등을 암시하려 했
는지 모른다.

나아가 브라쉬의 텍스트는 마르시아스와 디오니소스 사이의 어떤 공

---

26. Ulrich Kaufmann: Wir hatten Fieber. Das war unsere Zeit, in: ders., Verbannt und
verkannt, Jena 1992, S. 16f.
27. 크리스타 볼프는 19세기 초를 인간 소외가 시작된 시기로 규정하고, 바로 이 시기를
기점으로 하여 합리성에 위배되는 모든 것(감각, 여성, 그리고 영혼 등의 요소)을 상실했
다고 주장하였다. Christa Wolf: Der Schatten eines Traums, in: dies., Die Dimension
des Autors, Darmstadt 1987, S. S. 511-571, Hier 521ff.
28. Thomas Brasch: ein Interview, in: Deutschlandarchiv 10/5, 1977, S. 509. auch in:
Arbeitsbuch Thomas Brasch, a. a. O., S. 154f.

통된 특성을 암시해 준다. 그것은 앞에서 언급한 즐거움과 유희로서의 삶과 인간 평등뿐 아니라, 어떤 유형의 순환 내지 윤회의 세계관으로 요약된다. "다시 태어나는 자Διόνυσος"의 어원을 지닌 디오니소스의 상에 내재한 것은 영혼의 회귀를 기대하는 어떤 갈망의 상이다. 영혼의 회귀에 관한 디오니소스 신화는 데메테르 여신을 모시던 엘레우시스의 비밀스러운 예식에서 유래하였다. 마치 페르세포네가 겨울에는 지하 명부의 세계에서, 여름이면 지상의 세계에 원을 그리듯이, 인간의 삶 역시 오르페우스의 바퀴처럼 순환한다는 것이다. 그렇기에 디오니소스는 마크로비우스Macrobius가 명명한 바에 의하면 "지구 아랫부분을 비추어주는 태양sol in inferno hemisphaerio"으로 간주되곤 하였다. 이와 관련하여 태곳적 사람들이 시신을 "굴장묘屈葬墓"에 묻은 것은 결코 우연이 아니다.[29] 이러한 풍습에는 죽음에 대한 두려움을 극복하고 재탄생을 바라는 태곳적 인간의 갈망이 은밀히 배어 있다.

마르시아스/디오니소스가 구가한 찬란한 유희의 삶은 이른바 기능 내지 능률을 중시하는 도구적 이성에 의해 서서히 자취를 감추었으며, 고대에 올림포스 신들의 밝고 화려한 계층적 질서에 의해 권능을 잃게 되었다. 이로 인하여 디오니소스 숭배 속에 온존하던 데메테르 여신에 대한 경배 의식도 약화되고 말았다. 마르시아스/디오니소스의 찬란한 축제는 기독교 시대에 이르러 서서히 사라졌으며, 대신에 숭배의 대상이 된 것은 십자가에 못 박힌 "예수의 육체corpus Christi"였다. 나중에 니체는 이러한 특성을 예리하게 투시하여 그리스도의 죽음에서 "십자가에 못 박힌 디오니소스"의 상을 고찰한 바 있다.[30] 마르시아스/디오니소스의 상은 ─ 브라쉬의 텍

---

29. 굴장묘에서 발견된 시신은 마치 어머니 뱃속의 태아처럼 사지를 구부리고 있다. 오르페우스 종교가 믿던 "출생의 순환κυκλος γενέρεως"은 두 번째 디오니소스, 다시 말해서 "환호하는 디오니소스-자그레우스"에 대한 기대감으로 이해된다. 따라서 "서양 사상에는 윤회설이 없다"는 주장은 수정을 요한다. 에른스트 블로흐: 희망의 원리, 앞의 책, 2004, 2356쪽 이하를 참고하라.

스트를 고려할 때 — 문명사회의 현대인들이 더 이상 누리지 못하는 박카스 축제에 대한 반대급부로 이해될 수 있다. 왜냐하면 "십자가에 못 박힌 디오니소스"는 자발적 유희의 삶, 인간 평등, 그리고 순환 내지 윤회의 세계관 등이 근대에 이르러 거의 사멸되었음을 암시하기 때문이다.

7. 나오는 말

앞에서 우리는 브라쉬의 「결투」에 반영된 마르시아스의 신화 개작 및 이에 대한 함의를 고찰해 보았다. 이제 서문에서 제기한 세 가지 질문을 바탕으로 앞에서 언급한 내용의 결론을 간략하게 서술해 보기로 한다.

첫째로 토마스 브라쉬는 작품을 통해서 로고스의 법칙이 학문과 기술로써 자연과 역사를 정복해 나갔음을 강조한다. 로고스의 법칙은 심지어 비양심적인 수단을 동원하여 자신과 반대되는 견해를 탄압해 왔다. 이에 대해서 마르시아스와 같은 차세대의 이른바 "비이성적인" 예술가가 제동을 건다면, 그는 무사 여신들에 의해 제거되어야 한다. 마르시아스는 이카로스와 마찬가지로 한편으로는 기능인이기를 포기한다는 이유로, 다른 한편으로는 근본적인 견해 차이로 인하여 쓰라린 죽음을 감수해야 한다. 이 점에 있어서 그는 이카로스와 마찬가지로 비극적으로 최후를 맞이하는 "은폐된 공산주의자"로 이해될 수 있다. 둘째로 아폴로와 마르시아스 사이의 음악 경연은 이를테면 구동독의 문화 정책과 이에 대한 비판 사이의 갈등에 대한 패러디일 수 있다. 브라쉬의 텍스트는 바로 무사 여신들의 횡포를 지적한다. 이들은 절대적 전제군주인 아폴론을 찬양하면서, 주어진 틀에 얽매이지 않으려는 목자 한 사람을 야만적으로 살인한다. 그들은 — 현대

---

30. 이는 여러 가지 관점에서 다양하게 해석될 수 있을 것이다. Vgl. Ernst Bloch: Der Impus Nietzsche, in: ders., Erbschaft dieser Zeit, Frankfurt a. M. 1985, S. 358-366, Hier S. 365f.

적으로 표현하자면 — 상부로부터 하달된 실정법에 따라 인민과 예술가를
탄압하는 관료들과 다를 바 없다. 셋째로 마르시아스는 아폴론과의 경쟁
을 처음부터 포기한다. 이는 한편으로는 예술의 독자적 존재 가치를 지키
려는 노력에서 비롯하며, 다른 한편으로는 그 자체 위로부터 하달되는 모
든 강제적 명령에 대한 주체의 단호한 거부를 의미한다. 브라쉬는 서구 문
명의 능률 중심주의를 비판하면서, 이에 대한 반대급부로 생각될 수 있는
디오니소스의 흔적을 추적한다. 이로써 그가 지적하려고 하는 것은 현대
문명이 상실한 세 가지 요소이다. 그것들은 문명의 발전 과정 속에서 자취
를 감춘 세계관으로서, 자발적 유희의 삶, 평등 사회, 그리고 순환 구조 내
지는 윤회 등에 관한 사고로 요약될 수 있다.

  토마스 브라쉬는 혁명 제2세대의 작가에 속한다. 그의 부친은 동독 문화
부장관 대리로 활약했으며, 그의 어머니 역시 저널리스트로 왕성하게 활
동했다. 이는 — 모니카 마론Monika Maron, 카차 랑게-뮐러Katja Lange-Müller
의 경우에도 그러하듯이 — 한편으로는 작가적 성장에 도움을 주었지만,
다른 한편으로는 어떤 악재로 작용하였다.[31] 이를테면 브라쉬는 부모의 고
매한 이상과 사적인 삶에서 드러나는 치부 사이에서 어떤 괴리감을 느낄
수밖에 없었다. 그가 모든 사안에 대해 관여하지만, 적극적으로 개입하여
무언가를 실천하지 못한 것은 바로 그 때문인지 모른다.[32] 아니나 다를까,
1968년 이후로 브라쉬는 동독의 문화 정책에 대해 "모든 것을 지니고 있
지만 정작 아무것도 소유하지 않는Omnia habentes nihil possidentes" 냉소적 자
세를 취해 왔다.[33] 이전 세대의 혁명적 강령은 그의 눈에는 하나의 미사여

31. Kurt Rothmann: Thomas Brasch., in: ders., Deutschsprachige Schriftsteller seit
1954 in Einzeldarstellungen, Stuttgart 1985, S. 78-85, Hier S. 78f.
32. 가령 우리는 발터 벤야민을 예로 들 수 있다. 그는 모든 문제에 관심을 기울였으
나, 시오니즘과 마르크스주의 가운데 어느 것도 선택하지 않았다. Siehe Hans Mayer:
Selbstbegegnung, in: ders., Reden über Ernst Bloch, Frankfurt a. M. 1989, S. 23-51,
Hier S. 47.
33. 상기한 라틴어 표현은 게오르크 지멜이 인용한 구절이다. 지멜은 이성에 대한 사랑

구로 비쳤고, 모든 슬로건의 배후에는 교묘한 술책 내지 이권이 개입되어 있는 것 같았다. 그렇지만 브라쉬는 어떤 분명한 실천으로써 이에 대응하지 않았다. 다시 말해, 그는 제반 사회적 난제 및 이에 대한 공동적 대응의 행위로부터 언제나 멀리 물러나 있었던 것이다.

브라쉬의 이러한 냉소적 태도에서 한 가지 의문이 발생한다. 브라쉬와 같은 80년대 동독 작가들이 추구하는 이른바 "급진적 자아"는 "전체주의의 시스템에 희생되지 않고, 이용당하지 않겠다"는 하나의 올곧은 저항에서 비롯된 것이다. 그렇지만 그것은 처음부터 어떠한 공동 대응도 용인하지 않는다는 점에서 어떤 개인적 무정부주의라는 함정에서 벗어나지는 못할 것이다. 물론 사악한 이데올로기로 변질된 사고로부터 등을 돌리는 행위는 그 자체 당연하고 자연스러운 반응이다. 그렇다고 우리가 처음부터 인간의 사고 전체를 구분 없이 모조리 거부할 수 있을까? 설령 수십 년 동안 사악한 이데올로기에 시달린 예술가라 할지라도 말이다.

의 감정을 해명하기 위해서 프란체스코 수사의 열정을 예로 든 바 있다. Siehe Georg Simmel: Die Koketterie, Leipzig 1919, S. 95-115, Hier S. 110.

찬란한 미지의 세계를 찾아서

프리츠 루돌프 프리스의 문학세계

1. 서언

친애하는 F, 프리스는 폴커 브라운과 함께 동독 문학에서 가장 중요한 "상상력의 작가"에 해당하지만, 기이하게도 제대로 소개되지 않은 소설가이며 번역가입니다. 그는 1935년 에스파냐의 빌바오에서 태어났고, 제2차 세계대전이 끝날 무렵 부친의 사망 후에 어머니와 함께 구동독의 라이프치히로 이주하였습니다. 프리스는 김나지움 과정을 마친 후에 라이프치히 대학에서 영문학, 불문학, 그리고 에스파냐 문학을 전공하였습니다. 그에게 영향을 끼친 사람은 라이프치히 대학의 철학자 에른스트 블로흐, 독문학자 한스 마이어, 그리고 불문학자 베르너 크라우스 들이었습니다. 특히 크라우스는 프리스를 자신의 애제자로 받아들이고 많은 것을 전수한 바 있습니다. 에스파냐의 고전문학과 현대문학은 오랜 시간 동안 작가의 문학적, 미학적 자양으로 활용되었습니다.

프리스는 동독에서 작품을 발표하는 데 어려움을 겪었습니다. 그의 작품 『오블라두로 향하는 길Der Weg nach Oobladooh』이 1966년에 서독으로 이주한 소설가 우베 욘존의 도움으로 구서독의 주어캄프 출판사에서 어렵사리 간행되었다는 사실이 이를 잘 말해 줍니다.[1] "오블라두"라는 표현은 미국의 흑인 재즈 음악가 디지 길레스피Dizzy Gillespie의 노래에서 유래한 것입니다. 길레스피는 주로 트럼펫으로 연주하였는데, 간간이 보컬리스트로 활약했다고 합니다. "나는 오블라두라는 나라에 살고 있는 멋진 공주를 알고 있네I knew a wonderful princess in the land of Oo-bla-dee." 나중에 언급하겠지만, 오블라두는 어떤 다른 현실에 관한 객관적 상관물로 이해될 수 있습니다. 소설은 1956년에서 1957년 사이의 시점의 이야기이며, 드레스덴, 라이프치히, 그리고 베를린을 배경으로 하고 있습니다. 프리스의 소설에는 언제나 두 남자가 등장하는데, 이러한 패턴은 세르반테스의 『돈키호테』를 연상시키곤 합니다.

2. 『오블라두로 향하는 길』(1)

작품은 페터 아를레크Peter Arlecq, 클라우스 파쉬Klaus Paasch라는 두 명의 남자의 삶과 우정을 고찰하고 있습니다. 아를레크는 에스파냐 고전문학 번역가인데, 가끔 통역 일로 생활비를 벌곤 합니다. 아를레크는 섬세한 심성의 소유자로서, "쉽사리 판타지를 떠올리는" 작가적 재능을 지니고 있습니다(190쪽). 그가 에스파냐 출신이라는 사실 그리고 에스파냐 문학을 번역하고 간간이 통역사로 일한다는 점 등은 프리스와 매우 흡사합니다. 또 다른 주인공 파쉬는 학교 다닐 때부터 재즈 음악에 심취한 청년입니다. 그는 공부하지 않고, 카운트 베이시, 오스카 페터슨, 그리고 델로니우스 몽크 등의 재즈 피아노 연주에 매료되곤 합니다. 시험 당일에도 피아노 연주에 몰두할 정도였습니다. 그렇기에 파쉬가 의사 채용 국가시험에 여러 번 낙방한 것은 어쩔 수 없었습니다. 두 사람은 동독의 사회주의의 삶에

---

1. Fritz Rudolf Fries: Der Weg nach oobladooh, Leipzig 1993. 이하 본문에 페이지만 기술함.

지루함과 고통을 느낍니다. 게다가 진보를 찬양하는 사회적 강령은 그들에게는 역겹게 느껴집니다. 자연과학에 대한 맹신적 사고는 그들의 눈에는 천박한 유용성으로 비칠 뿐입니다. 유토피아는 현실을 변화시키는 일이 아니라, 현실과 화해하는 일이라고 두 사람은 굳게 믿고 있습니다.

특히 파쉬의 경우는 국외자의 전형을 보여줍니다. 치과의사로서 하루 종일 시술하는 그의 생활은 단조롭고 갑갑합니다. 그래서 저녁만 되면 찾아가는 곳이 피아노를 연주하고 음주를 즐길 수 있는 살롱입니다. 우연한 기회에 파쉬는 평범한 여성인 브리기테와 알게 되었는데, 아무런 사랑의 감정 없이 그미와 살을 섞습니다. 술이 화근이라면 화근이었습니다. 어느 날 브리기테는 갓 태어난 아기를 안고 찾아옵니다. 그러나 파쉬로서는 그미와 결혼하여 갑갑한 삶의 패턴에 얽매이고 싶은 생각은 추호도 없습니다. 그렇기에 그는 자기 자신, 이름, 신분, 직업 및 가족 등을 망각하고, 오로지 음악을 통해서 스트레스를 풀려고 합니다(52쪽).

한편, 아를레크는 어린 시절에 자기 정체성의 위기를 겪었습니다. 그는 어린 시절에 안온한 에스파냐를 떠나서, 낯선 라이프치히로 거주지를 옮겼습니다. 당시의 라이프치히는 전후의 끔찍한 폐허를 그대로 보여 주고 있었습니다. 게다가 아를레크는 아버지의 급작스러운 사망으로 인하여 충격을 받았으나, 오랜 기간 자신의 상흔을 마냥 은폐해 왔습니다. 따라서 그가 슬픔을 억누르는 것은 심리적으로 자신의 불안을 드러내지 않으려는 방어기제와 같습니다. 아를레크는 지금까지 오로지 여성의 품에서 안온함과 편안함을 느낄 수 있었습니다. 여성의 따뜻한 가슴은 마치 태아가 어머니의 자궁 속에서 감지할 수 있는 안전한 집과 같았습니다. 그렇기에 그는 끔찍하고도 참혹한 세계에서 유일하게 보호받을 수 있는 "영원히 여성적인 무엇"을 찾습니다(99쪽).

3. 『오블라두로 향하는 길』(2)

어느 날 아를레크는 에스파냐 출신의 이사벨이라는 처녀를 사귀게 됩니다. "이국 땅의 낯선 여자는 마치 집시처럼 우울한 표정을 짓지만, 가볍고도 강한 사랑의 의지"를 드러내고 있었습니다(20쪽). 이사벨은 순간적으로 주인공의 마음에 사랑의 불을 지핍니다. 그미의 용모, 말씨, 그리고 행동 등 모든 것이 자신의 잃어버린 유년의 흔적을 자극하였습니다. 두 사람은 에스파냐어로 서로 대화를 나누며 친밀하게 지냅니다. 두 사람은 만날 때마다 상대방의 몸을 탐하면서 서로의 사랑을 확인합니다. 아를레크의 눈에는 이사벨이 처음부터 이상적인 처녀로 보입니다. 에스파냐와 에스파냐의 언어는 주인공에게 고향 그 이상의 의미를 가져다줍니다. 주인공은 이사벨에게 "마리아 돌로레스"라는 이름을 붙여줍니다. 그렇지만 여성을 이상화하려는 아를레크의 태도는 이사벨에게 오히려 부담감을 가중시킵니다. 왜냐하면 이사벨은 주인공이 있는 그대로의 자신을 사랑해 주기를 바라고 있었습니다.[2] 자신의 존재가 내적으로 떠올린 이상적 상에 적용된다는 것 자체가 그미의 마음을 불편하게 했던 것입니다. 어느 날 이사벨은 임신하게 됩니다. 이사벨은 주인공과의 결혼이 불가능하다는 사실을 확인하게 되자, 눈물을 흘린 뒤 다른 남자와 마음에도 없는 결혼식을 올립니다. 아를레크는 이사벨이 떠난 다음부터 삶의 의욕을 상실하고, 이리저리 방황합니다.

한편, 브리기테는 자살하려고 수면제를 복용했으나, 주위 사람들의 도움으로 목숨을 부지합니다. 파쉬는 자신의 아기를 저버릴 수 없어서 브리기테와 결혼하려고 합니다. 원치 않은 결혼은 그를 더욱더 술과 마약에 빠

---

2. Carolina de Leon Schillgalies: Das Koordinatensystem der Vorstellungskraft, Fritz Rudolf Fries' trojanische Textpferde und das Spanische als Katalysator, Bamberg 2006, S. 40f.

져들게 합니다. 어느 날 아를레크는 동베를린에서 체제에 반대하는 삐라를 살포하다가 경찰에 의해서 체포됩니다. 다행히, 초범인지라, 며칠 후에 풀려납니다. 얼마 후에 두 사람은 지긋지긋한 관료주의의 폐쇄적 환경을 벗어나기 위해서 서베를린으로 건너갑니다. 당시는 베를린 장벽이 건설되지 않았던 50년대 말이었으므로 동서 베를린의 왕래가 자유로웠습니다. 서베를린에서 그들이 발견한 현실은 처음에는 마치 꿈속의 정원처럼 휘황찬란하게 보입니다. 아를레크가 발견한 꿈의 현실이 작품 낭독회의 공간이라면, 파쉬가 발견한 꿈의 현실은 바로 음악적 재기발랄함이 표출되는 재즈 콘서트였습니다. 이곳에서 그들의 꿈은 제각기 실현될 것같이 보입니다. 그러나 서베를린은 거대한 도시였습니다. 그곳은 망각의 파도 속에서 배회하는 두 사람의 자아를 더욱더 외롭게 만들었습니다. 두 사람 역시 A.와 P.로 살아갈 수밖에 없습니다. 그들은 서베를린이 유토피아의 공간이 아니라, 소비를 위한 고객의 공간에 불과하다는 것을 재확인합니다. 두 사람은 실망을 느끼면서 다시 동독으로 건너갑니다.

구동독의 공안당국은 국경을 자유자재로 넘나든 두 명의 사내에 대해 촉각을 곤두세웁니다. 아를레크와 파쉬는 "공화국 탈출"이라는 혐의를 모면하기 위해서 기지를 발휘합니다. 즉, 두 사람은 아무런 이유 없이 서독으로 납치되었다고 주장합니다. 누군가 두 사람의 유명 인사를 추적하였는데, 아를레크와 파쉬를 두 명의 유명 인사로 착각하여, 서베를린으로 강제로 납치하였다고 말입니다. 나중에 신원이 밝혀지자 서독의 비밀요원은 두 사람을 비밀리에 훈방했고, 결국 두 사람은 술에 취해서 거리를 활보하다가 정신병원에 수감되었는데, 힘없는 그들로서는 이에 대항할 방도를 찾지 못했다는 것입니다.

마지막에 이르러 아를레크는 스스로를 이 세상에서 버림받은 불쌍한 사내라고 믿습니다. 그런데 깊은 고독의 심연에서 그를 도와준 사람은 또 다른 여성이었습니다. 다행스럽게도 아를레크는 안네라는 여성을 사귀게 되

어, 그미와 조용한 행복을 누리려고 합니다. 그렇지만 파쉬는 여전히 정신
병원에 머물고 있습니다. 그는 "혈액 속의 과도한 알코올 농도"(280쪽)로
인한 알코올 중독으로, 간간이 자살을 떠올리곤 합니다. 아를레크는 친구
파쉬와 작별한 다음에 아무런 미련 없이 그곳을 떠납니다.

4. 『오블라두로 향하는 길』(3)

친애하는 F, 이미 언급했듯이, 『오블라두로 향하는 길』은 주제 상으로
그리고 소재에 있어서 이른바 "도달 문학"과는 정반대되는 경향을 드러내
고 있습니다.[3] 작품은 개인의 행복, 삶의 순응의 문제 등을 다룬다는 점에
서 70년대에 나타난 신주관주의의 문학적 경향을 선취하고 있습니다. 이
러한 경향은 라이프치히 대학의 학문적, 예술적 분위기에서 답습한 것입니
다. 이는 루카치의 문학적 경향을 수용한 게 아니라, (블로흐의 예술론에서
강조되는) 더 나은 현실에 대한 동경의 실험 문학적 수용에서 발견됩니다.
나아가 프리스는 구동독의 젊은 지식인을 애정 어린 마음으로 다루었습니
다. 60년대 구동독의 일부 지식인들에게는 그들이 추구하는 이상을 긍정
적으로, 자발적으로 드러낼 탈출구가 주어져 있지 않았습니다. 다시 말해
서, 창의성과 자발성의 새싹은 구동독의 관료주의에 의해서 처음부터 꺾
여 있었던 것입니다. 두 주인공 아를레크와 파쉬가 진취적인 사회의 선구
자로 노력하는 대신에 개인의 향락적 삶을 추구한 까닭은 바로 그 때문입
니다.

"오블라두"는 동화 속의 장소입니다. 그곳에서는 무한대의 자유가 자리
하며, 평화롭게 사랑을 실현할 수 있습니다. 이러한 점에서 동화 속의 장
소는 유토피아의 공간일 것입니다. 이를 고려한다면 "오블라두"는 새로

---

3. 도달 문학은 60년대에 출현한 비터펠트 운동에 대한 비판으로 출현하였다. 박설호: 동
독 문학 연구. 동독 문화정책 개관, 한신대출판부 개정 증보판 1997, 124쪽.

운 삶의 가능성을 위한 하나의 암호와 같습니다. 이러한 가능성은 개개인
의 "낮꿈" 내지 백일몽 속에서 설계해 낼 수 있는 무엇입니다. 그것은 수
동적으로 기대하는 태도가 아니라, 주어진 여건을 수정하고 뛰어넘으려
는 능동적 행위와 관계됩니다. 그렇기에 작품의 제목이 "오블라두"가 아니
라 "오블라두로 향하는 길"로 설정된 것은 의미심장합니다. 즉, 목표가 아
니라, 목표로 향하는 길 내지는 과정이지요. 블로흐의 문장으로 설명하면,
그것은 목표를 포괄하는 과정입니다. 목표 역시 존재이자 희망, 다시 말해
"무엇에 대한 관계로서의 무엇Quid pro Quo"이기 때문입니다. 다시 말해서,
목표 역시 어떤 의향에 의해서 파기될 수 있는 무엇 내지는 실체인 것입니
다.[4]

    친애하는 F, 마지막으로 한 가지 사항만 더 덧붙이도록 하겠습니다. 작
가는 두 명의 주인공을 16세기에 이탈리아에서 발전된 인민 희극 작품인
안젤로 베올코Angelo Beolco의 「직업 연극」에서 도출해 내었습니다.[5] 이 작
품은 "이탈리아의 파우스트"처럼 통속적 방언을 사용하는 인민 극작품으
로서 주로 유럽의 연시年市에서 인형극, 팬터마임, 그리고 거리 연극 등의
방식으로 지속적으로 공연되었습니다. 즐거운 해학과 농담, 에로스를 추
구하는 에스파냐 인들의 향락적 유희는 인간이 추구하는 본능적인 삶에
대한 하나의 범례입니다. 이는 단식과 기도의 삶을 중요시하는 프로테스
탄트 종교를 믿는 많은 프로이센 사람들에게는 낯선 생활방식입니다. 작
가는 프로이센의 근엄하고 철저한 현실주의 대신에, 에스파냐의 여유와
아름다움 그리고 작센 사람들의 유희적 삶의 패턴이 구동독에서 부활되어
야 한다고 믿은 것 같습니다.

---

4. Ernst Bloch: Das Prinzip Hoffnung, Frankfurt a. M. 1985, S. 1611.
5. "직업 연극commedia dell'arte"은 안젤로 베올코(1502~1542)가 처음으로 시도한 이탈리
아의 인민 희극의 유형이다. 이것은 연시에서 "마스크를 쓴 차니 연극"으로 공연되기도 하
였다. 그런데 직업 연극을 즉흥 연극으로 보기는 어렵다. 왜냐하면 대본은 확정되지 않지
만, 그렇다고 해서 배우가 대사 및 줄거리를 즉흥적으로 연기하지는 않기 때문이다.

4. 『비행선』(1)

두 번째 작품, 『비행선Das Luftschiff』은 『오블라두로 향하는 길』과는 달리 동서독에서 공히 1974년에 발표되었습니다.[6] 비행선을 소재로 한 작품은 20세기 이후의 유럽 문학에서는 생텍쥐페리의 일련의 소설 외에는 거의 출현하지 않았는데, 프리스가 이를 문학적으로 형상화시켰습니다. 그렇지 만 생텍쥐페리의 소설과 프리스의 『비행선』을 직접적으로 비교하는 것은 아무래도 무리가 따르리라고 판단됩니다. 왜냐하면 전자가 모성과 이에 대한 일탈이라는 심층 심리적 모티프를 제공하고 있다면, 후자는 시민주 의 사회의 부자유와 이에 대한 일탈 욕구라는 사회학적이자 정치적인 모 티프를 제공하기 때문입니다. 소재가 유사하다고 해서 주제가 유사하리라 고 판단하는 것은 성급한 태도입니다.

프리스는 이 작품을 구동독에서 발표하는 데 상당한 어려움을 겪었습니 다. 왜냐하면 구동독의 문화 관료들은 작품의 성향을 그다지 탐탁하게 여 기지 않았기 때문입니다. 게다가 당시는 체제 안주를 중시하던 시기였기 때문에, 비행선의 내용에서 드러나는 "비행" 내지 "떠남"이라는 모티프는 구동독 문화 정책의 권장 사항으로서 적합하지 않은 것으로 비쳤습니다. 그렇지만 이 작품은 반파시즘 문학의 계열로 수용되어, 구동독에서 출간 되었습니다(참고로 구동독에서 간행되는 모든 출판물은 당국의 사전 심의 과정을 거칩니다). 『비행선』의 부제는 "내 할아버지의 전기에 바탕을 둔 판타지에 관한 유작"입니다. 실제로 작품은 자전적 요소를 강하게 드러냅니다. 작 품의 주인공은 프란츠 크사버 슈타네바인이라는 사람입니다. 그는 공상의 천재였는데, 비행기 제작에 골몰하며 이전의 시대를 살아간 사람입니다. 프리스는 첫째로 그의 딸 폴로니아Polonia의 기억, 그리고 둘째로 주인공의

---

6. Fritz Rudolf Fries: Das Luft-Schiff. Biografische Nachlässe zu den Fantasien meines Großvaters, Rostock 1975. 이하 본문에 페이지만 기술함.

손자 치코 요나스의 서술, 셋째로 작가의 논평 등에 바탕을 두고, 복합적인 관점에서 모든 것을 고찰하였습니다. 따라서 서술자의 관점 역시 세 가지 복합적 관점으로 얽혀 있는 것은 당연합니다. 슈타네바인의 딸 폴로니아의 관점, 소설의 화자인 치코의 관점, 그리고 가상적 작가의 관점이 그것입니다.

소설의 화자인 치코 요나스는 스토리를 신속하게 전개해 나갑니다. 프란츠 크사버 슈타네바인은 일찍이 조실부모하여 양부모 밑에서 성장하였습니다. 양부모는 그가 나중에 인쇄 기술을 배워서 평범하게 살기를 바랐지만, 주인공은 그럴 생각은 추호도 없었습니다. 슈타네바인은 어느 날 가출하고 맙니다. 왜냐하면 그는 소시민의 가정 및 협소한 주위환경에 답답함을 느꼈기 때문입니다. 그의 관심은 오로지 비행선을 타고 여러 나라를 비행하는 일에 국한되어 있었습니다. 맨 처음 그를 매료시킨 것은 애드벌룬이었습니다. 어느 날 슈타네바인은 비행선 모임에 가담하여 약간의 비행 기술을 익혔는데, 이때부터 그는 한 가지 사항에 집착하게 됩니다. 그것은 다름 아니라 "날틀"을 직접 제작하고 조립하는 일이었습니다. 그의 편집 망상은 어린 시절부터 날짐승을 몹시 부러워하는 데서 시작되었습니다.

슈타네바인은 어느 여름에 에스파냐로 거주지를 옮깁니다. 그는 에스파냐의 빌바오에서 독일 특허청의 사원으로 일합니다. 뒤이어 그는 도나 마틸데라는 에스파냐 여성과 결혼하여, 슬하에 세 명의 딸을 둡니다. 테레사, 폴로니아, 그리고 플로라가 바로 그들입니다. 그러나 주인공으로서는 자신의 꿈 한 가지를 도저히 접을 수 없습니다. 비행선을 직접 제작하여 유명한 사람이 되는 것이 바로 그 꿈입니다. 슈타네바인은 1917년과 1918년 사이에, 다시 말해서 제1차 세계대전이 끝날 무렵에 "자신을 유혹하는 사명감에 부응하기 위하여" 독일로 떠납니다(53쪽). 구체적으로 말하자면, 자신의 비행기 제작 투자자를 찾기 위해서였습니다. 그러나 당시의 독일 사업가들은 비행기 사업이 경제적 이득을 얻을 수 없는 무모한 것이라고 판단하고 있었습니다. 여러 번의 실패를 거듭한 슈타네바인은 서서히 현실 감각을 상실한 채 망상에 시달리곤 합니다. 가족과 친구를 에스파냐에 남겨둔 채 혼자서 독일에서 생활하는 고독이 그를 심리적으로 더욱더 고립시켰던 것입니다.

5. 『비행선』(2)

1933년부터 독일에서는 히틀러가 집권하게 되고, 독일 전역에 나치 세력들이 득세하게 됩니다. 나치당은 에스파냐에 비행장을 건설하기 위하여 주인공에게 접근합니다. 독일의 산업체 사장은 비행장과 비행선 제작을 위한 재정적 도움을 주겠다고 말합니다. 너무나 기쁜 나머지, 슈타네바인은 그가 내미는 계약서에 성급하게 서명합니다. 사실, 자신의 비행선은 수직으로 작동되기 때문에 이착륙을 위한 비행장은 처음부터 불필요한 시설이었습니다. 이 사실을 서명하기 전에 사장에게 자세히 설명해야 했는데도 슈타네바인은 그렇게 하지 않았던 것입니다. 이는 소리귀에타의 다음과 같은 푸념적인 발언에서 분명하게 드러납니다. "당신의 투자자 파코 씨는 처음부터 당신을 속였어요. 전쟁을 염두에 두면서 활주로를 생각했으니까요. 당신의 발명품에 대해서는 추호도 관심이 없었어요. 전쟁 야욕은 당신의 계획, 당신의 상상, 그리고 인민 전체에 반하는 일입니다"(383쪽). 1935년 에스파냐 내전이 발발했을 때, 슈타네바인은 현실과 가상을 더 이상 구분하지 못합니다. 마치 돈키호테가 자신이 처한 현실을 지나간 기사의 시대로 착각하고 성스러운 전쟁에 참가하여 미치광이처럼 싸우듯이, 슈타네바인 역시 비행선을 개발하는 데에만 혈안이 되어 있을 뿐입니다. 주인공의 조수이자 제자인 소리귀에타는 비교적 현실 상황을 정확하게 인지합니다. 비행장을 독일 공군에게 임대하면 돈을 벌 수 있다고 충고했으나, 슈타네바인은 이를 무시해버립니다. 주인공의 가족들은 슈타네바인의 안위가 걱정됩니다. 그래서 그들은 소리귀에타를 독일로 떠나게 합니다. 주인 공은 소리귀에타와 함께 에스파냐로 다시 돌아옵니다.

소리귀에타는 정치적으로는 공화주의를 표방하는, 이른바 좌파 지식인 에 속하는 인물입니다. 그가 독재자 프랑코에 대항하여 싸우는 것은 당연 한 귀결이었습니다. 어느 날 에스파냐 정부군은 소리귀에타의 집을 급습 합니다. 이로써 소리귀에타는 체포되어 프랑코 독재정권의 정치범이 되어 감옥에 수감됩니다. 바로 이 사건이 발발한 직후 슈타네바인은 사태를 수 습하려고 거사를 추진합니다. 소리귀에타를 프랑코 독재 체제의 허술한 감옥으로부터 빼내는 일이었습니다. 자신의 조수가 새로운 비행기의 설계 도를 비밀 금고에 감추어두었기 때문에, 소리귀에타가 없으면 자신의 사 업을 추진할 수 없다는 게 거사의 이유였습니다. 다시 말해서, 에스파냐를 프랑코 독재 치하에서 구원하리라는 의도는 처음부터 주인공의 안중에 없 었습니다. 슈타네바인은 자신이 만든 "수류탄 투척기Mörser"라는 이름을 지닌 비행기를 타고 감옥으로 날아가서 소리귀에타와 그곳에 수감되어 있 던 많은 정치범들을 구출해 냅니다.

6. 『비행선』(3)

친애하는 F, 소설의 내용이 어떠했는지요? 물론 소설의 줄거리를 일직선 적으로 이어가는 데에는 아무래도 무리가 따릅니다. 우리가 주의해야 할 사항은 다양한 소설의 관점입니다. 소설의 관점은 세 가지로 나뉘어 있습 니다. 첫째로 폴로니아는 자신의 아버지를 회고하면서 그의 구체적 삶을 서술합니다. 이를테면 슈타네바인의 알려지지 않은 일화라든가 비밀스런 이야기들은 그미에 의해 전해지고 있습니다. 한 가지 놀라운 것은 폴로니 아가 보수적 시민주의 내지 소시민의 입장에서 모든 것을 고찰한다는 사 실입니다. 따라서 슈타네바인에 대한 그미의 시각은 편파적인 느낌이 들 정도로 우호적입니다. 이에 반해서 손자이자 이 소설의 화자인 치코는 할아버지의 어정쩡한 정치적 태도를 신랄하게 비판합니다. 슈타네바인은 비정치적인, 아니 반정치적인 태도를 고수하다가, 에스파냐의 프랑코 정부군뿐 아니라 독일의 나치로부터 철저하게 이용당했다는 것입니다.

이에 비하면 주인공에 대한 작가의 태도는 우호적이지도 않고 악의적이지도 않습니다. 물론 작가는 자신의 아이들인 레나, 봅, 그리고 미하를 염두에 두면서, 슈타네바인의 유고에 담긴 거짓된 사항을 비판적으로 지적하기도 합니다. 그렇지만 그의 비판적 관점은 근본적으로 역사에 대한 애정 어린 비판에 입각해 있습니다. 작가는 한편으로는 바보, 몽상가, 그리고 발명가로 살아갔다는 점에서 슈타네바인이 에스파냐의 악한 소설의 주인공의 면모를 지닌다고 긍정적으로 평가하지만, 다른 한편으로는 그가 "작은 거인의 꾀 내지 술수"를 지니지 못했음을 안타깝게 여깁니다. 그는 과거의 세계를 정확히 통찰하지 못하는 관계로 어떠한 새로운 미래의 세계도 설계하지 못합니다. 따라서 그의 편집 망상은 어쩔 수 없이 종이배의 상으로 머물 수밖에 없습니다. 주인공의 장단점이 어떻든 간에, 소설의 삼차원적 관점은 독자로 하여금 한 인간의 과거사에 대해 객관적 거리감을 견지하게 해줍니다.

상기한 바와 같이, 다양한 관점으로 인하여 슈타네바인에 대한 평가는 다양하고도 모순적일 수밖에 없습니다. 가령 손자는 자신의 할아버지인 슈타네바인을 현실도피주의자로 규정합니다. 주인공은 "비행하는 인간은 지상의 궁핍함을 떨칠 수 있다"고 순진하게 생각했습니다. 손자는 자신의 할아버지의 시민주의적 세계관과 그의 정치적 둔감함을 신랄하게 비아냥거립니다. 그렇지만 슈타네바인은, 가상적 작가의 관점에 의하면, "사회적 제약과 장애에도 불구하고 자신의 열망을 실현하려고 노력한 사람"이라고 합니다. 다시 말해, 주어진 사회의 관습, 도덕, 그리고 법이 한 개인을 철저히 억압하고 구속한다고 하더라도, 주인공은 자신이 행할 수 있는 범위 내에서 자신의 최대한의 자유를 구가했다고 합니다. 작가 프리스는 나중에 이 작품을 직접 시나리오로 개작했는데, 시나리오에서 주인공 슈타네바인은 마지막에 되젠Dösen에 있는 정신병원에 머물게 됩니다.[7]

7. 『비행선』(4)

또 한 가지 생략할 수 없는 것은 세르반테스의 소설 『돈키호테』에 등장하는 주인공과 그의 조수의 관계입니다. 첫째로 『비행선』의 배경은 세르반테스의 명작의 어느 장면을 유추하게 합니다. 이를테면 사업 파트너인 레빈과 쉬테는 작품 내에서 슈타네바인이 작성한 "위험한 문헌"을 발견해 내려고 마틸데의 별장을 마구잡이로 수색하는데(212쪽 이하), 이는 세르반테스의 작품에 묘사된 어떤 기이한 도서관 장면과 무척 유사합니다. 둘째로 작품의 인물은 세르반테스의 『돈키호테』에 등장하는 인물과 비교될 수 있습니다. 『돈키호테』의 경우, 돈키호테와 산초 판사는 소설의 전개 과정에서 제각기 상대방에게 영향을 미칩니다. 산초 판사는 처음부터 현실주의자의 시각을 견지하며 돈키호테의 망상을 기이하게 여기지만, 나중에는 그가 어째서 시대착오적으로 행동하는가를 이해하고, 어떤 더 나은 무엇에 대한 동경을 긍정적으로 받아들이게 됩니다. 한편, 돈키호테는 산초 판사의 영향으로 죽기 직전에 현실 감각을 되찾으면서 자신의 어처구니없는 행동을 후회합니다. 그렇지만 『비행선』의 경우는 이와는 약간 다릅니다. "창공의 기사"(261쪽) 슈타네바인이 시간이 흐름에 따라 소리귀에타의 영향을 받고 어느 정도 현실 감각을 되찾는 반면에, 소리귀에타는 주인공으로부터 어떠한 영향도 받지 않습니다. 그는 처음부터 확고한 정치의식을 지니고 있으며, 옳든 그르든 간에 마지막에 이르러 소련으로 망명을 떠날

---

7. 영화 〈비행선〉은 라이너 시몬Reiner Simon 감독의 연출로 제작되어 1983년 3월 17일에 구동독의 데파 영화사에서 처음으로 상영된 바 있다.

정도로 사회주의 신념을 실천에 옮기는 인물입니다.

친애하는 F, 마지막으로 한 가지 사항만 덧붙이기로 하겠습니다. 『비행선』에 영향을 끼친 작품으로 우리는 장 파울Jean Paul의 작품을 거론할 수 있습니다. 그것은 바로 『비행사 지아노초의 운항 일지』(1800)입니다.[8] 장 파울의 작품은 맨 처음 그의 대표적 장편인 『거인Titan』의 부록으로 발표되었는데, 이후 많은 사람들이 이 작품을 접하고 찬탄을 금치 않았습니다. 지아노초는 사회로부터 소외된 삶을 살다가, 우연한 기회에 비행선을 타게 됩니다. 이때 그는 자신이 창공에서는 멋지게 살지만, 지상에서는 역겹게 생활한다는 것을 깨닫습니다. 비행을 계속하다가, 비행선은 어느 지역에 착륙하게 되는데, 그곳은 공교롭게도 전쟁터였습니다. 그곳에서 지아노초는 절도범으로 몰려 체포됩니다. 주인공의 파란만장한 삶은 자신의 운항일지에 상세하게 기록됩니다. 결국 주인공은 비행선의 추락으로 목숨을 잃게 됩니다.

8. 『어느 중간 제국의 이전』(1)

친애하는 F, 프리스의 세 번째 소설 『어느 중간 제국의 이전移傳』을 살펴보기로 하겠습니다.[9] 일기 형식으로 기술된 미완성 소설은 1984년에 발표되었습니다. 프리스는 1967년에 집필에 착수하여, 17년이 지난 시점에 작품의 마지막 장을 완성했다고 합니다. 작품의 탈고를 수년간 망설이게 된 것은 까다로운 테마 때문입니다. 그것은 인류의 핵에너지의 위기와 관련된 것인데, 어떤 결론을 처음부터 유보하게 하는 난제였습니다. 말하자면, 프리스는 60년대 말에 어느 누구보다도 먼저 핵 문제의 위험성을 간파하였

---

8. Jean Paul: Des Luftschiffers Giannozzo Seebuch München 2007.
9. Fritz Rudolf Fries: Die Verlegung eines mittleren Reiches, 3. Aufl. Berlin 1991. 이하 본문에 페이지만 기록함.

습니다. 상상력을 동원한 작가의 숙고는 오래 지속되었고, 퇴고되지 않은 원고는 오랫동안 서랍 속에 보관되어 있었습니다.

가상의 작가는 무명의 역사가인데, 10개월 동안 핵무기로 치러진 세계 전쟁 과정을 소상하게 기술합니다. 그는 핵전쟁 이전에 동남아시아 지역에서 그곳의 언어와 철학을 공부한 바 있으므로, 스스로 그곳 지역의 역사를 누구보다도 잘 서술할 수 있다고 자부합니다. 가상의 작가가 남긴 수기는 일기 형식으로 작성된 「이후 시대의 후손」, 「최상의 인쇄 허가로써」, 「07년 시대의 구원의 역사 도시」입니다. 핵전쟁이 끝난 뒤, 아시아의 어느 마을은 우연히 핵의 피해를 크게 입지 않았습니다. 물론 전쟁으로 인하여 전기 공급이 끊기고 식량이 부족했습니다. 기후 역시 핵무기의 영향으로 급격하게 변화된 것은 사실입니다. 열대 식물들이 자라서 과거의 상흔을 은폐할 정도입니다. 그렇지만 이곳에서는 기이하게도 전원적 풍경이 안온하고도 평화로운 마을에 부분적으로 남아 있습니다. "삶은 더 이상 질서에 이끌리지 않고, 사람들은 기차를 타려고 서두르지 않는다. 그것은 시계 없는 삶이며, 노동 이후의 저녁과 주말을 갈구하지도 않는다"(116쪽). 이곳의 사람들은 묵상에 잠기는 등 주어진 환경과의 조화로움을 추구하며 살아갑니다.

이곳을 점령한 사람들은 "관닌스"라는 이름의 군인들이었습니다. 그들은 과거 국가에 속하는 자들이었습니다. 가상의 작가는 이전부터 권력을 지닌 군인들을 찬양합니다. 나아가 의사이며 화가인 레만치라는 노인 또한 이들을 환영하며 체제 옹호적인 태도를 취합니다. 레만치는 이곳 마을의 토박이인데, 이전의 작품 『오블라두로 향하는 길』에서 이미 등장한 바 있습니다. 관닌스 군인들은 자신을 드러내지 않으면서 비교적 온건하게 마을을 다스립니다. 이따금 드물게 누군가가 공개적으로 처형되지만, 마을의 분위기는 전쟁 이후의 흔적과는 달리 의외로 조용합니다. 사람들은 평화기의 안정을 누리고 살아갑니다. "관닌스"라는 단어는 "행복과 결혼의 축복"이라는 의미를 지니고 있습니다. 군인들은 아무런 갈등없이 세상을 다스리려고 하며, 인위적으로 영위되는 당이라든가 국가의 틀을 재건하려고 노력하지 않습니다.

9. 『어느 중간 제국의 이전』(2)

그렇지만 시간이 흐르면서 마을의 분위기는 변화됩니다. 마을 사람들은 새로운 국가가 건설되지 않는다는 사실에 약간 동요하기 시작합니다. 그들은 어떤 새로운 질서에 순응하며 살아가기를 애타게 갈구합니다. 그들의 동요는 서서히 불안과 노여움으로 뒤바뀝니다. 레만치가 마을 사람들에게 찾아와서 과거의 삶과 질서가 얼마나 끔찍했는지 말하면서, 섣부른 행동은 금물이라고 경고합니다. 물론 과거의 국가는 굶주림과 궁핍한 삶을 떨치고 산업화를 이룩하였습니다. 이는 결국 핵무기를 만들도록 작용하였습니다. 이와 병행하여 나타난 것은 인간 삶의 황폐화였습니다. 그렇기에 구질서와 같은 국가의 재건은 과거의 파국을 반복하는 일과 다를 바 없다고 레만치는 훈계합니다. 그러나 마을 사람들은 이러한 훈계에 대해서 꿈쩍도 하지 않습니다. 이때 관닌스 군인들은 다음과 같은 과업이 실효성을 지닐 것이라고 믿습니다. 즉, 어떤 새로운 질서를 위한 국가의 재건 대신에, 마을 사람들로 하여금 물질적 재건을 위한 자활과 자생의 프로그램을 개발하는 과업 말입니다.

누군가가 마을 사람들에게 한 가지 기이한 소식을 전합니다. 그것은 다름 아니라 국경 너머에 있는, 방사능으로 오염된 지역인 친젠도르프 근처에 풍요롭고도 자유롭게 살아갈 수 있는 공간이 도사리고 있다는 소식이었습니다. 이로써 사람들은 낯선 지역 출신인 군인들과 과감하게 싸우려고 결심합니다. 마을 사람들은 겉으로는 스포츠 단체를 결성해, 소규모의 전쟁을 서서히 준비해 나갑니다. 어느 날 시대의 형이상학자라고 불리는 B

부인의 집에서 관닌스 군대 조직에 불만을 품은 사람들이 집결합니다. 이들은 은밀하게 군대 조직에 대항해 나가려고 합니다. 어느 날 B 부인은 유아 살인과 연루되어 당국에 체포됩니다. 그미의 체포는 사람들을 압박하기 위한 경고의 의미를 지니고 있었습니다(164쪽). 군인들은 마을 사람들을 달래고, 그들의 정치적 반감을 가라앉히기 위해서 다시 대사 한 사람을 보냅니다. 대사는 다름 아닌 레만치였습니다. 그는 당나귀 등에 제법 많은 식량을 싣고 와서 사람들에게 나누어줍니다. 며칠 후에 새로운 관닌스 사령관 한 사람이 모습을 드러냅니다. 그는 인민공동체를 건설하겠다고 말하면서, 이러한 계획을 신속하게 발표합니다. 그러나 마을에 우연히 화재가 발생하게 되는데, 연대기는 여기서 중단되고 맙니다.

10. 『어느 중간 제국의 이전』(3)

연대기 서술자는 과거 시스템의 희생자로서 수년 전에 학술원에서 쫓겨난 사람입니다. 그는 "이성, 분명한 사고, 세상과는 낯선 긍정적 견해"를 지닌 군대 조직이 내키지 않은 듯이, 처음부터 이들로부터 거리감을 취합니다. 연대기 서술자는 과거의 역사에서 드러난 실수가 반복될까 전전긍긍하는 인물입니다. 그는 학자의 서재를 등지고 일선에서 활동하는 레만치와 대비되는 사람입니다. 여기서 우리는 작가의 객관적이고 비판적인 시각을 접할 수 있습니다. 프리스에 의하면, 문학은 주관적 솔직함을 통해서 모든 것을 기술하는 연대기 서술자의 태도를 견지해야 한다고 합니다. 사실 문학은 객관적 조직이나 통계와는 분명히 다른 영역입니다. 작가의 존재는 지금 여기의 현실을 마치 자로 잰 듯이 설명하고 분석하는 자가 아니라, 과거와 미래를 통찰하고 사회의 방향, 즉 지금까지 한 나라(마을)가 걸어온 길과 앞으로 걸어야 할 길을 독자에게 제시하는 자라고 합니다. 이와 관련하여 프리스는 세부적 사항을 객관적으로 정밀하게 묘사하는 대신에,

대중 운동의 놀라운 흡인력을 강조합니다. 연대기 서술자는 부분적으로 내키지 않는데도 불구하고, 역사적 사건들을 풍자적으로 서술하고 있습니다. 그는 "알파 19 - 05 - 35"라는 닉네임을 지니고 있는데, 이는 프리스의 생년월일과 무관하지 않습니다.

작품 속에는 가상의 편집자, 연대기 서술자, 그리고 작가라는 세 가지 관점이 동시에 출현하고 있습니다. 복합적인 관점을 설정함으로써 작가는 어떤 놀라운 사고를 실험적으로 실천에 옮깁니다. 그것은 다름 아니라 지속적 혁명의 가능성을 타진하는 실험이며, 나아가 영구 혁명에 대한 무정부주의적 사고의 실천을 가리킵니다.[10] 작가는 작품 속에서 어떤 긍정적 결말을 하나의 범례로 제시하지는 않습니다. 오히려 그는 잘못된 방향, 선택하지 말아야 하는 길을 경고의 차원에서 비판적으로 지적하려고 합니다. 인간의 인간에 대한 신뢰는 하나의 약속으로서 언제라도 파기될 수 있기 때문입니다. 프리스는 이러한 사항을 브레히트의 도덕경 시에 비유하여 분명히 밝히고 있습니다. 브레히트의 시에서 노자는 어떤 진리를 깨달으려고 애쓰는 세관원을 위해서 도덕경을 집필해 줍니다. 작품이 후세에 전달될 수 있었던 것은 오로지 세관원의 요구 내지 어떤 유용성으로서의 관심 때문이라고 합니다. 질문을 던지는 자는 대답을 얻는다는 게 브레히트의 지론이었습니다.[11] 그렇지만 『어느 중간 제국의 이전』에는 그런 식의 가능성은 나타나지 않습니다. 프리스의 작품에는 시인 한 명이 등장합니다. 그는 국경의 군인들에게 문초를 당합니다. 그 역시 14일간 융숭한 대접을 받지만, 군인들이 캐내려고 하는 대답은 들려주지 않습니다. 결국 시인은 도망치다가 체포되어 형장의 이슬로 사라지고 맙니다. 바로 이 대목이 프리스가 독자에게 던지는 교훈이라고 생각됩니다. 현대인들은 프리스에 의하면

---

10. Uwe Wittstock: Von der Stalinallee zum Prenzlauer Berg, Wege der DDR-Literatur 1949-1989, München 1989, S. 172.
11. Jan Knopf: Brecht Handbuch, Bd. 2, Gedichte, Stuttgart 2001, S. 299ff.

특정 엘리트에게 모든 것을 맡겨서는 안 된다고 합니다. 그(혹은 그들)에게서 반드시 권력의 칼자루를 빼앗는 게 낫다고 합니다. 독일에는 다음과 같은 속담이 있습니다. "인간을 신뢰하는 것은 좋은 일이나, 이보다 더 좋은 것은 감시 내지 조사하는 일이다."

11. 나오는 말

친애하는 F, 지금까지 우리는 프리스의 작품 세 편에 관하여 살펴보았습니다. 프리스의 문학적 모티프는 "방랑," "여행," "비행," 그리고 "가상의 삶" 등으로 요약될 수 있습니다. 이와 관련하여 우리는 프리스야말로 동독 문학에서 인간의 낮꿈 내지 백일몽을 사회주의의 꿈과 접목시킨 유일한 작가라는 것을 확인할 수 있습니다. 이는 에른스트 블로흐의 영향 때문이라고 생각됩니다. 라이프치히 대학교의 에른스트 블로흐, 한스 마이어, 그리고 베르너 크라우스는 수십 년 동안 문학적으로나 예술적으로 프리스를 자극한 세 명의 은사였습니다. 동독 문학에서 찬란한 미래의 꿈과 사회주의를 연결시킨 두 사람의 작가를 꼽으라면, 우리는 프리츠 루돌프 프리스와 폴커 브라운을 들 수 있을 것입니다. 브라운의 경우, 사회주의의 이상을 수미일관 추적해 나갔습니다. 그가 비판하는 모든 현실적 사항들의 배후에는 작가 브라운이 갈구하는 이상적 세계가 도사리고 있었습니다. 브라운이 사회주의의 이상을 추상적으로 추구하는 데 비해, 프리스는 에스파냐의 악한 소설의 전통을 수용하여, 현실에 대한 아이러니 내지는 수정 사항으로서의 찬란한 만화경의 상을 집요하게 추적하고 있습니다. 특히 우리의 주목을 끄는 프리스의 작품들은 전환기 이후에 발표된 일련의 소설들입니다. 이를테면 『브라디슬라바의 수녀들』과 같은 작품은 정밀한 독서를 필요로 하는 본격 소설입니다. 다음 기회에 필자는 이 작품을 주도면밀하게 천착하도록 하겠습니다.

울력의 책들

인문-사회과학 분야